KB163399

조해일문학전집 3

왕십리

일러두기

- 《조해일문학전집》은 한국문학사에 커다란 문학적 성취를 남긴 조해일의 작품 세계를 독자들에게 소개함과 동시에 문학적 의의를 정리하는 데 목표를 둔다.
- 《조해일문학전집》은 생전에 발표했던 중·단편과 장편소설, 그리고 웹사이트에 게시된 미발표 소설 등과 기타 작품으로 구성되어 있다.
- 《조해일문학전집》은 출간일(발표일) 기준 가장 최신 작품을 저본으로 정하였다.
- 맞춤법, 띄어쓰기, 외래어 표기는 현행 맞춤법과 표기법을 따랐다.
- 한글 표기를 원칙으로 하였고, 한자로만 된 단어는 '한글(한자)' 형식으로 수정하였다.
- 수정하면 어감이 달라지거나 문학적으로 허용되는 일부 표기(표현)는 원문대로 두었다.
- 간접 인용과 강조는 ' ', 대화와 직접 인용은 " ", 단편소설은 「 」, 장편소설과 잡지는 『 』, 미술 작품과 영화·연극 등은 〈 〉, 시·노래 제목은 ' '로 표기하였다.

왕십리

간행사
– 조해일문학전집 발간에 부쳐

2020년 6월 19일 새벽, 조해일 선생이 우리 곁을 떠났다. 코로나19 바이러스의 창궐로 전 세계적으로 자유로운 이동이 멈춰 있는 가운데, 마스크를 쓰고 사회적 거리두기를 유지하던 시기였다. 그로부터 4년이 지났다.

조해일의 소설은 1970년대 한복판을 관통한다. 많은 사람에게 선생은 『겨울여자』(1976)를 쓴 1970년대 베스트셀러 대중 작가로 기억된다. 하지만 선생은 그러한 평가를 넘어, 등단작인 「매일 죽는 사람」과 「맨드롱 따또」, 「뿔」 등의 단편소설, 「무쇠탈」과 「임꺽정」 등의 연작소설, 「아메리카」와 「왕십리」 등의 중편소설, 『갈 수 없는 나라』 등의 장편소설 들을 지속적으로 발표한, 1970년대를 대표하는 작가로 활동하였다. 조해일은 감정을 배제한 객관적인 묘사와 절제된 문체로 산업화 시대를 살아가는 소시민의 일상성을 주목한 작가로 평가받는다. 특히 도시화·근대화의 과정에서 야기된 폭력성에 대한 성찰과 함께, 장편소설에서 보여준 우의(寓意)적 연애 담론이 대중적 교감을 형성한다. 선생의 작품은 '삶과 죽음, 도시와 인간, 노동과 소외, 여성과 남성, 폭력과 비폭력, 전쟁과 평화, 이성과 충동, 이상과 현실, 인간과 비인간, 억압과 저항' 등의 대립항을 주목하면서, 인본

주의적 상상력으로 산업화 시대 한국 사회의 풍경을 다채롭게 길어냈다. 1970년대 한국 사회를 조망하고자 할 때 작가 조해일은 황석영, 최인호, 조세희 등과 함께 빼놓을 수 없는 '문학적 자산'이다.

문학사적 차원에서 조해일은 중편 「아메리카」로 미군 기지촌 풍경을 묘사하면서 제3세계적 시각의 획득과 반제국주의적 의식의 형상화를 성취한 작가라는 평가를 받는다. 장편소설 『겨울여자』 등은 대표적인 대중소설로서 상업주의적 코드 속에 파편화된 개인주의와 관능적 분위기 등의 대중적 요소를 함의하고 있다고 평가받는다. 또한 「뿔」의 지게꾼, 「1998년」의 우화적인 미래 공간, 「임꺽정」 연작의 역사 공간, 「통일절 소묘」의 환상적인 꿈 등에서 드러나듯, 새로운 소설적 기법과 비유적 장치, 주제 의식을 통해 함축적이고 다양한 세계를 주조한 것으로 평가받는다.

조해일의 소설에는 '역설(逆說)의 감각'과 '알레고리적 상상력'이 자리한다. '역설'은 세계의 복잡성과 다성성(多聲性)을 입체적으로 착목(着木)하는 방법이고, '알레고리'는 세계의 진실을 우회적으로 드러내기 위해 활용하는 대표적인 메타포다. 현실 세계의 표면적 양상이 감추어 둔 이면적 진실을 꿰뚫어 보기 위한 작가적 선택으로 '역설과 우의'의 방식을 선호한 것이다. 선생은 등단작인 「매일 죽는 사람」 이래로 말년작인 「통일절 소묘2」에 이르기까지, 50년 가까운 세월 동안 '자유와 민주, 평등과 평화, 인권과 노동'을 소중히 여기며 인간의 실존적 가치에 대해 탐색했다.

　많은 작가의 말년작들이 자신의 과거와 현재를 조망하고, 무의식에 자리한 작가적 원형을 재조명하면서 자신의 문학세계를 마무리하는 방식을 보여준다. 이번 전집에 포함된 미발표 유고작 「1인칭 소설」 연작은 고백체 형식의 자전소설로 '문인 조해일' 이전에 '개인 조해룡(본명)'의 실존적 생애를 회고하며 '소설의 진정성'에 대해 회의(懷疑)함으로써 문학의 가치를 되짚어 보게 하는 작품이다. 만주에서의 생애 최초의 기억을 떠올리는 것으로 시작하여 해방을 맞아 서울로 이주해 살다가 6·25 전쟁을 맞아 부산까지 피난을 떠났던 이야기로 마무리되면서, 작가의 구술사적 욕망이 모두 드러나지는 못한 채 미완으로 종결된다. 하지만 1970년대 대표 작가로서 1940년대로부터 2000년대에 이르기까지, 문단과 강단 안팎에서 전업 작가로서 마주했던 소설가적 진실 추구에 대한 원형적 자의식을 보여준다는 점에서 유의미한 말년작이다.

　선생의 작품은 도시적 일상으로부터 기지촌 여성 문제 고발, 불합리한 폭력의 양상 폭로, 환상성의 활용, 역사소설의 전용 등을 거치면서 정치적 알레고리를 배면에 깔고, 비인간적 현실에 대한 무기력한 지식인의 대응을 통해 1970~80년대적 체제 저항의 수사를 형상화한다. 탄탄한 서사성을 내장한 조해일의 문학은 1970년대를 넘어 지금에 이르기까지, 현실과 가상의 경계를 넘나들면서 소외된 개인이 일상과 현실을 벗어나 환상과 무의식의 세계로 탐닉해 들어가는 문학 내외적 현실을 성찰하게 한다. 조해일의 문학은 지금 여기에서 여전히 한국문학을 대표하는 현재진행형 유산(遺産)이다.

이제 우리는 아동문학과 수필, 희곡 등 비소설 장르의 작품을 제외한 선생의 모든 소설을 가능한 한 원형 그대로 보존하여 문학전집을 발간한다. 이 전집이 선생과 선생의 작품을 그리워하는 사람들에게 선생의 향기를 추억할 수 있는 매개체가 되기를 바라며, 문학을 공부하는 사람들에게 풍요로운 문학적 영감(靈感)으로 활용되기를 기대한다.

끝으로 선생의 저서를 전집으로 출판하는 데 물심양면으로 도움을 아끼지 않은 모금 참여자들과 전집 발간에 암묵적으로 동의해 준 유족에 감사를 전한다. 특히 간행의 시작과 끝을 책임져 준 죽심(문학의숲)에 진심으로 감사를 드린다.

독자 여러분들의 많은 관심과 성원을 기대한다.

2024년 6월
조해일문학전집 간행위원회
고인환, 고찬규, 김중현, 박균수, 박도준,
박연수, 서하진, 오태호, 주춘섭, 한희덕

차례

조해일문학전집 3권

간행사 004

왕십리 011
반(反)연애론 161
우요일(雨曜日) 271

해설 369

왕십리

비가 온다
오누나
오는 비는
올지라도 한 닷새 왔으면 좋지.

여드레 스무날엔
온다고 하고
초하루 삭망이면 간다고 했지
가도 가도 왕십리 비가 오네.

웬걸, 저 새야
울랴거던
왕십리 건너 가서 울어나다고
비맞아 나른해서 벌새가 운다.

- 김소월(金素月)의 '왕십리(往十里)'에서 -

1

서울역(驛) 구내를 빠져나왔을 때 민준태(閔俊泰)는 자기 머리 위에 우산 하나가 씌워지는 것을 느꼈다. 눈을 치떠 확인하는 대신 그는 옆을 돌아보았다. 잠바 차림의 더펄머리 청년 하나가 준태를 빤히 올려다보며 말했다.

"아씨, 좋은 애 하나 소개해 드리죠. 3000원만 내십쇼.

준태는 잠시 동안 말없이 비가 퍼붓고 있는 거리를 바라보았다. 우장을 준비하지 못한, 막 내린 승객들이 부산히 택시 정류장으로 뛰어가거나 소년들이 한 아름씩 안고 마중 나온 싸구려 우산을 사는 모습이 보였다. 무슨 공사가 진행 중인지 깊고 커다란 구덩이 곁에서 크레인이 불빛을 받으며 작업하고 있는 모습이 보였고 비와 어둠을 헤치며 달려가는 줄 이은 자동차들의 불빛도 보였다. 전차가 다니는지를 알아보려고 눈여겨보았으나 전차는 보이지 않았다. 준태는 잠시나마 몸을 덜 젖게 해 준 청년에게 고맙다고 인사했다. 그리고 나는 지금 곧 어디로 가 봐야 할 사람이라고 덧붙였다. 청년은 순순히 단념하고 그리고 매정하게 우산을 준태의 머리로부터 벗겨 갔다.

옷 위로 빗줄기의 타격이 제법 세차게 느껴져 왔다. 물매를 맞는다는 말이 있지, 하고 속으로 중얼거리며 준태는 몸을 움츠려 짐짓 매를 피하는 시늉을 지으면서 천천히, 사람들이 택시를 타려고 줄 서 있는 곳으로 갔다. 청년에게 방금, 자기가 어디로 곧 가 봐야 할 사람이라고 말한 것은 거짓말이었다. 가 봐야 할 데가 있는 것은 사실이었지만 반드시 곧 가야 한달 것은 없는 일이었다. 하지만 역시 능장을 부리고 있을 기분은 조금도 아니었다. 차례가 오자 준태는 택시에 올라탔다. 그리고 해군사관의 모자 같은 걸 쓴 운전사에게 천천히 말했다.

"왕십리로 갑시다."

택시는 역 광장을 빠져나와 퇴계로 쪽으로 방향을 잡았다. 택시의 유리창 지우개가 분주히 빗물을 닦아 내고 있었다.

"웬 봄비가 이렇게 심합니까?"

운전사가 뒤통수만 이쪽을 향한 채 수작을 건네 왔다.

"네, 비가 많이 오는군요."

하고 나서 준태는

"그런데 역 앞의 공사는 그게 무슨 공삽니까?"

하고 물었다. 운전사는

"네?"

하고 반문하고 나서,

"아, 지하철 공사 말씀이군요. 처음 보시나요?"

하고 백미러를 눈여겨보는 듯했다. 준태는

"아, 네."

그러고만 말았다.

"서울이 아주 오래간만이신가 보군요."

하고 운전사는 다시 한번 백미러를 살펴보듯 했다. 준태는 대꾸 대신 주머니에서 담배를 꺼내 붙여 물었다. 그렇소, 운전사 양반. 아주 오래간만이오. 준태는 그렇게 속으로 대꾸했다.

운전사는 이제 손님이 더 이상 수작을 나눌 의사가 없다고 판단했음인지 잠자코 차만 몰았다.

택시는 시구문을 끼고 돌아 신당동 쪽으로 빠져나왔다. 그때 준태는 전차의 궤도가 없어져 버린 걸 알았다. 차창으로 내다본 차도는 맨숭맨숭하게 포장돼 버린 위로 흘러넘친 빗물만이 불빛에 비쳐 번질거릴 뿐이었다. 중앙시장 앞을 지나 광무극장 앞 어림을 통과할 때 준태는 눈여겨 내다보았다. 그 작은 극장은 그 자리에 있었다. 서투른 솜씨의 간판 그림을 이마에 이고 광부의 탐색등 같은 작은 몇 개의 전등빛에 제 전신을 드러낸 채 그 자리에 있었다. 중학생 때(겨울이었다) 숯불을 피운 드럼통 화로 주위에 옹기중기 둘러앉아 을씨년스레 서양 영화를 구경하던 그 극장은 지금도 그 자리에 남아 비를 맞고 있었다. 그때 본 영화가 무엇이었더라. 〈마술사의 사랑〉이었던가.

하왕십리를 지나 왕십리 로터리가 가까운 지점에서 준태는 택시를 내렸다. 있으면 그 어림에 있을 것이었다. 벽돌로 지은 ㄷ자 모양의 2층 건물, 다방과 당구장이 있고 식당과 여관이 있고 이발소와 목욕탕이 있는 그 건물, 근처의 거의 유일하던 종합 휴양 시설 같은 그 건물 말이다. 벽돌로 견고하게 지었음에도 불구하고 어딘지 늘 비가 샐 것 같은 인상을 풍기던, 이름이 좋아서 '천지(天地)회관'이라고 불리던 건물 말이다. 준태는 비를 피해 우선 길가의 철물점 비슷한 가게 쪽으로 뒷걸음질 쳐 들어서면서 맞은편을 바라보았다. 있었다. '천지회관'은 그 자리에 옛 모습 그대로 천연스레 비를 맞고 서 있었다. 준태는 빗속을 똑바로 걸어 차도를 횡단해서 그 건물로 다가갔다. ㄷ자의 터진 부분 속으로 들어섰다. 여관으로 들어가는 입구는 오른쪽 안 구석에 있었다. 유리문을 밀치고 들어서자 열일고여덟 돼 보이는 소년이 현관 쪽으로 난 창틀에 턱을 괴고 있다가 아주 게으른 태도로 상체를 일으켰다.

"주무시려구요?"

"응, 방이 있니?"

"특실밖에 없는데요."

"아무거나 괜찮아."

"그럼 따라오세요."

소년이 앞장을 서서 현관 마루 바로 앞에서 난 층계로 올라갔다. 준태는 잠자코 소년을 뒤따랐다. 층계가 가팔라서 소년의 엉덩짝이 준태의 이마에 닿을 지경이었다. 층계를 다 올라서자 소년은 어두컴컴한 좁은 복도를 몇 발짝 걸었다. 그리고 한 방 앞에 섰다.

"이 방입니다, 손님."

그러며 닫힌 문을 열었다. 캄캄했다. 소년이 전등 스위치를 넣었다. 그러자 방의 전모가 드러났다. 얼핏 보기에도 시트가 그다지 깨끗하지 못한 2인용 침대가 하나, 탁자 하나 그리고 화장대 비슷한 것 하나가 각기 서로 별 관련성도 없는 물건들처럼 늘어놓여 있는 휑뎅그렁한 방이었다. 한쪽 벽에 자그마한 도어가 하나 달려 있는 것을 보면 욕실 같은 게 딸린 모양이었다. 준태는 방으로 들어섰다. 실로 오랜만에 맡아 보는 여관방 특유의 눅눅한 곰팡내 같은 것이 코끝에 스몄다.

"뭐 심부름시키실 거 없으시죠?"

소년이 문 앞에 선 채로 몸을 돌려세울 자세를 취하면서 말했다. 준태는 고개를 저었다. 문이 닫히고 복도를 걷는 발소리가 조금 들리더니 그 발소리가 다시 이쪽으로 되돌아왔다. 문이 반쯤 열리면서 소년의 고개가 다시 들이밀어졌다. 이번엔 제법 슬기로운 표정을 지으면서 소년은 좀 낮춘 목소리로 말했다.

"참, 아씨, 이쁜 여자 하나 불러 드릴까요?"

준태는 녀석의 들이밀어진 고개를 향해 커다랗게 고개를 끄덕여 보였다. 문이 다시 닫히고 이번에는 녀석의 발소리가 아주 사라져 내려갔다.

준태는 침대에라도 걸터앉을까 어쩔까 잠시 망설이다가 욕실이라고 짐작되는 델 열어 보았다. 어둠 속에서 마른 물 냄새가 조금 끼쳐 나왔다. 스위치를 찾아 밀어 올리자 작은 전등이 켜졌다. 타일을 바른 조그만 욕실이었는데 때가 낀 욕조가 하나, 세면기 하나 그리고 변기가 보였다. 걸어 들어가서 욕조의 물을 틀어 보았다. 조금씩이긴 하지만 더운물이 나오고 있었다. 대강 헹궈 내고 더운물을 틀어 놓은 채 준태는 욕실에서 나왔다. 침대에 걸터앉아 담배를 피워 물었다. 연기를 폐부 깊숙이 들이마셨다. 어쩐지 아직도 달리는 차창가에 앉은 기분이다. 구릉과 야산 그리고 들판을 가로질러 달리는 몇 시간의 여행의 흔들림이 지금까지 그대로 연장되고 있는 느낌이다. 그것은 부산에서의 일박(一泊)에서도 그랬다. 배 위에서의 단조롭고 오랜 흔들림이 잠자리에 든 뒤까지 그대로 연장되는 느낌이었다. 그러

나 결코 항공편을 이용하지 않은 게 후회되지는 않았었다. 그리고 그
것은 지금도 마찬가지다. 바라던 대로 그는 가까이서 보고 싶었던 것
들을 배 위에서와 기차의 차창을 통해서 볼 수 있었던 것이니까.

준태는 탁자 위의 재떨이에다 담배를 눌러 꺼 버리고 일어서서 윗
옷을 벗었다. 우선 세수라도 좀 하고 싶었다. 그때 방문을 가만히 두
드리는 소리가 났다.

"네, 들어오세요."

하고 준태는 벗은 윗도리를 손에 든 채로 방문 쪽을 바라보았다. 방
문이 반쯤 열리면서 한 여자의 얼굴이 가만히 들이밀어졌다.

"들어가두 돼요?"

여자의 머리카락에는 빗방울이 몇 개 맺혀 있었다.

"네, 어서."

하고 준태는 여자에게 길을 비켜 주는 시늉을 해 보였다. 문이 조금
더 열리고 여자의 전신이 나타났다. 방으로 들어서는 그녀의 스커트
자락 아래로 드러난 다리가 몹시 빈약해 보였다. 화장하지 않은 얼
굴, 마치 엎드려서 잡지라도 뒤적거리다 불려 나온 것 같은 조금 부
석부석해 보이는 얼굴, 그리고 그 얼굴을 떠받치고 있는 가느다란 목
과 그 아래의 역시 빈약해 보이는 상체가 그녀의 몸 전체를 지탱해
주고 있는 그 빈약한 다리와 어울려 그녀로 하여금 묘하게도 종일을
근무에 시달린 가엾은 여사무원처럼 보이게 하고 있었다. 준태는 그
때까지 들고 있던 윗옷을 벽의 옷걸이에 걸면서 말했다.

"난 목욕을 하려던 참인데 혹 같이하겠소?"

여자는 말끄러미 준태를 쳐다보았다. 쳐다보는 눈매가 준태의 진의를 묻고 있는 듯했다.

"우두커니 기다리려면 지루할 테니 말이오."

"……."

"생각이 없으면 그만둬도 괜찮소."

"아녜요. 같이해요. 비 오시는 날은 늘 목욕이 하구 싶어요."

준태는 순간 미어지는 듯한 그리움이 솟아올랐다. 두 눈을 커다랗게 뜨고 그녀를 감싸안을 듯이 바라보았다. 비 오는 날, 목욕 그릇을 옆에 끼고 목욕탕을 나서는 여자들의 젖은 머리와 더운 김 서린 얼굴들이 그녀의 얼굴 위에 겹쳐 보였다. 그는 하마터면 손을 뻗쳐 그녀의 어깨를 잡을 뻔했다. 그녀가 말했다.

"먼저 들어가세요. 금방 뒤따라 들어갈게요."

준태는 옷을 벗었다. 그리고 욕실로 들어갔다. 물은 이미 욕조에 반나마 차 있었다. 손을 담가 보니 물은 알맞게 따뜻했다. 욕조로 들어가 몸을 뉘었다. 목 근처까지 물이 찰랑찰랑 부풀어 올랐다. 비로소 여행의 긴 흔들림이 차츰 가라앉아 가고 있는 느낌이었다. 온몸이 편안하게 이완되어 갔다.

문이 열리면서 그녀가 들어왔다. 두 손을 앞으로 모아 늘어뜨린 채그녀는 조금 옹송그리듯 하면서 들어왔다. 전등빛에 비친 그녀의 살갗은 가벼운 추위에 맞서고 있는 양 잔잔한 작은 돌기들이 돋아나 있었다. 준태는 그제야 욕조가 1인용 하나뿐이라는 걸 깨달았다. 욕조로부터 몸을 일으켜 밖으로 나왔다.

"자."

하고 그녀에게 권했다. 그녀는 괜찮겠느냐는 듯이 준태의 얼굴을 한 번 쳐다본 뒤 욕조로 들어갔다. 물은 이제 거의 욕조를 가득 채우고 찰랑찰랑 넘쳐흐르려고 했다. 그녀는 손을 뻗어 물을 잠그었다. 그리고는 가만히 몸을 뉘었다. 투명한 물속으로 비치는 그녀의 지체가 불균형하게 떠 보였다.

"아가씨와 만나서 참 다행이군."

세면대 위에 놓인 비누를 집어 칠하면서 준태가 말했다.

"왜요?"

그녀가 눈까풀을 반짝 치켰다.

"왠지 그런 생각이 드는군."

"우습네요. 전 별루 예쁘지두 못한데요."

"아니 그렇지 않아."

"하긴 선생님두 뭐 미남이라군 할 수 없겠군요."

"그건 물론 그렇지. 하지만 아가씨는 아름다워."

"정말이세요?"

"물론 정말야."

"그럼 선생님두 미남이세요."

"왜?"

"절 칭찬하시니깐."

"!"

"자 이리 들어오세요. 좁지만 같이해요."

순간 준태는 서럽게 도발되었다. 욕조로 뛰어들어 그녀를 일으켜 안았다. 비누질로 미끄러워진 준태의 몸에 그녀는 오히려 까칠까칠하게 느껴졌다.

두 사람은 미끄러져 쓰러졌다. 물이 욕조 바깥으로 넘쳐흘렀다. 그녀가 쓰러진 채로 말하였다.

"다치지 않았어요?"

"아니."

"침대로 가요."

몸을 일으켜 욕조 바깥으로 나오자 그녀는 물을 퍼서 준태의 몸 위에 끼얹었다. 물속에 쓰러지면서 대부분 씻겨 나간 비눗물이 말끔히 가셔졌다. 준태는 다시 그녀를 껴안았다. 그녀도 이번엔 준태를 마주 안아 왔다. 그렇게 한 채로 두 사람은 침대로 갔다. 욕실 문턱에서 자칫 넘어질 뻔했으나 그것이 두 사람을 떼어 놓진 못했다.

그녀의 살갗은 어느 편인가 하면 가슬가슬한 감촉을 주는 편이었다. 그러나 뜻밖에 탄탄하고 따뜻했다. 준태는 맹렬히 수행했다. 그녀는 다소곳하면서 너그러웠고 때때로 힘 있게 자기 자신을 내던져 왔다. 준태는 마침내 온몸이 설움으로 가득 차는 순간을 맛보았다.

그날 밤 준태는 정희와 만나는 꿈을 꾸었다. 정희는 갓난이 제 동생을 등에 업은 채 물동이를 이고 어디론가 가고 있었는데 물동이에서 방울방울 떨어져 내린 물방울이 그녀의 검정색 스웨터 앞섶을 적시고 있었다. 그리고 그렇게 적셔지고 있는 스웨터 앞섶으로는 그녀의 작고 귀여운 유방이 알릴락 말락 내비치고 있었다. 준태는 반가움에 고꾸라질 뻔했으나 정희는 준태를 끝내 모른 체하고 지나가 버렸다.

2

이튿날 아침, 준태와 하룻밤을 같이 지낸 그 여자는 자기 이름은 윤애라고 부른다고 하고 또 부르면 오겠다고 말하고는 더 주무시라고 이불깃을 여며 준 다음 총총히 가 버렸다.

준태는 그녀가 가고 난 다음 다시 잠들었다가 늦게야 깨어났다. 비는 갠 모양으로 창을 통해 햇살이 가득 들이비쳤다. 몹시 시장기가 느껴졌다.

욕실로 가서 대강 세수를 마친 다음 옷을 주워 입고 그는 식당으로 갔다. 천지회관의 식당부는 조금도 변해 있지 않았다. 그가 정희와 더불어 두어 번 와서 비빔밥을 시켜 먹던 때 그대로 조리하는 소리와 모습이 다 알리는 커다란 주방도 변함없었고 불결한 행주 자국이 나 있는 비닐 씌운 식탁이나 등받이가 높은, 역시 비닐 껍질 씌운 의자가 다 예전 그대로였다. 거의 늘 텅 비어 있다시피 하던, 문이 활짝 열어젖혀진 방들도 마찬가지였고.

준태는 설렁탕을 한 그릇 시켰다. 점심시간까지는 아직 시간이 있었으므로 준태는 거의 그 덩그런 식당에서 혼자 식사하다시피 했다. 설렁탕도 깍두기도 그저 그랬으나 준태는 맛있게 먹어 치웠다. 그리고 그는 자기 자신에게 타일렀다. 자 이제부터 되도록 한가로운 마음을 갖지 않으면 안 된다. 절대로 서둘러선 안 돼. 우선 다방에 가서 차도 한잔 마실 일이고 당구장에 가서 당구도 한 게임 칠 일이다.

준태는 천천히 식당에서 나와 다방으로 갔다. 역시 예전 그대로의 천지회관 다방부. 정희와 역시 두어 번 들어왔던 적이 있는 다방. 정희의 눈이 눈물을 참기 위해 사팔뜨기로 변하는 모습을 마주 지켜보던 다방. 그렇게 마주 지켜보는 이외에는 달리 아무런 방도도 찾을 길 없는 참담한 심경을 겪었던 다방.

준태는 엽차를 날라 온 여자에게 커피 한 잔을 주문했다. 다방으로서는 역시 이른 시간이었으므로 커피는 제법 생생한 향기를 간직한 것이었다. 준태는 조금씩 마시면서 그때 정희와 같이 앉았던 자리가 저쪽 구석 커튼 내려진 창 옆이었지, 하고 생각했다. 지금도 그 커튼 때문에 왕십리의 맑은 햇빛은 실내로 뚫고 들어오지 못하고 창밖에서만 머뭇거리고 있었다.

그때 다방 문이 열리며 한 사내가 들어서서 다방 안을 한 바퀴 쓰윽 둘러보는 모습이 보였다. 작달막한 체구, 번쩍이는 금속테의 안경, 키 작은 사내들 특유의 곧은 자세 그리고 남을 얕잡아 보는 듯한 시선이 어딘가 낯익다는 생각이 들었다. 준태가 마악 그런 느낌을 받으며 사내를 쳐다보는 순간 사내의 눈길이 준태의 얼굴 위에 와서 머물렀다. 사내는 순간 의혹에 찬 표정을 잠깐 지었다. 그리곤 계속 준태를 주시하며 천천히 이쪽으로 다가왔다. 준태도 그의 시선을 맞받으며 그가 다가오는 모습을 지켜보았다. 사내는 준태가 앉아 있는 테이블 앞으로 다가와서 좀 자신 없는 태도로 물었다.

"혹시 민준태…… 씨 아닙니까?"

"아, 네. 그렇습니다만…… 댁은……."

그러자 사내는 좀 심하게 보일 만큼 호들갑을 떨었다.

"야, 이게 몇 년 만입니까? 가마안 있자. 그렇지, 꼭 14년 만이로군. 14년 만이야. 아니 그런데 날 모르시겠소? 나 윤충근이 아뇨, 윤충근."

"윤충근 씨……."

"야, 이거 섭섭한데. 정말 모르시겠소. 나 윤충근이 아뇨, 윤충근."

"윤충근."

"야, 이거 섭섭한데. 정말 모르시겠소. 마쟁이(마장동) 미나리밭 쿤아들 윤충근일 정말 모르시겠소."

"아!"

준태는 그제야 그를 알 만했다. 14년 저편의, 주먹깨나 쓰던, 늘 동네 어귀의 철로 변 근처 수평틀 주위에서 그만그만한 친구들과 어울려 체격을 불리는 데 여념이 없던 한 키 작은 청년의 모습이 떠올랐다. 준태는 사과했다.

"이거 정말 실례했습니다."

"이제 아시긴 정말 아시겠소? 하긴 나두 처음엔 알딸딸했소. 죽은 사람이 나타났나 했지. 민 형은 요샛말루 정말 증발해 버리다시피 했으니까."

그러며 그는 그제야 자기가 아직 서 있는 채라는 걸 깨달은 듯 준태의 맞은편 의자에 앉았다.

"아무튼 이거 오랜만이오. 피차 14년 만이니 말이오."

"그렇군요."

"그래, 그동안은 어디에 계셨더랬소?"

그는 마치 자기가 지나간 14년 동안에 오직 준태의 안부만을 염려해 왔다는 투의 표정을 지었다. 그러며 준태의 옷차림을 눈여겨보는 듯했다. 준태는 이런 종류의 시선에는 자기의 옷차림이 꽤 견딜 만하리라고 생각했다. 아니나 다를까 그가 재차 물어 왔다.

"어디 해외에라두 나가 계셨더랬소?"

"뭐 그저 조금 떠돌아다녔습니다."

"글쎄 어딘지 그러신 것 같군. 좌우간 반갑시다. 그 사건이 있었을 때는 정말 모두들 민 형을 염려했었지."

준태는 순간 이 친구도 그 일을 알고 있었던가, 하고 속으로 적잖이 놀랐다. 그러나 그것을 내뵈진 않았다.

"아 네, 정말 반갑습니다."

"아 반갑다마다, 죽은 사람 만난 것 같소. 그건 그렇구, 그동안 그래 재미는 좀 봤소?"

나중 '재미는 좀 봤소?' 하는 대목에 가서는 그는 목소리를 낮춰 은밀히 속삭이듯 했다. 마치 장물 취급자가 밀수꾼한테라도 묻고 있는 듯한 투로. 준태는 그러나 되도록 덤덤하게 받았다.

"무슨 별 재미가 있었겠습니까. 그저 하릴없이 떠돌아다녔을 뿐이죠."

"아따, 그 뭐 숨길 건 없잖소? 척 보면 다 아는 일 가지구. 민 형이 재미 좀 봤대서 이 윤 아무개가 뜯어먹기라두 할 사람같이 보여서 그러쇼? 그렇다면 그건 절대 오해요, 오해."

"그럴 리가 있겠습니까. 형편대루 말씀드리는 거죠. 그건 그렇구 그럼 윤 형은 어떠십니까? 재미 좀 보십니까?"

"우리 같은 사람 재미래야 백날 그렇죠. 시내에서 조그만 오퍼상 (商) 하나 하구 있시다. 여기서 누굴 좀 만나기루 했는데 아직 안 나온 모양입니다. 긴밀한 상담이 돼 놔서 이런 구석진 데 다방이 제격이라 이 말씀야. 그런데 민 형이 아무 재미 못 봤다는 얘기는 암만해두 믿을 수가 없는걸. 전혀 믿어지지가 않는단 말씀야."

그러며 그는 준태의 눈을 짓궂을 만큼 자세히 쳐다보았다. 준태는 그러나 그 시선을 피할 생각은 없었다. 덤덤히 마주 바라봐 주었다. 그러자 그는 팔목을 들어 시계를 잠깐 들여다보았다. 그리고는 문께를 한 번 돌아다보더니 자리에서 일어섰다.

"이 친구, 사람 바람맞히는군. 자 언제 술 한잔 같이합시다. 참 숙소를 어디 정하셨나?"

"네, 당분간 여기 여관에 있을까 합니다."

"저런, 오늘 저녁이래두 그럼 우리 집으로 오쇼. 누추하지만 여관에 비할 바가 아닐 테니."

"고맙습니다만 폐 끼치느니 그냥 여기 있겠습니다."

"그러실 것 없을 텐데. 아무튼 그럼 이리 전화나 한번 주쇼. 지금은 좀 바빠 놔서."

그는 윗도리 안주머니에서 명함을 한 장 꺼내 놓았다. 그리고는 바쁜 걸음으로 입구께로 걸어가더니 레지에게 무어라고 몇 마디 이르고는 총총히 문을 밀고 나가 버렸다. 준태는 물끄러미 그가 사라진 쪽을 바라보았다. 아무래도 그가 그 일을 알고 있다는 사실이 마음속에 조금 꺼림칙하게 남았다. 준태는 그가 방금 탁자 위에 내려놓고 간 명함을 집어 들었다. 앞면에는 주소와 전화번호 그리고 '삼일무역 주식회사 대표 윤충근'이라는 한자로 인쇄된 글씨가 보였고, 뒷면에는 같은 내용의 영문으로 인쇄된 글씨가 보였다. 준태는 그것을 어떻게 처리할까 망설이다가 저고리 윗주머니에다 아무렇게나 넣어 두었다. 그리고 천천히 자리에서 일어났다. 거리를 우선 조금이라도 걸어 보고 싶은 생각이 났다.

다방에서 나와 층계를 내려오자 바로 버스 정류장이었다. 그전에는 전차 정류장이던 곳이었다. 그전에도 버스 정류장은 있었지만 좀 더 시내 쪽으로 들어간 지점에 있었다.

그다지 많지 않은 사람들이 버스를 기다리고 있었다. 마치 그전에 전차를 기다리던 사람들이 그러던 것처럼. 곧 버스 두어 대가 도착해서 승객 몇 사람을 내려놓고 기다리던 사람들 중 일부를 태워 가지고 다시 엉덩판을 뒤뚱이며 떠나갔다. 그것도 그전에 전차가 그러던 것처럼. 다른 점이 있다면 전차의 엉덩판은 좀 더 점잖고 신사다워서 버스의 그것처럼 경망스러워 보이지 않은 점이었다고나 할까.

거리에는 왕십리의 맑은 햇빛이 차단물에 의해 가려진 부분을 제외하고는 골고루 인심 좋게 퍼져 있었다. 건물들의 유리창 위에와 벽 위에, 차도와 보도 위에 그리고 사람들의 어깨 위에와 신발 위에. 그 햇빛이 그 전 그대로의 맑은 햇빛인 것으로 오해한 것은 바로 비 온

뒷날이었기 때문이라는 걸 준태가 알게 된 건 불과 얼마 안 있어서의
일이지만.

준태는 느릿느릿 걸었다. 왕십리 특유의 먼지가 없어진 건 비 온
뒷날이기 때문이라 치고 왕십리 사람만이 맡을 수 있는 어떤 향긋한
공기 냄새, 이를테면 잡초더미 같은 데서 맡을 수 있는 싱그럽고 은
은한 냄새를 전혀 맡을 수 없는 점이 준태는 서운했다. 준태는 좀 더
걸었다. 왕십리 로터리가 나타나고 소방서와 경찰서가 보였다. 로터
리에서 청량리 쪽으로 빠지는 큰 길이 보였다. 유명하던 먼짓길이 말
쑥하게 포장되어 있었다. 준태는 횡단보도를 건너 곧장 역(驛) 쪽으
로 걸었다. 역 앞의 광장은 텅 비어 있었다. 그전에는 전차의 종점이
있었던 곳이기도 하다. 역시 먼지가 풀썩이던 곳. 사람들은 전차에서
내리면 우선 그곳 특유의 햇빛에 바랜, 바싹 마른 먼지와 대면하게
되곤 했었다. 그 먼지는 역 근처라는 이유 때문이겠지만 얼마간 석탄
가루가 섞인 듯한 회색빛 도는 것이었는데 사람들은 그 먼지와 만나
는 순간에 자기가 왕십리에 왔다는 것을 알곤 하였다. 그것은 의식하
지 않아도 저절로 그렇게 알게 되는, 왕십리 사람들에게는 아주 친숙
한 사물이었다. 물론 비가 오는 날이거나 비 온 뒷날엔 사람들은 깨
끗이 씻긴 왕모래와 만났었다. 의당 군데군데의 물웅덩이와도.

그런데 지금 그곳은 말쑥하게 포장되어 있다. 그리고 역사(驛舍)
근처에서 서성거리고 있는 군인 몇 사람을 제외하고는 텅 비어 있다.
준태는 역 쪽으로 좀 더 걸어 내려갔다. 기동차 길이 보이지 않는다.
동대문에서 청계천 변을 끼고 달려 나와 뚝섬까지에 이르는, 시에

서 운행하던 단선의 궤도차가 역 앞 광장의 한복판을 통과했었던 것
이다. 사람들은 그것을 보통 기동차라고 불렀다. 성동(城東)의 명물
의 하나이던 그것, 통학생들과 광주리장수 아주머니들에게 그지없
이 사랑받던, 뚝섬 방면에 사는 사람들에게는 거의 유일하던 교통 기
관. 준태가 정희와 같이 타고 비 오는, 또는 눈 내리는 들판을 내다보
면서 몇 번이고 왕복하던 그 기동차도 없어져 버린 모양이었다. 그리
고 마장동이나 사근동의 서쪽 지역에 사는 사람들에게 지름길을 제
공해 주던 역의 적재장 입구도 완전히 막혀 있었다. 준태는 발길을
돌이켰다. 햇빛은 어느새 오후의 것으로 바뀌어 가고 있었다. 천천히
되짚어 준태는 다시 천지회관 쪽으로 돌아왔다.

당구장으로 올라갔다. 유리문을 밀고 들어서자 "어서 오세요" 하는
젊은 여자의 목소리가 났다. 그리고 그때 힐끗 소리 난 쪽을 바라본
준태의 눈길에 방금 손님을 반긴 젊은 여자 곁에서 큐 손질을 하고
있는 한 중노인의 숙인 어깨가 들어왔다. 구부정한 그 어깨가 어딘지
낯익다고 생각하는 순간 그 어깨의 임자가 고개를 쳐들었다. 두 사람
의 시선이 마주쳤다.

"아니, 이게 누구시오?"

펄쩍 뛰듯 놀라며 먼저 반색을 한 건 그 중노인 쪽이었다.

"아직 계셨군요."

왕 씨였다. 14년 전에도 이 당구장에서 큐 손질을 보던 그 왕 씨였
다. 그리고 그 왕 씨가 아직껏 그 당구장에 그냥 있으리라곤 준태는
생각도 못 했다. 왕 씨는 손질하던 큐를 내던지다시피 하고 이쪽으

로 부산히 마주 나왔다. 그리고 거의 얼싸안듯 준태의 한쪽 팔을 감싸 쥐었다.

"이게 정말 몇 년 만이오?"

"정말 오랜만입니다. 아저씨."

"자, 우선 좀 여기라두 앉읍시다."

왕 씨는 준태를 거의 끌어앉히다시피 하여 거기 나무벤치를 권하고는 자기도 앉았다. 준태는 말했다.

"그동안 많이 늙으셨군요."

"아 늙지 그럼 별수 있수. 가만있자, 그렇지. 자그만치 14년인데. 그건 그렇다 하구, 아 그래 늙은일 그렇게 놀라게 하는 건 또 무슨 경우요? 경우가."

"죄송합니다. 아저씨."

"죄송이구 자시구, 그래 그동안은 어디 가 계셨수?"

"그냥 여기저기 좀 떠돌아다녔죠."

"여기저기라니, 어디? 지방?"

"네, 뭐 그저."

"그래 그동안 몸은 별 탈 없으셨구?"

"네, 모두가 다 아저씨 염려 덕분이죠."

"괜한 소릴. 그래 오긴 언제 오셨구?"

"어젯밤에 도착했습니다. 여기 여관에서 잤습니다."

"아 그랬으면서 여길 인제 오셔?"

"아저씨가 아직 여기 계신 줄이야 누가 알았어야죠. 아무튼 죄송합니다."

"죄송하시긴. 하기야 웬 못난 놈이 한군데서 14년씩이나 처박혀 있 겠다구. 잘못이 있기루 하면야 내게 있는 게지."

"원 별말씀을 다 하십니다. ……참 오랜만에 한 게임 안 쳐 보시렵 니까?"

"그러실까?"

왕 씨는 손수 카운터 안으로 들어가서 따로 두었던 큐 두 자루와 공을 가지고 나왔다. 카운터의 젊은 여자는 시종 흥미로운 시선으로 두 사람의 수작을 지켜보았으며 저쪽 대에서 게임을 하고 있는 청년 들도 큐를 쉴 적마다 이쪽을 힐끔힐끔 돌아보았다. 놀고 있는 대가 많은 것으로 보아 장사가 잘되는 편은 아닌 모양이었다.

왕 씨의 솜씨는 여전히 훌륭하였다. 비틀어치기의 섬세함도 섬세 함이지만 끌기나 밀기의 정확함은 자로 잰 듯하였다. 공을 끌어올 필 요의 이하도 이상도, 밀고 나갈 필요의 이상도 이하도 결코 끌거나 밀지 않는 것이 왕 씨의 아무도 따르지 못하는 솜씨였다. 그리고 그 렇게 해서 모인 공을 왕 씨는 웬만해선 흩뜨리지 않았다. 왕 씨는 또 큐를 세워서 깎아치기의 기술을 이따금 사용하기도 했는데 그것은 꼭 필요한 경우가 아니면 쓰지 않았지만 일단 큐를 세운 뒤에는 좀처 럼 실패하는 법이라곤 없었다. 다만 그가 이따금 실수를 저지르는 건 엷게치기와 먼 공에서였는데 아마도 그것은 그의 노안 탓일 터이었 다. 실수를 저지르고 날 때마다 왕 씨는 손등으로 눈을 비비곤 하였다.

그러니까 일제 때부터가 되겠지만 그는 열다섯 살인가 나던 때부터 당구장에서 심부름을 하면서 잔뼈가 굵었다는 소리를 준태는 들은 적이 있다. 그리고 결국 지금까지 그는 당구장에서 밥을 먹고 있는 셈이다. 그것도 14년 이상을 한곳에서 그리고 모르면 몰라도 아직까지 그는 아마 독신일 것이다. 14년 전 그의 나이 사십일 때도 그랬으니까. 준태는 밀기에 실패하고 나서 큐 끝에 초크칠을 하면서 슬쩍 떠보았다.

"아저씨 이젠 장가드셨겠죠? 애들은 몇이나 두셨습니까?"

왕 씨는 공을 겨냥하다 말고 슬쩍 준태의 얼굴을 한번 쳐다보았다. 그리고는 다시 공을 겨냥하기 시작하면서 말했다.

"애들이 다 뭐요. 장가가 다 뭐구. 그저 내 일신 하나 거두기가 힘에 겨운걸. 참 민 선생은 그동안 장갈 드셨겠군."

그러며 그는 다시 겨냥하던 걸 멈추고 허리를 펴며 일어섰다.

"웬걸요. 하릴없이 떠돌아다니기만 했지 장가두 아직 못 들었답니다."

"저런, 그래선 안 되시지."

"네, 차차 가긴 가야지요."

"차차가 아니라 어서 가셔야지. 미루다 보면 너무 늦으신다구."

"네, 그럼 서둘러 보기루 하겠습니다."

"서두르다마다. 아직 장가두 안 드셨다니 온."

그러며 왕 씨는 다시 대 위에 몸을 구부리며 겨냥을 하기 시작했다. 그러더니 다시 무슨 생각을 했는지 허리를 펴며 일어섰다. 그리고 한결 낮은 목소리로 물었다.

"참, 정희 색시 소식은 들었수?"

"……."

"아 왜 그, 민 선생 따라 여기두 두어 번 올라왔었구 식당에선 나헌테 소개까지 허신 색시 있잖우."

"……."

"통 못 들으셨수?"

"네."

"그 참 알 수가 없단 말씀야. 작년 여름이던가 초가을이던가 비슷한 여잘 한 번 보긴 했는데 꼭 그 색신지 아닌질 알 수가 있었어야지. 워낙이 10여 년 만인 데다가 그나마 길거리에서 흘낏 마주친 것이었으니. 그게 육합춘(六合春) 앞이었던가."

"……."

"이런, 이, 내가 괜한 소릴 한 모양이군. 허지만 아직 그 색실 생각하느라 장가두 안 든 건 설마 아니실 테지."

"아저씨, 게임 마저 하시죠."

그러자 왕 씨는 황망히 큐를 다시 고쳐 잡으며,

"아, 참, 나 이런 주책 봤나."

하고 다시 대 위에 몸을 구부렸다. 그러는 그의 태도에는 이쪽에 대한 마음씀이 역력히 드러나 보였다. 준태는 말했다.

"염려 마세요. 아저씨. 잊어 먹은 지 벌써 오랜 일입니다."

"잊으셔야지, 암."

왕 씨가 겨냥한 공을 때리면서 말했다.

"그 일일랑두 그만 잊으시구."

그날 저녁 준태는 일찌감치 숙소에 들었다. 게임이 끝난 뒤 왕 씨와 같이 육합춘(六合春)에 가서 배갈 몇 잔씩을 나누고는 곧장 여관으로 돌아왔던 것이다. 미처 해도 떨어지기 전이었다.

거의 의혹에 찬 표정으로 맞이하는 지난밤의 그 아이 녀석에게 준태는 맥주 댓 병만 사 오라고 심부름을 시켰다. 그리고 지난밤의 그 아가씨도 불러 달라고 말했다. 녀석은 돈을 받아 쥐면서 준태를 향해 아이 녀석답지 않은 짓궂은 웃음을 지어 보였다. 그리고 말했다.

"어저께 그 방 쓰실 거죠?"

"응."

"그럼 올라가 계세요."

준태는 방으로 올라와 입은 채로 침대 위에 누웠다. 창으로 서서히 저녁빛이 스며들기 시작하고 있었다.

배갈 몇 잔의 취기 때문인지 아직 여독이 채 풀리지 않은 탓인지는 몰라도 깜짝 잠이 들었었나 보았다. 깨어 보니 방 안에는 불이 켜져 있었고 이름을 윤애라고 한다던 지난밤의 그 여자가 침대 발치께에 앉아 있는 모습이 보였다. 준태가 일어나 앉으려고 하자 그녀가 말했다.

"더 주무세요. 무척 고단해 보이시던걸요."

"아니 괜찮아요."

하고 준태는 몸을 일으켜 앉았다.

"그럼 목욕하시겠어요? 물을 받아 놨는데."

"!"

준태는 그녀를 똑바로 쳐다보았다. 오늘은 약간 화장기가 있는 얼굴. 조금쯤 근심하는 표정.

"고맙소."

"하지만 오늘은 혼자서 하세요. 피곤하신가 보던데."

"아니. 같이하구 싶소."

"전 밀어만 드릴게요."

"아니, 꼭 같이하고 싶어."

"⋯⋯그럼 할 수 없네요. 먼저 들어가세요. 그리고 맥주는 목욕 후에 하시죠?"

"아, 참 가져왔나. 그러지 이따 하지."

준태는 옷을 벗고 욕실로 들어갔다. 김이 피어오르는 맑은 물이 가득 괴어 있는 욕조가 눈에 띄게 청결해 보였다. 그녀가 들어와서 닦아 놓은 게 틀림없어 보였다. 준태는 욕조로 들어서면서 죄를 짓는 듯한 기분이 들었다. 물속에 몸을 뉘었다. 그리고 그녀가 들어오기를 기다렸다. 들어오면 짐짓 호통을 쳐 주어야지. 마누라 행세는 하지 말라고.

그러나 그녀는 10여 분이 지나도록 좀처럼 욕실로 나타나지 않았다. 준태는 기다리다 못해 욕조에서 나와 욕실 문을 열어 보았다. 그녀는 아까 그 자리에 다소곳이 앉은 채였다.

"아니, 뭘 하구 있지?"

"아! 때 좀 불으셨어요? 밀어 드릴게요."

"잔말 말구 들어와."

그러자 그녀는 개구쟁이에게 져 주는 속 깊은 여자애처럼 애매한 미소를 한번 지어 보이고는 천천히 옷을 벗기 시작했다. 준태는 문을 닫았다. 그리고 그녀를 위해 욕조는 비워 두고 몸에 비누질을 하기 시작했다. 그리고 그녀가 알몸이 되어 들어왔을 때 말했다.

"당신 정말 시건방져. 숫제 마누라 행세를 하려 들구 말야."

물론 농담이었다. 그러나 그녀는 순간 빨갛게 달아올랐다. 그리고 달아오른 얼굴을 잠시 숙이고 섰더니 번쩍 치켜들며 소리쳤다.

"선생님은 순, 고아 같으셔요."

(고아!)

준태는 순간 폐부 깊숙이 무엇에 찔린 사람처럼 멍하니 서 있었다. 두 사람 사이에 잠시 아무 말도 없었다.

그녀가 금세 후회하는 표정을 지었다.

"미안해요. 사실은 아까 주무시는 모습을 볼 때 얼핏 그런 느낌이 들었을 뿐예요."

그러며 그녀는,

"자, 제가 해 드릴게요."

하고 준태의 손에서 비누를 뺏어 갔다. 준태는 그녀가 하는 대로 내버려두었다. 그녀는 비누질을 골고루 해서 문지른 다음 더운물을 새로 받아서 준태의 몸 위에 끼얹었다. 그리고 같은 동작을 대여섯 번 반복해서 하고 난 뒤,

"자, 되셨어요."

하고 말했다. 그때 준태는 그녀를 번쩍 안아 올렸다. 알 수 없는 설움

이 그녀의 체중만큼 무겁게 지워져 오는 느낌이었다. 그녀가 안긴 채로 준태의 눈을 자세히 들여다보며 말하였다.

"아까 한 말 정말 미안해요."

"……."

"무거우실 거예요. 그만 내려놓으세요. 저기 욕조에 내려놔 주시면 되잖아요."

준태는 그대로 했다. 그녀는 물속에서 준태의 목을 끌어당겨 자기의 가슴에 잠시 안았다가 놓아주었다.

그날 밤 두 사람은 맥주 다섯 병을 다 마시고 갔다. 그녀도 아마 두 병쯤은 좋이 마셨을 것이었다.

그리고 준태는 다시 정희와 만나는 꿈을 꾸었다. 정희는 역시 갓난이 제 동생을 등에 업은 채 함석으로 만든 물동이를 이고 기동차 길 같은 곳을 가로질러 어딘가로 가고 있었는데 준태는 아무리 그녀의 이름을 불러 보려고 해도 목구멍이 열리지가 않았다. 간신히 제 귀에 들릴 만큼만 목소리는 가느다랗게 새어 나왔다. 정희야, 정희야.

3

새벽녘쯤인가, 몹시 갈증이 느껴져 잠결에 물을 찾는 시늉을 했던 모양이다. 부드러운 느낌의 것이 머리에 받쳐지면서 찬 것이 입술에 닿았다. 잠결에도 그것이 물이라는 걸 알 수 있었다. 서너 모금 받아

마시다가 준태는 정신을 차려 눈을 떴다. 윤애가 한 팔로 준태의 머리를 싸안듯이 하고 물컵을 대어 주고 있었다. 순간 준태는 몸을 일으키려고 했다. 그러자 그녀가 가만히 제지하는 눈빛을 보내면서 말했다.

"더 마시세요. 몹시 목말라하시던걸요."

"아니, 왜 자지 않구."

방 안으로는 희미한 새벽빛이 새어 들어오고 있었다.

"저두 방금 전에 깼어요. 아주 달게 잔걸요. 어서 마저 마시구 좀 더 주무세요."

"아냐, 됐어. 나두 잘 잔걸."

그러며 준태는 몸을 일으켜 앉아 허리를 쭈욱 폈다. 새벽이로군. 신선한 채소 냄새 나는 왕십리의 새벽이로군. 예전 같으면 배추나 무를 실은 달구지나 리어카가 분주히 활동을 개시할 시간이로군. 노새가 끄는 달구지거나 또는 아비가 끌고 아들이 미는, 아니면 남편이 끌고 아내가 미는 리어카의, 하중 때문에 짓눌린 바퀴가 하루 중의 첫 음향을 대기 중에 퍼뜨릴 시간이로군. 그리고 노래나 사람의 더운 입김이 찬 공기를 녹일 시간이로군. 침대 위에 일어나 앉아 허리를 펴는 짧은 순간에 떠오른 그러한 생각들은 준태로 하여금 완전히 잠에서 멀어지게 하였다. 그러나 지금은 간간이 이른 자동차 소리만이 들릴 뿐이다. 준태는 아직도 그녀가 쥐고 있는 물컵을 제 손으로 옮겨 쥐었다. 그리고 반나마 남아 있는 물을 단숨에 다 마셔 버렸다. 새벽이 식도를 거쳐 배 속으로 들어와 앉는 느낌이었다. 그녀가 말했다.

"사실 전 새벽잠이 없거든요. 이맘때면 꼭 깨지군 해요."

"그럼 어저께두 이맘때?"

"……네."

"흉한 꼴 다 봤겠군."

"……무슨 괴로운 일 있으세요?"

"괴로운 일이라니?"

"……없으세요?"

"……."

"거 보세요. 없다군 못 하시죠."

"내 잠자는 꼴이 그렇게 흉해 보였어?"

"조금두 흉해 보이진 않았어요."

"그럼?"

"몹시…… 그만둘래요."

그러며 그녀는 고개를 번쩍 쳐들어 준태를 똑바로 바라보았다. 새벽빛인데도 그녀의 눈동자가 물기로 흐려 있음을 느낄 수 있었다. 준태는 순간 그녀의 두 눈동자가 날카롭게 가슴에 와 박히는 듯함을 느꼈다. 어떤 저항할 수 없는 수치감이 전신을 휩싸 왔다. 나는 무슨 이유로 이 여자를 매우 손쉬운 도구처럼만 여겼던 것일까. 무슨 까닭으로 이 여자에게만은 감정의 짐을 지지 않아도 된다고 쉽게 판단해 버렸던 것일까. 단지 이 여자가 감정을 파는 것이 아니라 몸을 파는 여자라는 사실을 너무나도 아무 고려 없이 단순하게 받아들인 탓일까. 그때 그녀가 자세를 바꾸지 않은 채로 말하였다.

"깜짝 놀라실 청을 하나 드려요?"

"……."

"저하구 결혼 안 하실래요?"

그리고 그녀는 아주 맑게 웃어 보였다. 충분한 고려 끝의 제안이라는 듯 그리고 그녀는 아주 숨김없는 눈빛으로 준태를 똑바로 쳐다보았다. 준태는 순간 그녀가 상대방의 상처를 교묘하게 싸매 줄 줄 아는 놀라운 재능을 지닌 여자라는 걸 깨달았다. 그는 순간 그녀의 제안대로 해도 좋다는 생각이 들었다. 손익계산을 해서는 아니지만 그렇게 하는 것이 우선 자기에게는 아무런 손해될 일도 없다고 생각되었다. 그러나 그는 정색을 하고 곧 그녀에게 말했다.

"윤애의 제안은 장난이 아닌 것 같은데, 난 윤애의 신랑감이 될 만한 사람이 못 돼."

"사람이라두 죽였나요?"

"……그래."

"……."

이번엔 그녀가 놀라는 표정을 지었다. 설마 '그래'라는 대답이 나오리라고는 예상하지 못하고 내민 질문이었으리라.

"자그마치 나 혼자서 100명이 넘는 사람의 목숨을 해치웠지."

"……."

순간 그녀의 눈엔 다시 눈물이 핑 돌았다. 방 안은 어느새 상당히 밝아져 있었다. 준태가 말했다.

"자, 그 얘긴 그만하구, 우리 조금씩 다시 눈을 붙이지. 늦잠 좀 같이 자자구."

"아녜요. 우리 결혼해서 같이 살아요. 나 방두 하나 있어요. 오늘이라두 숙소를 옮겨요."

"……."

"선생님이 여행 오신 분이라는 거 알구 있어요. 그리구 부인 있으신 분이 아니라는 것두 확실해요. 선생님 같은 분은 부인이 있는데두 이런 데서 여자를 부를 분이 아녜요. ……시굴 계신 부모님들한테서 빨리 혼인해야 한다구 재촉이 성화 같으셔요. 부모님들은 서울에서 내가 제법 무슨 그럴듯한 직장생활이라두 하구 있는 줄 아시거든요. 혼인은 천천히 해두 늦지 않는다구 답장을 내구 다달이 돈두 조금씩 부쳐 드리구 하지만 너무 오래 부모님들을 속이구 있다는 생각이 들면 아주 미쳐 죽어 버릴 것 같아요. ……선생님을 처음 뵙는 순간, 아녜요, 어저께 새벽에 잠이 깨서 선생님의 주무시는 모습을 처음 봤을 때예요. 왠지는 모르지만, 내가 떳떳이 시집을 갈 수 있는 신분이 못 된다는 게 갑자기 아무 상관 없는 일처럼 여겨졌어요. 이 사람한테라면 나 같은 여자두 시집을 갈 수 있겠다는 터무니없는 생각이 들었어요. 왜 그랬는지 모르죠. 하지만 아무튼 나 같은 여자로서두 무얼 도와드릴 게 있는 분같이 여겨졌어요. 아까 주무시는 모습이 흉해 보였느냐구 물으셨을 때 내가 아니라구 했죠? 그리구 그담 말은 안 했죠? 몹시 가엾어 보였다구 말하구 싶었지만 차마 말을 할 수가 없었어요. 역시 제 느낌이 옳았군요. 선생님은 저 같은 여자가 청혼을 해두 거만하게 구실 분은 못 되시는군요."

"……."

"전 낮엔 빈둥빈둥 놀구 저녁엔 맥주홀엘 나가요. 그리구 밤엔 불러 주시는 손님이 있으면 이렇게 출장두 나오구요. 이틀째 맥주홀엔 안 나갔죠. 그저께 저녁은 왠지 싫어서, 그리구 어제저녁은 선생님이 혹시 불러 주셨을 때 내가 집에 없게 될까 봐 안 나갔죠. 선생님이 혹시 돈을 못 버시는 분이라면 내가 벌 수 있어요. 우리 결혼해서 같이 살아요. 그리구 우리 시굴집에 한 번만 같이 다녀와 주세요."

그리고 그녀는 준태의 두 눈을 찬찬히 들여다보았다. 준태는 그러는 그녀의 두 눈을 마주 들여다보면서 그녀를 와락 안아 주고 싶은 충동을 간신히 참았다. 그리고 되도록 천천히 입을 열어 말했다.

"윤애의 생각은 하나두 틀리지 않아. 그리구 이래 봬두 난 지닌 돈이 제법 있어. 결혼을 하더라두 윤애가 돈을 벌어 올 필요는 없어. 하지만 역시 난 윤애의 신랑감이 못 돼. 그리구 난 혼자서 해결해야 할 일들이 있어."

"꼭 혼자서 해결해야 하실 일이에요?"

"그래."

"그럼 그 일을 다 해결하실 때까지 기다려두 되죠?"

"안 돼."

"……."

"역시 난 윤애의 신랑감이 못 돼."

"또 그 말……. 그럼 여기 묵으시는 동안 매일 저녁 오게라두 해 줘요. 돈은 이제 안 주셔두 돼요."

"역시 부르면 와 주는 것이 좋겠어."

"……알았어요."

"어제저녁처럼 내가 부를 걸 염려해서 직장을 쉰다든지 하진 말라구. 부르더라두 밤늦게 부를 테니까. 그리구 딴 손님이 찾는데두 내가 부를 걸 염려해서 거절하는 따위 짓은 하지 말도록."

"알았어요……. 그럼 나 지금 가 보겠어요."

"오늘은 아침이나 같이하구 갔으면 좋겠군."

"그럼 그렇게 해요."

그녀는 아주 담담한 표정이 되어 있었다. 준태에게는 그것이 가슴 아팠다. 그러나 그걸 내보여서는 안 된다는 걸 그는 잘 이해하고 있었다. 그리고 그것은 아마 그녀 쪽도 마찬가지일 터이었다. 두 사람 사이에는 잠시 아무 말도 없었다. 그리고 조금 뒤 그녀는 그 침묵이 견디기 어려운 듯,

"세수 좀 하구 올게요."

하고 침대에서 빠져 내려가 욕실 쪽으로 걸어갔다. 얇은 속옷만 걸친 그녀의 뒷모습은 무언가 잔뜩 억제하고 있는 걸 감추기 위함인 듯 등뼈가 아주 곧게 세워져 있었다.

함께 식당으로 가서 아침식사를 하고 난 뒤 윤애가 가 버리고 나자 준태는 혼자서 다시 방으로 되돌아왔다. 그리고 텅 빈 방의 빈 침대에 걸터앉으려는 순간 그는 실로 14년 만에 거의 처음으로 자기가 지금 곁에 아무도 없이 혼자 남았다는 실감에 빠졌다. 그는 새삼스레 방 안을 휘둘러보았다. 불과 이삼십 분 전까지도 바로 이 방 안에

있던 또 한 사람의 자취는 어디에도 남아 있지 않았다. 남은 것은 아무런 자취도 남아 있지 않다는 사실뿐이었다. 그리고 그 사실에서 연유하고 그 사실을 더욱 확실하게 해 주는 몇 개의 잔영(殘影)뿐이었다. 잠결에 물을 받아 마시다가 눈을 떴을 때 그녀가 한 팔로 준태 자기의 머리를 싸안듯이 하고 물컵을 대어 주고 있는 걸 발견하던 일과 미안함에 몸을 일으키려 하자 그녀가 가만히 보내던 제지의 눈빛, 준태 자기의 잠든 모습에 대해 얘기하려다가 말을 잇지 못하고 흐려진 눈동자를 들어 똑바로 이쪽을 쳐다봐 오던 시선, 그리고 그야말로 천만뜻밖에도 결혼해서 같이 살자고 제의해 오던 일과 그녀의 시골집에 한 번만 같이 다녀와 달라고 부탁하던 일, 모든 자기의 청이 하나도 받아들여지지 않자 이내 단념하듯 짐짓 담담한 표정으로 돌아가던 그녀의 성숙한 여자다운 참을성, 뒷모습을 보였을 때의 무언가 잔뜩 억제하듯 곧게 세운 등뼈, 또 지난밤과 그저께 밤에 있었던 몇 가지 선명하게 기억에 떠오르는 일들. 그런 것들이 그녀가 지금 이 방안에 없다는 사실을 더욱 분명하게 해 주고 있었다. 준태는 적잖이 당황하였다. 그녀가 어느새 그렇게까지 자기에게 깊숙이 영향력을 행사하게 되었을 줄은 짐작도 못 한 일이었다. 그러나 자기 자신을 비웃을 기분은 조금도 일어나지 않았다. 그녀에 대한 자기의 반응은 일단 정직한 것이라고 인정하는 도리밖에 없을 것 같았다. 그는 침대 위에 내던지듯 몸을 뉘었다. 그리고 눈을 감았다. 정희의 모습이 잠깐 떠올랐다 사라졌다. 눈물을 참기 위해서 두 눈을 사팔뜨기처럼 모으고 앞을 뚫어져라 바라보는 모습이었다. 순간 준태는 벌떡 일어나 앉으며 눈을 떴다. 속았다고 할 수는 없었으나 방 안엔 여전히 자기 이외엔 아무도 없었다.

그때 도어에서 한두 번 들릴락 말락 노크소리가 난 듯했다. 준태는 착각이 아닌가 하고 귀를 기울였다. 그러자 잠시 사이를 두고 재차 이번엔 좀 또렷이 노크소리가 났다. 준태는

"네."

하고 대답했다. 가만히 문이 열리면서 거기 윤애의 모습이 나타났다. 그녀는 어린애처럼 얼굴을 붉히고 선뜻 들어서지도 못한 채 망설이듯 입을 열어 말했다.

"오늘 하루만…… 선생님, 오늘 하루만 그 일을 미루심 안 돼요?"

준태는 마치 준비하고 있던 말이라도 꺼내듯 그녀를 향해 말하면서 스스로 놀랐다.

"아, 그렇잖아두 오늘은 동무가 있었으면 했어. 잘 와 줬어. 일이래야 별것두 아냐. 하루쯤 미루는 건 더욱 아무것두 아니지. 자, 어서 우선 이리 들어와."

그녀는 그가 자기를 조롱하고 있는 것이나 아닌가 살피기라도 하려는 듯 아직 들어서지도 않은 채 준태를 자세히 바라보았다. 부끄럼으로 빨개진 얼굴을 아직도 숨기지 못한 채. 준태는 그녀 쪽을 향해 걸어 나가면서 말했다.

"윤애가 안 와 줬으면 내가 사람을 보냈을는지두 몰라. 자, 그렇게 서 있지만 말구 어서 들어와."

"정말이세요, 선생님?"

"욕을 해 줄까 부다."

"아, 신난다. 선생님."

그제야 홀짝 뛰듯 방 안으로 들어섰다. 그러는 그녀의 두 눈은 열병에 든 사람의 그것처럼 들떠 보였다. 준태가 말했다.

"나하구 오늘 왕십리 산책이나 다니자구. 윤앤 내 길동무가 돼 줘."

"그래요, 선생님."

그러며 그녀는 준태의 한쪽 어깨에 어린애처럼 매달렸다.

천지회관 밖으로 나오자 준태는 어저께 그가 본 햇빛이, 여전한 왕십리의 맑은 햇빛이로구나라고 느끼게 했던 그 햇빛이 자기를 속였음을 깨달았다. 그것이 다만 비 온 뒷날의 일시적인 현상이었을 뿐임을, 그리고 그것에 자기가 속아 넘어갔을 뿐임을 깨달았다.

거리에 퍼져 있는 햇빛은 아직 이른 오전의 그것임에도 불구하고 어제의 햇빛과는 판이한 것이었다. 어제의 햇빛을 잘 정련된 황금빛 같았다고 하면, 오늘의 그것은 알루미늄빛 같다고나 할까. 어딘지 많은 불순물에 의해서 차단되고 약화된, 흡사 간접 조명과도 같은 느낌을 주는 것이었다. 하늘을 쳐다보았으나 그렇다고 구름이 낀 날도 아니었다.

준태는 윤애에게 물었다.

"햇빛이 늘 이래?"

"햇빛이 뭐가 어때서요? 화창한 봄날인데요, 뭐."

그녀는 아주 명랑한 표정으로 오히려 준태를 이상스럽다는 듯이 쳐다보았다. 준태는 입을 다물었다. 그리고 말없이 걷기 시작했다. 윤애가 곁에서 콧노래라도 부를 듯 가벼운 걸음으로 그를 따랐다.

두 사람은 왕십리 로터리에서 소방서를 끼고 돌아 청량리 쪽으로 빠지는 큰길로 나섰다. 포장이 되었다곤 하지만 비 온 뒷날이었던 어제와는 달리 대기 중엔 온통 먼지의 입자들이 가득 찬 것 같았다. 인도와 차도가 구분되어 있었고 차도로는 버스가 다니고 있었다. 그리고 그저 만연해 있다고나 해야 옳을 햇빛은 그곳에선 더욱 불투명해 보였다. 준태는 천천히 걸으면서 차도 건너편을 바라보았다. 낯익은 창고 건물들이 보였다. 먼지의 빛깔과 흡사한 시멘트 벽으로 된 그 커다란 창고들은 언제나 눈·코·귀·입 없는 무슨 괴물처럼 그 자리에 버티고 있었고 항상 무슨 비밀을 잔뜩 감춘 거인의 집처럼 보였다. 그리고 그 창고와 창고 사이의 길 쪽으로 면해 있는 블록 담 위 철조망에는 항상 우리말과 영문자로 씌어진 노란 나무패가 붙어 있었다.

'미국 정부 재산. 접근을 금합니다.'

먼발치로 건너다보는 거지만 그 모든 것은 지금도 별로 달라진 게 없는 것 같았다. 준태는 주머니에서 담배를 꺼내 붙여 물었다. 윤애가 말했다.

"저건 무슨 창골까요?"

"글쎄, 나두 몰라."

"꼭 무슨 감옥소 같아요."

"글쎄, 그렇게 보일 수두 있겠군."

그러자 그녀는 그제야 궁금증을 좀 풀어 보자는 듯이,

"우리, 어디루 가는 거예요?"

하고 물었다. 준태는 대답했다.

"왕십리 산책이라구 했잖아. 그저 산책이지 뭐."

"그냥 막연하게 산책이에요? 작정하신 코스두 없구?"

"글쎄, 우선 저쪽으루 한번 들어가 보구 싶군."

준태는 차도 건너, 사근동 쪽으로 들어가는 골목의 입구께를 턱으로 가리켰다. 자동차가 한 대쯤 드나들 수 있는 길폭의, 입구에서 조금 들어가면 머리 위로 철로가 지나가는 짧은 다리가 놓인, 한낮에도 어딘지 늘 음습해 보이고 어둑어둑해 보이던 골목이었다. 그러나 그 다리 밑만 빠져나가면 얼마 안 가 골목은 좌우로 펼쳐지는 미나리밭과 논들의 한가운데로 이어지면서 동시에 골목이라는 이름을 사양하게 되어 있었다. 햇빛이 가득 내리쬐는, 그리고 좌우에 푸른 밭들을 거느린 시원스레 쭉 뻗은 넓은 길이 되는 것이었다. 그리고 그 길을 따라가면 잔디와 이름 모를 들꽃들로 뒤덮인 긴 둑과 만나게 되어 있었다. 그대로라면 지금쯤은 아마 잔디의 싹들이 돋아나고 있을 터이고 혹은 이른 나물 캐는 소녀 몇이 눈에 띌는지도 모른다.

그러나 다리 밑을 지나서 넓은 길 위로 빠져나왔을 때 준태가 본 것은 녹색이나 그에 가까운 어떤 색도 아닌 전혀 다른 어떤 것이었다. 우선 시야에 나타난 것은 길 좌측에 보이는, 규모를 짐작할 수 없는 거대한 저탄장(貯炭場)이었다. 그리고 그 저탄장의 전체 색깔을 닮은 지붕 낮은 작은 판잣집들이 길 오른쪽으로 어깨동무라도 하듯 줄을 이어 지어져 있었다. 미나리밭이나 논들이 있었던 흔적은 아무 데서도 찾아볼 수 없었다. 길바닥도 저탄장의 그 석탄 빛깔이었으며, 공기조차 석탄 빛깔인 듯했다. 판잣집들은 나무판자도 모자라서인 듯 천막 조각이나 헝겊 누더기, 또는 종이상자 같은 것까지 이어 붙인 게 보였고, 어떤 것은 준태 자신의 키보다도 지붕이 낮았다. 준태는 순간 그 자리에 선 채 걸음을 옮겨 놓지 못했다. 감전이라도 당한 사람처럼 또는 그 자리에 뿌리라도 내린 나무처럼 그는 꼼짝 않고 서 있었다.

갓난이 제 동생을 등에 업은 정희가 한 판잣집으로부터 걸어 나와 준태를 낯선 사람 쳐다보듯 잠시 바라보더니 이쪽으로 어슬렁어슬렁 걸어왔다. 준태는 하마터면 그 소녀를 향해 손을 뻗을 뻔하였다. 소녀는 등에 업은 아이를 추스르면서 준태를 이상한 사람 보듯 힐끗거리며 그의 곁을 스쳐 지나갔다.

윤애가 그의 곁에 같이 멈춰 섰다가 말했다.

"왜 그러세요? 선생님."

"아, 아냐."

하고 준태는 다시 걸음을 옮겨 놓기 시작했다.

"이상하세요. 선생님."

"뭐가?"

"뭔진 모르겠어요. 하지만 이상하세요."

"……."

"한참이나 멍하니 서 있으시구."

"아, 별일 아냐, 어렸을 때 이 근처에 살았지. 중학교 생물시간에 쓸

실험용 개구리를 이 부근 논에서 잡곤 했어. 이 부근 일대는 미나리
밭 아니면 논이었는데 몹시 달라졌군."

"어마, 그랬나요?"

그러며 그녀는 새삼 주위를, 햇빛조차 검은빛 도는 주위를 눈여겨
둘러보았다.

사근동 쪽으로 좀 더 나아가자 길은 왼쪽으로 꺾였다. 그리고 거기
서부터 오른쪽으로 사범 학교 쪽으로 뚫린 길이 나타났고 그리로 먼
지를 일으키며 버스가 들어오는 모습이 보였다. 버스의 노선이 여기
에까지 닿는 모양이었다. 역시 논밭들이 있던 곳이었으나 그 자취마
저 찾아볼 길이 없었다. 도로는 노폭이 상당히 넓었고 그 주변으로는
역시 판잣집이나 다름없는 작은 집들이 먼지를 잔뜩 뒤집어쓴 채 거
리를 형성하고 있었다. 먼지가 켜로 달라붙은 유리문에 음식들의 이
름과 술안주의 이름들을 써 붙인 작은 음식점이나 술집들이 눈에 띄
었고 나무판자나 종이상자 같은 것으로 엉성하게 울타리를 두른 넝
마 수집소들이 곳곳에 산재해 있었다. 이 도시의 모든 넝마 수집소가
이곳에 다 모여 있는 것 같았다. 엉성한 울타리들 안으로는 그것들의
내부가 들여다보였는데 폐지, 파병, 깡통, 못 쓰게 된 플라스틱 용기
같은 것들이 더러는 뒤범벅으로 더러는 각각 분류되어 쌓여 있는 모
습이 보였다.

두 사람의 걸음은 어느새 둑 가까이에 이르러 있었다. 그리고 거기
서 준태는 다시 한번 못 박힌 듯 섰다.

둑 전체가 판잣집들로 이루어진 사형(蛇形)의 기다란 한 동네를 형

성하고 있었다. 그리고 둑 위는 자전거를 타고 지나가는 사람이 눈에 띄는, 그 판잣집 동네의 앞길이 되어 있었다. 잔디가 자라고 잡초가 자라고 들꽃이 어우러져 핀 둑은 한갓 환상에 지나지 않는 것이었다.

두 사람은 천천히 둑길 위로 올라섰다. 그러자 모든 것이 보다 확실해졌다. 둑은 그것이 다년간 길로 사용되어 왔음을 알려 주는 견고하고 잘 다져진 저항감을 그들의 발밑에 전해 왔으며 그들이 그 동네의 심장부에 들어와 있음을 말해 주는 삶의 강한 맥박이 그들의 신변 가까이서 들려왔다. 둑길에 면해서 지어진 판잣집들은 거개가 무슨 소소한 상행위의 영세한 간판들을 내걸고 있거나 적어도 무슨 상행위의 표지가 될 만한 것들을 서투른 솜씨로나마 내걸고 있었으며, 이를테면 '마산집'이니 '충남집'이니 또는 그냥 '라면'이라고만 써 붙인 집이나 '대포'라고만 써 붙인 집, 혹은 무슨 '이발소'니 '염색'이니 하고 써 붙인 집들로부터는 그들이 거기서 영위하고 있는 것의 찌든 땀냄새 같은 것이 풍겨 나오고 있었다. 그리고 둑 위에서부터 하천 쪽으로 기울어져 내려간 경사지 전체가 판잣집들로 뒤덮여 있었다. 그것은 그리고 하천의 대안(對岸) 쪽도 마찬가지였다. 하천의 대안 쪽은 이쪽에서 보면 마치 무슨 소인국의 오밀조밀한 도시같이도 보였다.

그리고 하천 바닥의 마른 가장자리에서는 조무래기들이 놀고 있는 모습이 내려다보였다. 조무래기들은 자기들이 놀고 있는 곳이 아주 낮은 곳이라는 데는 전혀 개의하지 않는 모양이었다. 한 번도 위쪽을 쳐다보는 일이라곤 없었다.

윤애가 말하고 있었다.

"그만 돌아가요, 선생님. 다른 데루 가든지. ……저 숨이 막힐 것 같아요."

준태는 그녀를 돌아다보았다. 그의 곁에서 그녀는 갑자기 복통이라도 일으킨 듯한 핼쑥한 표정으로 그를 애원하듯 쳐다보고 있었다.

"참으려구 했는데 못 참겠어요. 저 이런 데…… 정말 싫어요."

준태는 순간 건드리기만 하면 덧나는 상처에 정통으로 손을 대인 것처럼 그녀를 뚫어지게 쏘아보았다.

"죄송해요. 정말 죄송해요. …… 참으려구 했는데."

그녀는 잘못을 저지른 아이가 그것을 자인하듯 풀죽은 표정으로 말했다. 준태는 순간 그녀를 힘껏 때려 주고 싶은 충동을 간신히 눌렀다. 그리고 그 충동을 누른 힘이 고통으로 바뀌어 전신에 퍼지는 것을 느꼈다. 그는 손을 뻗어 윤애의 손목을 꼭 쥐고 바삐바삐 걸었다. 그리고 빠른 말씨로 그녀에게 말했다.

"윤애, 정말은 나두 도망치구 싶어. 하지만 도망친다구 이런 동네가 없어지는 건 아냐. 그건 윤애가 윤애 시굴집에서 아마 도망쳐 나왔겠지만 윤애 시골집이 없어지지 않는 이치와 같아. 도망친 사람만이 없어지는 거야. 나두 한 14년 동안 어디루 도망쳐 있었지만 도망친 나만 없어졌던 거구 내가 도망쳤던 그곳은 그대루 건재해 있었어. 오히려 그동안 주욱 살아 움직였다는 증거를 보이면서 건재해 있었어. 결국 그동안 나만 죽은 생활을 한 거지. 자, 이 길루 조금만 더 나가 보자구. 조금만 더 나가면 기찻길이 나설 거야. 이 동네두 아마 거기까지겠지."

길가의 공동 수도에서 물을 받고 있던 일단의 아낙네들이 두 사람의 모습을 주의 깊게 바라보았다. 그네들에게는 이 낯선 남녀의 손목을 잡고 잡힌 채 바삐 걷고 있는 모습이 몹시 이상하게 비쳤을 것이었다. 줄을 이은 그네들의 물 받을 그릇들이 불투명한 햇빛 아래서 말없이 차례를 기다리고 있었다.

동네는 그러나 기찻길이 나타난 지점에서도 다시 기찻길만 건너뛰어 계속해서 연이어져 있었다.

4

최 씨와 준태, 미국 친구 세 명을 포함한 도합 다섯 명의 사내는 부두 이쪽의 건물 그늘에 몸을 숨기고 탐조등이 이따금 스쳐 가곤 하는 부두의 어둠을 응시하고 있었다.

부두는 쥐 죽은 듯 고요했다. 정박해 있는 배들의 그림자가 이따금 탐조등의 환한 불빛 속에 또렷이 전모를 드러냈다가 곧 윤곽만 남기곤 할 뿐.

최 씨가 어둠 속에서 가만히 속삭였다.

"만일 무슨 위급한 사태가 일어났을 땐 지체 없이 이스라엘 대사관으로 피신하도록. 잊지 마. 이스라엘 대사관이야."

준태는 최 씨를 향해서 고개를 끄덕여 보였다. 그는 그러나 자기의 임무가 무엇인지는 모르고 있었다. 다만 무슨 일이 있을 때 이 미국 친구들의 행동을 따르라는 지시만을 최 씨로부터 받고 있었다. 최 씨에 대해서도 그는 아는 것이 적었다. 단지 그가 한국인이라는 것, 자기보다 연장자라는 것, 무기를(그것은 지금 자기도 지니고 있지만) 지니고 다닌다는 것, 그리고 돈이 필요할 때는 언제든지 그로부터 얻어 쓸 수 있다는 것, 그 대신 그 지시가 있을 땐 이유를 묻지 말고 그에 따라야 한다는 것 정도였다.

미국 친구 하나가 무언가 성냥갑만 한 것을 귀에 대고 있다가 다시 부두 쪽을 날카롭게 응시했다. 다른 두 미국 친구들도 마찬가지 자세를 취했다. 부두 쪽엔 여전히 아무런 움직임도 없어 보였다. 예의 탐조등만이 이따금 정박해 있는 배들의 그림자를 천천히 비치고 지나갈 뿐. 준태는 자기의 오른손에 쥐어져 있는 권총의 무게가 몹시 낯설게 느껴졌다.

그때 미국 친구 하나가 무어라고 낮은 소리를 내어 주의를 환기시킨 다음 재빠른 동작으로 바로 옆 건물의 그늘 속으로 몸을 숨겨 갔다. 그러자 다른 두 명의 미국 친구도 소리 없는 빠른 동작으로 각각 다른 건물의 그늘로 옮겨 갔다. 그들의 동작은 마치 나무에서 건너뛰는 하이에나의 그것처럼 민첩했다. 최 씨와 준태 두 사람만이 그 자리에 남았다. 최 씨가 빠른 말씨로 속삭였다.

"놈들이 나타난 모양이군."

준태는 그러나 그 말을 이해하지 못했다. 다만 무슨 중대한 일이 지금부터 마악 벌어지려 하고 있다는 확실한 낌새만을 느낄 수 있을 뿐.

그때 부두의 어둠 가운데에서 무엇인가 사람의 그림자 비슷한 것이 조금 움직인 것 같은 착각을 준태는 받았다. 그리고 그것이 착각이 아니었다는 사실이 곧 드러났다. 사람의 그것임에 틀림없는 그림자 몇 개가 차츰 또렷이 움직이는 모습이 보였다. 준태는 눈을 크게 떴다. 무언가를 운반하고 있는 동작이 완연했다. 정박해 있는 배들 중의 하나에서 무언가를 부두 위로 운반해 내리고 있음에 틀림없는 동작이었다.

탐조등이 그 부근을 비칠 무렵이면 그림자들은 어디론가 잦아들 듯 사라졌다가 다시 나타나서 움직이곤 했다. 최 씨가 부두 쪽을 노려보면서 다시 알아들을 수 없는 말을 속삭였다.

"무슨 일이 있어두 절대 일본 경찰한테 잡혀선 안 돼."

그때 그림자들이 움직이고 있는 곳으로 소리 없이 자동차 한 대가 미끄러져 들어가 멎는 것이 보였다. 그림자들은 재빠른 동작으로 운반한 것을 자동차에 실었다. 지휘자가 있는 모양으로 그림자 중 하나가 커다랗게 팔짓을 하고 있는 모습이 보였다. 그때였다. 어둠 속에서, 정적을 깨뜨리는 한 발의 날카로운 총성이 울린 것은. 그것은 준태들이 숨어 있는 바로 옆 건물의 그늘에서 났다. 방금 커다랗게 팔짓을 하고 있던 그림자가 풀썩 꺾이듯 앞으로 고꾸라지는 모습이 보였다. 그리고 그림자들이 당황하여 무어라고 높은 소리로 지껄이는 순간 준태는 그것이 중국어의 독특한 억양이라는 걸 알 수 있었다. 총성은 두세 군데의 건물 그늘로부터 계속해서 났다. 그들로부터도 곧 응사의 총성이 들려오기 시작했다. 밤의 대기가 별안간 쌍방간의 총성으로 갈가리 찢기기 시작했다. 마침내 최 씨도 부두 쪽을 향해 권총을 겨냥하여 쏘기 시작했다. 그림자 두셋이 또 고꾸라지는 모습이 보였다. 그림자들은 곧 자동차 뒤에 숨거나 산개하여 보이지 않는 곳에서 응사해 왔다. 준태는 그제야 자기의 임무가 무엇인지 어렴풋이 알았다. 그리고 그림자들이 운반하던 물건의 정체에 대해서도. 그것은 아마 십중팔구 아편일 것이었다. 그러나 그것을 일본 경찰 아닌 저 미국 친구들과 자기들이 가로맡아야 하는 이유를 그는 알지 못했다. 하지만 그런 걸 알려고 할 필요는 없었다. 임무가 무엇인지를 안 이상, 그리고 그것을 거절할 입장에 놓여 있는 것이 이미 아닌 이상 임무가 가리키는 것을 충실히 따르면 될 터이었다. 그는 자기 오른손에 벌써부터 쥐어져 있는 채 용도를 정확히 알지 못했던 권총을 들어 부두를 향해 쏘기 시작했다.

적은 그러나 뜻밖에 완강했다. 좀처럼 도망치려 하거나 응사를 멈추려 하지 않을 뿐만 아니라 오히려 시간이 감에 따라 싸움의 주도권을 서서히 자기들 것으로 만들어 갔다. 이쪽의 사격보다 저쪽의 사격이 차츰 우세해 갔다. 최 씨가 초조한 목소리로 뇌까렸다.

"일본놈들은 도대체 뭘 하고 있는 거야. 귀들이 처먹었나."

적의 사격은 이제 아주 바싹 접근한 지점에서 퍼부어져 오기 시작했다. 순간 옆 건물의 그늘 속에서 미국 친구 하나가 외마디 소리를 내질렀다. 그리고 바로 다음 순간 최 씨가 윽 하는 숨 삼키는 소리를 내며 머리를 앞으로 처박았다. 준태는 정신없이 어둠 속에 대고 권총을 난사했다. 일본 경찰이 부두에 들이닥친 것은 그즈음이었다. 경찰 차량의 헤드라이트들이 부두를 대낮처럼 환하게 비춰 대자 적들은 사격을 멈추고 뿔뿔이 달아나기 시작했다. 일본 경찰의 사격이 그들을 향해 퍼부어졌다.

준태는 황급히 최 씨의 머리를 쳐들어 보았다. 그러나 그는 이미 숨이 끊어져 있었다. 준태는 잠깐 망설이고 나서 곧 건물의 그늘과 그늘로 건너뛰며 도주하기 시작했다.

일본 경찰의 경비망을 뚫고, 집요한 추격을 뿌리치고 준태가 주일(駐日)이스라엘 대사관에 간신히 몸을 숨기는 데 성공했을 때는 그의 몸은 마치 방금 물웅덩이에서라도 건져 낸 사람과 흡사했다.

윤애가 목욕하면서 내는 물소리를 들으면서 준태는 침대 위에 엎드린 채 담배를 피워 물었다. '왕십리 산책'에서 돌아와 그녀와 함께 점심을 나눈 뒤 준태는 한숨 늘어지게 자고 난 터였다. 새벽녘에 설친 잠이 보복이라도 하듯 퍼부어 왔던 모양이다. 아니면 '산책'에서 받은 어둡고 무거운 느낌이 그로 하여금 잠시 동안이나마 쉬고 싶게 했던 걸까.

아무튼 한숨 자고 깨자 그때까지 기다리고 있었다는 듯 윤애는 가만히 목욕탕으로 들어갔다. 아마 물소리를 낼 것을 저어했던 모양이다.

먼지라도 씻어 내려는 거겠지, 하고 생각하다가 준태는 문득 그녀가 어떤 감정을 씻어 내려는 게 혹 아닐까 하는 데 생각이 미쳤다. 이를테면 자기 나름의 어떤 비애라든가 원망이라는가 수치라든가, 또는 그와 유사한 어떤 씻어 버리고 싶은 감정이 그녀에게 생겨 있었던 게 아닐까 하는 생각이었다. 그리고 그녀가 아까 둑 위의 동네에서 보여 주었던 심한 거부 반응이 다시 머리에 떠올랐다. 그러자 그는 목욕탕 안에서 들리고 있는 물소리가 왠지 단순한 여자의 몸과 물과의 마찰음만으로는 들리지가 않았다. 어쩐지 그녀는 지금 피부의 거죽 아닌 어떤 물로 씻어 내릴 수 없는 것에다 헛되이 물을 끼얹고 있는지 모른다는 생각이 들었다.

준태는 담배를 두어 모금 깊숙이 빨아들이고는 팔을 뻗어 그것을 재떨이에 눌러 껐다. 그리고 천천히 몸을 일으켜 침대에서 내려섰다. 욕실 앞으로 다가가 조금 망설이다가 짐짓 예의 바르게 노크를 했다. 순간 물소리만 뚝 그쳤을 뿐 그녀로부터는 아무런 응답도 없었다.

준태는 한 번 더 노크를 했다. 역시 안으로부터는 아무런 응답도 없었다. 준태는 욕실 문을 열었다. 순간 준태는 정희가 욕조 안에 누운 채 그를 말끄러미 쳐다보고 있는 모습을 보았다.

"정희."

하고 하마터면 그는 부르짖을 뻔했다. 윤애가 그를 말끄러미 쳐다보고 있다가 누운 채로 다시 자기의 어깨 위에 물을 끼얹기 시작했다. 그러한 그녀의 동작은 그러나 아무런 시위의 뜻도 내포하고 있어 보이진 않았다. 준태는 가만히 욕실 문을 도로 닫았다. 그때 안에서 그녀의 목소리가 났다.

"들어오세요."

"……"

"저 어저께나 그저께와 꼭 같아요."

"……"

"선생님의 몸 씻겨 드리구 싶어요."

준태는 말했다.

"어서 끝내구 나와. 우리 영화 구경이나 가자구."

"……."

"광무극장 알아?"

"어마, 그런 삼류 극장엘 가요?"

"그럼 윤애 좋은 데루 아무 데나 가자구."

"우리 시굴집에 가요."

"그건 안 돼."

"그럼 저두 안 되겠어요. 직장엘 나가 봐야겠어요."

"……."

"아직 시간 있으니까 몸이나 씻겨 드릴게요. 들어오세요."

준태는 잠시 망설이다가 잠자코 옷을 벗기 시작했다.

그리고 준태가 다시 욕실 문을 열고 들어섰을 때 그녀는 물을 튀기며 욕조로부터 뛰어나와 그의 몸을 세차게 끌어안았다.

그녀가 가고 나자 준태는 아이 녀석을 불러 신문을 몇 가지만 사다 달라고 부탁했다. 그는 부산에 도착한 뒤로부터 이곳 왕십리에 와서 이틀이 지나도록 아직 신문 한 장을 사 보지 못했던 것이다. 눈에 와 닿는 그리고 피부에 와 닿는 사물들이 너무나도 생생했던 탓일까. 아이 녀석은 석간의 모든 종류를 다 사 가지고 온 모양이었다.

네댓 가지의 신문을 한꺼번에 들이밀면서 녀석은 눈을 깜짝이며 물었다.

"아씨, 여기 오래 묵으실 건가요?"

"글쎄, 한 일주일이나 열흘쯤 묵게 될지 모르지. 그건 왜 묻니?"

"아뇨. 그냥요."

그리고 녀석은 문을 닫고 가 버렸다. 준태는 신문을 뒤적이기 시작했다. 잉크 냄새와 종이 냄새가 기분 좋게 코끝에 스몄다. 그동안에 새로 창간된 신문도 있는 모양이었다. 낯선 제호가 두어 개 눈에 띄었다. 그는 낯익은 제호의 신문부터 펼쳐 들었다. 그리고 첫 면의 첫 줄부터 차례로 읽어 내려가기 시작했다. 실로 14년 만에 다시 읽어 보는 제 나라 글자다. 딱히 어디라고 꼬집을 수는 없어도 제 나라 풍물의 어느 가난한 구석을 닮은 모음과 자음 그리고 그것들이 어울려 빚어내는, 아무 주저 없이 편안히 받아들일 수 있는 자형(字形)과 울림, 그런 것들에 그는 빨려들 듯 허겁지겁 읽어 갔다.

네댓 가지의 신문을 다 읽는 동안 그는 도중에 전등 스위치를 넣기 위해 한 번 일어난 것 말고는 다른 아무 일도 안 했다. 그리고 그렇게 신문들을 다 읽고 났을 때는 저녁시간이 상당히 흘러간 뒤였다. 시계를 보니 10시가 넘어 있었다. 몹시 시장기가 느껴졌다.

식당으로 가는 도중에 그는 유리문 밖으로 당구장 안을 잠깐 기웃거려 보았다. 당구장은 환한 형광등 불빛 아래서 텅 비어 있었고 왕씨가 혼자서 어깨를 숙인 채 큐 손질을 하고 있는 모습이 보였다. 텅 빈 녹색의 대(臺)들이 형광등 불빛 아래 가지런히 놓여 있는 모습이 마치 물고기가 없는 수족관 속처럼 쓸쓸해 보였다. 카운터를 보는 젊은 여자는 보이지 않았다. 준태는 노인을 부를까 하다가 그의 열중해 있는 모습이 어딘지 쓸쓸함보다는 자족(自足)하고 있는 자의 아름다움 같은 것을 더 많이 지닌 것으로 비쳐 그냥 지나치고 말았다. 노인은 한순간도 일감으로부터 시선을 떼지 않았다.

텅 빈 식당으로 가서 늦은 저녁을 마치고 돌아왔을 때 준태는 윤애가 침대 위에 걸터앉아 있는 모습을 발견했다. 그녀는 짙게 화장하고 있었고 허벅지가 다 드러나는 짧은 스커트를 입고 있었다. 준태가 들어서는 걸 발견하자 그녀는 도전적인 태도로 벌떡 마주 일어섰다.

"흥, 사람을 너무 깔보지 말아요. 깔보지 마. 이래 봬두 우리 시굴선 첫손가락 꼽던 큰애기였다구. 읍내에 있는 여고를 다닌 건 동네에서 나 하나뿐이었다구. 이거 왜 이래? 자기는 뭔데? 자기는 뭔데? 자기가 뭔데 날 깔보는 거야? 정말 이거 왜 이래? 갈보가 뭐 어떻다구 그래? 갈보가 뭐 어때서 시집을 못 가? 이래 봬두 난 얼마든지 시집갈 기회는 있었다구. 사내놈들이 모두 변변치 못해서 내가 차 버렸을 뿐야. 자기가 뭔데? 자기가 뭔데 날 깔보는 거야?"

그녀는 엉망으로 취해 있었다.

5

다음 날 아침 윤애가 술에서 깨었을 때 준태는 그녀에게 정희 이야기를 했다. 나한테는 찾아야 할 여자가 하나 있다. 14년 전에 헤어졌는데 지금 어디서 무엇을 하고 있는지 알 수 없다. 내가 좋아하던 계집애다. 헤어질 때 열아홉 살이었으니까 지금은 서른세 살 먹은 성숙한 여인이 됐을 거다. 누구한테 시집을 가서 잘 살고 있기를 바라지만 꼭 그렇달 보장은 없다. 그동안 죽었을지도 모른다. 또 살아 있더라도 무슨 짓을 하고 있는지 모른다. 왠지 자꾸 나쁘게 됐을 것만 같은 느낌이 든다. 그애는 충분히 나쁘게 될 수 있는 애다. 그 애의 본성이 그렇다는 게 아니라 그 애의 조건이 그렇다. 아무튼 난 그 애를 꼭 만나 봐야 한다. 우선 만나 봐야 한다. 물론 그 애와 만난다고 해서 14년 전의 관계를 우리가 다시 회복할 수 있으리라고는 생각하지 않는다. 또 반드시 회복해야겠다고도 생각하지 않는다. 하지만 아무튼 그 애와 만나는 일을 치른 뒤에야 무슨 일이든 그다음 일을 할 수가 있을 것 같은 기분이다. 그게 결혼이든 또는 무슨 사업이든 간에. 용서해 줄 수 있다면 윤애는 그때까지만 기다려 주었으면 고맙겠다. 이건 윤애를 깔보고 하는 얘기는 절대로 아니다. 그렇기는커녕 오히려 병자가 병이 다 나을 때까지만 기다려 달라고 간청하는 것과 같다. 윤애는 나보다 부자이니 너그럽게 기다려 줄 걸로 믿는다. 준태는 거의 자기 자신에게 얘기하듯 담담하게 그리고 솔직하게 말했다. 타인 앞에서 그렇듯 완벽하게 솔직해질 수 있는 기분은 그리고 그로서는 실로 십수 년 만에 처음 맛보는 것이었다.

윤애는 시종 얌전한 태도로 얘기를 들었다. 그리고 얘기가 끝나자 고개를 들어 준태를 말없이 바라보았다. 준태도 그녀를 가만히 마주 보았다. 그녀의 시선이 차츰 어떤 강한 것으로 뭉쳐지더니 마침내 반짝하는 결정체를 만들어 냈다. 그것은 아주 순간적인 일이었다. 그녀는 곧 흘러내린 머리를 고갯짓만으로 치켜올리는 시늉을 했다. 그리고 그다음 순간 그녀의 입술 위에는 이제껏 그녀가 보인 가장 아름다운 미소가 떠올랐다.

"선생님이 그 여잘 빨리 찾으셨음 좋겠다."

그녀가 말했다.

"한번 만나 보게."

준태는 순간 그녀에게 거의 감사하는 마음으로 허둥지둥 말했다.

"그래, 찾기만 한다면 내 찾는 대루 곧 소갤 시키지."

그녀는 곧 떠날 채비를 차렸다. 그리고 방문을 나서기 직전에 준태를 돌아다보며 말했다.

"제 도움이 혹 필요하실 땐 부르세요. 그리구 그냥 부르구 싶으실 때두 아무 부담 갖지 마시구 부르세요. 절 맨 처음 부르신 날처럼."

"윤애두 자유롭게 와 줘. 어제저녁처럼."

정희하고는 마장동 변전소 앞 기동차 정류장에서 만나곤 했었다.

정희는 영미교 근처의 판잣집 동네에서 그녀의 양친과 여러 명의 동생들과 함께 살고 있었는데 준태가 자기 동네 근처로 오는 건 준태가 자기 부모를 만나게 되는 것만큼이나 싫어했다. 준태는 그래서 그녀의 부모를 한 번도 만나 보지 못한 것은 물론 그녀의 집도 먼발치서 꼭 한 번 그녀의 뒷모습과 함께 바라보았을 뿐이었다. 그것도 그녀 몰래 그녀의 뒤를 밟아서. 그녀의 집은 판잣집 가운데서도 눈에 띄게 낡고 찌그러진 것이었다. 그리고 그녀는 꼭 자기 쪽에서 약속한 시간에 기동차를 타고 마장동으로 오는 것이었다. 물론 시간을 항상 정확하게 지키지는 못했다. 어떤 때는 두 시간씩이나 준태로 하여금 기동차 정류장에서 기다리고 서 있게 하였다. 그러나 그녀는 만나는 장소가 자기 집 동네에서 먼 곳이어야 한다는 데 대해서는 조금도 양보하려 들지 않았다. 그 점에 있어서만은 그녀의 고집은 막대기같이 외곬이었다.

준태는 항상 약속시간보다 30분쯤 일찍 기동차 정류장으로 나가서 그녀를 기다리곤 했다. 언젠가 한번 그녀가 먼저 나와서 기다린 적이 있었기 때문이다. 준태는 그리고 그녀가 약속시간에 나타나지 않을 경우에는 두 시간까지 기다렸다. 그녀는 어떤 일이 있어도 두 시간 이상은 어기는 적이 없었다. 도저히 집에서 빠져나오기가 어려운 경우에는 갓난이 제 동생을 업은 채로라도 준태가 기다리고 있는 마장동 정류장까지 기동차를 타고 잠깐이나마 왔다가 갔다. 그녀는 정류장 부근에 오면 차창으로 내다보고 있다가 정류장에서 기다리고 섰던 준태와의 눈신호에 따라 기동차를 내리기도 하고 혹은 준태가 기동차에 오르기를 기다려서 함께 더 타고 가기도 했다.

그날은 아침부터 눈이 내리고 있었다. 준태는 약속시간인 12시보다 습관대로 30분 먼저 정류장으로 나가서 그녀를 기다리고 있었다. 눈은 바람 없이 내리고 있어서 아주 느린 속도로 그러나 쉬지 않고 주변의 풍경들을 바꾸어 놓고 있었다. 변전소의 철주들과 전선들도 점점 두텁게 흰옷을 입어 갔다. 그러나 정희는 약속시간이 넘도록 나타나지 않았다. 동대문 쪽에서 달려와 정류장에 와 닿는 기동차들마다 차창의 이쪽 끝에서 저쪽 끝까지 거의 한눈에 살피는 일을 준태는 한 번도 거르지 않았으나 보이는 것은 준태와는 무관한 사람들의 모습뿐이었다. 헌 외투를 걸친 준태의 어깨 위에와 머리에 눈이 1센티가량은 좋이 쌓였다. 그렇게 한 시간쯤 더 기다리고 난 뒤였다. 새로 마악 도착한 기동차의 차창으로 머리를 보자기로 싸맨 정희의 모습이 보였다. 갓난이 제 동생을 등에 업고 있었다. 준태는 동생을 업고 있는 것으로 보아 으레 내리려니 하고 기다렸다. 그런데 그녀는 차가 정류장에 멎었음에도 불구하고 입구 쪽으로 움직이려고는 하지 않고 준태더러 어서 타라는 눈짓을 보내왔다. 준태는 서둘러서 기동차에 올랐다. 기동차는 광주리장수 아주머니 몇 사람이 타고 있을 뿐 텅텅 비어 있었다. 그리고 지나온 구간에서 타고 내린 사람들이 묻혀 올린 눈이 녹아서 바닥이 질척하게 젖어 있었다. 정희는 빈자리를 놔둔 채 손잡이를 붙잡고 서서 차창 밖을 내다보고 있었다. 등에 업힌 갓난이는 잠이 들어 있었다. 기동차는 곧 출발했고 준태가 그녀 곁으로 다가가 서자 정희는 빠른 말씨로 속삭였다.

"나 일하다가 나왔어. 빨리 가 봐야 해. 하지만 눈이 오니까 이대루 뚝섬까지만 우리 갔다 와."

준태는 이쪽을 쳐다보지도 않고 말하는 그녀의 옆모습에 눈을 준 채, 급히 차에 오르느라고 다소 가빠진 숨을 내뿜으며 말하였다.

"괜찮겠어?"

정희는 여전히 차창 밖을 내다보는 얼굴로 고개를 끄덕였다. 그녀의 선이 또렷한 그러나 노동 때문에 피로해져서 그 선이 다소 무디어진 듯한, 보자기로 싸맨 옆얼굴은 발갛게 상기해 있었다. 준태에게는 그 얼굴이 몹시 아름다워 보였다.

"참 예쁘다."

하고 그녀의 귓불에 대고 속삭였다. 그러자 그녀는 주위의 광주리장수 아주머니들이 신경에 쓰이는지 곁눈질로 가만히 눈총을 보내왔다. 아닌 게 아니라 몇몇 광주리장수 아주머니들이 이쪽을 눈여겨보고 있다는 게 완연히 알렸다. 그러나 준태는 한 번 더 그녀의 귓불에 대고 속삭였다.

"지금 그 눈총두 예쁘다."

그러자 그녀의 얼굴은 홍당무처럼 빨갛게 달아올랐다. 그리고 속상해 죽겠다는 눈총을 한 번 더 보내왔다. 준태는 그 눈총을 짐짓 짓궂은 웃음으로 마주 받은 다음 일부러 시선을 크게 휘둘러 광주리장수 아주머니들을 돌아보았다. 광주리장수 아주머니들은 황망스레 딴청을 부렸다. 준태는 다시 그녀에게 속삭였다.

"봐, 신경 쓸 거 없어. 내가 한 번 쳐다만 봐두 저렇게 모두 기가 죽잖아."

그러나 그녀는 여전히 얼굴을 붉힌 채 차창 밖만 내다보며 말했다.

"싫어. 우리 그냥 눈 구경만 해요. 잠자쿠."

"그럼 그럴까."

"제발 그래."

눈은 계속해서 내리고 있었다. 계속해서 그렇게 바람 없이 내리고 있었다. 기동차의 속도에 의해서만 그것은 약간 비스듬히 내리고 있는 것처럼 보일 따름이었다. 연변의 야트막한 지붕들이 눈을 쓰고 있는 모습이 스쳐 지나가고 있었고 눈의 무게에 휘어져 있는 나뭇가지들이 차창 가까이 스쳐 지나갔다. 차창이 차 안의 훈김으로 흐려지면 그들은 손바닥으로 문지르고 다시 내다보았다.

'검정다리'를 통과하자 시야는 가까운 차폐물 없이 탁 틔었다. 배추나 무를 다 뽑아 버리고 난 빈 채소밭들로 이어진 들판이 시야 가득 내리고 있는 눈 속에 누워 이미 눈에 덮인 채 새로운 눈을 맞고 있었다. 이따금 시야에 나타나는 작은 원두막들도 모두 흰 송낙(松蘿)을 쓰고 있었다. 기동차는 들판의 한가운데를 달리고 있었다. 그리고 정희는 계속해서 눈 오는 차창 밖만 말없이 내다보고 있었다. 준태는 참지 못하고 다시 그녀에게 속삭였다.

"정말 근사한 눈이다."

그러자 정희는 가만히 눈길을 돌려 준태를 바라보았다. 순간 준태는 그녀의 눈빛에서 무언가 자기가 읽어 내야 할 것이 있다는 걸 깨달았다. 그러나 그녀는 무언갈 감추려는 듯이 곧 눈길을 다시 창밖으로 돌리고 말았다. 준태는 다그쳐 속삭였다.

"정희야, 왜 그래?"

그러나 그녀는 대꾸 없이 창밖만 내다보았다. 한쪽만 보이는 그녀의 속눈썹에 작은 물방울이 맺혀 있었다.

"아니 왜 그러는 거야, 갑자기."

준태는 다시 한번 다그쳐 속삭였다. 그러자 그녀는 가만히 입술을 악물었다. 그녀의 속눈썹에 맺힌 물방울이 점점 커지다가 무게를 이기지 못하고 그녀의 뺨 위로 굴러떨어졌다. 준태는 순간 미칠 듯한 안타까움에 사로잡혔다. 그러나 꾹 참았다. 그리고 잠자코 다시 흐려진 차창을 손바닥으로 문질러 닦았다. 눈은 차츰 성기어 가고 있었다. 눈을 하얗게 뒤집어쓴 키 큰 포플러숲이 시야에 나타나기 시작한 것으로 보아 뚝섬이 가까운 모양이었다. 준태는 정류장에 닿으면 내려서 찬찬히 물어보리라 생각했다.

뚝섬 종점에 닿아 그들이 기동차에서 내렸을 때는, 눈은 완전히 그쳐 있었다.

"강 쪽으로 조금만 가 볼까?"

하고 준태는 조심스럽게 그녀에게 물었다. 정희는 잠시 준태의 얼굴을 말끄러미 쳐다보고 나서 가만히 고개를 끄덕였다. 강 쪽으로 향한 눈 쌓인 길을 걸으면서 두 사람 사이에는 잠시 아무 말도 없었다. 정희의 등에 업힌 갓난아긴 아직도 곤히 잠들어 있었다. 고무신을 신은 정희의 발이 걸음을 옮겨 놓을 때마다 눈 속에 푹푹 파묻혔다.

"내가 정희를 업을까?"

하고 준태는 의식적으로 밝게 꾸민 표정으로 물었다. 그녀는 말없이 고개를 저었다.

"발 시리잖아."

"……괜찮아."

"애기 춥지 않을까?"

"……금방 가 봐야 돼. 저기 강까지만 갔다 돌아와."

"그동안은 괜찮겠지?"

그녀는 다시 말없이 고개만 끄덕였다. 두 사람은 잠깐 동안 다시 아무 말도 없이 걸었다. 길옆의 마른 덤불 위에 쌓인 눈이 이따금 스스로의 무게 때문에 주저앉았다. 그리고 저만큼 눈 덮인 강이 보이기 시작했다. 준태는 외투 주머니에 찔렀던 손을 꺼내 정희의 손을 잡았다. 그녀는 가만히 있었다. 그녀의 손은 한 마리 작은 새의 시체처럼 숨 쉬지 않고 그의 손안에서 가만히 있었다. 몹시 찼다. 준태는 그 손을 힘을 주어 꼭 쥐었다. 그리고 마침내 참지 못하고 그녀에게 물었다.

"정희야. 왜 그랬니? 나한테 말해 줘, 아까 왜 그랬나."

정희는 순간 걸음을 멈추고 준태 쪽으로 홱 돌아섰다. 그리고 커다랗게 뜬 눈으로 준태를 말없이 바라보았다. 그 눈이 무언갈 억제하기 위해서 크게 뜬 눈이라는 걸 준태는 금방 알 수 있었다.

"말해 줘야지. 나한텐 말해 줘야지."

"……."

그녀의 커다랗게 뜬 눈이 차츰 초점 없이 흐려져 갔다. 준태는 안타까이 부르짖었다.

"무슨 일인지 나한테 말을 해야지."

"거기는 몰라. 거기는 몰라. 말을 해두 거기는 몰라."

그녀는 거의 발버둥이라도 칠 기세로 말했다.

"무슨 일인데, 도대체 무슨 일인데?"

"거기가 알 일이 아니란 말야."

"……."

"거기는 대학생이야. 하지만 대학생두 모르는 게 있어. 누군 왜 가난뱅이루 살아야 하구 누군 왜 부자루 살아야 하는질 거기가 알어?

우리 아버진 어저께 채석장에 일 나가셨다가 돌에 깔려서 허리를 못 쓰게 되셨어. 엄마는 장사두 못 나가시구 아버지 옆에서 울고만 계셔. 그런데두 이 나쁜 기집앤 거기를 만나러 몰래 빠져나와서 뚝섬에서 이러구 있어. 동생까지 업구 말야. 거기는 그런 나쁜 기집앤 줄두 모르구 어쨌든 기집앨 만났으니까 그리구 눈두 오니까 기분이 나는 모양이지만, 나두 거기를 만나는 순간 우선 반가웠지만, ······하지만 다 소용없어. 거기하구 나는 달라. 거기는 대학생이구 난 집에서 밥이나 짓구 빨래나 하구 애나 보는 가난뱅이 집 딸이야. 거기하고 난 알맞은 상대가 아냐. 거기가 처음에 물 걷는 내 뒤를 따라와서 말을 붙였을 때 내가 끝내 모른 체하지 못한 게 잘못이야. 거기는 모를 거야. 거기는 모를 거야."

그리고 그녀는 두 손으로 얼굴을 감싸 쥐었다. 준태는 아무 말도 하지 못했다. 눈이 조금씩 다시 내리기 시작하고 있었다.

정희를 찾는 데 사흘을 허송하고 나서 준태는 다소 막막한 기분에 사로잡혔다. 영미교 근처로 가 보았으나 그곳은 숫제 개천 전체가 콘크리트로 복개가 되어 있었고 그 위로 자동차들이 질주하고 있었으며, 다시 그 위에는 고가도로가 놓여 있었고 좌우로는 고층의 상가 아파트가 늘어서 있었다. 판잣집 동네가 그 부근에 밀집해 있었다는 사실은 이제 아무도 상상하지 못할 정도로 그곳은 변해 있었다. 준태는 이 근처만 오면 어떻게든 그녀를 찾을 작은 실마리나마 얻을 수 있으리라고 생각한 자기가 터무니없는 오산을 저질렀음을 깨달

았다. 그는 곧 생각을 고쳐먹고 서울 변두리의 판잣집 동네란 판잣
집 동네는 모조리 헤매어 보기로 작정했다. 물론 아무런 승산도 확신
도 없는 짓이었지만 이젠 우연에나마 한 가닥 기대를 걸어 보는 수밖
에 딴 도리가 없다는 생각에서였다. 물론 그녀가 아직도 꼭 어느 판
잣집 동네에만 살고 있으리란 보장도 없는 일이었다. 그러나 그는 사
흘 동안을 아직 남아 있는 판잣집 동네란 판잣집 동네는 작은 골목
하나 막다른 골목 하나 빠뜨리지 않고 샅샅이 뒤지며 돌아다녔다. 그
러면서 본 것은 많았다. 도시의 허황한 번쩍거림 뒤에 어둡게 가려진
채 버려져 있는 그 동네들의 10여 년 전과 조금도 변함없음을 보았
고, 그곳에 살고 있는 사람들의 10여 년 전과 다름없는, 찌들었으나
지치지 않는 삶을 보았다. 그리고 사는 방식의 다양함과 거기서 자라
고 있는 아이들을 보았다. 그러나 그 가운데의 어느 동네에서도 그리
고 어느 골목에서도 정희는 만나지 못했다. 준태는 막막한 기분에 사
로잡혔다. 물론 우연이란 의지로 얻어질 수 있는 것이 아니지만 그는
기가 꺾였다. 무언가 막연히 기대하던 것이 완전히 무너져 버린 느낌
이었다. 이제 남은 길이라곤 그야말로 부지하세월, 전적으로 우연을
기다리는 도리밖에 없었다. 아마 부지런히 아무 데고 싸돌아다니는
길밖에 없겠지. 그러나 그는 단념할 수는 없었다. 단 하나 남은 그 막
연하기 짝없는 우연에나마 기대를 걸어 보아야 한다.

사흘째 허탕을 치고 돌아온 날 저녁 그는 당구장으로 왕 씨를 찾아
갔다. 왕 씨는 돈 내기 당구를 치고 있는 젊은 사람들의 게임을 보아
주고 있다가 그를 반가이 맞았다.

"웬일이시우. 난 또 꿈쩍 안 허시길래 인사두 없이 홀쩍 어디루 떠나 버리신 줄 알았지."

"떠나긴요. 죽 여기 있은걸요."

"아, 그런데 그렇게 통 뵈시질 않는단 말이우."

"죄송합니다. 와 뵙질 못해서."

"죄송하실 거야 없지만 늙은이가 죽었는지 살았는지 그래 궁금하시지두 않더란 말이우."

"하 이거, 그럼 정말 돌아가신 담에나 와 뵐 걸 그랬나 분데요."

"온, 이런 무례한 양반 봤나, 하하하."

"한 게임 하실까요?"

"그러실까."

"저 끝 대가 좋겠네요."

"그건 또 왜?"

"글쎄요."

"아무려나."

왕 씨는 준태가 자기에게 무엇인가 할 얘기가 있다는 걸 알아채고 더 이상은 묻지 않은 채 잠자코 따로 두었던 큐 두 자루와 공을 가지고 비어 있는 맨끝 대(臺) 쪽으로 걸어갔다. 앞장서 걸어가는 왕 씨의 약간 굽은 듯한 등을 바라보면서 준태는 그와의 오랜 우정이 불현듯 되살아나는 듯함을 느꼈다.

게임을 하면서 준태는 왕 씨에게 지난 사흘 동안의 일을 다 털어놓고 얘기하였다. 그리고 지난번 만났을 때 자기가 한 말(정희를 잊어

먹은 진 벌써 오래라고 했던)은 거짓말이었다고 실토하였다. 애기를 듣고 난 왕 씨는 그럴 줄 알았다는 표정을 지었다. 그리고 쓸쓸한 눈빛으로 잠시 준태를 건너다보았다.

"제가 왕십리 바닥에 다시 나타난 건 순전히 그 애 하날 만날 수 있으리란 기대 때문이었습니다."

"내 그러신 줄 알았지."

하고 왕 씨는 큐 끝에 다시 초크칠을 하기 시작했다.

"어떻게 했으면 좋겠습니까, 아저씨."

"글쎄, 그 신문 광고라두 한번 내 보는 수야 있겠지만…… 생각은 해 보셨수?"

"아, 그렇군요. 신문 광고를 내는 방법이 남아 있었군요."

"미처 생각이 안 나셨던 게로군. 허지만 신문 광고를 낸다구 해서 정희 색실 꼭 찾게 되리란 법두 없는 게구."

"아닙니다. 제가 그걸 왜 생각 못 했는지 모르겠습니다. 아저씨 아니셨으면 전 그만 아주 절망해 버릴 뻔했습니다."

"제일 좋은 건 그저 잊으시는 걸 텐데. 남의 사람이 됐기가 십중팔구이구."

"아닙니다. 아무렇게 돼 있어두 상관없습니다. 한 번만이라두 우선 만나 보는 게 제겐 중요합니다. 아저씨, 고맙습니다."

준태는 왕 씨와 헤어져 숙소로 돌아온 후 아이 녀석을 불러올렸다. 우선 이 여관의 전화번호가 몇 번이냐고 묻고 내일부터 민준태라는 사람을 찾는 전화가 걸려 오면 꼭 나를 바꿔 주어야 한다고 일렀다.

그리고 만일 내가 여관에 없을 때 그런 전화가 오면 꼭 상대방의 이름을 묻고 그쪽의 전화번호나 주소를 반드시 알아서 적어 뒀다가 나한테 전해 줘야 한다고 단단히 일렀다. 아이 녀석은 알았다고 대답하고 준태가 쥐여 주는 500원짜리 지폐 한 장을 당연하다는 듯이 받아 가지고 돌아갔다.

이튿날 준태는 아침부터 서둘러 각 신문사의 광고부를 찾아다녔다. 그리고 다음과 같은 문면의 광고 의뢰를 냈다.

- 정희씨는 연락해 주십시오.

- 기동차와 14년 전의 준태를 기억하시는 정희씨는 다음 전화번호로 연락해 주십시오. ○○-○○○○ 민준태.

그것은 준태가 여러 가지 뜻에서 밤새 고심하여 작성한 문안이었다. 그것은 물론 그녀를 그녀의 현재 입장이 야기할지도 모를 난처함으로부터 보호하기 위한 배려도 포함된 것이었다.

준태는 또 내친김에 아주 각 방송국에도 모두 같은 문면의 광고 의뢰를 냈다. 그가 할 수 있는 일이라곤 이제 기다리는 일밖에 남지 않았다. 그는 천천히 여유 있게 기다리리라고 마음먹었다. 그리고 한 번으로 안 되면 몇 번이고 다시 광고를 내리라고 작정했다. 숙소로 돌아온 그는 오후 늦게까지 잤다.

6

저녁때 아이 녀석이 뛰어 올라와 전화를 받으라고 알려 주었다. 준태는 급한 걸음으로 달려 내려가 수화기를 들었다.

"아, 여보세요."

그는 긴장하고 있는 자신을 느낄 수 있었다. 그러나 수화기를 통해서 들려온,

"민준태 씨입니까?"

라고 묻는 저쪽의 목소리는 전혀 알 수 없는 남자의 음성이었다.

"네, 그렇습니다만."

"실례지만 혹시 최근에 외국에서 돌아오시지 않았습니까?"

"그렇습니다만, 댁은?"

"아 역시 민 선생이시군요. 돌아오셨군요. 방금 신문 광고를 보구서 혹 동명이인이나 아닌가 했더니만. 아무튼 반갑습니다. 그런데 언제 돌아오셨습니까?"

"……댁은 누구십니까?"

"아 이거 대단히 실례했습니다. 전 민 선생을 한 번두 만나 뵌 적은 없습니다만 민 선생을 잘 알고 있는 사람 중의 하납니다. 선생이 송금하신 돈을 대신 관리하고 있는 사람이죠. 안경수라구 불러 주십시오."

"……돈은 어디에 있습니까?"

"물론 은행에 잘 들어가 있습니다. 그렇잖아두 그것 때문에 전화를 드렸습니다만 이제 돌아오셨으니까 찾으셔야죠."

"찾을 수 있습니까?"

"물론이죠. 민 선생의 돈인걸요. 어떻게 오늘 저녁에라두 짬 있으

시면 한번 나오지 않으시겠습니까? 제가 술 한잔 대접해 드리겠습니다."

"……좋습니다."

"그럼 만날 장소와 제 인상착의를 일러 드리겠습니다……."

목소리의 사내는 친절하게 자기의 인상착의와 만날 시간, 술집임을 어렵잖게 알 수 있는 만날 장소의 이름과 그곳을 쉽게 찾을 수 있는 방법 등을 전화로 얘기했다. 그리고 꼭 나와 주실 걸로 믿는다고 덧붙이고는 자기 쪽에서 전화를 끊었다. 준태는 수화기를 든 채 잠시 내려놓는 걸 잊었다. 딱히 무어라고 꼬집을 수 없는 분노가 서서히 고개를 들기 시작했다.

사내가 일러 준 장소에 도착하자 입구에서 손님을 맞아들이고 있던 청년이 혹시 민준태 선생님이시냐고 물었다. 그렇다고 하자 청년은 손님이 기다리고 계시다면서 앞장을 섰다. 준태는 말없이 청년의 뒤를 따랐다. 촉광이 극히 낮은 불그레한 조명 아래 거의 사람의 키 높이만 한 등받이 의자들이 겨우 통로만을 남겨 놓고 담벼락처럼 돌아앉은 꽤 널찍해 보이는 홀이었다. 통로는 그 담벼락 같은 등받이 의자들 사이를 누비면서 미로처럼 이리저리 뚫려 있었다. 그리고 그 의자들로 벽을 삼은 보이지 않는 곳들로부터는 여자들의 높은 웃음소리와 사내들의 호기 있는 웃음소리가 들려왔다.

청년은 그 미로와 같은 통로를 이리저리 뚫고 가더니 그곳만은 따로 휘장이 쳐진 한 칸막이 앞에 멈춰서서 안에다 대고 말했다.

"손님 오셨는데요."

그러자 곧 안으로부터,

"안으루 모셔."

하는 소리가 났다. 전화로 듣던 목소리 같았다.

"들어가시죠."

하고 청년이 움직이도록 되어 있는 칸막이를 조금 들쳐서 사람 하나 쯤 드나들 수 있는 공간을 틔워 주었다. 그리고 재빨리 휘장을 헤쳐 주었다. 준태는 안으로 들어섰다. 테이블을 사이에 두고 역시 등받이 가 높은 2인용 소파가 양쪽에 하나씩 놓여 있었는데 사내는 오른쪽 소파에 앉아 담배를 피워 물고 있다가 벌떡 일어서며,

"아, 어서 오십시오. 반갑습니다."

하고 손을 내밀었다. 준태는 그가 내민 손을 잡았다.

"정식으로 인사드리겠습니다. 안경습니다."

"민준탭니다."

"이렇게 나와 주셔서 감사합니다. 그리 앉으시죠."

"네."

준태는 사내가 권하는, 테이블 왼편의 소파에 앉았다. 사내는 방금 일어섰던 자리에 다시 앉았다. 전화로 인상착의를 들어서 대강은 짐 작하고 있었지만 사내는 마른 몸매의, 얼굴이 긴 40대 초반의 남자였 다. 몸에 꼭 맞는 양복, 반듯하게 맨 넥타이 그리고 잘 매만진 머리가 은연중 사내의 빈틈없음을 말해 주고 있는 것 같았다. 부드러움을 가 장한 그러나 이쪽의 의중을 꿰뚫어 보려는 듯한 날카로운 시선이 준 태에겐 뱀처럼 느껴졌다. 청년이 맥주를 날라 왔다.

"제 인상착의를 전화루 말씀드렸지만 혹 번거로우실까 봐 저 친구에게 당부를 해 뒀었죠. 바쁘신 건 아닙니까?"

"바쁠 건 없습니다."

"그럼 우리 천천히 한잔하십시다. 민 선생의 노고도 위로할 겸."

"제 노고라뇨?"

"아, 민 선생이 외국에서 벌인 여러 가지 성공적 활동 말씀이죠. 어이 박 군, 여기 호스티스 두 사람만 넣어 줘."

맥주를 날라 온 그리고 사내로부터 마악 박 군이라고 불리운 청년이,

"네, 알겠습니다."

하고 물러나가자 사내는 저고리 안주머니에서 얇고 딱딱한 무슨 수첩처럼 생긴 물건 하나와 도장집 한 개를 테이블 위에 꺼내 놓았다. 그리고 그것들을 준태 쪽으로 밀어 놓으면서 말했다.

"민 선생의 예금통장과 도장입니다. 액수는 틀림없을 겁니다. 확인하시고 넣어 두시죠."

"고맙습니다."

하고 준태는 그것들을 집어서 명의만 확인한 후 아무렇게나 호주머니에 넣었다.

"대범하신 성격이시군요."

하고 사내는 준태를 음미하는 듯한 눈길로 건너다보며 말했다. 뱀 같은 작자, 라고 준태는 다시 한번 느꼈다. 그때 호스티스 두 사람이 안으로 들어왔다. 두 여자 모두 소매가 없는 그리고 앞가슴이 깊숙이 패인, 허벅지가 다 드러난 자주색 짧은 원피스 차림이었다. 둘 다 미

인이라고 불릴 만한 용모와 체격을 가지고 있었다. 여자들은 가볍게 목례하고 나서 각각 사내의 옆에와 준태의 옆에 와 앉았다. 그리고 각기 익숙한 동작으로 병을 기울여 맥주를 따랐다. 사내가 말했다.

"자 건배합시다. 민 선생의 귀국을 충심으로 환영합니다."

"고맙습니다."

두 사람은 각기 잔을 들어 올렸다.

"여기 아주 재미있는 곳이랍니다. 옆에 있는 아가씨의 손이 이제 곧 마술을 부릴 겁니다. 민 선생은 그저 방해만 하지 않으시면 됩니다."

사내가 반쯤 마시고 난 술잔을 내려놓으며 말했다. 그러자 두 여자가 사내와는 전부터 친숙한 사이인 듯 동시에 눈을 흘기는 시늉을 했다.

"미남이신 민 선생 앞이니까 괜히 부끄러운 생각들이 드는 모양이로군. 하지만 아무리 수줍은 척해 봐야 소용없을걸. 민 선생은 애인이 있는 몸이시니까. 차라리 잠시나마 솔직하게 위로해 드리라구."

"어마, 정말이세요? 애인 있으시단 말?"

준태 옆에 앉은 여자가 짐짓 호들갑스럽게 낙심했다는 표정으로 그러나 교태를 흘리며 슬며시 한 손을 준태의 허벅지 위에 얹어 왔다. 준태는 말없이 그녀의 손을 들어 제 위치로 돌려보냈다. 그러자 그녀는 무안도 타지 않고 보다 더 대담한 곳으로 손을 가져오며,

"아, 내 가슴이 왜 이렇게 울렁거릴까? 멍든 이 가슴."

어쩌고 하면서 준태의 어깨에 머리를 기대 왔다. 테이블 건너편의 사내는 자기 옆의 여자를 끌어안고 입을 맞추는 시늉을 하고 있었다. 준

태는 무례한 곳에 와서 대담한 짓을 하려고 옴지락거리는 여자의 손을 움켜쥐어 다시 제 위치로 돌려보내면서 사내가 말한 마술이란 것에 대해 어렴풋이 짐작이 갔다. 두 차례나 퇴박을 맞자 여자는 잠시 시선을 들어 준태의 표정을 살폈다. 준태는 그녀를 향해 엄한 눈빛을 지어 보였다. 그러자 그녀는 잠시 질린 표정으로 머쓱해졌다가 무슨 생각을 했는지 다시 교태를 지으며 이번엔 숫제 몸 전체로 기대 왔다.

"고자두 아니시던데 뭘 그러실까."

그리고 그녀는 다시 손을 대담하게 움직여 무례한 곳으로 접근해 왔다. 그때였다. 칸막이가 젖혀지고 휘장이 난폭하게 헤쳐지면서 세 명의 건장한 사내가 안으로 들어섰다.

"옳지, 여기들 있었구나. 한참 보기 좋은걸. 선생들, 끼구 있는 그 계집들은 우리 거요. 그만 양보하슈."

세 사내 중의 한 사내가 말했다. 준태는 일순 당황했으나 사태를 금방 알아차릴 수 있었다. 좀 귀찮겠구나. 하지만 어차피 한 번쯤은 감당해야 할 일. 이왕이면 빠른 것도 좋다. 준태는 사내들을 쳐다보며 천천히 말했다.

"그거 참 고마운 얘기요. 어서 가져가슈. 선생들이 좀 무례하다는 생각은 들지만 마침 고마운 일을 해 주러 오셨으니 용서해 드리지. 우리 안 선생님은 혹 어떠실지 모르지만."

그리고 준태는 안경수의 표정을 힐끗 살폈다. 안경수의 얼굴에는 순간 알릴락 말락 당황하는 빛이 잠깐 스치고 지나갔다. 그러나 그는 곧 호인스러운 미소를 떠워 올리며 말했다.

"나두 용설 해 드리기루 하지요."

그러자 사내들의 얼굴은 일시에 험악하게 일그러졌다.

"아니, 뭐라구?"

"가만, 뭐 용서를 해 준다구?"

"이치들이!"

준태가 다시 천천히 말했다.

"용서를 해 드린다구 할 때 어서 이 아가씨들이나 데려가슈. 자꾸 무례하시게들 굴면 용서를 해 드릴 기분이 점점 적어지지 않소? 더욱이 난 선배 되시는 분두 모시고 있소."

"어럽쇼? 점점? 야, 너 이리 좀 나와."

"그럴 것 없이 끌어내자, 끌어내."

"그러지, 내가 끌어내지. 야, 넌 비켜."

그리고 한 사내가 여지껏 준태 곁에 앉아서 안절부절못하고 있는 호스티스의 한쪽 팔을 홱 잡아채었다. 여자는 비명을 지르며 고꾸라지듯 휩쓸려 나가쓰러졌다. 준태가 꿈쩍 않은 채 다시 말했다.

"점점 용서하기가 힘들게 돼 가는군."

그때 호스티스를 채뜨린 사내의 손이 준태의 어깨를 덥석 움켜잡았다.

"이 새끼!"

그리고 사내의 다른 손이 준태의 멱살을 움켜잡으려 뻗쳐 들어왔다. 순간 준태는 테이블 밑으로 사내의 정강이뼈를 슬쩍 걷어찼다. 사내는 준태의 멱살을 움켜쥐려던 손으로 허공을 휘저으며 준태의 무릎 위로 쓰러졌다. 준태는 무릎을 세워 쓰러지는 사내의 명치 부근을 슬쩍 치받았다. 사내는 헉, 하고 숨 들이마시는 소리를 내며 완전히 널브러졌다. 그러자 나머지 두 사내가 준태를 향해 동시에 덤벼들었다. 그때 준태의 몸은 용수철처럼 튀어 올라 잠시 새처럼 공중에 떠 있었다. 그리고 그의 두 발은 두 사내의 얼굴을 향해 꼭 한 번씩 동작했다. 두 사내가 각각 공중제비를 하며 나가쓰러진 것은 순식간의 일이었다. 그때 또 다른 세 명의 사내가 휘장을 들치고 나타났다. 그리고 그들은 준태를 향해 일제히 덤벼들려는 자세를 취하였다. 준태의 몸은 다시 한번 공중에 떴다. 그리고 그의 몸은 잠시 공중에 가만히 드러누워 있는 것같이 보였다. 잠시 휴식을 취하고 있는 것 같았다고나 할까. 그러나 다음 순간 그의 수평으로 뻗은 두 발이 자전거의 페달을 밟듯 사내들의 얼굴을 슬쩍슬쩍 밟고 지나갔다. 사내들은 모두 휘장 밖으로 퉁겨져 나가 쓰러졌다. 준태는 다시 자리에 앉았다. 그의 이마에는 땀방울 몇 개가 맺혀 있었다.

"아름다운 솜씹니다."

여태껏 자기 자리에서 꼼짝 않고 구경만 하고 있던 안경수가 말했다. 그때껏 안경수 옆에 붙어 앉아 있던 호스티스는 백치처럼 입을 벌린 채 멍하니 준태를 건너다보고만 있었다.

"뭘 하고 있는 거야? 어서 술 한잔 권해 드리지 않구."

하고 안경수가 그녀에게 나무라듯 말했다. 그러자 그녀는 황망히 병을 들어 준태의 잔에 다시 맥주를 따랐다. 테이블 위의 것들은 하나도 어지러워진 것 없이 고스란히 있었다. 안경수가 말했다.

"정말 훌륭한 솜씹니다. 내가 40여 년을 살아오는 동안 처음 보는 아름다운 솜씹니다. ……하지만 실토하자면 저 애들은 우리 애들입니다. 서투르지만 충성스런 애들이죠."

"짐작하구 있었습니다."

"그러리라 생각했습니다. 한데 어떻습니까? 우리한테 들어와서 좀 도와주지 않으시겠습니까? 차장님도 기대하고 계십니다."

그리고 그는 준태의 얼굴을 찬찬히 건너다보았다. 준태는 분명한 어조로 말했다.

"거절하겠습니다."

그리고 그는 즉시 자리에서 일어났다.

"또 만나 뵙지 않게 되었으면 좋겠습니다."

"……."

안경수의 표정이 알릴락 말락 일그러지는 것을 준태는 보았다. 준태는 즉시 몸을 돌려세웠다. 안경수의 시선이 뱀처럼 등줄기에 와 달라붙는 것을 느낄 수 있었다.

작전이 샌 모양인지, 마악 랜딩하자마자 대기하고 있었던 듯한 적의 집중포화가 퍼부어졌다. 준태들 일행은 재빨리 산개했다. 적의 화력은 기민하고 압도적이었다. 갈대숲 부근이었다. 일행을 랜딩시키고 난 헬리콥터는 공중을 한 번 천천히 선회하고 나서 곧 멀리 사라져 버리고 말았다.

준태는 갈대숲으로 뛰어들어 재빨리 지형을 골라 엎드렸다. 적의 화기는 쉬지 않고 불을 뿜어 대고 있었다. 준태는 자동소총을 즉시 사격할 수 있는 위치에 두고 신경을 바짝 긴장시켰다. 머리 위로 갈대잎들을 가르며 무수한 탄환이 스쳐 지나갔다. 바로 머리 위 이삼 센티도 안 되는 지점을 바짝 스치고 지나가는 탄환도 있었다. 그리고 엎드린 준태의 바로 뺨 옆에 날아와 박히는 탄환도 있었다. 그러나 준태는 손가락 하나 움직이지 않고 죽은 사람처럼 엎드려 있었다.

　잠시 후 적의 화기가 사격을 멈추고 사방은 쥐 죽은 듯이 고요해졌다. 그리고 그것으로 준태는 동료들이 일단 모두 몸을 숨기는 데는 성공했다는 것을 알 수 있었다. 또 그는 이제 작전은 일단 실패로 돌아가고 말았지만 동료 가운데 누가 다치는 일은 거의 없을 거라는 것도 알고 있었다. 그들은 모두 몸을 숨기는 데는 보호색 동물 이상으로 감각이 발달되어 있으며 죽은 자처럼 아무 소리 내지 않고 며칠이고 견딜 수 있는 기술을 저마다 터득하여 지니고 있는 터이니까. 갈대숲을 헤치는 소리와 여기저기서 두런거리는 말소리가 들려오기 시작했다. 적이 수색을 시작한 모양이었다. 키를 넘는 갈대숲을 헤치고 아주 근접한 지점을 지나가는 적의 발짝 소리도 들렸다. 준태는 우선 이 고비만 무사히 넘기면 된다고 생각했다. 그리고 온 신경을 귀에 모은 채 호흡을 멈추었다. 그때였다. 동료 중의 누군가가 갈겨 대기 시작했음에 분명한 자동소총 소리가 들려왔다. 그것도 혼자가 아닌 삼사 명이 한꺼번에 갈겨 대는 소리였다. 순간 준태는 차라리 귀를 막고 싶었다. 필경 신참 동료들 몇 명이 접근하는 적을 보고 당황하여 화기를 그어 대고 있음에 분명했다. 곧 적의 화기가 그쪽을 향해 집중 사격을 퍼붓는 소리가 들려왔다. 준태는 눈을 감았다. 동료 몇 명이 외마디 소리들을 지르며 나뒹구는 모습이 망막에 밟혔다. 그러나 그는 자기가 움직여서는 안 된다는 건 너무나 잘 알고 있었다.

　적의 집중 사격은 한참을 더 계속하고 나서야 멈췄다. 그리고 곧 높은 소리로 지시하는 소리가 들려왔고 부르고 답하는 소리가 들려왔다. 그리고 부산하게 갈대숲을 헤치며 움직이는 적들의 발짝 소리가 들려왔다. 자신들의 전과를 확인하기 위한 것일 터이었다. 소란은 한참 동안 계속되었다. 그리고 멈췄다. 갈대숲을 헤치고 멀어져 가는 적들의 발짝 소리가 들려왔다. 우선 그것으로 1차 수색은 마치기로 한 모양이었다. 그러나 적은 필경 어딘가에 감시병을 감춰 놓았을 것이었다. 손가락 하나 움직일 수 없는 상황은 조금도 달라지지 않았다. 바람이라도 불어 주기 전엔 그리고 구조대가 와 주기 전엔 그야말로 꼼짝도 해선 안 된다. 준태는 이미 며칠이고 견딜 준비가 되어 있었다. 그리고 그것은 나머지 다른 동료들도 마찬가지일 터이었다. 그때 문득 준태는 자기 옆에 누군가가 있다는 느낌이 들었다. 동작을 최소한으로 제한해서 고개를 살그머니 옆으로 뉘었다. 순간 그의 시선은 거의 같은 순간에 고개를 이쪽으로 뉘고 있는 '독사'의 눈길과 마주쳤다. 두 개의 눈길은 순간 뜻밖이라는 신호를 교환하며 반갑게 서로 엉켰다. 그러나 곧 두 사람의 시선은 동료들이 당했다는 것을 시인하는 분노와 자조의 빛으로 흐려졌다. 두 사람은 어금니를 깨물었다. '독사'는 준태의 가장 오래된 동료 중의 하나였다. 그리고 동료들 가운데서 성질이 가장 독하고 매섭기로 이름난 친구였다. '독사'

란 그래서 생긴 별명이었다. 그러나 제아무리 '독사'인 그로서도 이런 경우엔 아무런 뾰족한 도리도 없는 것이다. 두 사람은 꼬박 일주일 동안을 그 자리에 꼼짝 않고 엎드려서 보냈다. 낮의 더위와 밤의 추위 그리고 목마름과 배고픔에 견디면서, 움직이고 싶어 하는 신체 각 부위의 부단한 욕망과 싸우면서 보냈다. 소변도 물론 엎드린 채로 보았다. 비가 내릴 때도 물론 엎드린 채로 맞았다. 적은 그리고 매일 한 차례씩 수색을 벌여 왔다. 그러나 준태와 '독사' 두 사람은 물론 동료 가운데 또 다른 희생자는 한 명도 더 나지 않았다.

구조대가 도착했을 때 준태는 아무리 자기 힘으로 일어나 보려고 했으나 일어날 수가 없었다. 그것은 그리고 '독사'도 마찬가지인 것 같았다. 그들은 구조대원들의 등에 업혔다. 그리고 그들은 구조 대원들의 등에 업힌 채 구조대에 의해 격퇴된 적의 야영지에서 동료들의 그것임에 분명한 네 구의 처참한 시체를 보았다. 시체들은 목이 매인 채 각각 나뭇가지에 매달려 있었는데 머리에서 발끝까지 살갗이 모조리 벗기어져 있었다. 준태는 눈을 감았고 '독사'는 등에 업힌 채로, 무슨 기운이 남았는지 길길이 날뛰었다. 모두 등에 업힌 나머지 동료들과 구조대원들은 헛구역질을 해 댔다. 그들은 이제 네 명의 동료를 잃고 열두 명밖에 남지 않았다.

곧 보복의 기회가 왔다. 두 달쯤인가 뒤 그들은 적의 한 비정규군 부대의 비밀 본부를 습격하게 되었다. 야간이었다. 아주 늦은 시각, 적들이 잠잘 시간이었다. 그들은 적의 본부로부터 어떤 문서 하나를 탈취하는 것이 임무였다.

그 일은 독사가 맡기로 되어 있었다. 나머지 동료들은 밖에서 엄호를 하기로 하고 독사가 단신 숲속에 은폐된 적의 본부 건물 속으로 잠입해 들어갔다. 숲에 가려진, 제법 연병장까지 거느린 2층 벽돌 건물이었다. 독사는 연병장 외곽을 동초하는 적의 보초를 소리 없이 해치우고 빨려들 듯 어둠 속으로 잦아들었다. 그리고 뒤에 남은 일행은 엄호 준비를 한 채 숲 뒤에 엎드려 어둠 속에 잠긴 적의 비밀 본부를 노려보고 있었다. 시간이 어둠처럼 움직이지 않고 제자리에 멈춰 있는 것 같았다. 모두 숨을 죽이고 기다렸다. 준태는 시간을 보았다. 모든 일을 늦어도 10분 안에 해치우고 그곳에서 철수해 버리기로 되어 있는 것이다. 성공했다면 독사가 되돌아 나올 시간이 거의 되었을 무렵이었다. 드르륵 하는 자동소총 소리가 야기를 뚫고 들려왔다. 그리고 곧이어 어둠 속에 잠긴 적의 본부 건물 속에서 수류탄 터지는 소리가 요란하게 났다. 준태는 직감적으로 실패했구나 하고 생각했다. 그렇지 않다면 아무 소리도 들리지 않았어야 한다. 모두들 앞뒤 가릴 겨를 없이 연병장 안으로 달려들어 갔다. 그때 건물 속으로부터는 적들이 꾸역꾸역 쏟아져 나오기 시작했다. 그러나 적들은 우왕좌왕하고 있었다. 준태들은 적들 속으로 뛰어들어 닥치는 대로 그어 대기 시작했다. 캄캄한 밤중이기 때문에 적들은 피아를 구별하지 못하는 것 같았다. 그리고 준태들은 소수이며 서로를 그림자만 보고도 알 수 있었다. 좌충우돌하며 닥치는 대로 그어 댔다. 그러면서 그들은 무언가 이상한 일이 벌어지고 있다는 걸 차츰 깨닫기 시작했다. 상황은 그들의 짐작과는 다르게 움직이고 있었다. 그들은 거의 절망적인 기분으로 뛰어든 것이었으나 절망하고 있는 것은 오히려 적들이라는 것을 차츰 알게 되었다. 적들은 기습을 당한 것으로 착각하고 있는 모양이었다. 채 무기를 갖지 못한 자들도 있었을 뿐만 아니라 무기를 가진 자들도 누구를 공격한다는 태도이긴커녕 어디론가 달아나려고만 하고 있었다. 적들은 어떤 일정한 방향을 향해 갈팡질팡 달려가고 있었다. 상황을 쥔 편이 이쪽이라는 것을 안 준태들은 적들과 함께, 적들 사이에 섞여 뛰면서 닥치는 대로 자동소총을 휘둘렀다. 적들은 풀잎 쓰러지듯 쓰러졌다. 나중에 안 일이지만 적들이 달려가던 방향은 적의 대피호가 있는 방향이었다. 동료 가운데 여럿은 대피호까지 따라 들어가서 적들을 사살했다고 나중에 자랑스럽게 말했다.

그때 그들은 그곳의 적 거의 모두를 사살했다. 그곳에 있던 적은 모두 236명이었다. 그리고 독사는 후련하다는 듯이 나중에 털어놓았다.

"적 대장 방에 잠입해 들어가서 문서를 꺼내 가지고 나올 때까지는 아무렇지두 않았어. 아주 성공적이었지. 그런데 마악 그놈의 건물을 빠져나오려구 하니까 아까 들어갈 때 졸구 있던 현관 보초가 그대루 졸구 있는 거야. 별안간 저번 작전에서 당한 생각이 나더군. 한탕 하구 가야 속이 풀리겠단 생각이 치밀었어. 쌍, 엣다 모르겠다. 드르륵 해 버렸지. 수류탄을 까 넣은 건 내친김이었구."

7

신문 광고를 낸 지 사흘이 지났다. 그러나 정희로부터의 전화는 물론 정희와 다소 인연이라도 닿는 사람으로부터의 전화 한 통 걸려 오지 않았다. 준태가 왕십리에 도착한 다음 날 오전, 다방에서 만났던 윤충근이란 사람으로부터 자기 집 저녁식사에 와 달라는 전화가 한 번 있었으나 사양했고, 학교 동창인 듯한 두어 사람으로부터 혹시 ㄱ대학을 다니지 않았었느냐는 전화가 있었으나 그런 사실이 없다고 대답한 게 전부였다. 바른대로 대답해서 안 될 것은 없었겠으나 그러면 의당 저쪽으로부터 한번 만나자거나, 학교를 중도에 그만두고 그동안 어디 가 있었느냐거나 하는 식의 성가신 제의나 질문이 뒤따를 게 예상되어 그렇게 해 버렸던 것이다. 그 외에는 숫제 전화가 걸려 오는 일조차 없었다. 준태는 그러나 낙심하지 않았다. 그리고 기다렸다. 단 한 가지, 준태를 술집으로 불러내어 시험을 걸어 오던 안경수라는 인물이 다소 마음에 걸렸으나 톡톡히 본때를 보여 주었으므로 그리고 이쪽의 태도를 분명히 해 두었으므로 더 이상 귀찮게 굴어 오진 않을 것으로 보아도 일단은 무방할 터이었다. 그들이하긴 그런 정도로 아주 단념을 해 버릴 작자들은 아닐는지도 모르긴 하지만. 준태는 그러나 어쨌든 그 문제는 깊이 생각하지 않기로 하였다. 그러기가 귀찮기도 했을뿐더러 또 그런다고 해서 쉬 해결될 문제도 아니었던 것이다. 또 맞닥뜨리는 경우가 생긴다면 그것은 또 그때가서 어떻게든 해결책을 찾을 수 있을 터이었다. 그것은 그리고 그가

14년 동안을 외지에서 살아온 삶의 외곬 방식이기도 했으니까.

준태는 참을성 있게 기다렸다. 그렇다고 결코 한가한 기분이 될 수는 없었으나 일의 성질상 조급하게 굴어서 될 일이 아니라는 걸 처음부터 그는 잘 알고 있었던 것이다. 그것은 그리고 그의 짧지 않은 직업 전투원으로서의 경험에서 터득한, 매사 의지를 앞세우지 않는 태도이기도 했다. 다시 이틀이 또 지났다. 그러나 정희로부터의 전화는 물론 역시 정희와 다소 인연이라도 닿는 사람으로부터의 전화 한 통 걸려 오지 않았다. 준태는 한 번 더 신문 광고를 내 보리라고 작정하였다. 그리고 그렇게 작정한 날 저녁, 그러니까 신문 광고를 낸 지 닷새째가 되는 날 밤에 준태는 윤애로부터 전화를 받았다.

11시쯤 되어서였다. 그녀의 목소리는 조금은 취한 듯한 그것이었으나 몹시 명랑하게 들렸다.

"선생님, 저예요. 윤애예요. 그동안 안녕하셨어요?"

"아, 윤애. 잘 있었어?"

"네, 전 아주 잘 지내요. 하루에 한 번쯤 선생님을 만나고 싶은 생각이 아주 참을 수 없이 나지만 제가 생각하기에두 용하게 제법 참구 지내요. 꼭 이맘때예요. 오늘 그냥 들어갈까 하다가 선생님 목소리만 듣는 건 괜찮겠지 하구 전활 걸었어요."

"아, 아주 잘 걸어 줬어."

"어마, 그래요? 아, 좋아라. 근데…… 아직 못 만나셨군요."

"응, 아직 못 찾았어. 하지만 윤애가 보구 싶던 참이었어. 윤애 목소릴 들으니 아주 반갑군."

"그럼 정식으로 부르세요. 오라구. 당장이라두 달려갈게요."

"그래 정말이야, 와 주겠어?"

"정말이세요, 선생님? 아, 신난다. 당장 택시 잡아타구 갈게요. 여기 직장 앞 공중전화거든요. 늦어두 20분 안으루 갈게요. 아, 저기 빈 택시가 있네요. 전화 끊을게요."

"그래 기다릴……."

그녀가 서둘러 전화를 끊는 사품에 준태의 말은 중동무이가 되고 말았다. 그리고 그녀는 20분도 채 안 되어 준태의 숙소에 나타났다. 그녀의 손에는 맥주 두 병과 땅콩 한 봉지가 들려 있었다. 그동안 조금 야윈 듯한 모습이었고, 술기운 탓인지 두 뺨이 발그레 홍조를 띠고 있었다. 그녀는 가쁜 숨을 몰아쉬며 말했다.

"불러 주셔서 고맙습니다. 이건 그 사례."

그러며 그녀는 선 채로, 양손에 한 병씩 나누어 맥주병과 땅콩봉지를 짐짓 과장된 동작으로 높이 쳐들어 보였다. 준태는 순간, 그러는 그녀의 동작에서 애써 감춰진 원망과, 그것을 드러내지 않으려는 가없은 투쟁을 읽을 수 있었다. 준태는 그녀한테서 술병을 옮겨 받아 탁자 위에 내려놓으며 말했다.

"고마워. 빨리 와 줬군."

그러자 그녀는 잠시 말없이 준태의 두 눈을 말끄러미 바라보았다. 준태도 잠시 그녀를 마주 보았다. 그녀의 두 눈이 순간 반짝 빛났다. 그리고 그녀는 눈이 부신 듯 두어 번 눈을 깜박거렸다. 그리고는 곧 잊었다는 듯 말했다.

"내려가서 컵 갖구 올라올게요."

그리고 그녀는 문 쪽을 향해 몸을 돌려세웠다. 그때 준태는 그녀의 어깨가 몹시 딱딱해져 있는 것을 보았다. 준태는 손을 뻗어 그녀의 어깨를 잡았다. 그리고 그녀의 몸을 돌려세웠다. 그녀는 황급히 고개를 다시 문 쪽으로 돌이켰다. 준태는 조심스레 그녀의 어깨에서 손을 내렸다. 그리고 가만히 말했다.

"윤앤 여기 있어. 컵은 내가 가져올 테니."

그녀는 말없이 고개를 돌린 채 서 있었다. 그녀의 어깨가 알릴락 말락 가만히 흔들리기 시작하고 있었다. 준태는 잠자코 방문을 열고 아래로 내려갔다.

그리고 병따개와 컵 두 개를 얻어 가지고 다시 방으로 돌아왔을 때, 준태는 그녀가 방바닥에 선 채 울면서 옷을 벗고 있는 모습을 발견하였다.

"무슨 짓이야, 윤애."

그러자 그녀는 허리를 굽혀 아래 옷을 벗어 내리면서, 계속 울면서 말했다.

"선생님은 제가 벗구 있는 걸 좋아하시잖아요. 선생님한테 제가 벗은 몸 외에 뭘 드릴 수가 있어요. 제 생생한 벗은 몸 외에 뭘."

"윤애."

"조금만 늦게 올라오시지 않구서요. 다 벗은 담에 올라오셨음 했는데. 아주 빨리빨리 벗구 있었는데."

그러며 그녀는 마지막 남은 브래지어와 팬티마저 벗어 버렸다.

"윤애."

그녀는 계속해서 울면서 말했다.

"벗은 여잘 놓구서 그렇게 이름만 부르는 건 실례래요. 안아 주세
요. 어서 안아 주세요."

준태는 다가가서 그녀를 안으려고 했다. 그러자 그녀는 몸을 뒤로
빼며 다시 울음 섞인 소리로 말했다.

"그렇게 옷 입으신 채, 옷 입으신 채 말구요. 그런 법이 어딨어요.
그런 법이 세상에 어딨어요."

준태는 말 잘 듣는 사내종처럼 묵묵히 옷을 벗었다. 그리고 다시
다가가 그녀를 안았다. 그녀는 그제야 몸을 내던져 있는 힘을 다해
준태를 마주 안았다. 준태도 그녀를 힘껏 부둥켜안았다. 그녀의 몸은
추위에 떠는 작은 짐승처럼 그의 팔 안에서 쉴 새 없이 파들거렸다.
준태는 그녀를 안은 팔에 더욱 힘을 주었다. 그녀도 점점 더 있는 힘
을 다해 준태를 끌어안았다.

그녀는 마침내 울음을 그쳤다. 그리고 열병환자처럼 중얼거렸다.

"선생님 몸속으로 아주 들어갔음 좋겠다. 다시 떨어져 나오지 못하
게 아주 들어가 살았음 좋겠다."

준태는 머릴 숙여 그녀의 귓불에 대고 가만히 말했다.

"나두 그래. 윤애 몸속에 아주 들어가 버렸으면 좋겠어. 하지만 암
만해두 우리 서로 그렇게 되진 못해, 윤애. 우리 피막은 여리면서 단
단해. 육체는 아주 매정한 물건이지. 하지만 뭐든 우릴 결합시킬 수
있는 게 있을 거야."

"그게 뭘까요, 선생님? 마음일까요? 혼일까요?"

"……글쎄."

"그게 마음이나 혼이라면 선생님의 마음이나 혼은 정희란 여자한테 가 있잖아요?"

"……반드시 그렇다구두 할 수 없겠지. 또 마음이나 혼이 육체하구 따루 떨어져 있는 것두 아닐 테구. 하지만 우릴 맺어 줄 수 있는 게 틀림없이 뭔가 있을 거야."

"뭘까요, 그게. 아무튼 그런 게 꼭 있었음 좋겠어요."

"뭔진 모르지만 꼭 있을 거야. 내 장담하지."

"정말?"

"정말."

"아, 선생님 좋아."

"자, 우리 이제 윤애가 사 온 맥주나 한 잔씩 하지."

"싫어요, 싫어요."

"난 목이 마른걸."

"……나쁜 사람."

그러며 윤애는 주먹을 쥐어 준태의 가슴을 두어 번 콩콩 때렸다. 그리고 준태로부터 아쉬운 듯 떨어져 나가 맥주병 뚜껑을 땄다. 두 개의 컵에 맥주를 따라 준태에게 하나를 건네었다. 그리고 자기도 하나를 집었다. 준태가 먼저 침대로 가서 걸터앉자 그녀도 말없이 따랐다. 그러나 술잔을 먼저 비운 것은 윤애 쪽이었다. 준태도 곧 컵을 비웠다. 그리고 이번에는 준태가 병을 집어 그녀의 잔과 자기 잔을 채웠다. 두 사람은 다시 각각의 잔을 비웠다. 그제야 준태는 윤애가 지금 발가벗고 있다는 즉물적 실감에 부딪쳤다. 순간 윤애가 준태의 어디를 힐끗 바라보고, 자지러지듯 놀라며 침대에서 뛰어 일어나 욕실 쪽으로 달려갔다. 준태는 그녀가 무엇을 보고 놀랐는지 알아차리고 빙그레 웃었다. 그녀는 욕실 안으로 뛰어가 쾅 소리가 나게 문을 닫았다. 준태는 천천히 침대에서 일어났다. 그리고 느릿느릿 욕실 쪽으로 걸어갔다. 문을 잡아당겨 보자 그녀가 안에서 있는 힘을 다해 붙잡고 있는 모양으로 꿈쩍도 하지 않았다. 그는 좀 더 힘을 주어 당겨 보았다. 그러나 역시 조금 들먹하고는 그만이었다. 그는 잠시 뜸을 들였다가 이번엔 일시에 힘을 주어 잡아채었다. 문이 벌컥 열리면서 그녀의 몸이 고꾸라질 듯 이쪽으로 쏠렸다가 곧 되돌려 욕조 속으로 뛰어드는 모습이 보였다. 준태는 빙긋이 웃고 천천히 목욕탕 안으로 들어섰다. 그녀는 마른 욕조 속에 옹송그리고 들어앉아 두 손으로 얼굴을 가리고 있었다. 준태는 잠시 궁리해 보고 곧 찬물 꼭지를 찾아 힘껏 비틀었다.

"앗 차거."

쏟아지는 찬물 세례에 놀라 그녀는 비명을 지르며 욕조로부터 뛰어나왔다. 준태는 그녀를 안아 바닥에 뉘었다. 그녀는 활짝 열려 있었다.

침대로 돌아와 나란히 누웠을 때 윤애는 말했다.

"선생님 말이 맞군요. 사람의 몸뚱이는 아주 매정한 거로군요."

준태는 가만히 그녀의 어깨를 싸안아 주었다.

"정말 사람의 육체란 하잘것없는 것이군요."

"그렇진 않아. 매정하긴 해두 아름다운 물건이지. 윤애의 몸은 그
중에서두 정말 아름답지."

"거짓말."

그러며 그녀는 준태의 가슴에 파고들 듯 얼굴을 묻어 왔다. 준태는
그녀의 머리를 가만히 쓸어내려 주었다.

"정말이야. 윤애의 몸은 정말 누구보다 아름답지."

"정희란 여자보다두?"

"……."

"미안해요, 선생님. 미안해요."

"……아냐. 윤애 몸이 정희보다 아름다울 거야. 하지만 비교를 할
순 없군. 난 정희의 몸은 보질 못했어."

"몹시 깍쟁이였나 보군요."

"글쎄, 그렇다구 할 수 있을까."

"빨리 좀 만나 봤음."

"……아무래두 어려울 것 같은 예감이 들어. 자, 우리 이제 그만 자
지, 윤애."

"네."

그녀는 가만히 준태의 가슴으로부터 떨어져 나가 따로 누웠다. 그
리고 한동안 뒤척이는 기색이더니 천진하게도 차츰 숨결이 골라져
갔다. 그러나 준태는 좀처럼 쉽게 잠들지 못했다.

새벽녘에야 설핏 잠이 들었나 본데 준태는 정희가 발가벗고, 어딘
가로 가고 있는 꿈을 꾸었다. 물동이를 이고, 역시 발가벗은 갓난이

제 동생을 한 손으로 받쳐 입은 채 쓰레기 같은 것들이 여기저기 흩어져 있는 길을 바삐바삐 걸어가고 있었다. 그런데 준태는 정희의 벗은 몸을 한 군데도 자세히 볼 수는 없었다.

정희의 몸을 볼 수 있을 뻔한 기회는 꼭 한 번 있었다. 초여름이었고 아주 화창한 날이었다. 두 사람은 나룻배를 타고 뚝섬 건너편에 있는 봉은사로 놀러갔었다. 그녀의 아버지가 다치기 전 일이었다.

절 구경을 마치고 두 사람은 절 뒤편의 야산으로 올라갔었다. 채 다 자라지 않은 소나무들이 신록의 바늘 같은 잎새들을 햇빛 속에 반짝이고 있었으며, 이름 모를 꽃들과 잡초들이 무성하게 자라나 지면을 덮고 있었다. 두 사람은 강이 내려다보이는 위치에 자리를 잡고 앉았다. 완전하게는 아니지만 머리 위의 소나무가 그늘을 만들어 주고 있었고 가까운 주위에 다른 사람의 인적은 없었다.

정희는 여느 때 보지 못하던 나팔꽃 무늬의 원피스를 입고 있었는데 옷에 풀물이 들까 봐 몹시 신경이 쓰이는 눈치였다. 준태는 손수건을 꺼내 그녀의 엉덩이 밑에 깔아 주었다. 아까부터 좀 낯선 옷이라곤 생각했지만, 그리고 그녀를 한결 예뻐 보이게 하는 옷이라고는 생각했지만 그토록 신경을 쓰는 걸 보면 그 원피스는 그녀가 몹시 아껴 두었다 특별히 꺼내 입은 게 분명해 보였다. 비로소 좀 자세히 바라보니 언제 사 입은 것인지 원피스는 그녀에게 조금 작은 듯했고 세탁에 의해서 물도 다소 바랜 것이었다. 그것도 세탁을 한 물만 한 것은 아닌 듯했다. 그러나 그녀는 마치 새 옷 입고 소풍 온 새침데기 초등학교 학생처럼 그 옷에 여간 신경을 쓰는 게 아니었다. 준태의 손수건을 깔고 앉고도 다시 엉덩이에서부터 옷자락을 팽팽히 당겨 오금 밑에 꼭 끼고는 두 팔로 다시 무릎을 깍지 껴 꼭 싸안는 것이었다. 준태에게는 그러는 그녀의 모습이 퍽 우스꽝스럽게 느껴졌다. 그녀가 앉음새를 편히 하지 못할 정도로 옷에 신경을 쓴다는 건 전에 없던 일일 뿐만 아니라 그녀에겐 왠지 처음부터 어울리지도 않는 일같이 여겨졌기 때문이다. 그러나 한편 숲을 배경으로 한, 그녀의 옹송 그리고 앉은 모습이 그 순간 몹시 아름다워 보인 것도 사실이었다. 그리고 그것은 그 나팔꽃 무늬의 원피스가 숲속에서 아주 잘 어울렸기 때문이기도 했을 것이다. 준태는 우스꽝스럽다는 느낌과 그럼에도 불구하고 그녀가 몹시 아름답다는 느낌이 범벅이 되어 아주 엉뚱한 소리를 그녀에게 지껄여 버렸다.

"정희 때때옷 입은 걸 보니 우리가 마치 신혼여행이라두 온 것 같은 기분이 드는데."

그러자 정희는 말 같지도 않은 소리라는 듯 곁에 앉은 준태를 그다지 곱지 않은 눈매로 힐끗 돌아보고만 말았다. 준태는 짐짓 더 능청을 부려 보았다.

"그럭하구 앉아 있는 모양이 꼭 내가 상상하는 첫날밤의 내 신부 모습 같다. 언제 옷을 벗길 건가 하구 조마조마해서 기다리는."

정희의 얼굴은 순간 홍당무처럼 빨개졌다. 그리고 고개를 홱 돌이켜서 준태를 노려보기 시작했다. 그 시선에는 여자다운 수치심과 경계심, 그리고 도저히 용서해 줄 수 없다는 성난 힐난이 담겨 있었다.

준태는 급히 후회했다. 그러나 그녀는 틈도 주지 않고 총알처럼 쏘아 댔다.

"뭐야, 날 이런 델 끌구 와서 어떻게 해 볼 속셈이지? 그렇지? 말해 봐. 말해 봐. 아니면 아니라구 말해 봐."

"어, 어, 이런 바보. 그런 게 아냐. 그런 게 아니라구. 농담한 걸 갖구 뭘 그래."

"아니긴 뭐가 아냐. 뭐가 아니란 말야. 남자들 엉큼한 속셈을 내가 모를 줄 알구. 아이 분해. 아이 분해."

"나 이런, 글쎄 그런 게 아니래두. 정희가 오늘 하두 예뻐 보이길래 농담으루 그런 거래두."

"그런 농담이 어딨어. 그런 농담이 어딨어."

"나 참."

"사람을 이런 델 데리구 와서 그런 농담하는 법이 어딨어. 그런 농담하는 법이 어딨냔 말야."

그리고 그녀는 마침내 두 손으로 얼굴을 감싸고 울기 시작했다. 준태는 이런 경우 어떻게 해야 좋은 건지를 알 수가 없었다.

그저 안절부절못하며,

"미안해. 미안해."

하고 물색없이 되풀이할 수 있을 따름이었다. 그녀는 마침내 어깨까지 들먹이며 한동안을 울더니 차츰 제 김에 누그러져 갔다. 그리고는 딸꾹질 닮은 소리를 내며 원망스럽다는 듯이 말했다.

"그런 농담 또 하면 나 싫어. 다신 그럼 안 만날 테야."

"그래, 그래. 다신 안 할게. 절대루 안 할게."

"또 하면 뭐야?"

"개자식이다."

"약속하지?"

"그래, 그래. 약속할게."

그제야 그녀는 얼굴을 가렸던 손을 떼고 울어서 퉁퉁 부은 얼굴로 힐끗 준태를 돌아다보았다. 그리고 속상해 죽겠다는 듯이 그러나 다소 누그러져서 말했다.

"이게 뭐야. 모처럼 여기까지 와서 이게 뭐냐 말야……. 내 얼굴 아주 숭해졌지? 보기 싫지?"

"아냐, 숭해지긴. 더 예쁘기만 한데?"

"거짓말 마. ……아무리 그럴까?"

"정말야, 금방 세수한 얼굴같이 예쁜데?"

"또 놀리는 거야?"

"아냐, 이건 정말야. 농담이 아니라니까."

바로 그때였다. 정희가 갑자기 등허리를 꿈틀하면서 비명을 질러 댔다.

"어마 어마, 난 몰라. 난 몰라. 옷 속에 송충이가 들어갔나 봐."

준태가 성급히,

"응, 어디, 어디?"

하고 다그쳐 묻자,

"여기, 여기."

하고 그녀는 제 등줄기 쪽을 가리켰다. 그리고는 계속 등줄기를 꿈틀거리며 어쩔 줄을 모르고 쩔쩔맸다.

"가만있어."

하고 준태는 엉거주춤 일어서서 그녀의 등 쪽으로 다가갔다. 그러나 막상 어떻게 그녀를 도와야 할지를 판단할 수가 없었다. 그녀의 옷속에 손을 집어넣을 수도 없거니와 그렇다고 송충이가 어디쯤 있는 질 혹 안다고 쳐도 옷 위로 그걸 붙잡거나 때려서 잡는달 수도 없는 일이었다. 그것은 우선 그녀의 옷을 더럽히는 짓이 될 터이었다. 그래 망설이고 있는 동안 그녀는 마침내 벌떡 일어나서 제자리 맴을 돌며 깡충깡충 뛰었다.

"난 몰라. 난 몰라."

그러다가 그녀는 별안간 무슨 생각을 했는지 황급히 숲 저쪽으로 달려가면서 말했다.

"따라오면 안 돼. 거기 꼼짝 말구 있어야 해."

그리고는 곧 이쪽에선 가려서 보이지 않는 숲 저쪽으로 숨어 버렸다.

잠시 후 그녀가 옷을 벗어 활활 털어 대고 있음에 분명한 공기와 천의 마찰음이 숲 저쪽으로부터 들려왔다. 준태는 꼼짝 않고 제 자리에 앉아 있었다. 그녀는 이윽고 수치심으로 빨갛게 달아오른 얼굴로 숲 저쪽으로부터 나타났다.

꼭 보려고만 들었다면 그때가 정희의 몸을 볼 수 있었던 유일한 기회였다.

윤애는 아침에, 자기가 지은 밥을 준태에게 꼭 먹이고 싶다고 졸라 댔다. 준태는 사양 않고 따라나섰다. 몸이 좀 찌뿌드드했지만 왕십리 의 아침 공기는 신선하게 살갗에 와 닿았다. 윤애는 준태와 동반한 채 근처 시장에 들러 반찬거리 몇 가지를 샀다.

윤애가 사는 집은 여러 가구가 세 들어 살고 있는 것으로 보이는 낡은 재래식 가옥이었다. 그들이 대문을 열고 들어서자 마당의 수돗 가에서 일하고 있던 아낙네 서넛의 시선이 일제히 이쪽으로 쏠려 왔 다. 그녀의 방은, 그리고 마당을 지나서 다시 뒤란 쪽으로 통하는 좁 은 샛골목을 빠져나가서야 있었다. 말하자면 안채에 등을 돌려 댄 사 랑채 같은 것이었는데 방문엔 자물쇠가 채워져 있었다. 윤애는 열쇠 를 꺼내 자물쇠를 따고 방문을 열었다. 방 안 풍경이 한눈에 들어왔 다. 우선 한구석에 얌전히 개어져 있는 이부자리가 눈에 띄었고 커다 란 비닐 가방 하나와 벽에 걸린 옷가지들이 보였다. 그리고 한 구석 에 밀쳐 둔 연두색 플라스틱 밥상 하나. 윤애가 말했다.

"들어가세요, 선생님. 제 방이에요."

준태는 허리를 굽혀 구두끈을 풀고 그녀의 방으로 들어갔다. 그리 고 그 방에서 그는 윤애가 공들여 지은 아침식사를 그녀와 겸상으로 함께했다.

신문 광고를 한 번 더 내기 위해서 준태가 시내로 나온 것은 그리 고 정오가 훨씬 지나서였다.

8

주일(駐日)이스라엘 대사관에서 일주일쯤 숨어 지낸 준태는 그곳 대사관원들의 배려에 의해 다시 이스라엘 본국으로 신병이 옮겨졌었다. 그리고 이스라엘에서 약 일주일간 체류한 뒤 준태는 다시 미국으로 옮겨졌었다. 미국에서 준태는 약 1년간 체류했다.

'독사'는 흉물스런 물건 하나를 늘 지니고 다녔다. 그것은 적의 머릿가죽을 벗겨 말린 일종의 가발이라면 가발이라고 할 수 있는 것이었는데 이따금 그는 그것을 머리에 쓰고 장난삼아 동료를 두들겨 깨우곤 하였다. 그러면 동료들은 대개 주먹부터 들며 벌떡 상체를 일으켰다가 속은 걸 알고 곧 투덜대며 다시 잠들어 버리곤 했다. 언젠가 한번은 준태도 속았는데 내처 속은 체하고 그대로 주먹을 휘둘러 버린 적이 있었다. 물론 사정을 둔 주먹이었다고는 해도 독사는 그때 불의의 일격에 저만큼 나가떨어졌고 그의 그 '가발'도 흉물스레 벗겨져서 나뒹굴었지만 그러고도 그는 그 장난을 결코 그만두려고는 하지 않았다. 언젠가의 실패한 작전에서 동료들의 참혹한 시체를 목격한 뒤부터의 일이었다.

독사의 그 가발을 가장 싫어한 것은 인접한 막사의 미국 친구들이었다. 독사는 그 가발을 뒤집어쓴 채 이따금 그 인접한 미국 친구들의 막사에도 어슬렁어슬렁 흉물스런 모습을 나타내곤 했던 것이다. 그가 나타나면 미국 친구들은 대개 욕지거리를 퍼부으면서 그를 피하곤 했다. 그러면 그는 더욱 의기양양해져서 유유히 그들의 막사에 대고 오줌을 갈겨 대거나 하였다. 그러다가 한번은 그와 한 미군 상사 사이에 싸움이 벌어졌다. 그 상사는 2차 대전 때 일본군의 검도에 혼이 난 적이 있다고 언젠가 고백한 일이 있는, 이를테면 정글전의 백전노장이라고 할만한 거구의 친구였는데, 그날 예의 그 가발을 쓰고 나타난 독사에게 좀 심한 욕지거리를 퍼부었던 것이다.

"야, 이 노란둥이야, 네 어머니 앞에서나 그 추잡한 걸 뒤집어쓰고 재롱을 부려라. 이 일본놈 발바닥만도 못한 놈아."

독사에게 그것은 참기 힘든 욕이었다. 곧 둘 사이에 싸움이 벌어졌는데 주위의 비교적 공정한 의견에 따라 다음과 같은 승부 방식이 채택되었다. 즉 서로 일격씩만 교환하기로 하되 모욕을 당한 것이 독사 쪽이므로 선제 일격의 권리는 독사에게 부여된다는 것이었다. 상사에게도 물론 방어할 권리는 부여되었다. 당사자들은 좀 투덜댔지만 이 방식을 이의 없이 받아들였다. 그리고 두 사람은 곧 1미터 간격을 두고 떨어져 섰다. 상사는 우람한 몸집을 뽐내며 언제든지 공격해 오라는 여유작작한 자세를 취하였다. 독사를 향해 흡사 휘파람이라도 불 듯한 자세였다. 순간 독사의 눈이 이상한 광채를 발산하더니 그의 목구멍에 창자를 온통 쏟아 놓을 것 같은 무서운 기합소리가 터져 나왔다. 그리고 거의 같은 순간에 일직선으로 뻗쳐 들어간 독사의 주먹이 상사의 얼굴 한복판에서 정지하였다. 상사의 거대한 체구는 마치 커다란 나무가 뿌리째 쓰러지듯 꼿꼿이 뒤로 쓰러졌다. 그리고는 10여 분이 넘도록 꿈쩍하지 않았다. 승부는 그것으로 났다. 나중에 제 동료들의 도움으로 머리를 털며 일어나 앉은 상사가 자기 차례의 공격을 기권하고 말았던 것이다. 그리고 그는, 앞으로는 일본인보다 못하다는 소리는 절대로 하지 않겠다고 독사에게 약속하였다. 그리고 물론 어머니 앞에서 어쩌고 한 소리도.

그 일이 있은 뒤 독사는 그 장난을 좀 삼가는 기미는 보였지만 그 물건을 버리려고는 결코 하지 않았다. 그리고 그것은 그가 나중 어떤 작전에서 목숨을 버리게 되어 그것마저 함께 버리지 않으면 안 되게 되었을 때까지 항상 그의 중요한 소지품 중의 하나였다.

다시 신문 광고를 의뢰하고 돌아온 날 저녁, 준태는 당구장으로 또 왕 씨를 찾아갔다. 왕 씨는 그를 보자 그동안 아무 소식도 없었느냐고 물었다. 준태는 아무 소식도 없었다고 대답하고 오늘 다시 광고 의뢰를 하고 돌아오는 길이라고 말했다. 그러자 왕 씨는 예상한 일이라는 듯이 준태를 한동안 쓸쓸한 눈길로 쳐다보고 나서 말했다.

"글쎄 당초에 내가 뭐랬수. 그저 잊는 게 상책이라구 하지 않았수. 다 잊구 그저 참한 색시 만나 장가나 드셔야지."

"……."

"괜한 신문 광고 얘긴 해 가지구 쓸데없이 돈만 쓰시게 해 드렸구려. 그것두 두 번씩이나."

"아닙니다, 아저씨. 쓸데없는 돈을 쓰긴요."

"어디 돈만 쓰셨나. 괜한 마음두 쓰셨지."

"원, 아저씨두. 제가 어디 어린앤가요."

"어린애가 아니시니 잊으셔야지. 다 잊구 장갈 드셔야지."

"그러잖아두 이번 한 번만 더 기다려 보렵니다. 이번에두 아무 소식 없으면……."

"아무 소식 없으면 잊으실 테우?"

"잊는다기보다 가망이 없는 일루 단정을 할 도리밖에 없을 테죠."

"그러면 또 자연 장가드실 도리밖에 없을 테구. 아암, 진즉 그러셨어야지."

"……글쎄요. 하지만 그게 꼭 무슨 장가가는 일하구야 관계가 있겠습니까?"

"저런 능청 보시게. 아 그럼 관계가 없어서 여태껏 그래 장가두 못 들구 총각으루 지내신단 말이우?"

"원 참, 아저씨두. 그런 얘기가 아니죠. 만일 정힐 찾는대두 우리가 그전같이 되리란 법이 없는 거구, 또 찾지 못한다구 해서 어디 장가란 게 그렇게 쉽게 들어지는 건가요? 그리구 우선 제가 어디 장가들 자격이나 있는 놈인가요?"

"아니, 그건 또 무슨 아닌 밤에 홍두깨 같은 소릴까. 장가드실 자격이 없다니?"

"사람이면 어디 다 사람인가요? 사람 구실을 했어야 사람이지."

"그건 웬 소리유? 설마 그 일을 두구 하는 소린 아니실 테구."

"……아무튼 그리구 어디 저 같은 날건달한테 와 줄 색시나 있겠다구요."

"그야 찾아보면 나설 테지. 그리구 민 선생이 어디가 어떠서서. 내

어디 그럼 중신을 한번 서 보리까?"

"그만두세요, 아저씨. ……실은 제 곁에 요즘 여자 하나가 있긴 있어요."

"오오? 그런데?"

"……저한텐 과분한 여자죠."

"오오라, 그런 일이 있었으면서 나한텐 시치밀 뚝 떼셨군그래. 헌데 그런 좋은 색시가 있다면서 웬 신문광곤 또 내셨누."

"그건 서로 다른 문제죠."

"다른 문제라니?"

"정휠 찾는 일은 정휠 찾는 일이구, 요즘 그 여자는 또 그 여자죠."

"에끼, 그런 말이 어딨수. 다 그만두구 그 색시헌테 눈 딱 감구 장갈 드시우. 보아허니 민 선생 쪽에서두 싫진 않은 색신가 분데."

"말씀드리잖았습니까. 저한텐 과분한 여자라구요."

"암튼 여간 반허신 게 아닌 건 분명하구먼. 그래 그 좋은 색실 이 늙은이헌텐 인사두 안 시켜 준단 말이우?"

"언제 한번 뵈 드려야죠."

"아암, 그래야 허시구말구. 그리고 뭐니 뭐니 그 전 일은 그저 죄 잊으시는 게 상책이셔."

"……."

"내 꼴 보시구려. 늘그막에 자식 하나 없이 이러구 지내는 게 뭬 보기 좋은가."

"……아저씨, 우리 약주나 한잔하실까요?"

"……그러실까."

왕 씨와 함께 근처 시장 골목의 대폿집으로 가서 막걸리 두어 되를 나누어 마시고 숙소로 돌아오자, 아이 녀석이 이런 분한테서 전화가 왔었다고 하면서 전화번호와 사람 이름이 적힌 종이쪽지 하나를 내밀었다.

"민석태-○○-○○○○."

준태는 어금니를 악물었다. 그리고 그 종이쪽지를 받아 꾸겨 쥔 채 방으로 올라와 우선 침대 위에 걸터앉았다. 예상할 수 있었던 일이었다. 그러나 막상 닥치고 보니 우선 관자놀이부터 견딜 수 없이 화끈거린다. 쪽지에 전화번호가 적힌 것은 아이 녀석에게 그가 일러 둔 때문이기도 하겠지만 이쪽더러 전화를 걸라는 저쪽의 의사 표시임에 또한 틀림없다. 준태는 어금니를 깨문 채 종이쪽지를 발기발기 찢어 버렸다. 그리고 잠시 맞은편 벽면을 말없이 노려보았다.

그것은 의식적으로 그가 도외시하려고 했던, 그러나 의식의 저 끝에서 항상 야금야금 그의 의식을 갉아먹어 오고 있던 일이었다. 그게 그의 의지와는 상관없는 곳으로부터 정면으로 제기되어 온 것뿐이다. 이상한 것은 이런 때일수록 냉정해야 한다는 것을 잘 알고 있으면서도 좀처럼 그렇게 되지 않는 일이다. 쉴 새 없이 관자놀이가 뛰고 호흡은 자꾸 거칠어만 지려고 하는 것이다. 준태는 침대로부터 벌떡 몸을 일으켰다. 그리고 욕실로 가서 찬물을 틀어 놓고 한바탕 세차게 세수를 하고 다시 나왔다. 그때 층계를 뛰어오르는 발짝 소리가 들리고 문밖에서 곧 아이 녀석의 목소리가 났다.

"아저씨, 아까 그분한테서 또 전화예요."

준태는 순간 수건으로 얼굴의 물기를 닦다 말고 다시 어금니를 악물었다. 그리고 다시 자신의 마음을 꾸짖은 뒤 천천히 아래로 내려갔다. 내려놓은 수화기를 집었다.

"여보세요."

되도록 심상한 기분이 되려고 그는 애썼다.

"아, 민준태 씨입니까?"

틀림없는 형 석태의 목소리였다. 14년 만이지만 거의 변한 데라곤 없는.

"네, 그렇습니다. 댁은?"

"댁은? 홍, 뻔뻔하구나. 네 놈이 그렇게 뻔뻔하게 나올 줄 짐작하고 있었다. 굳이 이름을 대련? 그래, 나 석태다."

"형님이시군요. 그런데 전화는 왜?"

"홍, 전화는 왜 걸었느냐? 네놈이 신문지상에다 전화번호 따월 광고하지만 않았어두 우리가 네놈 따월 알 바가 뭐냐? 그래 좋다. 용건만 말하마. 앞으로 신문 같은 데다 네놈의 이름 석 자를 실어서 네놈이 살아 있다는 조그마한 증거라두 우리 눈에 띄게 하는 짓은 삼가다오. 내가 하구 싶은 얘긴 이뿐이다. 네 놈이 두 번씩이나 같은 짓을 되풀이하지만 않았어두 우린 알은체하지 않으려구 했다. 나쁜 놈."

"알았습니다. 그거라면 뭐 그렇게 어려운 일도 아니로군요. 양보해 드리죠."

"뭐야, 양보? 정말 뻔뻔스럽구나. 나쁜 놈 같으니라구. 어쩌다 너 같은 뻔뻔스런 자식이 우리 가문에 태어났는질 정말 모르겠다. 네 놈을 우리 민씨 가문의 자손으로 여기지 않은진 벌써 오래다만."

"그건 참 다행스런 일이군요. 자, 그럼 용건은 끝난 셈인가요?"

"그렇다. 이 천하에 뻔뻔한 놈아. 다신 우리 눈에 네놈의 이름 한 자 얼씬하게 하지 마라."

그리고 전화는 끊겼다. 준태는 그때, 알 수 없게도 싸늘하게 식어 있는 자신의 마음을 느낄 수 있었다. 관자놀이도 이제 뛰지 않았으며 호흡도 평상으로 돌아와 있었다. 그는 천천히 다시 방으로 올라왔다. 그리고 아무렇게나 침대 위에 몸을 던졌다.

불현듯 정희의 모습이 눈앞에 떠올랐다. 커다랗게, 아주 커다랗게 떠올랐다. 눈을 똑바로 뜨고, 울음을 참기 위해 두 눈을 커다랗게 똑바로 뜨고, 조금이라도 움직이면 금방 굴러떨어질 것 같은 눈물방울을 떨어뜨리지 않으려고 눈썹 하나 까딱 않은 채 이쪽을 바라보는 모습이었다. 준태는 침대를 박차고 뛰어 일어났다.

무작정 거리로 뛰어나온 준태는 마장동 기동차 정류장이 있던 곳을 향해 달려갔다. 밤거리의 사람들이 그를 이상하다는 듯 쳐다보았다. 그는 있는 힘을 다해 달려갔다. 그러나 그곳엔 선로도, 매표소도 없었다.

그는 다시 택시를 세워 타고 영미교로 달려갔다. 그러나 그곳엔 개천도, 판잣집도 없었다. 복개된 차도 위로 밤의 차량들이 물밀듯 오갈 뿐이었다. 그는 택시를 버리고 터덕터덕 걷기 시작했다. 온몸이 땀투성이가 되어 있었다.

그리고 그가 다시 숙소로 돌아왔을 때는 11시 반이 넘어 있었다. 그는 졸고 있는 아이 녀석을 깨워 윤애를 부르러 보냈다. 그리고 방으로 올라와 침대에 몸을 던졌다. 울음이 북받쳐 올랐다.

잠시 후 윤애가 나타났다. 그녀는 직장에서 마악 돌아온 참인 듯 채화장도 지우지 않은 얼굴이었다. 방 안에 들어선 그는 깜짝 놀랐다.

"어마, 울고 계셨군요."

준태는 천천히 몸을 일으켜 침대가에 걸터앉았다. 그러자 윤애는 급히 달려와서 무릎을 꿇고 마주 앉았다. 그리고 준태의 얼굴을 올려다보며 근심에 찬 목소리로 물었다.

"무슨 일이 있었군요. 네? 무슨 일인지 저한테 말씀해 주심 안 되나요?"

준태는 그녀의 두 눈을 마주 내려다보며 천천히 고개를 흔들었다.

"아무것두 아냐. 윤앤 염려하지 않아두 돼. 바보 같은 생각을 잠시했을 뿐야. 이젠 윤애가 와 줬으니 됐어."

그러자 그녀는 말없이, 꿇었던 무릎을 펴고 일어나 준태의 머리를 안았다. 준태는 머리를 안긴 채로 그녀의 허리를 껴안았다. 그리고 말했다.

"부탁이야. 오늘 내 곁에 좀 있어 줘. 그냥 있어 주기만 하면 돼."

"네. 전 언제나 선생님 곁에 있길 바라는 걸요, 뭐. 오히려 이게 웬 행운인가 하구 믿어지지가 않는걸요."

"그래, 아무렇게 생각해두 좋아. 그저 오늘 밤 내 곁에 있어 주기만 하면 돼."

"있어 드리구말구요. 그리구 뭐든지 부탁하세요. 뭐라두 해 드리겠어요."

"아니, 그냥 있어 주기만 하면 돼."

"아녜요. 뭐든지 부탁하세요. 모두모두 해 드리겠어요."

"고맙군."

"잠깐, 목욕 안 하시겠어요? 물 받아 놓을까요?"

"아냐, 괜찮아. 이대루가 좋아."

"아녜요. 목욕을 하고 나심 기분이 좋아지실 거예요. 저두 함께할게요. 자, 잠깐만 놔주세요. 물 받아 놓구 올게요."

"괜찮아. 이대루두 좋아."

"아이, 자, 잠깐만 놔주세요."

그러며 그녀는 준태의 두 팔을 가만히 제 허리로부터 떼어 냈다. 그리고 욕실로 들어갔다. 물을 틀어 욕조를 헹궈 내는 소리가 들리고 곧 빈 욕조에 물이 고이기 시작하는 소리가 들렸다. 준태는 다시 코허리가 시큰해 왔다. 윤애가 욕실에서 나왔다. 그리고 그녀는 다시 준태의 머리를 싸안았다.

"조금만 기다리심 돼요. 물이 아주 따뜻해요."

그러며 그녀는 한 손으로 준태의 잔등을 가만가만 쓸어내려 주었다.

잠시 후 그들은 함께 욕실로 들어갔다. 따뜻한 물이 찰랑찰랑 욕조를 넘치려 하고 있었다. 윤애가 준태더러 들어가라고 권하였다. 준태는 그녀가 시키는 대로 했다. 그녀는 욕조의 물을 떠서 두어 번 제 몸

에 끼얹고는 무릎을 꿇고 욕조의 가장자리를 잡고 앉았다. 그리고 준
태를 찬찬히 바라보며 말했다.

"푹 불리세요. 제가 말끔히 씻어 드릴게요."

준태는 그녀를 마주 보고 말없이 웃어 보였다. 순간, 그녀의 두 눈
에는 반짝하고 이슬이 맺혔다.

"가엾은 우리 선생님."

그러며 그녀는 입술을 가져다 준태의 이마에 댔다. 준태는 그녀의
목을 잡아 그녀의 입술이 제 입술 위에 오게 했다. 그리고 다음 순간,
두 사람은 한 덩이 커다란 슬픔처럼 한데 엉켰다. 물이 욕조 바깥으
로 흘러넘쳤다.

"선생님, 선생님."

"윤애."

"우리 이대루 죽어 버려요."

"그건 안 돼."

"왜요, 왜요."

"윤앤 착한 사람이니까. 착한 사람은 오래오래 살아야 해."

"아녜요. 우리 같은 사람은 어서어서 죽어야 해요."

"아냐, 오래오래 살아야 해."

"죽어야 해요."

"살아야 해."

"……."

"윤애."

"네."

"오래오래 살아야 해."

"선생님두 그럼 오래오래 사실 거죠?"

"물론이지."

"……난 어쩐지 자꾸 선생님이 일찍 죽어 버리실 것만 같아요."

"뚱딴지같은 소릴."

"선생님, 그럼 우리 오래오래 살아요."

"그래, 오래오래 살자구."

두 사람은 욕조 바깥으로 나왔다. 그리고 대강대강 목욕을 끝낸 후 침대로 갔다.

준태는 여느 때 없이 그녀를 맹렬히 탐했다. 그리고 윤애도 온몸을 내던져 그를 도왔다. 그녀의 입에서 단내가 나기 시작했다. 준태의 이마에서는 그리고 땀이 내돋기 시작했다. 두 사람의 몸은 마침내 땀으로 흠씬 젖었다. 그것은 어쩌면 두 슬픈 몸뚱이가 빚어낸 소금기 많은 눈물일지도 몰랐다.

따로 떨어져 누웠을 때 윤애가 말했다.

"선생님, 나 어쩜 애기 갖게 될지도 몰라요. 절대로 죽어 버리심 안 돼요."

그날 밤 준태는 그가 살던 마장동 오래된 집이 시뻘건 불길 속에 싸여 있는 꿈을 꾸었다. 불길은 바깥채에서부터 일기 시작해 삽시간에 안채까지 번지고, 마침내 집 전체를 삼켜 버렸다. 어둠 속에서 불길은 기세 좋게 타올랐다.

9

"안 된다."

하고 아버지는 더 들어 볼 가치도 없는 얘기라는 듯 일언지하에 잘라 말했다. 준태는 무릎을 꿇은 자세인 채 잠시 방바닥을 내려다보고 있다가 다시 결연히 고개를 쳐들며 말했다.

"그 애는 아버지의 며느리가 될 사람입니다. 아버지. 제가 택했어요. 아버진 사람을 택해서 사귀는 법을 제게 가르치셨잖아요. 저는 아버지의 가르치심을 늘 훌륭하다구 여겨 왔구 아버지의 가르치심대루 그 앨 제 아내가 될 사람으루 택했습니다. 그리구 그분은 그 애의, 그러니까 아버지의 며느리가 될 사람의 부친입니다. 장차 아버지의 사돈이 되실 분이란 말입니다. 그분이 불의의 사고를 당해서 몸을 쓰지 못하구 누워 계시단 말입니다."

그러나 아버지는 허리를 꼿꼿이 편 자세인 채 준태가 얘기를 꺼낼 때부터 마련된 힐난의 눈빛을 조금도 거두려 하지 않고 말했다.

"난 신분이 다른 사람을 사귀라구 가르치진 않았다. 더욱이 가문에 맞아들일 사람을 그렇게 네 맘대루 정해두 좋다구 가르친 적은 없다. 게다가 무어? 사돈이 될 사람이니 날더러 무어라구? 네 나이 올해 몇이냐?"

"아버진 제 나이두 모르십니까? 스물셋입니다."

"버릇없는 녀석. 난 지금 네가 사리를 가릴 나이가 됐는지 어떤질 묻고 있는 거야."

"전 저 자신이 제 아내 될 사람을 택할 수 있을 만큼은 사리를 분별할 나이가 됐다구 생각합니다."

"그러냐? 그렇다면 좋다. 그러면 넌 너 자신이 누구라는 걸 알고 있냐?"

"전 아버지의 자식 준탭니다."

"무슨 준태냐? 홍준태냐?"

"민준탭니다."

"알고는 있구나. 그래 넌 민준태다. 그리구 네 처 될 사람은 네 자신이 말했듯이 곧 이 애비의 며느리도 될 사람이다. 네 처가 된다는 건 바로 민씨 가문의 사람이 된다는 얘기야. 네 혼사는 가문의 일이다. 어찌 그 일이 네 맘대로 정할 일이냐?"

"아버지."

"말해 봐라."

"하지만 제 혼사가 아무리 가문의 일이라군 해두 집안에 일꾼을 두는 일이나 여느 사람을 맞아들이는 일과는 다르지 않습니까? 그리구 어디 제가 제 맘대루만 하겠다구 했나요? 아버지한테 말씀을 여쭙고 있지 않습니까? 저두 물론 제 혼사가 저 개인의 일이라구만 생각진 않습니다. 집안의 상사(喪事)하구 마찬가지죠. 상사는 집안 전체의 슬픔입니다. 장례 준비나 절차 그리구 문상객을 맞는 일들이 다 집안 전체의 일이죠. 하지만 죽음까지 집안 전체가 함께할 수는 없는 게 아닙니까. 혼사두 마찬가지라구 생각합니다. 집안 전체의 기쁨이구 가문의 경사겠죠. 혼례 준비나 절차, 하객을 맞는 일들이 모두 집안에서 의논하구 집안사람들이 도울 수 있는 일이겠죠. 하지만 혼인은 결국 제가 하는 거지 아버지나 어머니 또는 형이나 누이가 하는 건 아니잖습니까?"

"그래서 네가 택했다는 게 고작 뿌리두 근본두 알 수 없는 비렁뱅이 집 딸이란 말이냐?"

"아버지!"

"말해라."

"말씀이 지나치십니다. 비렁뱅이 집 딸이라뇨? 그 댁은 식구가 모두 나서서 일해서 살아가는 집안입니다."

"그렇다면 어째서 까닭 없이 남의 도움을 청한다는 게냐?"

"그 댁에선 일언반구도 제게 도움을 청한 적은 없습니다. 그 댁 어른들을 뵌 적두 없구요. 제가 청을 드리는 겁니다. 아버지. 우린 우리 식구 생활하구두 다소 여유가 있는 편이 아닙니까. 그리구 남의 어려운 처지를 보구 그냥 외면해 버리진 못하는 게 우리네 인정 아닙니까."

"어떻든 남의 인정을 구해야 어려운 걸 면할 처지라면 그게 비렁뱅이 아니구 뭐냐?"

"그럼 아버지 말씀대루 설사 비렁뱅이라구 하더라도 비렁뱅일 돕는 게 부끄러운 일은 아니잖습니까. 더욱이 세상에 남의 도움 전혀 안 받구 사는 사람이야 어디 있겠습니까? 우린들 이만큼 사는 게 어디 전혀 남의 도움 없이 된 일인가요?"

"우리가 이렇게 사는 게 그럼 누구의 도움을 받아 된 일이란 말이냐?"

"우리하구 보이게 안 보이게 인연이 닿는 모든 사람들의 도움을 받은 거죠. 하다못해 우리 집 밭일 해 주는 사람, 양조장 일꾼 한 사람 한 사람이 모두 우릴 도운 사람들이죠. 뿐인가요? 우리 선조 어른들두 크고 작은 차이는 있을지 모르지만 어느 한 분 남의 도움 없이 사신 분은 없을 겁니다. 사람이 어떻게 남의 도움 없이 산다고 할 수 있겠습니까?"

"닥쳐라, 이놈. 조상까지 욕되게 하려는 놈. 우리 가문은 누굴 도우면 도왔지 도움을 받구 지내 온 가문이 아냐. 고연 놈 같으니라구."

"제가 드리는 말씀은……."

"닥치라니까. 더 들어 볼 필요두 없다. 아무튼 가문의 혼사를 네 맘대룬 못 한다. 네가 민씨 성을 혹 버린다면 몰라두. 난 그러한 비렁뱅이 집 딸을 며느리루 삼을 생각은 추호두 없다. 더욱이 그러한 뿌리두 근본두 알 수 없는 집구석과 사돈을 맺을 생각도 없을뿐더러 일전 한 푼 내놓을 수도 없다."

"아버진 우리 재산이 그게 모두 우리 몫인 줄 아십니까?"

"뭐라구 이놈? 그럼 뉘 몫이란 말이냐? 이놈."

"남을 위해 쓰일 몫두 있는 겁니다."

"닥쳐, 이놈! 공산당 놈들이 그런 소릴 하더구나."

"……아버지!"

"썩 물러가지 못해? 네놈 꼴두 보기 싫다."

"물러가겠습니다!"

준태는 분연히 무릎을 펴고 일어나 아버지의 방을 물러 나왔다. 그리고 그 길로 제 방에 틀어박혀 사흘 동안을 꿈쩍하지 않았다. 그 사흘 동안에 준태는 물 한 모금 입에 대지 않았는데 식구 중 누구도 그의 방에 와 보는 사람은 없었다. 어머니조차 아버지와 생각이 같거나 아니면 아버지의 엄중한 명령에 묶여 있는 모양이었다.

사흘 뒤 준태는 허기져 쓰러질 것 같은 몸을 일으켜 자칫 흐트러지려는 걸음을 단속하여 똑바로 걸어서 집을 나섰다. 식구 중 누구도 나와서 걱정해 주는 사람은 없었다. 준태는 자꾸 헛디뎌지려는 걸음을 애써 바로 하여 기동차 정류장이 저만큼 보이는 지점에 이르렀을 때 준태는 정희가 갓난이 제 동생을 업은 채 먼저 나와서 기다리고 서 있는 모습을 보았다. 그녀는 보자기로 얼굴을 싸맨 채 발이 시린 걸 견디기 위함인 듯 조금씩 제자리걸음을 걷고 있었다. 준태가 다가가 서서,

"많이 기다렸어?"

하고 묻자 그녀는 눈으로만 아니라고 대답했다. 그리고는 곧,

"어디 아팠어?"

하고 준태의 얼굴을 자세히 바라보며 되물어 왔다. 준태는 가볍게 고개를 가로저었다. 그리고

"왜? 내 얼굴이 어디 이상해?"

하고 되물었다.

"응, 아주 핼쑥해졌어."

"이상한데, 난 아무렇지도 않은데."

"아냐, 아주 핼쑥해. 몹시 앓구 난 사람 같애."

"왜 그럴까. 아무 일두 없었는데. 아무튼 우리 어디루 가자. 점심을 아직 안 먹었더니 배고파 죽겠다. 어디 가서 밥 좀 먹자."

"좋을 대루 해."

그녀는 전에 없이 선선했다. 두 사람은 걸어서 천지회관 식당부로 갔다.

준태는 곰탕을 시키고 정희는 처음엔 사양했으나 준태의 권유에 못 이겨 비빔밥을 시켰다. 준태는 곰탕 한 그릇을 순식간에 비워 버렸다. 그리고 한 그릇을 더 주문했다. 정희가 비빔밥을 먹다 말고 알수 없어 하는 눈길로 준태를 바라보았다. 준태는 모른 체하고 두 그릇째의 곰탕을 다시 말끔히 비워 버렸다. 그제야 음식이 사람에게 얼마나 소중한 것인가 하는 데 생각이 미칠 여유가 생겼다. 음식이 그처럼 사람을 휘어잡을 수 있다는 걸 깨달은 건 그때가 처음이었다.

식사를 마치고 나서 두 사람은 다방으로 갔다. 준태가 제의했고 정희가 역시 전에 없이 선선히 따라 주었다. 갓난이를 업고 얼굴을 보자기로 싸맨 그녀의 모습을 다방 안의 사람들이 눈여겨 바라보았으나 그녀는 또한 전에 없이 그 시선들을 꿋꿋이 견디어 냈다. 두 사람은 커튼이 드리워진 창 옆자리에 마주 앉았다. 잠시 동안 두 사람 사이엔 아무 말도 없었다. 서로 상대방의 전에 없이 선선해진 태도와 핼쑥해진 얼굴의 내력에 대해 조심스런 그리고 근심 섞인 의심을 품은 채, 그러나 그 의심이 풀리면서 제기될지도 모를 어떤 바라지 않는 사태를 유예하기 위한 조바심스런 안간힘이 그렇게 두 사람을 침묵으로 떼어 놓았는지 모른다. 그러나 침묵은 오래가지 않았다. 정희가 전에 없이 머뭇거리며 몹시 어려운 얘기를 꺼내듯 입을 떼었다.

"……나 금방 가 봐야 돼."

그리고 그녀는 잠시 입을 다물고 눈길을 내리깔았다가 가만히 다시 쳐들며 말했다.

"정말은 벌써 돌아갔어야 해. 그리구…… 다시는 거길 만나러 나올 수도…… 없어."

그녀는 거의 목구멍으로부터 끌어내다시피 그렇게 말하고는 고개를 창 쪽으로 홱 틀었다. 준태는 순간 자기가 딛고 있는 바닥이 아득하게 낯선 느낌이 들었다. 그리고 아둔한 몽환 속 같은 몇 순간이 흐른 뒤에야 차츰 현실감이 회복돼 왔다. 그러나 그는 자기가 더듬고 있다는 건 깨닫지 못했다.

"무, 무슨 소리야? 갑자기 그게 무슨 뚱, 뚱단지같은 소리야?"

정희가 고개를 바로 하여 두 눈을 커다랗게 뜨고 마치 사팔뜨기처럼 동자를 앞으로 모은 채 준태 쪽을 건너다보았다. 그것은 차라리 두 눈을 커다랗게 떴다기보다는 눈가죽을 한껏 벌리고 있는 것같이 보였다. 눈물을 참기 위한 동작임이 역연했다.

"……엄마가 다시 장사를 나가기 시작했어. 식구들이 먹을 게 없으니깐. 내가 아버지 옆에 꼭 붙어 있어야 해. 잠시두 아버지 옆을 떠날 수가 없어. 지금 잠이 드신 걸 보구 간신히 빠져나왔지만 벌써 깨셨을 거야. 깨셔서 날 찾구 계실 거야. 꼭 어린애같이, 어린애같이 되셨어."

"……."

"……그리구 거기하구 나하군 암만해두 서루 어울리지가 않아. 나 같은 기집애한테 그동안 거기가 너무 잘해 줬어. 잊어 먹지 않을 거야. ……세상이 아주 망해 버렸음 좋겠지만 그때까진 잊어 먹지 않을 거야. 하지만 제발 또 만나자구 하진 말아 줘. 정말 이젠 나올 수가 없어. 오늘루 마지막이야."

"정희야!"

"날 조금이라두 좋아한담 제발 날 잊어 먹어 줘. 날 만나지 않았던 것처럼 생각해 줘."

그녀의 한껏 크게 벌린 눈가죽 사이로 엷은 물방울의 막 같은 것이 씌워졌다. 그리고 그 물방울의 투명한 막은 곧 터져 버릴 듯이 마구 흔들리기 시작했다. 그녀는 그것이 터져 버리는 것을 막기 위함인 듯 점점 더 눈가죽을 크게 벌렸다. 마침내 그녀의 눈동자는 그 물방울의 막에 가려 조금도 보이지 않았다.

"……엄마가, 아버지가 불쌍해."

"정희야!"

"……인제 정말 가 봐야 돼."

그녀는 자리에서 일어섰다. 그때 마침내 그 물방울의 막은 터져 버리고 말았다. 커다란 눈물방울이 그녀의 뺨 위로 굴러떨어졌다. 그녀는 입술을 악물고 돌아섰다.

"정희야!"

하고 준태가 따라 일어서는 순간 그녀의 등에서 별안간 갓난이가 소리 내서 울기 시작했다. 다른 손님들의 시선이 일제히 이쪽으로 퍼부어져 왔다. 정희는 고꾸라지듯 밖으로 달려 나갔다. 준태는 황급히 그녀를 쫓았다.

그녀는 기를 쓰고 울어 대는 갓난이를 등에 업은 채 미친 듯이 거리로 달려 나가 기동차 정류장 쪽으로 향하는 골목길로 뛰어갔다. 거리의 행인들이 고개를 돌리거나 숫제 걸음을 멈추고 이쪽을 쳐다보았다. 준태가 빠른 걸음으로 그녀를 따라잡아 그녀의 뜀박질을 멈추게 했을 때는 그녀의 얼굴은 온통 눈물로 범벅이 되어 있었다. 갓난이는 계속해서 울어 댔다. 그러나 준태는 그녀의 한쪽 팔을 힘껏 움켜쥔 채 아무런 말도 할 수 없었다. 정희는 준태에게 잡힌 팔을 빼내려는 몸짓을 하면서 계속 달려가려고 했다. 순간 준태는 그녀와 자기 사이에 어떤 알 수 없는 두터운 벽이 가로놓인 듯한 절망감을 맛보았다. 그것은 자기가 결국 아무것도 할 수 없다는 심한 무력감에서 비롯한 것인지도 몰랐다. 그는 힘없이 그녀의 팔을 놓았다. 그녀는 다시 고꾸라지듯 달려가기 시작했다. 계속 울음을 그치지 않는 갓난이를 등에 업은 채. 준태는 한동안 그 자리에 멍하니 섰다가 또다시 그녀를 뒤쫓아 달리기 시작했다.

그녀는 계속해서 미친 사람처럼 뛰어갔다. 준태는 얼마를 더 그녀를 뒤쫓다가 다시 걸음을 멈추고 달려가는 그녀의 뒷모습을 멍하니 바라보았다. 그녀의 뒷모습은 마치 뒤에 서 있는 사람에게 따라오지 말라고 도리질을 치고 있는 것같이 보였다. 준태는 북받쳐 오르는 울음을 누르지 못하고 또다시 그녀를 쫓아 뛰어가기 시작했다. 저만큼 기동차 정류장이 보이기 시작했다. 그리고 뚝섬 쪽으로부터 기동차 한 대가 달려와 멎는 모습이 보였다. 정희는 있는 힘을 다해 내처 기동차 쪽으로 달려갔다. 그리고 승객 몇 사람을 내려놓고 마악 출발하려는 기동차에 그녀는 매달리듯 기어올랐다. 기동차에 오르면서 그녀는 꼭 한 번 이쪽을 돌아보았다.

"정희야!"

준태는 당황하여 팔을 휘둘러 그녀를 부르면서 죽을힘을 다해 기동차를 향해서 달려갔다. 그러나 정희를 태운 기동차는 준태가 미처 정류장에 닿기도 전에 궤도 위에 마찰음을 남기면서 미끄러져 출발했다. 준태는 숨을 헐떡이며 정류장에 달려와 서서 벌써 저만큼 속력을 내며 멀어져 가고 있는 기동차의 꽁무니를 못 박힌 듯 바라보았다. 기동차의 뒤창으로 이쪽을 향한 정희의 모습이 잠깐 나타났다가 사라졌다.

준태가 자기 집에 불을 지른 것은 그날 밤 자정 무렵이었다. 자기가 거기서 태어나고 자란 그리고 거기서 세상과 접촉하는 법을 배운 그 집이 바로 거짓과 편견과 오만의 뿌리 깊은 온상이라는 생각이 준태의 돌이킬 수 없는 절망적인 감정 상태와 서로 손을 잡았던 것이다. 그러나 막상 불길이 걷잡을 수 없이 퍼져 가기 시작하자 창졸간에도 사람이 상해선 안 된다는 생각이 미친 준태는 있는 힘을 다해 고함치기 시작했다.

"불이야! 불이야!"

불길은 어둠 속에서 점점 거세게 타올랐고 집 안에서 사람들이 서로 소리쳐 깨우며 자리옷 바람으로 뛰쳐나오는 모습이 보였다. 곧 동네가 모두 깨어났다.

준태는 그 길로 불길에 휩싸인 집을 등지고 집들의 처마 밑 그늘에 몸을 숨기며 왕십리를 떠났다.

윤애가 흔들어 깨우는 바람에 준태는 잠에서 깼다. 아침이었다.

"전화받으시래요."

그러며 그녀는 준태의 두 눈을 가만히 마주 들여다보았다. 그녀는 일어나 앉아 있었고 벌써 세수도 한 모양으로 얼굴은 화장기가 말끔히 지워져 있었다. 준태는 침대로부터 몸을 일으켰다. 그리고 옷을 대강 주워 걸친 다음 아래로 내려갔다. 아이 녀석이 전화기 앞에 앉아 하품을 하고 있다가 의미 있게 꾸뻑 절을 했다. 아마 밤사이 재미 있게 지냈느냐는 인사일 터이었다. 준태는 잠자코 수화기를 집었다.

"네, 민준탭니다."

"아, 민 형이시오? 나 윤충근이올시다. 이거 아침부터 미안하게 됐시다."

"아 뭐 괜찮습니다."

"다른 게 아니라 오늘 저녁엔 꼭 좀 우리 집으로 모실까 해서 그러는데 어디 이번엔 좀 응해 주시겠소?"

"글쎄요. 번번이 호의는 감사합니다만 제가 시간이 없을 것 같은데요."

"아따, 거 너무 그러지 마시구 오늘 저녁엔 우리 집에서 식사나 한

끼 같이합시다. 민 형 신문 광고 낸 일하구두 관계가 없지 않으니까."

"예? 그게 무슨 말입니까?"

"귀가 번쩍 뜨이시는 모양이로군. 어떻소? 오시겠소? 안 오시겠소?"

"무슨 얘긴지 자세히 좀 해 주실 수 없습니까?"

"글쎄, 오시겠소? 안 오시겠소? 안 오신다면 할 수 없구 오시면 그때 자세한 얘길 해 드리지."

"가겠습니다."

"아따, 방금 시간이 없을 것 같다더니. 좌우간 그럼 저녁에 만납시다. 거기 다방에서 6시쯤 어떻겠소?"

"좋습니다."

"그럼 이따 만납시다. 기대하시오."

그리고 전화는 끊겼다. 준태는 천천히 수화기를 내려놓으면서 잠시 놀림을 받고 난 뒤 같은 기분을 맛보았다. 그러나 윤충근이란 사내의 말이 설혹 자기를 끌어내기 위한 맹랑한 수작에 지나지 않는다고 하더라도 준태로서는 도저히 허술히 들어 넘길 수만은 없는 일이었다. 만에 하나라도 정말 정희에 관한 소식을 들을 수 있을지도 모르는 일이었기 때문이다. 그리고 그가 그렇게 자기를 만나고자 하는 저의도 일단은 한번 만나서 알아보고 싶었다.

준태는 자기도 모르게 잠시 흥분했던 기분을 진정시키며 방으로 올라왔다. 윤애가 준태의 표정을 살피며 물었다.

"무슨 전화였나요? 좋은 소식인가요?"

"아냐, 어떤 친구한테서 저녁 초댈 받았어."

순간 그녀의 얼굴 위로, 숨겨진 안도의 빛 같은 것이 지나가는 걸 준태는 보았다. 그러나 그는 모른 체하고 덧붙였다.

"저녁은 해결이 됐으니 윤애한텐 또 아침이나 얻어먹을까?"

그러자 그녀는 활짝 웃으면서 대답했다.

"네, 그래요."

준태는 가슴 한구석이 송곳으로 찔린 듯 아팠다. 그는 말없이 다가가 그녀를 안았다. 그리고 나직한 소리로 말하였다.

"우리 언제 윤애네 시굴에 한번 가 보자구."

"정말이세요?"

"응, 정말."

"아, 선생님 좋아."

그녀는 안긴 채로 얼굴을 준태의 가슴에 파묻으며 그를 힘껏 마주 껴안았다. 그녀의 두 팔은 마치 대망의 장난감을 얻어 그것을 잃지 않으려고 꼭 껴안은 계집아이의 팔뚝처럼 쉴 새 없이 파들거렸다.

10

윤충근과 약속한 저녁 6시에 준태는 다방으로 가서 그를 기다리고 있었다. 윤충근은 6시 5분에 나타났다. 예의 금속테의 안경을 번쩍거리며 다방으로 들어선 그는 잠시 입구에 서서 두리번거리더니 준태를 발견하자 마치 가까운 친구에게라도 하듯 한 손을 번쩍 쳐들어 보이며 곧장 걸어왔다.

"일찌감치 나와서 기다리고 계시구만. 역시 약이 좋긴 좋군."

반비아냥거리듯 그렇게 말하고는 빙글빙글 웃으면서 그는 준태의 맞은편 의자에 엉덩이를 내려놓았다.

"약이라뇨?"

준태는 그러면 그렇지 하는 생각으로 그의 빙글거리는 얼굴을 건너다보며 물었다.

"아 아, 그렇다구 내가 거짓말을 한 건 아니니까 그렇게 신경 곤두세울 필욘 없으시다구. 차나 한잔하구 천천히 집에 가서 식사나 하면서 얘기합시다."

그리고 그는 고개를 잦히듯 하여 레지를 불렀다. 레지가 가까이 오자 그는 홍차를 주문했다. 준태는 커피를 시켰다. 그리고 주문한 것들이 날라져 오기까지 두 사람 사이엔 잠시 아무 말도 없었다. 윤충근은 잠시 무언가 궁리하는 듯한 표정으로 아주 딴 사람 같은 시무룩한 얼굴을 하고 있었다. 그 얼굴은 무엇엔가 정신을 빼앗겨 맞은편에 앉은 사람의 존재 같은 건 그 순간 전혀 의식 속에 들어 있지 않은 것 같은 얼굴이었다. 그 얼굴에서 준태는 그가 왕십리에 도착한 이래로 두 번째 만나는 이 사내의 어떤 새로운 일면을 엿보는 듯했다. 그리고 그것은 그에게 어떤 전율스런 예감을 불러일으켰다. 차가 날라져 오자 윤충근은 그제야 그 가면 같은 얼굴에서 벗어나며,

"자, 어서 들구 나갑시다."

하고 말했다. 그리고 차를 마시는 동안에도 그는 부지중인 듯 다시

한번 그, 무엇엔가 정신을 빼앗긴 듯한 가면 같은 표정을 떠올렸다. 준태는 커피를 마시면서 자기의 관자놀이가 서서히 그리고 차츰 격렬하게 뛰기 시작하는 걸 느낄 수 있었다.

윤충근의 집은 홍익동 원불교(圓佛教)회당의 오래된 벽돌담을 지나서 마장동 쪽으로 얼마 가지 않은 지점에 있었다. 높은 콘크리트담 위에 상반부가 바깥쪽으로 꺾인 뾰족한 쇠창살들이 박혀 있었고 그 안으로 나무 그림자들이 저녁빛에 어른거리는, 부근에서 가장 규모가 번듯한 집이었다. 올려다보이는 2층의 유리창들이 석양빛을 받아 엷은 갈색의 광선을 반사하고 있었다. 윤충근은 커다란 철제 대문 앞에 서서 편지 투입구 속으로 손을 넣어 무엇을 누르는 시늉을 했다. 그리고는 힐끗 준태를 돌아다보았는데 그 시선은 그가 무엇엔가 잔뜩 초조해 있음을 애써 감추고 있는 기색이 역연했다. 이윽고 삐걱삐걱 쇠로 된 빗장을 빼는 소리가 들리고 대문이 열렸다. 심부름하는 소녀로 보이는 열일고여덟 난 계집아이가 대문 가장자리를 잡은 채,

"지금 다녀오셔요?"

하면서 고개를 약간 숙여 보였다. 윤충근이 말했다.

"자, 누추한 집이지만 좀 들어가십시다."

"네. 누추하긴요. 아주 훌륭한 집이군요."

"그렇게 봐 주시니 고맙소. 자, 어서."

그리고 그는 계집아이를 향해 말했다.

"아줌만 어디 계시냐? 부엌에 계시냐?"

"안방에 계셔요."

"안방? 내가 전활 해 뒀는데 왜. 너 가서 아줌마 좀 나오시래라. 아니, 관둬라. 내가 부르마."

그러더니 그는 안쪽을 향해 커다란 소리로 외쳤다.

"이봐, 뭘 꾸물거리구 있어? 여기 민 선생 모시구 왔다구. 어서 좀 나와 보지 그래."

순간 준태는 알 수 없는 전율이 전신에 흐르는 것을 느꼈다. 안에서 아무런 대꾸도 들려오지 않았다. 윤충근이 다시 목청을 돋워 크게 말했다.

"아, 뭘 꾸물거리구 있는 거야? 그렇게 한번 만나는 게 소원이라던 민 선생을 모시구 왔는데."

그때 열려진 현관으로부터 다소곳이 이마를 숙인 한 여인의 모습이 그림자처럼 조용히 나타났다. 그리고 숙인 이마를 약간 쳐들 듯하며 망설이듯 떨리는 일별을 보내오는 여인의 눈동자를 본 순간 준태는 온몸이 불덩이처럼 뜨거워졌다. 그는 모닥불 속을 걷듯 몇 발짝 여인 쪽을 향해 다가갔다. 여인이 이마를 들었다. 그리고 모닥불 속을 걷듯 다가오는 남자에게 주의를 환기시키듯 떨리는 음성으로 말했다.

"어서 오세요. 민 선생님."

"정······."

준태는 몇 발짝 다가가던 걸음을 멈춘 채 그녀의 이름을 부르려다 말고 고통스레 입을 다물었다.

"기다렸어요. 식사 준빌 해 놓구. 이리 들어오세요."

그녀가 다시 말했다. 준태는 그 자리에 화석이 된 듯 꼼짝하지 못했다.

"애들은 다 어디 갔어? 손님 오셨는데 나와서 인사드리지 않구."

윤충근이 말했다.

"2층에 있을 거예요. 내가 부를게요. 아, 저기들 내려오네요."

그렇게 말하며 그녀가 안쪽을 향해 손을 내밀 듯하자 세 명의 아이가 쪼르르 달려 나왔다. 그리고 일제히 준태를 향해 꾸뻑꾸뻑 절을 했다. 열 살쯤 먹어 보이는 사내아이 하나와 각각 두어 살씩의 터울이 져 보이는 계집아이 둘이었다. 아이들은 절을 하고 나서 준태를 말끄러미 쳐다보았다. 윤충근이 말했다.

"이 아저씬 오늘 우리 집의 아주 귀한 손님이시다. 알겠니?"

그러자 아이들은 알겠다는 듯이 저마다 고개를 끄덕거렸다. 준태는 아이들을 찬찬히 바라보았다. 사내아이는 윤충근을 닮았으나 계집아이 둘은 정희를 닮고 있었다. 준태는 그중 작은 계집아이의 어깨에 감히 손을 얹었다. 윤충근이 말했다.

"자, 들어가시자구. 뭐 먹을 만한 걸 좀 장만했는지 모르겠군. 당신은 그리구 어서 식사 준빌 하지 그래."

"네, 다 됐어요."

"자, 그럼 민 형."

"……네."

준태는 윤충근을 따라 묵묵히 현관으로 들어섰다.

벽난로가 있는 응접실과 식당 등이 따로 마련된 서구식 옥내 구조가 한눈에 들어왔다. 준태는 식당으로 안내되었다. 식탁에는 그리고 이미 음식들이 차려져 있었다. 정희가 준태의 시간 어기는 법 없음을 잊지 않았다는 증거일 터이었다. 윤충근이 사내아이에게 일렀다.

"가서 삼춘들이랑 할머니 모시구 와."

"응."

사내아이는 잠시 후 60객으로 보이는 안노인 한 사람과 스물네댓나 보이는 청년 한 사람, 그리고 머리를 깎은 고등학생 또래의 두 소년과 역시 머리를 박박 깎은 중학생 또래의 소년 하나와 함께 다시 식당으로 나타났다. 윤충근이 안노인을 향해서 말했다.

"어머니, 제 옛날 친굽니다. 모처럼 오랫만에 만나서 저녁이나 한 끼 같이하려구요."

"오, 그러셔? 어서 오시우."

하고 안노인은 준태에게 주름살 많은 얼굴을 돌리며 친절한 미소를 지어 보였다. 준태는 안노인을 향해 묵묵히 목례를 보냈다. 윤충근이 준태를 바라보며 말했다.

"장모님이십니다. 그리고 이 애들은 처남들이올시다."

준태는 순간 그 안노인을 다시 한번 바라보았다. 그리고 네 명의 청·소년들을 고통스런 마음으로 눈여겨 바라보았다. 그들이 일제히 목례를 보내왔다. 그중에서 제일 작은 소년의 목례를 보내오는 눈길이 준태에게는 가장 견디기 어려웠다. 그 소년은 14년 전에 정의 등에 업혀 다니던 바로 그 갓난이일 터이었다. 준태는 손수건을 꺼내 자기 이마에 내돋힌 땀을 닦았다.

곧 모두들 식탁에 둘러앉아 식사를 시작하였다. 누가 봐도 단란하고 정다운 그리고 예사로운 저녁식사 풍경이었다. 그러나 준태에게는 음식들이 모두 냄새도 맛도 없는 진열장 속의 모조품처럼 낯설게만 느껴졌다. 그리고 식탁에 둘러앉은 사람 모두가 몽환 속의 한 장면처럼 평면 위에서 움직이는 것같이 보였다. 정희가 이따금 그 평면 위에 돌출하여 수저를 움직이다 말고 식구들 몰래 아주 먼 데를 바라보는 눈길로 준태를 바라보곤 했다. 그리고 그럴 때마다 그녀의 얼굴빛은 이 세상 사람 같지 않은 투명한 물빛이 되곤 했다. 그러다가 그녀는 다시 평면 속에 갇혀 버리는 것이었다. 아이들은 평면 속에서 즐거이 떠들며 식사했고, 윤충근은 이따금 커다란 소리로 음식 맛을 칭찬했다. 식사가 끝난 후 준태는 응접실에서, 윤충근의 어린 3남매가 벌이는 재롱 몇 가지를 보았다. 그리고 식구들이 모두 흩어지고 난 뒤 세 사람만이 남았을 때 윤충근은 말했다.

"난 민 형이 첫 번째 신문 광골 냈을 때만 해두 그게 바루 저 사람과 관련이 되는 건 줄은 전혀 몰랐소. 그저 그 광골 재미있게만 여기구 또 여행담이나 들을 겸 청했었던 거요. 민 형이 끝내 고사를 하셨지만. 그동안 저 사람은 전혀 내색을 않았거든. 한데 어제 내신 두 번째 광고를 보구서야 저 사람이 실토를 합디다. 요 며칠 동안 부쩍 수척해진 원인을 알 수 있었소. 한 번만 만나게 해 달라구 간청합디다. 그리구 민 형 쪽에서두 한번 만나 보는 것 이상의 뜻은 두지 않았을 것이라구 말합디다. 하지만 세상에 어떤 쓸개 빠진 놈이 제 여편넬 옛날 놈팽이와, 용서하시오, 그것두 신문 광골 내 가면서까지 찾으려구 하는 사내와 만나게 하구 싶겠소. 심하게 다퉜소. 그리구 밤새 고민했소. 그런데 결국 난 상인이오. 솔직히 말하지만 계산을 했소. 그리구 아침에 전화를 한 거요. 감정은 도저히 용납을 안 하지만 두 사람을 한번 만나게 하는 것이 그냥 덮어 두는 것보다는 산술적으로 이익이라는 결론을 얻은 거요. 그리구 솔직히 말해서, 이제 와서 자기들이 어쩔 텐가 하는 배짱두 생겼소. 왕십리 미나리밭 농사꾼식 배짱이오. 자 내가 할 수 있는 얘긴 이것뿐이오. 당신 무슨 할 얘기 없소? 있으면 지금 하구려. 다신 민 형 만나기가 어려울 테니."

그리고 그는 자기 아내 쪽을 바라보았다. 정희는 그때까지 다소곳이 고개를 숙인 채 듣고 있다가 날카로운 시선을 들어 남편을 쳐다보았다.

"알아요. 하지만 드릴 말씀은 없어요. 당신이 다 하셨잖아요. 전 그저 이렇게 한 번 뵙구만 싶었을 뿐예요."

그녀는 입술을 악물었다.

"자기가 할 얘길 내가 다 해 버려서 서운한 모양이로군. 그런 줄 알았으면 내가 양보를 할 걸 그랬지. 자, 그럼 민 형은 무슨 하실 얘기 없으시오?"

"……별루."

"내가 끼어 있으니까 그러실 테지. 하지만 난 끼어 있을 권리가 있는 사람이오. 두 사람만 따루 있게 해 드릴 순 없소. 자, 그럼 아쉬운 대루 헤어지기루 합시다."

"……그러죠."

준태는 일어섰다. 그리고 그제야 생각난 듯 물었다.

"참, 정희 씨 아버님은……."

"돌아가셨어요. 다치신 그 이듬해."

정희가 대답했다. 그것이 두 사람이 주고받은 유일한 대화였다.

준태가 대문을 나설 때 윤충근은 식구들을 모두 불러 배웅하게 했다. 그리고 정희는 식구들 뒤에 처져서 초점 없는 시선을 이쪽으로 향한 채 우두커니 서 있었다.

준태는 곧장 숙소로 돌아와 전등도 켜지 않은 채 침대 위에 몸을 던졌다. 방금 정희를 만났었다는 사실이 현실 공간 저편의 아득한 일처럼만 여겨졌다. 그러나 곧 그것이 엄연한 현실 공간 속에서의 사실이었다는 걸 인정하지 않을 수 없게 되자 고통이 엄습하기 시작했다. 그것은 단순한 정신적 고통만이 아닌 육체적 고통을 동반했다. 우선 심장에 동통이 오기 시작했다. 그다음에는 전신이 굵은 동아줄 같은 것에 의해 꽁꽁 묶이우는 듯한 고통이 뒤따랐다. 그리고 마침내는 거대한 압착기 같은 것에 전신이 죄어드는 듯한 고통이 엄습했다. 그는 울기 시작했다. 소리를 흘려 내보내지 않기 위해 이를 악물고 울었다.

부산에서 밀항선을 얻어 타고 스물 몇 시간인가를 바다 위에서 보낸 뒤 일본의 어느 인적 없는 해안에 버려졌을 때 그는 그제야말로 천애의 고아란 말을 뼛속으로 실감하고 자라서 처음 울었다. 그리고 '긴자'인가의 뒷거리에서 그곳 불량배들에게 일본말을 할 줄 모른다는 이유만으로 뭇매를 맞았을 때 두 번째로 울었다. 나중에는 결국 패거리의 하나가 되고 말았지만. 그리고 성이 최 씨라는 것을 알 따름인 여러 살 연장의 한국인을 사귀어 그로부터 뜻 모를 도움을 받게 될 때까지 몇 년간을 패거리 속에 뒤섞여 지내게 되었지만. 그리고는 이렇게 온몸으로 울어 보기는 그 후 처음일 것이었다.

　한동안을 그렇게 울고 난 준태는 전등을 켜고 욕실로 갔다. 찬물을 틀어 놓고 얼굴을 북북 문질러 세수를 했다. 그리고 그는 다시 전등을 끄고 방을 나섰다. 거리로 나왔다. 목표가 있는 사람처럼 바삐바삐 걷기 시작했다. 하왕십리를 지나 저만큼 광무극장 어귀가 보이는 지점에 이르렀을 때 그는 조금 걸음을 늦추었다. 그리고 광무극장 어귀로 들어섰다. 매표창구 앞엔 시간이 늦어선지 표를 사는 사람이 눈에 띄지 않았다. 준태는 입장권을 샀다. 그리고 극장 안으로 들어갔다. 입구에 앉은 사내가

"끝날 때가 다 됐는데요."

하고, 입장권을 내미는 준태를 쳐다보며 말했다. 준태는 말없이 입장권을 준 다음 어두운 장내로 들어갔다. 영사막엔 초점이 잘 맞지 않아 얼굴의 선이 겹으로 보이는 멕시코 농부의 겁에 질린 표정이 비쳐지고 있었다. 곧 초점이 바로 잡히면서 판초를 걸친 뚱뚱한 사내의 총 잡은 모습으로 바뀌었다. 뚱뚱한 사내의 총이 불을 뿜었다. 어둠에 눈이 익자 드문드문 흩어져 앉은 관객들의 윤곽이 보이고 대부분의 빈 의자들이 눈에 띄었다. 준태는 빈자리에 앉았다. 영사막에서는 뚱뚱한 사내의 총이 계속 불을 뿜어 대고 농부의 아내, 농부의 자식들이 쓰러졌다. 곧 지평선 저쪽으로부터 한 점의 먼지가 확대되면

서 달려오더니 사람이 탄 말이 되고 말에서 뛰어내린 사람의 연민과 분노에 찬 얼굴이 커다랗게 영사막 전체를 차지했다. 먼지를 잔뜩 뒤집어썼으나 젊고 잘생긴 얼굴. 뚱뚱한 사내의 일그러진 웃음. 뚱뚱한 사내와 지평선에서 나타난 청년 사이의 총질. 쓰러지는 뚱보, 다시 말에 올라타고 지평선으로 사라져 가는 청년의 뒷모습.

영화가 끝나자 준태는 몇 안 되는 관객과 함께 극장문을 나섰다. 인적이 드물어진 거리. 그는 다시 숙소 쪽으로 되돌아 걷기 시작했다. 이번에는 하릴없는 사람처럼 아주 천천히 걸었다. 마치 그 거리를 처음 걷기라도 하는 사람처럼 길가의 불빛 비치는 상점들을 기웃거리기도 하면서.

천지회관 앞에 당도하자 그는 예정했던 일이라도 하는 것처럼 당구장으로 올라갔다. 당구장은 왕 씨 혼자서 지키고 있었다. 빈 대(臺)들만이 형광등 불빛 아래서 푸른 나사(羅紗)의 배를 드러낸 채 가지런히 누워 있었다. 준태가 유리문을 밀치고 들어서자 왕 씨가,

"늦게 웬일이시우? 마악 들어가려던 참인데."

하고 말했다.

"꼭 한 게임만 하구 가려구요. 괜찮죠?"

"괜찮기야 하지만 좀 이상하시구려. 안색이 어째 안 좋은 게."

준태는 묵묵히 큐 선반으로 다가가 아무렇게나 큐 한 자루를 잡았다. 왕 씨가 물었다.

"무슨 언짢은 일이라두 계셨수?"

"언짢은 일은요. 별안간 한 게임 생각이 나서 왔죠."

"허지만 어째 예사 때 같지가 않으신걸."

"원 참, 아저씨두. 아, 한 게임 해 주실래요? 안 해 주실래요?"

"해 드리는 거야 어렵잖지만."

하고 왕 씨는 카운터로 들어가 공을 가지고 나오면서 준태의 표정을 조심스레 살폈다.

"도대체 왜 그러시우?"

"제가 뭘 어쨌는데요?"

"글쎄, 뭘 어쩌다는 게 아니라 아무래두 예사 때 같지가 않으시니 말이우."

"참, 아저씨두. 예사 때 같지가 않긴 뭐가 예사 때 같지가 않단 말씀 이세요. 시간두 늦었는데 빨리 게임이나 한 번 하죠."

"그러긴 그럽시다만."

하고 왕 씨는 공을 대 위에 놓았다. 그리고 자기도 가까운 큐 선반에 서 아무렇게나 큐 한 자루를 잡았다.

준태가 먼저 공을 치기 시작했다. 우선 초구(初球)가 맞아 주었다. 초구가 맞으면서 모인 공을 그는 정성 들여 흩뜨리지 않고 쳤다. 비틀기도 세심하게 재서 비틀고 끌기도 아주 공들여서 필요한 만큼만 끌었다. 열 점을 치고 나서 그는 실수했다. 왕 씨가 혀를 내두르면서

"오늘 공이 잘되긴 잘되시는 모양이로군."

하며 대 위로 다가들었다. 왕 씨는 두 점을 치고 실수했다. 준태는 다시 신중하게 공을 겨냥했다. 브리지를 정확하게 만들고, 비틀어야 할 점을 정확하게 노려서 비틀었다. 다시 아홉 점을 더 쳤다. 왕 씨가 완

연히 승부에 이끌려 들어온 표정이 되면서 자세를 가다듬었다. 왕 씨는 이번엔 실수하지 않고 스무 점을 쳤다. 준태는 다시 신중하게 겨냥해서 쳤으나 헛쳤다. 왕 씨가 또 열두 점을 쳤다. 이제 남은 점수는 준태가 열한 점, 왕 씨가 열여섯 점이었다. 준태는 다시 신중하게 겨냥했다. 30센티쯤은 끌어야 할 공이었다. 각도는 15도쯤. 정확한 지점을 때려서 끌었다. 공이 모였다. 다시 열 점을 치고 한 점을 남겼다. 왕 씨는 완연히 긴장한 표정을 띠었다. 공을 겨냥하는 눈매가 매섭게 빛났다. 왕 씨는 열세 점을 치고 석 점을 남겼다. 준태는 마지막 한 점을 어렵잖게 치고 스리 쿠션을 칠 차례가 되었다. 그다지 어렵잖은 공. 그러나 그는 세밀하게 오차를 계산하고 신중하게 각도를 조사해서 쳤다. 그러나 공은 아슬아슬하게 빗나가고 말았다. 다시 왕 씨의 차례. 왕 씨는 신중하게 나머지 석 점을 치고 어렵잖게 스리 쿠션까지 쳐 버렸다. 그리고 나서 왕 씨는 한숨 돌렸다는 듯이 말했다.

"근래에 이런 게임은 첨 해 보는걸. 민 선생 숨겼던 솜씨가 그렇게 무서울 줄은 몰랐지. 내가 이긴 건 순전히 운이우, 운."

준태는 그러나 잠자코 돌아섰다. 그리고 큐 선반에 큐를 세워 꽂으면서 말했다.

"아저씨가 인사 안 시키느냐시던 여자 낼 인사시켜 드리죠."

왕 씨와 헤어져 숙소로 돌아온 준태는 자기 방에 불이 켜져 있음을 보았다. 문을 열자 윤애가 침대 가장자리에서 일어섰다.

"한 시간이나 기다렸어요."

"미안해, 미안해."

"어디 다녀오세요?"

"응, 광무극장이랑 당구장에."

"어마, 기어이 광무극장엘 가시구 말았군요. 언젠가 저보구 같이 가자시더니."

"그랬던가."

"그래, 영화는 재밌었나요?"

"응, 아주 재미있었어."

"당구는 이기시구요?"

"졌어."

"거 보세요. 제가 기다리구 있는 줄두 모르구 당구를 치시니까 지죠."

"그랬나 보군."

"저녁 초대받으셨다는 집에선 식사 잘하셨어요?"

"응, 아주 잘했어."

"어마, 좀 이상하신 것 같다. 건성 대답하시는 것 같애."

"아냐, 아냐. 다 대답한 대루야."

"그래두 좀 이상하신 것 같아요."

"이상하긴 뭐가."

"뭔지 숨기시는 것 같아요."

"숨기긴 내가 윤애한테 뭘 숨겨."

"아녜요?"

"숨기는 거 아무것도 없어."

"있음 어떡하실래요."

"……윤애 소원 다 들어주지."

"정말이오?"

"응."

"광무극장 누구하구 갔었는지 말씀 안 하셨잖아요."

"아, 혼자 갔어."

"그리고 당구두 누구하구 치셨는지 말씀 안 하셨잖아요."

"그건 묻지두 않구서. 왕 씨라구 당구장에서 일 보는 노인이 있어. 그 아저씨하구 쳤어."

"어쨌든 말씀 안 하신 건 사실이잖아요. 이제 제 소원 다 들어주셔야 해요."

"그러지."

"암만해두 이상하시다, 오늘. 뭐든지 아주 쉽게만 대답하시구."

"윤애."

"네?"

"목욕물 좀 받아 주겠어?"

"네, 받아 드릴게요."

"그리구 윤애."

"네?"

"윤앤 날 좋아해?"

"너무너무."

"그럼 됐어."

"……."

"내일이라두 우리 그럼 윤애네 시굴에 한번 다녀오자구."

"정말요? 선생님?"

"……그래."

"선생님."

"……."

"오늘 무슨 일 있으셨죠? 그렇죠?"

"일은 무슨 일. 아무 일도 없었어."

"숨기지 마세요. 정희란 여자분 소식 오늘 들으셨죠? 그렇죠?"

"……."

"아님 만나거나. 만나셨죠?"

"……."

"만나셨군요."

"……."

"윤애."

"눈치가 빠르군. 하지만 언젠가 왜 내가 말했지. 우선 한 번 만나 보구 싶을 뿐이라구. 이제 됐어. 이제 아주 홀가분하게 윤애네 시굴엘 다녀올 수가 있게 됐어."

"……."

"내 말 알아듣겠어?"

순간 윤애는 와락 몸을 내던져 준태의 품을 파고들었다. 그녀의 어깨는 심한 경련이라도 일으킨 듯 격렬하게 파동치기 시작했다. 준태는 그녀를 안은 채 말했다.

"방금 내가 부탁했잖아. 목욕물 좀 받아 주겠느냐구. 윤애가 그러마구 하구선."

윤애는 한참 뒤 목욕물을 받으러 들어갔다. 그리고 곧 빈 욕조에 물이 고이기 시작하는 소리가 들렸다. 준태는 그 소리를 침대 가장자리에 앉은 채 가만히 들었다.

11

"오늘부터 윤애한테 우선 얹혀살러 가야겠는데, 허락해 주겠어?"
아침에 일어났을 때 준태가 말하자 윤애는,
"네, 그래요."
하고 망설임 없이 대답했다. 그리고 그녀는 덧붙여서,
"허락은요, 제가 먼저 부탁한 일인걸요."
하고 나무라듯 가만히 준태를 바라보았다. 순간 준태에게는 그녀가 오랜 친구 사이처럼 편안하게 느껴졌다.

"아무튼 나 그럼 오늘부터 숙소를 일단 윤애한테루 옮기겠어. 괜찮아?"
"아이, 왜 자꾸 그러세요. 언젠가 제가 말했잖아요. 저한테 오셔서 함께 사시자구요."

"고맙군."

"선생님두 참."

두 사람은 잠시 말없이 서로를 쳐다보았다. 그리고 곧 세수를 대강 끝내고 옷을 챙겨 입은 다음 그 길로 두 사람은 아래로 내려갔다. 아이 녀석이 두 사람을 향해 의미 있게 고개를 꾸뻑해 보였다. 준태가 말했다.

"그동안 신세 많이 졌다. 잘 있거라."

녀석은 눈을 동그랗게 떴다.

"아씨 그럼 이제 아주 안 오시는 거예요?"

"그래. 여긴 이젠 다시 안 오게 될 거다. 어저께까지 계산은 다 됐지?"

"네, 아씨."

녀석은 서운한 표정을 지었다. 준태는 주머니에서 500원권 두 장을 꺼내 녀석에게 쥐어 주었다.

"영화 구경이나 가라."

"괜찮아요, 아씨."

"받아 둬."

녀석이 다시 무어라고 말하려고 하는데 전화벨이 울렸다. 녀석은 한 손에 돈을 쥔 채로 수화기를 집어 들었다.

"여보세요. 네? 네, 잠깐 기다리세요."

녀석이 수화기를 준태에게 내밀었다.

"아씨한테 온 거예요."

준태는 수화기를 넘겨받으면서,

"나중에라두 또 나한테 오는 전화가 있으면 그런 사람 이젠 없다고 하면 돼."

그리고 그는 수화기에 대고 말했다.

"민준탭니다."

그러나 저쪽으로부터는 아무런 대꾸도 들려오지 않았다. 준태는 순간 그것이 정희한테서의 전화라는 걸 직감했다. 그는 자신도 모르게 심호흡을 한 번 하고 나서 다소 떨리는 음성으로 다시 송화기에 대고 말했다.

"여보세요. 누구십니까?"

그러자 수화기 저쪽으로부터 몹시 망설이는 기색이 역력한 한 여자의 목소리가 조그맣게 들려왔다.

"……저예요, 정희예요."

"아!"

"…….'"

"…….'"

"……저 만나시겠어요?"

"…….'"

"……어젠 그만 올바루 안녕히 가시란 인사도 못 드렸어요. ……만나시겠다구 하시면 잠깐 나가겠어요."

"…….'"

"……그 다방으로 나가면 될까요?"

"아닙니다. 나오지 마세요. 인사는 받은 걸루 하면 됩니다. 아니 받은 걸루 생각하구 있습니다. 나오지 마세요."

"……."

"나오지 않으시는 게 좋겠습니다. 그렇게 하셔야 합니다."

"애들을 데리구 나가겠어요."

"……."

준태는 순간 무엇이 목구멍을 꽉 틀어막는 듯한 고통을 느꼈다. 그는 간신히 말했다.

"마찬가집니다. 애들이 우릴 자유롭게 해 주진 않습니다. 어제 우린 우리가 서로 자기 자신을 잘 타일러야 할 처지라는 걸 충분히 이해했습니다. 그걸루 됐다구 생각합니다."

"하지만……."

"네, 압니다. 어쩐지 그렇게 하구만 말 일이 아니라는 미련을 떨어 버릴 수가 없죠. 그래두 그렇게 하는 게 좋겠습니다. 그게 불쾌감을 받으면서 우릴 적잖은 시간 동안 만나게 해 준 부군께 대한 예의두 되겠습니다."

"……."

"자, 그럼 안녕히 계십시오."

"……."

"먼저 끊겠습니다. 안녕히."

준태는 수화기를 놓았다. 그대로 수화기를 놓지 않고 전화기 앞에 서 있는 정희의 모습이 역력히 눈앞에 보이는 듯했다. 윤애가 고개를 숙이고 제 발치를 내려다보고 있던 시선을 쳐들며 동자를 다소곳이 준태에게로 고정시킨 채 말했다.

"정희란 분한테서군요. 만나시자구 하시잖구서요. 어떤 분인지 저두 한번 만나 보구 싶었는데요. 만나게 해 주신다구 약속하시잖았어요."

"아, 그랬었지. 하지만 그 약속은 어기는 도리밖에 없군."

그리고 준태는 아이 녀석을 향해

"자, 그럼 잘 있어라."

하고 작별 인사를 했다. 아이 녀석은 그제껏 한 손에 쥐고 있던 돈을 조금 쳐들어 보이며

"고맙습니다, 아씨. 안녕히 가십쇼."

하고 꾸뻑 절을 했다.

두 사람은 여관문을 나섰다.

언젠가처럼 윤애는 근처의 시장에 들러 반찬거리 몇 가지를 샀다. 고기도 조금 사고 달걀도 한 줄 샀다. 그리고 물을 보아 조기도 두어 마리 사고 상추도 한 근 샀다. 물건들을 사는 동안 그녀는 장보기에만 전념하는 듯했다. 준태는 그리고 아내의 장보기에 따라나선 남편처럼 말없이 그녀가 산 물건들을 두 손에 받아 들었다. 왕십리의 아침 공기는 언젠가 윤애를 처음 따라나섰을 때의 아침처럼 맑고 투명했다.

윤애의 단칸 셋방에서의 아침 식탁은 제법 윤기 있게 마련되었다. 그것은 제법 한 가정의 식탁이 풍기는 은근한 태깔과 안온한 분위기를 닮고 있었다. 식탁을 사이로 마주 앉았을 때 윤애가 말했다.

"지금부터 선생님하구 전 부부지간이나 다름없어요. 남녀가 한방

에서 먹구 자니까요."

"날 남편으루 생각해 주겠어?"

"우리 시굴에 한번 다녀오구 나서부터요."

"그럼 아직은 부부라군 할 수가 없겠군. 시굴은 당장 내일이라두 다녀오도록 하지."

"네, 하지만 실제루는 오늘부터 부부나 같죠, 뭐."

"식을 올리구 싶진 않아?"

"올리구 싶기야 하죠. 하지만 사진관에 가면 웨딩드레스랑 다 빌려 주는 데가 있대요. 거기 가서 사진이나 찍어요."

"시굴 계신 부모님들한텐 뭐라구 말씀드릴려구."

"적당히 둘러대죠 뭐."

"그러지 말구 우리 식을 올리자구. 부모님들이랑 모시구."

"귀찮지 않으시겠어요?"

"귀찮긴."

"하지만 자기를 속이는 짓은 하구 싶지 않아요. 결혼식장에서 정식 으루 식을 올리는 건 어쩐지 죄를 짓는 것 같아요. 그냥 사진관에 가 서 우리 사진이나 찍어요. 그걸루두 전 행복해요."

"……."

"그리구 참 저녁때 친구분이라두 청하세요. 실제루는 오늘부터 부 부가 되는 셈이니까요. 솜씬 없지만 간단히 안주라두 장만해 볼게요."

준태는 왕 씨 생각을 했다. 그에게 윤애를 소개시키마고 약속했던 일이 생각났다. 식 문제는 일단 덮어 두기로 했다. 그건 그 자신 또한 꼭 강행하고 싶은 심정도 아니었던 것이다.

"그럼 한 사람 청해두 돼?"

"청할 분이 한 사람뿐이세요?"

"한 사람뿐야."

"좋으실 대루 하세요. 어떤 분인데요?"

"어제저녁 당구 같이 쳤다구 얘기한 그 당구장 아저씨야. 윤앨 소
개하겠다구 약속했지."

"네, 그럼 그렇게 하세요. 그리구 어서 진지 드세요. 찌개 다 식겠어
요."

"윤애두 어서 들어."

"네."

두 사람은 말없이 식사하기 시작했다. 각각 서로의 위로해야 할 입
장을 근심하면서. 그러나 되도록 그걸 내색하지 않으려고 부단히 애
쓰면서.

식사를 마친 뒤 그들은 그녀의 제안대로 한 사진관엘 찾아가서, 남
들이 수십 번 입어서 더러워진 결혼예복들을 빌려 입고 사진을 찍었
다. 신부화(新婦花)도, 그리고 사진의 배경이 된 예식장의 원앙이 그
려진 무대를 본뜬, 병풍 같은 배경 그림도 마련되어 있었다. 사진사
는 자기의 직업에 충실하기 위해 두 사람의 자세를 세밀하게 교정해
주었고 그들은 그때마다 고개를 조금 돌리거나 조금 더 가까이 밀착
해 서거나 하면서 사진사의 지시에 순종했다. 얼굴이 홍안인 그 중년
의 사진사는,

"자, 그대로 좋습니다. 아주 그림 같은 한 쌍이십니다."

하면서 사진기로부터 늘어진 작고 둥근 고무주머니를 꼭 쥐었다.

사진을 찍고 나서 그들은 택시로 남산을 한 바퀴 돌고 음식점에 들어가서 매식을 하고 영화도 한 편 본 다음 다시 왕십리로 돌아왔다.

그리고 윤애가 다시 시장을 보아다가 손님 대접할 음식들을 장만하기 시작하는 걸 보고 준태는 왕 씨를 데리러 나섰다. 그럭저럭 오후가 많이 기운 시각이었다.

준태는 천천히 걸어서 천지회관 당구부로 갔다. 그리고 당구장의 유리문을 밀치면서 무심코 안을 들여다본 순간, 그는 거기 한구석 나무의자에 앉아 있는 정희의 모습을 발견하였다. 그녀는 준태를 발견하자 가만히 나무의자에서 일어났다. 준태는 한순간 자신도 모르게 멈칫했다가 내처 당구장 안으로 들어섰다. 왕 씨가 준태를 발견하고 반가이 마주 나오면서 말했다.

"오신 지 벌써 두 시간이 넘었수. 여관엔 연락을 해 보니 벌써 나가셨다구 하구 어떡할까 허다가 꼭 들르실 테니 기다리시라구 했수."

준태는 그러나 귀머거리가 된 사람처럼 말없이 서서 이쪽을 향해선 정희 쪽만 바라보았다. 정희도 잠자코 준태를 바라보았다. 당구를 치고 있던 가까운 대(臺)의 청년들 몇이 이쪽을 힐끔힐끔 쳐다보았다. 왕 씨가 또 말했다.

"어떻게 된 일인지 통 말은 없으시지, 민 선생이 혹 안 나타나시면 어쩌나 하구 안달을 하구 있던 참이우."

그러나 두 남녀의 서로 엉킨 시선은 좀처럼 떨어질 줄을 몰랐다.

이윽고 준태가 먼저 입을 떼었다.

"기어이 나오셨군요."

"……."

"나오시지 말라구 말씀드렸는데."

"……."

"이제, 들어가십시오."

"……네."

그녀의 두 눈은 그러나 준태의 두 눈을 꼭 붙잡고 놓아주지 않았다. 그리고 그 두 눈은 차츰 어떤 투명한 막에 가려져 갔다. 준태는 더이상 아무 말도 못 했다. 가슴 밑바닥으로부터 납덩이 같은 것이 북받쳐 오르는 것을 참고 그는 짐짓 왕 씨 쪽으로 고개를 돌렸다.

"빈 대가 없군요. 어제저녁의 복수전을 할까 했더니."

왕 씨는 얼른 꾸짖는 시선을 보내왔다. 준태는 그러나 계속해서 지껄였다.

"어저껜 정말 아저씨가 운이 좋으셨습니다. 두구 보세요. 오늘은 꼼짝 못 하게 해 드릴 테니."

정희가 그때 조그만 목소리로 말했다.

"저 가겠어요. 이젠 정말 만나 뵌 것 같아요. ……안녕히 계세요."

준태는 순간 다시금 납덩이 같은 것이 북받쳐 오르는 것을 느꼈다. 그는 마지막 인내를 다하여 그것을 눌렀다. 그리고 잠자코 그녀 쪽으로 고개를 돌렸다. 그녀가 이마를 조금 숙여 보였다. 준태도 마주 고개를 숙였다. 그녀는 숙였던 이마를 쳐들자 왕 씨를 향하여 다시금

고개를 조금 숙여 보이고는 곧 빠른 걸음으로 문 쪽을 향해 걸어갔다. 준태는 그때 하마터면 참지 못하고,

"정희야!"

하고 소리쳐 부를 뻔했다. 그러나 그는 혼신의 힘을 다하여 견뎠다. 그리고 그녀가 유리문을 밀고 나가 층계를 내려가는 발짝 소리가 들릴 때까지도 그는 그 자리에 꼼짝 않고 서 있었다. 왕 씨가 영문을 모르겠다는 듯이 계속 꾸짖는 눈총을 보내왔으나 그는 끝내 모른 체하고 말았다.

층계를 내려딛는 그녀의 발짝 소리가 차츰 작아지다가 아주 들리지 않게 된 뒤에도 그는 한참 만에야 왕 씨에게 말하였다.

"아저씨, 약주 한잔하러 가십시다. 실은 아저씰 모시러 온 길입니다."

"약주구 뭐구 도대체 어떻게 된 영문이시우?"

"궁금하시면 이따 말씀드리죠. 약주나 한잔하러 가세요. 인사시켜 드려야 할 여자두 있구."

"……어제저녁에 말씀하시던?"

"네."

"난 도무지 뭐가 어떻게 돌아가는 건질 알 수가 없수."

"아셔야 별일두 아닙니다. 자, 괜찮으시죠? 가세요."

"가십시다."

왕 씨가 카운터를 지키는 젊은 여자에게 무어라고 몇 마디 이르는 걸 기다렸다가 준태는 앞장을 서서 당구장을 나섰다. 그리고 정희가

한 단 한 단 고통스레 내려디뎠을 층계를 말없이 밟기 시작했다. 뒤따르던 왕 씨가 혼잣소리처럼 중얼거렸다.

"그러면 그렇지. 내 엊저녁 아무래두 좀 수상쩍더라니."

거리는 해가 마악 떨어질 무렵의 독특한 밝음 속에, 여전히 차량과 행인들의 물결로 붐벼 대고 있었다. 준태는 문득 자기가 어떤 거대한 허구 속에 끼어든 듯한 느낌에 빠졌다. 그리고 일단 그러한 느낌에 빠져들자 거리의 분위기, 거리의 풍경 하나하나가 이상할 정도로 또렷또렷하게 느껴지면서 그에 비례하여 그것들이 그 거대한 허구를 이루는 작은 단위들에 불과하다는 느낌이 점점 강해졌다. 한순간 그는 알 수 없는 전율로 몸을 떨었다. 자기 자신의 삶의 윤곽이 어둠 속으로부터 느닷없는 한 줄기 빛의 명멸로 또렷이 비쳐졌다가 스러지는 듯하였다. 그리고 그 느낌은 밤하늘에 명멸한 별똥별의 잔상처럼 강하게 그의 뇌리에 남았다. 왕 씨가 그때, 그 색시가 지금 술집에서 기다리고 있느냐고 정색을 하고 묻지만 않았어도 그는 한동안을 더 그러한 느낌에서 헤어나지 못할 뻔하였다.

"아, 가 보시면 압니다."

하고 준태는 왕 씨를 돌아보며 말했다.

윤애의 셋방으로 인도되어 들어가 앉았을 때 왕 씨는 휘파람이라도 불 듯한 입모양을 지었다. 그리고 나서

"아니, 이거 살림을 차리신 게 아니우?"

하고 눈을 짐짓 둥그렇게 만들어서 방 안을 둘러보았다.

"살림을 차리긴요. 제가 얹혀지내기루 한 거죠."

하고 준태는 왕 씨의 말을 정정했다.

"아따 온, 내막이야 뭐가 어찌 됐건 아무튼 살림을 차린 게야 차린 게지, 무에 틀리단 말이우."

"아, 또 제가 살림을 차렸으면 좀 어떻습니까? 전 살림 차리면 안 된다는 법이라두 있습니까?"

"아, 누가 안 된댔수. 하두 감쪽같이 일을 꾸미셨으니 하는 소리지."

"아무튼 그럼 축복이나 좀 해 주십시오. 아저씨가 얼굴 한번 보시지두 못하구서 장갈 들라구 절더러 권하신 책임두 있으니."

"아암, 축복해 드리다마다."

그때 윤애가 술상을 보아 가지고 들어왔다. 준태는 그녀를 왕 씨에게 인사시키면서 말했다.

"제 아내 될 사람, 아니 오늘부터 제 아냅니다."

윤애는 얼굴을 붉힌 채로 공손히 고개 숙여 왕 씨에게 인사했다. 왕 씨도 얼른 맞받아 그녀에게 인사했다.

"오늘 사진관에 가서 결혼식을 올렸죠."

하고 준태는, 여자 앞에서 갑자기 소년처럼 당황하는 왕 씨를 바라보며 말했다. 윤애는 곁눈질로 왕 씨 몰래 가만히 눈총을 보내왔고 왕 씨는 얼결인 듯,

"허허, 사진관에서 결혼식을."

하고 자기 나름에는 농담을 이해했다는 웃음을 어색하게 웃었다. 그리고는 곧 자기가 뭔지 잘못됐다는 걸 깨닫고 슬며시 부끄러움을 느

겼는지 그리고 그걸 만회해야겠다고 생각했음인지,

"아, 그래 결혼식을 올리면서 날 빼놓는단 말씀이우?"

하고 짐짓 성을 내는 시늉을 해 보였다. 준태는 미어져 나오려는 웃음을 참다못해 빙그레 웃으며,

"사진관에 가서 예복만 빌려 입구 결혼사진만 찍은 겁니다, 아저씨."

하고 정직하게 말했다. 그러자 왕 씨는

"온, 그런 걸 가지구 난 또 무슨 소린가 하구. 에끼, 그렇게 늙은일 놀려 먹는 법이 어딨수."

하고 무안한 듯이 슬쩍 윤애의 눈치를 살피며 껄껄 웃었다. 준태도 따라 웃으며 말했다.

"놀리다뇨. 아저씨가 지레 속으시구서."

윤애도 고개를 숙인 채 가만히 입을 가렸다. 왕 씨는 계속해서 웃으면서 말했다.

"그럼 이 자리가 이게 보통 자리가 아닌 피로연 자리로구먼그래."

"하하, 말하자면 그렇죠. 자, 한 잔 받으시죠."

하고 준태는 왕 씨에게 술잔을 권했다. 그때 밖에서 누가 방문을 두드리는 소리가 났다. 윤애가 방문을 열었다. 그러자 밖에 아낙네 한사람이 기다리고 섰다가 방 안을 기웃해 보며 말했다.

"대문 밖에 누가 찾아오셨는데요. 민 누구시라구 하더라, 암튼 민씨 성 가진 남자분을 찾는데 이 집 안에 민씨 성 가진 분은 아무두 없구, 혹시 해서."

윤애가 준태를 돌아다보았다. 준태가 아낙네를 향해 물었다.

"민준태라는 사람을 찾던가요?"

"옳지 참, 바루 민준태 씨라구 했던가 봐요."

준태는 고개를 갸웃했다. 그리고

"내 나가 보구 오지."

하고 윤애에게 말하고는 방문을 나섰다. 얼핏 귀찮은 일이 생길 것 같은 예감이 스쳤다.

대문 밖에는 두 사람의 낯선 남자가 거의 부동자세를 취한 채 서 있었다.

"누구를 찾으십니까?"

"아, 민준태 선생이십니까?"

두 사람 중 키가 좀 큰 편이 물어 왔다.

"그렇습니다만."

"안경수 사장님을 아시죠? 안 사장님의 심부름으로 왔습니다. 좀 모시구 오라는."

준태는 순간 예감이 틀리지 않았다는 생각을 했다. 그리고 곧 싸늘하게 차가워지는 자신을 느낄 수 있었다.

"응해 드리지 못할 경우엔?"

"네, 정희 씨를 모시구 있노라구 전해 드리라는 말씀이었습니다."

준태는 순간 할 말을 잃었다. 발밑이 쑥 꺼져 버리는 듯한 느낌이었다. 그는 신음을 토해 냈다. 교활한 자가 마침내 일을 벌여 놓았구나.

"어떡하시겠습니까? 같이 가 주시겠습니까?"

"좋소. 갑시다."

준태는 어금니를 악물었다. 그리고 윤애에게 들어가 잠깐만 다녀오겠다고 말한 다음 다시 밖으로 나왔다. 그들은 골목 어귀에 자동차를 대기시켜 놓고 있었다. 어둑어둑 이미 땅거미가 내리기 시작하고 있었다.

자동차에 오른 준태는,

"당신들의 상관이 어디 있소?"

하고 조금 전의 말대꾸하던 사내에게 물었다.

"상관이라뇨? 안 사장님 말입니까?"

"당신들은 그렇게 부르나? 아무튼 그자는 당신들 상관 아니오."

"글쎄요. 아무튼 정중히 모시라는 말씀이었습니다. 계신 덴 가 보시면 자연 아십니다."

"정중히 모시라는 건 당신들에게 화낼 권한이 없다는 말이오?"

"그렇습니다."

"아마 곧 화를 내지 않군 못 배기게 될걸. 당신들 앞에서 당신들의 안 사장이란 자를 이번엔 아주 박살을 내 버리고 말 테니까."

그러자 대꾸하던 자는 묵묵히 입을 다물고 말았다. 준태도 더 이상 입을 떼진 않았다. 그리고 묵묵히, 움직이기 시작한 자동차의 전면만 노려보기 시작했다. 블덩이 같은 노여움이 쉴 새 없이 끓어오르면서 안경수란 자의 뱀 같은 얼굴이 눈앞에 어른거렸다. 한순간, 알 수 없는 전율이 그의 몸 한가운데를 관류했다. 그는 운전대를 잡은 사내에게 재촉했다.

"좀 더 빨리 몰 수 없겠소?"

"예 예, 염려 마십쇼. 많이 밟구 있습니다."

하고, 운전하던 사내는 힐끗 준태 쪽을 돌아보았다.

자동차는 시내 쪽으로 방향을 잡고 한참 달려가더니 어느 지점쯤에선가 갑자기 급한 커브를 틀어 좀 어두운 주택가 비슷한 곳으로 접어들었다. 그리고 바로 얼마 안 가서, 입구를 제외한 사방이 블록 담으로 둘러막힌 널따란 공지 같은 곳으로 들어섰다. 공지 한 귀퉁이에 전등을 밖으로 내단 가건물 비슷한 것이 보였고 그 앞에 얼핏 눈어림으로도 스무 명이 넘는 사내들이 쭉 도열해 있는 모습이 보였다. 준태는 순간 다시금 싸늘하게 차가워지는 자신을 느낄 수 있었다. 자동차가 멎자 그 가건물로부터 전등빛을 받으며 걸어 나오는 안경수의 모습이 보였다. 그는 준태가 자동차에서 내려서길 기다려서 마중하듯 웃음 띤 얼굴로 다가왔다. 그리고

"와 주셨군요, 민 선생. 기다렸습니다."

하며 악수를 청하였다. 준태는 그러나 그것을 무시한 채 똑바로 그의 얼굴을 쳐다보며 물었다.

"정희는 어디 있습니까?"

"아, 저 친구들이 말하던가요?"

"어디 있습니까?"

"역시 저를 만나 주러 오신 건 아니시로군."

"안 선생을 다시 만나구 싶진 않다구 분명히 얘길 했을 텐데요?"

"쯧쯧, 그걸 아직두 기억하구 계시나. 난 잊은 지가 벌써 오랜걸."

"어디 있습니까? 정환."

"그야 자기 집에 있을 테지요."

"뭐라구?"

"모처럼 데이트라두 하실 생각으로 여길 오신 모양이지만 우린 미처 그런 준비까진 못했습니다그려. 일편단심 그저 민 선생을 한번 모시구 싶다는 욕심만으루, 실롄 줄 잘 알면서두 그만."

"뭐라구? 그럼……."

"대신 애들을 좀 모아 봤지요. 정희라는 그 여자분만은 못할는지 모르지만 가르쳐 보시면 쓸만한 애들이라는 걸 금방 아실 수 있을 겁니다. 한 수 가르쳐 보시겠습니까?"

"나쁜 놈!"

"아, 아, 지나치신 언사. 난 민 선생 같은 훌륭한 분에게 되도록 존경을 받구 싶소. 그리구 마지막으로 한 번 더 부탁드리겠소. 우리한테 들어와서 우릴 도와주시오."

"못 하겠다. 이 뱀 같은 놈."

"할 수 없군. 그럼 한 수 가르쳐나 주고 가시오."

그리고는 그는 뒤쪽을 향해 슬쩍 눈짓을 보냈다. 그러자 가건물 앞에 도열해 있던 사내들이 천천히 준태를 둘러싸기 시작했다. 준태는 그때 재빨리 안경수의 안면을 향해 일격을 날렸다. 그러나 대비하고 있었던 듯, 안경수가 보다 재빨리 피해 버렸기 때문에 주먹은 허공을 가르고 말았다. 준태는 재차 공격해 들어갔다. 그러자 포위망을 좁혀 들던 사내들도 일제히 덮쳐 들어왔다. 준태의 몸은 순간 허공에 떠서 잠시 머리를 축으로 하여 눈부시게 돌아가는 수레바퀴 모양의 회전체같이 보였다. 앞에서 덤벼들던 몇 명의 사내가 공중제비를 하며 나가 쓰러졌다. 나머지 사내들이 일단 주춤했다. 그 사이에 준태는 자유롭게 몸을 세워 싸울 태세를 갖추었다. 일단 주춤했던 사내들은 다시 전열을 가다듬어 공격해 오기 시작했다. 준태는 잠시 방심한 듯서서 그들이 좀 더 바싹 접근하기를 기다렸다. 그리고 곧 그의 몸은 다시 일제히 덮쳐든 사내들 사이에 섞여 그들과 한 덩어리가 되어 눈부시게 움직이기 시작했다. 그는 숨돌릴 사이 없이 좌충우돌했다.

주먹 가까이 있는 자는 주먹으로, 발길 가까이 있는 자는 발길로 무릎 가까이 있는 자는 무릎으로, 팔꿈치 가까이 있는 자는 팔꿈치로 찔렀다. 그리고 몸을 띄워야 할 때는 띄워서, 세워야 할 때는 세워서 공격했다. 그러나 사내들은 물러서지 않고 계속해서 밀고 들어왔다. 타격을 받고 쓰러진 자들이 다시 일어나서 새로이 쓰러진 자들의 자리를 메웠다. 준태는 사정이 한가롭지 않다는 생각을 처음으로 했다. 그리고 곧 위치를 바꿔 가며 싸우기 시작했다. 빠른 걸음으로 몇 발짝씩 자리를 옮겨 따라붙는 자들을 공격했다. 사내 몇이 마침내 치명상을 입고 완전히 나가떨어졌다. 따라붙는 자들의 수는 차츰 줄어들었다. 준태의 몸은 이윽고 완전히 땀투성이가 되어 버렸다. 그리고 그의 동작은 차츰 눈에 띄게 민활성이 줄어 갔다.

남은 자들은 이제 10여 명밖에 되지 않았다. 그는 힘을 아끼기 위해 자동차 쪽으로 가서 등을 기댔다. 그리고 숨을 조금 돌리려는 순간, 그는 남은 자들의 손에 일제히 나이프가 한 자루씩 쥐어지는 것을 발견했다. 그는 일이 글러 먹었다고 생각했다.

안경수가 가건물 앞 전등 밑에 버티고 서서 준태를 향해 소리쳤다.

"한마디만 하면 살려 주겠다. 우리한테 들어오겠다구."

준태는 천천히 고개를 가로저었다. 그리고 왕 씨와 함께 자기가 돌아오길 기다리고 있을 윤애를 잠깐 생각했다.

정희도 잠깐 생각했다. 그리고 곧 나이프를 쥔 자들을 맞아 남은 힘을 다해 싸우기 시작했다.

한 시간쯤 더 싸운 뒤였을까, 그는 복부를 커다란 해머 같은 것으로 얻어맞은 듯한 급격한 동통을 느끼고 그 자리에 쓰러졌다. 손으로 배를 만져 보면서 그는 배에서 무슨 뜨거운 죽 같은 것이 흘러나온다고 잠깐 생각했다. 그리고 몇 차례 더 날카로운 쇠붙이가 자신이 피부를 꿰뚫고 들어오는 것을 느낄 수 있었다. 그 쇠붙이들은 불에 달군 듯 뜨거웠다.

잠시 후 그는 곧 아무런 생각도 할 수 없게 되었다.

안경수가 천천히 다가와서 부릅뜬 채 고정된 그의 눈동자를 살펴본 뒤 말했다.

"아까운 자식 죽였다. 정말 무서운 놈이군."

윤애의 셋방에서 왕 씨는 12시 10분 전까지 기다리다가 돌아갔다.

반(反)연애론

1장

여자를 아주 쉽게 얻는 경우에 남자들은 흔히 그 여자에 대한 우월 감에 빠지는 수가 있다. 그리고 그때가 아마도 남자에게는 가장 불행한 한때가 아닌가 한다. 적어도 연애에 있어서는 그런 것 같다. 왜냐하면 그때 그 남자의 마음속에는 사랑의 뿌리가 미처 자리를 잡기도 전에 욕망의 몹쓸 잎사귀들만이 무성하게 자라서 그의 영혼을 아주 황폐하게 만들어 버릴 공산이 크기 때문이다. 적어도 나의 경험에 의하면 그렇다. 한데 그럼에도 불구하고 남자들은 대개 여자를 매우 손쉽게 구하고자 하는 희망을 포기하려고 하지 않는바, 그것은 아마도 인류 역사 이래 한 번도 변해 본 적 없는 사실일 것이다. 그리고 그 점에 있어서는 나 또한 결코 예외일 수는 없다.

"여자를 손쉽게 구하려거든 Q시(市)에 가라."

그 말을 나는 휴가 출발을 하루 앞둔 어느 겨울날 저녁 군대 내무 반의 한 고참 병장으로부터 들었다. 그 방면(여자 낚기)에 아주 조예 가 깊은 것으로 정평이 나 있는 그 고참 병장의 말은 매우 신뢰할 만 했고 미처 휴가 계획을 세우지 못한 내게는 아주 귀중한 정보가 되어 주었다.

저녁식사를 마치고 병기 손질을 끝낸 뒤의 자유시간이었는데 그 고참 병장은 자기의 구변도 과시할 겸 그 방면의 지식 자랑도 할 겸 다음과 같이 읊어 내렸다.

"Q시는 항구거든. 바닷바람이 부는 곳이지. 바닷바람, 이게 묘한 거라구. 아가씨들의 마음을 들쑤셔 놓는 마(魔)의 바람이지. 거기다 항구라는 곳은 내륙의 도시와는 달리 무척 개방적이란 말이야. 바다 가 열려 있으니까 말이지. 타지의 사람들이 늘 들끓게 마련이지. 자 연히 아가씨들의 마음은 닫혀 있을 도리가 없게 마련이구. 게다가 대 도시라면 또 모르겠는데 이건 소도시란 말야. 소도시에 사는 아가씨 들의 콤플렉스가 있지. 대도시에서 온 게 확실해 뵈는 친구가 슬쩍 말이라도 붙여 주면 그냥 환장하는 거야. 서울 말씨를 썼다 하면 그날 로 쇼부 나는 거지. 용하게도 알아보더군. 어디서 왔는질 말야. 다방, 극장, 공원, 뭐 아무 데고 좋아. 슬쩍 말만 붙여 보라구. 그야 물론 상스 럽게 굴어선 안 되지. 저쪽도 자존심이 있으니까. 되도록 고상한 취미 를 가진 척하라구. 이를테면 독서, 음악감상, 여행 등등 있잖아. 또 약 간 고독해 보이는 폼을 잡는 것도 괜찮지. 아무튼 많아서 세 명쯤 시도

해 보면 그중 한 명은 걸리니까. 기막힌 곳이라구. 나중에 Q시 출신의 어떤 친구한테 얘기했더니 사실이라고 자인하더군. 자인하지 않을 도리가 없다는 거야. 엄연한 사실이라는 거지. 하지만 그 친구 불쾌한 기색은 전혀 없던데. 애향심보다는 남자들끼리의 연대 의식이 더 강한 모양이지? 아무튼 한번 가 보라구. 나한테 감사하다는 생각이 저절로 날 테니까 갔다 와서 나한테 신고나 톡톡히 할 생각하구. 넌 게다가 영문괄 나왔으니까 아주 금상첨화지. 세 명까지도 안 갈 거야. 첫 번째에서 쇼부 나고 말걸."

그다음 날 아침 나는 중대장에게 휴가 출발 신고를 했다. 그리고 집으로 나와서 하루 저녁 자고는 휴가 대기하는 동안 깎지 않고 몰래 길러 온 머리를 감고 사복으로 갈아입은 다음 약간의 자금을 마련해 가지고 곧장 서울역으로 나갔다.

나는 Q시행 기차표를 샀다.

부모들한테는 Q시에 사는 친구로부터 초대를 받았다고 얘기해 두었으므로 휴가기간 전부를 그곳에서 보낸다고 하더라도 차질이 생길 일이라곤 아무것도 없었다. 나는 승리가 확실한 전투에 나서는 장군처럼 의기양양하게 기차를 탔다.

오랜만에 타 보는 기차였고, 목적이 목적이었으므로 나는 한껏 마음이 부풀어 있었다. 자리를 잡고 앉아 차창 밖으로 스쳐 지나가는 풍경을 느긋하게 내다보기 시작했다. 주간지 같은 것을 사 보며 시간을 죽이기에는 너무나 달떠 있었던 것이다. 고대하던 휴가였고, 그 휴가를 보낼 아주 멋진 계획을 지금 휴대한 참이며, 그러한 나를 축복이라도 하듯 차창 밖으로는 눈마저 흩날리기 시작했던 것이다.

기차가 영등포에 정거했다가 마악 출발한 직후였다. 내가 내다보고 있는 차창에 한 아가씨의 그림자가 비쳤다. 그리고 뒤미처 그 아가씨의 것으로 짐작되는 목소리가 상냥하게 들려왔다.

"앉아도 되나요?"

나는 차창으로부터 고개를 돌이켰다. 통로 쪽에 여대생으로 보이는 아가씨 한 사람이 서 있었고 의사를 묻는 듯 내 얼굴을 바라보고 있었으며 내 옆 좌석엔 아무도 앉아 있지 않았다.

출발부터가 안성맞춤으로 풀려 나가는구나. 나는 미소로써 호의를 표시하며 얼른 대답했다.

"네, 앉으십시오."

"고맙습니다."

그녀가 내게 사례하며 자리에 앉았다. 머리를 뒤로 길게 늘어뜨린, 달걀 모양의 귀여운 얼굴을 가진 아가씨였다. 나는 한 번 더 호의를 표시하기로 했다.

"좋으시다면 자리를 바꿔도 괜찮습니다. 창가 쪽이 좋으시다면."

그녀는 아무 의심 없는 표정으로 나를 쳐다보았다.

"정말 그래도 괜찮으시겠어요?"

"네, 전 좋습니다."

우리는 곧 서로 자리를 바꾸어 앉았다. 이번엔 그녀가 내 호의에 답하기라도 하려는 듯 먼저 물어 왔다.

"어디까지 가세요?"

"네, 전 Q시까지 갑니다."

"어마, 그럼 저랑 동행이시네요."

"아, 그렇습니까? 이거 참 반갑습니다."

"저도 그래요. 댁 같은 친절한 분하고 동행이어서 기뻐요."

"감사합니다."

"댁도 Q시가 고향이세요?"

"아닙니다. 전 친구의 초대를 받고 가는 길입니다."

"아, 그러세요? 전 거기가 고향이에요. 방학해서 할아버지 할머닐
뵈러 가는 길예요."

"그러시군요, 참 좋은 일입니다."

"뭐가요?"

"할아버지 할머니 뵈러 가시는 것 말입니다. 할아버지 할머니께서
얼마나 기뻐하시겠습니까?"

"네, 절 무척 좋아하세요. 댁도 조부모님이 계신가요?"

"전 안 계십니다. 두 분 다 돌아가셨죠. 살아 계실 땐 저도 무척 귀
염을 받았는데요."

"그러시군요. 쓸쓸하시겠어요. Q시에 내리면 제가 차 한잔 대접해
드릴게요."

"그래 주시겠습니까? 그래 주신다면 영광스럽게 얻어먹겠습니다."

그러나 막상 Q시에 도착하자 기대했던 것과는 달리 사정은 정반
대로 달라졌다.

그녀가 차를 한잔 사기는 샀다. 따라서 약속을 어긴 것은 아니다.

그러나 약속하지 않은 아무것도 그녀는 내게 베풀어 주지 않았다. 차를 마시고 나자 그녀는

"자, 그럼 좋은 여행이 되시길 빌겠어요. 전 할머니 할아버지께서 기다리실 테니까 그만 가 봐야겠어요. 기차에서는 고마웠습니다."

하고는 자리에서 그대로 일어서 버렸던 것이다. 나는 당황하여 따라 일어서며 말했다.

"아니, 그렇게 급히 가셔야 합니까?"

"네, 빨리 가 봐야 해요. 전보를 쳐 두었으니까 늦으면 걱정하실 거거든요. 기차시간을 알고 계시니까요."

그리고 그녀는 빵끗 웃어 보이기까지 하며 내게 손을 흔들어 보이고는 다방을 빠른 걸음으로 나가 버렸다.

나는 뒤통수를 한 대 얻어맞은 기분으로 잠시 그대로 멍하니 섰다가 다시 자리에 주저앉기도 겸연쩍었으므로 하릴없이 다방에서 걸어 나왔다. 출발부터가 엉망으로 되어 가는 기분이었다. Q시는 마악 겨울의 짧은 해가 뉘엿뉘엿 져 가기 시작할 무렵이었다.

나는 혹시 그녀의 뒷모습이라도 발견할 수 있을까 하여 사방을 두리번거렸다. 그러나 택시라도 타 버렸는지 그녀의 모습은 어디서도 발견되지 않았다. 그리고 처음 와 보는 도시의 이방감(異邦感)은 나로 하여금 더욱 낭패한 기분에 빠져들게 하였다. 도대체 길들이 우선 어디로 통하는지조차 알 수가 없었던 것이다.

바람이 찼으므로 나는 코트의 깃을 세웠다. 그리고 매우 낭패한 기분으로 그 자리에 한동안 서 있었다. 어디로든 가 봐야겠지만 어디서

부터 어떻게 다시 시작을 해야 첫 번째 실패를 다소라도 만회할 수 있을는지를 알 수가 없었다.

그러나 곧 나는 걷기 시작했다. 아무튼 그 자리에 그대로 멍하니 서 있을 수만은 없는 일이었기 때문이다. 그리고 어떻게든 움직여 봐야 죽이 되든 밥이 되든 할 터이었다.

○시의 거리는 단조로워 보였다. 차량이나 사람의 통행도 그리 많지 않았고 그곳이 중심가임에 틀림없어 보이는데도 불구하고 거리 양옆에 상점들도 그다지 많지 않았다. 그러나 길 폭은 몹시 넓어서 그곳이 중심가임을 말해 주고 있었다.

나는 조금 기운을 내서 걷기 시작했다. 내게 정보를 제공해 주던 그 고참 병장의 '다방, 극장, 공원 뭐 아무 데고 좋아. 슬쩍 말만 붙여 보라구' 하던 말을 상기하면서.

극장이나 공원이 어디쯤 있는지를 알 수가 없는 나는 우선 맨 처음 눈에 띄는 다방으로 들어가 보리라고 작정하였다. 이 도시에 와서 처음 들어가 보았던 다방에서 쓰디쓴 낭패를 맛보았지만 우선 가장 만만한 곳이 아무래도 다방일 터이었다.

저만큼 다방 간판 하나가 보이기 시작했다. 나는 적진을 향하는 보병처럼 용기를 내어 걷기 시작했다.

그때 내가 걷고 있는 길옆으로 택시 한 대가 와서 멎는 소리가 났다.

나는 무심코 그쪽으로 눈길을 돌렸다. 택시 문이 열리면서 조금 전에 헤어진 그녀가 고개를 내밀었다.

"타세요."

그녀가 말했다.

"친구분 댁까지 모셔다드릴게요."

나는 마음속에서 터져 나오는 환희의 소리를 들으면서 얼른 그녀의 옆자리로 올라탔다.

"고맙습니다."

택시는 다시 움직이기 시작했다.

"가다가 생각하니까 아무래도 제가 너무한 것 같았어요. 지리도 생소하실 텐데 친구분 댁까지 만이라도 바래다드려야 마음이 편할 것 같았어요. 나쁜 분 같지도 않으셨구요. 그래 되돌쳐 오는 길예요. 어디죠? 친구분 댁이."

"……."

"동네 이름만 가르쳐 주세요."

"모릅니다."

"네?"

"전 Q시에 친구가 한 명도 없습니다."

"그럼 아까 기차에서 하신 말은?"

"거짓말이었습니다. 용서해 주십시오."

"……."

"제가 왜 그런 거짓말을 했는지 모르겠군요."

"내가 사람을 잘못 보았군요."

"아닙니다. 결코 잘못 보신 건 아닙니다. 평소의 전 거짓말쟁이가 아니었습니다. 이것만은 믿어 주십시오."

"좋아요. 그 말을 한 번 더 믿어 보기로 하죠. 그럼 어디로 가시겠어요? 이왕 이렇게 됐으니까 가시는 데까지만 바래다드리겠어요."

"전 특별히 어디로 가야겠다고 작정한 덴 없습니다. 그냥 Q시에 와 본 것뿐이죠. 어디 가 볼 만한 데라도 있으면 좀 가르쳐 주십시오."

"역시 내가 아까 다방에서 취한 태도가 옳았던 걸 그랬군요. 자, 그럼 여기서 내리세요. Q시는 어디나 다 가 볼 만하니까요."

"함께 내려 주시는 겁니까?"

"뭐라구요?"

"안내를 좀 해 주셔야죠."

"기가 막혀서. 좋아요. 내가 잘못했으니 할 수 없죠. 운전사 아저씨, 차 좀 세워 주세요."

택시가 멎었다. 나는 요금을 지불하려고 했다. 그러자 그녀가

"이러지 마세요. 택시는 내가 불렀어요."

하고 자기가 얼른 지불했다. 운전사가 우리 두 사람을 의심스러운 눈초리로 힐끗 뒤돌아보았다. 그녀와 나는 택시에서 내렸다.

내가 물었다.

"어느 쪽으로 갈까요?"

"마음 내키는 대로 가 보세요."

"마음 내키는 대로 가 보시라구요. 따라가 드릴 테니."

"안내를 그럼 누가 하는 겁니까? 제가 하는 겁니까?"

"아까 말했지만요, Q시는요, 어디든 다 가 볼 만한 데니까요, 마음 내키는 대로 아무 데나 가 보시라구요. 내가 따라가면서 안내는 해

드릴 테니까요."

"아, 그럼 그렇게 하죠. 그럼 우선 우리 어디 가서 다시 차나 한잔할까요? 저기 다방이 있군요."

"Q시까지 와서 겨우 또 다방이세요? 알 만하군요. 아무튼 따라가 드리기로 했으니까."

"그건 그렇고 우선 안내 한 가지 부탁합니다. 여기가 어딥니까?"

"여긴 Q시의 중심가인 Q시청 앞이에요."

다방에 들어가 앉았을 때 나는 아직 물어볼 기회가 없었던 그녀의 이름을 물었다.

"안내를 받는 자로서 안내를 해 주시는 분의 이름을 알고 싶어 한다는 건 은혜를 잊지 않기 위해서도 당연한 일이라고 생각하는데요."

"말을 몹시 어렵게 하시려고 애쓰시는군요. 아무튼 좋아요. 하지만 순서대로 해야잖겠어요?"

"아, 그렇군요. 제 이름은 안중길이라고 합니다."

"내 이름은 김은수라고 해요. 남자 이름 같죠?"

"천만에요. 아주 좋은 이름이십니다. 명민하신 은수 양의 모습에 어울리는."

"본성을 드러내기 시작하는군요. 여자를 추켜올려 놓고 나서 이익을 보려는."

"아, 이거 계속해서 절 무슨 치한 취급을 하시는 덴 정 죽겠는데요."

"행동하신 대로 취급해 드리는 거예요."

"행동한 대로 취급하다니요? 제가 그럼 정말 치한처럼 굴었단 말인가요?"

"아니라고 생각하세요?"

"그렇다고 생각하십니까?"

"네, 그렇다고 생각해요."

"건 아니라고 생각합니다."

"정말 뻔뻔하시군요."

"정말 너무하십니다."

"기가 막혀."

"억울하다."

"뭐라구요?"

"혼잣소립니다."

나는 이즈음 거의 나의 성공을 약속받고 있었다. 왠지 그런 확신이 들었다. 그것은 아마도 나의 여러 여자에 걸친 연애 경험에서 터득된 육감의 능력에 기인하는 것인지도 몰랐다. 그리고 그녀가 이미 내게로 어떤 구실 아래건 되돌아왔다는 사실과, 아무 말이나 거침없이 내뱉고 있다는 사실이 그것을 단순한 육감의 범위 안에 머물러 있지 않게 하는 중요한 점이었다. 그녀가 내게 호감을 갖고 있지 않다면 그녀는 되돌아오지도 물론 않았을 것이며, 그렇게 친근한 사이에게처럼 아무 말이나 거침없이 내뱉고 있지도 않았을 것이기 때문이다. 대화에 있어서 정중성을 결해도 괜찮은 경우는 어떤 형태로든 친근하게 느껴지는 사이에 한한 것이다. 친근하게 느껴지는 사이란 다른 말로 하면 허물없는 사이이다.

따라서 그녀가 내게 '뻔뻔하다'는 말을 주저 없이 사용했다는 사실은 '당신은 좋은 사람이군요'라는 의사 표시로 받아들여도 좋은 것이었다. 그리고 나의 '억울하다'라는 혼잣소리는 승리를 확인하는 엄살 섞인 쾌재라고 할 수 있었으며 또한 혼잣소리를 빙자한 반말 사용의 은밀한 시도라고도 할 수 있었다. 나의 반말 사용이 그녀의 귀에 조금도 거슬리게 느껴지지만 않는다면 나는 이미 다 성공한 것이나 다름없는 일이었다. 그러나 그녀는 아직 나의 반말 사용을 허용할 태세는 아니었다.

"혼잣소리라구요? 혼잣소리라면 자기 귀에만 들리도록 하세요."

"일종의 방백(傍白)이라고도 할 수 있겠죠."

"방백이라뇨?"

"네, 셰익스피어가 자기 연극에서 사용한 기법의 하나죠. 무대 위의 배역 간에는 들리지 않는 것으로 돼 있죠."

"우리가 그럼 무슨 연극이라도 하고 있단 말예요?"

"아 그런 게 아니구요. 그저 그런 것도 있단 말이죠. 말하자면 실제로는 상대방에게 들리는 혼잣소리도 있단 말이죠. 그건 그렇고 다음은 어딜 안내해 주시겠습니까?"

"어딜 가고 싶으세요?"

"은수 양하고 함께라면 가고 싶은 덴 많죠. 한데 할머니 할아버지께서 너무 걱정하시게 할 수도 없고."

"모처럼 양식 있는 소리를 다 하시는군요. 하지만 내가 오는 도중에 치한을 만났으니 하는 수 없죠. 치한 만난 손녀를 할머니 할아버지께서도 걱정 좀 하셔야죠, 뭐."

나는 순간 그녀가 귀여워서 미칠 것만 같았다. 할 수만 있다면 당장 그녀를 끌어당겨 껴안아 주고 싶을 지경이었다. 그렇게 영리한 여자가 세상에 다 있다니!

나는 기쁨에 들떠 말했다.

"그럼 조금 더 치한 노릇을 계속하기로 하죠. 우선 배가 고파 죽겠는데 어디 식당에라도 가서 간단히 요기라도 좀 할 수 있게 해 주겠습니까?"

"좋도록 하세요. 전 따라만 가 드릴 테니까요."

"왜, 은수 양은 시장하지 않으십니까?"

"배고프긴 하지만 어디 치한이 사 주는 음식을 먹을 수가 있나요? 차 정도는 양보할 수 있었지만, 이따 할머니 댁에 가서 먹겠어요."

"그럼 저도 먹지 않겠습니다."

내가 말했다.

나는 짐짓 대단한 각오라도 한 듯 버티어 보았다. 그러자 그녀는 잠시 망설이는 눈치더니 곧 양보해 왔다.

"……좋아요. 그럼 조금만 먹겠어요. 할머니 댁에 가서 먹을 배는 남겨 둬야 하니까요. 자, 가요."

우리는 다방에서 나와 식당을 찾아갔다. 그때부터는 그녀가 못 이기는 체 앞장을 서 주었다. 우리가 찾아간 식당은 한식을 파는 집이었는데 나는 곰탕을 한 그릇 시켜 먹었고 그녀는 비빔밥을 시켜서 반만 먹었다. 그리고 식당에서 나왔을 때는 거리는 완전히 어두워져 있었다.

"이제는 Q시의 명소(名所)를 한번 가 보고 싶군요."

"아까 말했잖아요. Q시는 어디나 다 명소라고요. 눈여겨보면 다 볼 만한 명소죠."

"그런 뜻이 아니라 이를테면 무슨 사적지(史蹟地)라든지 공원 같은 델 가 보고 싶다는 얘깁니다."

"상투적인 관광객 같은 소망이군요. 좋아요 그럼 Q시에 하나밖에 없는 공원으로 안내하죠. 하지만 가 보고 실망하진 마세요. 상투적인 관광객의 눈을 즐겁게 해 줄 만한 거라곤 거기 가 봤자 아무것도 없을 테니까요. 그리고 Q시엔 사적지 같은 건 별로 없어요."

"좋습니다. 그 공원을 좀 구경시켜 주십시오. 전 사실 그 상투적인 관광객 노릇을 하러 Q시에 왔으니까요. 그리고 그 상투적인 관광객의 눈을 즐겁게 해 줄 만한 것이 있는지 없는지는 제가 직접 가 보고 판단하겠습니다."

"역시 할 수 없군요. 자 그럼 가요."

그녀는 앞장서 걸음을 떼어 놓기 시작하면서 말했다.

"여기서 얼마 멀지 않은 곳이니까요."

공원은 그녀 말대로 얼마 안 가서 있었다. 그리고 그 공원에서 나는 찬스를 잡았다.

공원은 그야말로 상투적인 관광객의 눈을 즐겁게 해 줄 만한 것이라곤 아무것도 없었다. 그러나 그곳엔 어둠과 조용함이 있었다. 그리고 내가 바랐던 것은 바로 그것이었다.

어둠 속의 나무벤치 위에서 나는 느닷없이 그녀를 껴안아 버렸다. 그녀는 지극히 상투적인 반항을 잠시 동안 했다. 나는 그녀의 입술을 탈취했다. 그녀의 상투적인 반항은 차츰 가라앉아 갔다. 나는 오랫동안 그녀의 입술을 점거하고 있었다. 그리고 그녀의 입술은 그렇게 오랫동안 점거할 만한 가치가 있는 것이었다.

나의 약탈 행위가 끝나자 그녀가 어둠 속에서 말했다.

"역시 치한치고도 뻔뻔하기 짝 없는 치한이로군요."

"치한치고 뻔뻔하지 않은 치한 봤습니까?"

"기가 막혀서."

"뚫어 드릴까요?"

"뭐라구요?"

"막힌 기 말입니다."

"정말 뚫을 수 있어요?"

"물론이죠."

"한번 뚫어 보세요."

나는 다시 어둠 속에서 그녀의 입술을 탈취했다. 그리고 다시 오랫동안 점거했다. 이번에는 그녀가 혀를 자진해서 항복해 왔다. 그녀의 혀는 패자답게 부드러웠다.

"뚫렸어요?"

내가 그녀의 입술 위에서 말했다. 그녀는 어둠 속에서 가만히 고개를 끄덕였다.

"내 통치기간이 얼마 안 남은 게 한이로군."

"이번엔 또 무슨 혼잣소리예요?"

"할머니 할아버지께서 기다리시지 않습니까."

"……."

"따라서 곧 또 가 봐야겠다고 하실 게 분명하니 말입니다."

"……저 가는 거 싫으세요?"

나는 귀가 번쩍 뜨였다.

"싫다고 하면 안 가시겠습니까?"

"늦게 가도 돼요. 정말은 나 전보 안 쳤어요."

순간 나는 거의 넋을 잃을 뻔하였다. 나는 다시금 그녀를 나의 포로로 만들었다. 포로가 된 채 그녀가 계속해서 말했다.

"두 분을 놀라게 해 드릴려고 일부러 안 쳤어요. 마중도 못 나오시게 할 겸. 아깐 거짓말이었어요."

나는 아까 택시에서의 일을 보복했다.

"하지만 평소의 은수 양은 절대로 거짓말쟁이가 아닐 겁니다."

그러자 그녀는 포로의 신분도 잊고 어둠 속에서 내게 눈을 흘기는 시늉을 했다.

나는 거듭거듭 그녀의 입술을 탈취했다. 그리고 오래오래 점령자로서의 권리를 행사하였다. 그녀는 이제 완전히 독립의 의지를 포기한 것 같았다.

우리가 공원에서 나왔을 때는 시간이 어느새 10시가 넘어 있었다. 그녀와 나는 공원에 들어갈 때와는 달리 연인처럼 바싹 붙어서 그곳을 걸어 나왔다.

"숙소 정하시는 거 보고 가겠어요."

그녀가 말했다. 나는 그녀를 보내선 안 된다고 생각했다. 그녀의 어깨에 팔을 둘러 꼭 껴안으면서 나는 말했다.

"비싸지 않고 깨끗한 데면 좋겠는데."

그녀가 어깨를 맡긴 채로 말했다.

"깨끗한 델 좋아하세요?"

"내가 그럼 지저분한 델 좋아할 것같이 보입니까?"

"난 어두운 데만 좋아하시는 줄 알았지요 뭐."

나는 말이 막힌 보복으로 그녀의 어깨를 더욱 으스러지게 껴안았다.

"아! 아파요."

그녀가 나직이 외마디 소리를 질렀다.

"거봐요. 남의 약점을 찌르면 자기도 아픈 법이라구요."

"어마, 어마, 그런 엉터리 논리가 어디 있어요? 순 폭력이에요."

"폭력?"

"그럼 폭력이 아니고 뭐예요? 논리의 폭력."

나는 다시 한번 말이 막힌 보복으로 그녀의 어깨를 더더욱 으스러지게 껴안았다.

"아! 아퍼. 이건 진짜 폭력."

"알았죠."

"뭐를요?"

"내가 힘센 사람이라는 걸."

"피이, 그래서요?"

"힘센 사람의 말을 듣지 않으면 신상에 좋지 않다구."

"어마, 이젠 협박까지. 그래 무슨 말을 하실 참인데요?"

나는 짐짓 눈을 부릅떠 불량배의 표정을 흉내 내었다.

"방금 숙소 정하는 것만 보고 가겠다고 그랬지? 보내 줄 수 없어."

"어마?"

"천리타향 찾아온 애인을 쓸쓸한 여관방 구석에서 혼자 자게 할 수 있어?"

"어마?"

"자, 빨리 안내하라구."

"어마? 어마?"

"어서!"

나는 짐짓 위협적인 목소리를 꾸며 내었다.

"아이, 비겁해."

"비겁하다구?"

"그렇지 않음 뭐예요? 아무리 연극에 소질이 있기로서니 그런 식으로 얼렁뚱땅 될 것 같아요."

나는 머리를 긁는 시늉을 했다.

"이거 서툴렀던 모양인데."

"서투르셨고말고요."

"낭팬걸."

"하지만 어쨌든 야심을 표명하는 덴 성공한 셈이죠."

그러나 그녀는 조금도 화를 내고 있는 기색은 아니었다. 나는 안심하고 나의 승리를 다짐하였다.

나는 이제 매듭을 짓는 일만 남았다고 생각하였다.

"그 야심을 어떻게 현실화시킬 수 있는 방향으로 협조해 주실 의향은 없으신지?"

"기가 막혀서."

"기는 아까 뚫어 드린 것으로 생각하는데."

"또 막힌단 말예요."

"그럼 다시 뚫어 드리지."

나는 주위에 사람이 없다는 것을 확인하고 내 입술을 그녀의 입술로 가져갔다. 그녀는 조금 피하듯 하고는 결국 나의 입술을 받아들이고 말았다. 아무리 밤이라곤 하지만, 그리고 마침 주위에 보이는 사람은 없었다고 하지만, 대로상에서의 우리의 파렴치 행위가 끝났을 때 그녀가 말했다.

"좋아요, 그럼. 그 야심의 반만 현실화시켜 드리겠어요."

그러나 내가 누구인데 야심의 반만 현실화되는 것으로 만족하겠는가.

그다지 호화스럽지 않으나 깔끔해 보이는 한 여관의 그다지 넓지 않은 방을 차지하고 우리가 마주 앉았을 때 그녀가 말했다.

"절대로 반만이에요. 여기 함께 들어와 드린 걸로 만족하셔야 해요."

나는 물론 그러마고 약속하였다.

그녀는 숙박계를 받으러 온 여관 보이에게 침구 한 채만 더 가져다 달라고 부탁하였다. 여관 보이는 별 해괴한 일 다 보겠다는 표정으로 우리 두 사람을 번갈아 한 번씩 바라보고는 곧 자기의 지식이 모욕이라도 당했다는 듯한 태도로 이부자리 한 채를 더 날라다 주었다. 그녀가 다시 말했다.

"두 사람이 모두 꼬박 앉아서 새울 수도 없는 일이고, 그렇다고 누구 한 사람만 이부자리 속에서 편안히 잘 수도 없는 일 아녜요."

"그렇군요."

"피곤하시죠?"

"아뇨, 난 전혀."

"전 피곤해서 그럼 먼저 좀 자야겠어요."

그리고 그녀는 이부자리를 펴기 시작했다. 자기 몫의 것을 다 펴고 나자 그녀는

"도와드려요?"

하고 내 쪽을 쳐다보았다.

"아뇨, 내가 하죠."

나는 일어나서 내 몫의 것을 펴기 시작했다.

"기특하네요. 그래도 여자를 부려 먹을려고는 하지 않는 걸 보니."

"습관이죠."

"좋은 습관이에요. 아무쪼록 그 습관 버리지 말도록 하세요."

"충고 명심하죠."

방이 넓지 않았으므로 두 채의 이부자리는 거의 맞닿다시피 하였다.

"불 좀 꺼 주시겠어요?"

"그러죠. 하지만 내가 어두운 델 좋아한다는 걸 알고 있겠죠?"

"아, 참 그걸 잊어 먹을 뻔했네요. 그럼 *끄지* 마세요. 하지만 난 그럼 어떡헌다지. 불을 켜 둔 챈 자질 못하는 버릇이 있는데."

"그럼 꺼 드리죠."

"아녜요. 안 돼요."

"피곤하시다면서요?"

"그럼 약속을 정말 지켜 주실래요?"

"물론이죠."

"믿어 보겠어요. *끄세요.*"

나는 일어나서 전등을 껐다. 그리고 대강대강 옷을 벗은 다음 이부자리 속으로 들어가 누웠다. 귀를 기울였다. 이제 서두를 필요는 없는 것이었다. 그녀가 스스로 준비를 마칠 때까지 기다려도 늦지는 않았다.

잠시 아무 소리도 들리지 않더니 그녀가 가만히 겉옷을 벗는 소리가 났다.

그것은 이쪽까지 소리가 오지 않도록 동작을 극히 제한해서 조심조심 벗는 소리임에 분명했다.

나는 그 순간 결코 고르다고 할 수 없는 내 숨소리가 저쪽에 전달되어 그녀로 하여 경계심을 촉발하게 하는 전혀 바람직하지 않은 사태에 대비해서 숨소리를 최소한으로 자제했다.

그녀가 이부자리 속으로 다시 동작을 극히 제한해서 들어가는 소리가 가만히 났다. 그리고 이부자리를 조심조심 여미는 듯한 소리가 곧이어 들려왔다. 나는 기습을 감행할 만반의 태세를 갖추었다.

내 상징은 영웅처럼 부풀었다.

나는 전광석화처럼 기습했다.

나의 포로가 된 그녀는 이미 전의를 상실하고 있었다. 나는 곧 그녀와 나 사이의 방해물들을 제거했다.

나는 그녀 위에 수용소장처럼 군림했다.

그리고 나의 포로를 포로로서 대우하기 시작했다.

그녀는 매우 양순한 포로였다.

나의 온갖 학대를 인내로써 받아들이고 나의 명령에 순종했다.

이부자리 속의 어둠과 나의 벌거벗은 몸뚱이가 행사하는 폭력에 휘감겨 있으면서도 그녀는 결코 탈출을 시도하려고 하지 않았으며 잠잠히 나의 학대에 시달렸다.

내가 그녀의 고통의 핵심부를 고문했을 때 그녀는 꼭 한 번 악문 잇새로 짤막한 신음소리를 내보냈다.

순간 나는 그녀가 포로가 되어 보는 것이 혹 처음이 아닌가 의심했다. 기왕의 나의 포로였던 여자들은 결코 그와 같은 인내의 막다른 순간에만 내지를 수 있는 신음소리를 내게 들려준 적이 없었던 것이다. 그녀들이 들려준 신음소리는 한결같이 나의 고문 행위를 더욱더 자기들의 고통의 핵심부로 깊숙이 끌어들이려는 안타까운 호소에 불과했었다.

나는 최대의 인내를 발휘하여 절정에 다다른 내 고문 행위를 중단
했다. 나는 어떤 신성한 기분에 사로잡혀 있었다.

"처음인가 보군."

나는 진지한 목소리로 말했다.

"믿을 수 없는 사람."

그녀가 원망하듯 나직이 대꾸했다.

"용서해."

나는 급히 말하고 터지기 직전의 내 인내의 둑을 무너뜨려 버렸다.
동시에 그녀의 인내의 둑도 무너뜨려 버렸다. 그녀는 물에 빠진 여자
처럼 입을 벌리고 커다란 고통의 신음소리를 토해 냈다. 그것은 여태
껏 그녀가 내게 들려준 목소리 가운데 가장 신성한 것이었다.

기습적인 나의 침략 행위와 평정 행위가 끝났을 때 나는 그녀의 곁
에 나란히 누운 채 말하였다.

"이런 줄 알았으면 좀 더 예의를 갖출 걸 그랬군."

"천벌 받을 사람."

"그야 달게 받지."

"끝내 뻔뻔하군요."

"용서해."

그리고 나는 다시 그녀의 벗은 몸을 당겨 안았다. 그녀의 몸은 이
제 평정된 점령지의 시민처럼 오히려 당돌했다. 그녀는 두 팔로 내
가슴을 밀어내면서 말했다.

"자기의 소유물처럼 취급하지 말아요. 염치없이."

"난 경제 이론을 몰라."

그리고 나는 다시 그녀를 껴안으려고 했다. 그녀는 더욱 나를 밀쳐 냈다.

우리는 이부자리 속의 어둠 가운데에서 말없이 다투기 시작했다. 나의 상징이 다시 장군처럼 돌립(突立)하여 나의 싸움을 독려했다.

나는 재차 그녀를 점령했다. 그녀는 숨을 쌔근거리며 항복했다. 그리고 이번에는 훨씬 대범하게 자기의 운명을 받아들였다. 그녀는 이를 악물지 않았을 뿐만 아니라 점령자의 목에 자기의 두 팔로 된 꽃다발을 걸어 주었다.

나는 그 꽃다발에 보답하기 위하여 더욱 위풍당당히 진군하였다. 그리고 진군의 앞길엔 이제 아무런 훼방꾼도 나타나지 않았다.

나는 적진 깊숙이 도달했다.

2장

나는 그 여관에서 그녀와 사흘을 함께 보냈다.

그동안 우리가 한 일은 세 끼 밥을 사 먹으러 나갔다 오는 일과 약간의 대화 그리고는 상호간의 점령 혹은 피점령 행위가 전부였다. 그녀는 곧 그 같은 행위에 아주 익숙해졌는데 여자란 일단 한 남자에게 피점(被占)된 연후로는 쉽사리 그것을 기정사실화하고 그다음부터의 행위에는 훨씬 관대해지는 습성을 가졌을 뿐만 아니라 오히려 능

동적으로 되는 경우도 종종 있다는 것을 잘 알고 있는 터인 나는 별반 놀라지는 않았다. 그러나 어쨌든 소기한 바 성과는 만족 그 이상이었으므로 나는 한껏 흥겨워 있었다. 나는 내가 가진 정력을 아낌없이 소모하였다. 그녀도 아낌없이 스스로를 내던져 자신을 길들여 갔다.

우리는 꼭 한 번 우리의 장래에 대해서 논의하였다. 그것은 우리의 행위가 결혼을 전제로 한 것이냐, 그렇지 않으면 자유로운 것이냐 하는 점을 명확히 하기 위한 것이었다. 이틀째 되는 날 저녁에 그녀가 물었다.

"나하고 결혼할 생각이에요?"

"그러길 바래?"

"아뇨."

"그럼 왜 묻는 거지."

"그런 생각을 혹시 가졌을까 봐 묻는 거예요. 누가 자기 같은 뻔뻔한 남자하고 결혼 같은 거 하길 바랄까."

"그럼 됐군 뭐. 그런 생각 없으니까. 하지만 뭐 은수가 원한다면 해도 좋고."

"피이 누가 자기 같은 남자를 원할까 봐."

"은근히 생각이 없지도 않은 모양인데 분명히 하라구. 괜히 속에 없는 소리 하지 말구. 정말야 난 은수가 원한다면 결혼하겠어."

"싫어요."

"좋아. 그걸 그럼 진담으로 알아듣겠어. 실은 나도 결혼 같은 거 찬성은 아냐. 불가피한 제돈진 모르지만 훌륭한 제돈 못 되지. 지금 이

상태 얼마나 가볍고 좋아. 결혼은 일종의 약속인데 약속처럼 사람을 갑갑하게 만드는 게 어딨겠어. 약속 없이 서로 순수하게 결혼할 수 있다는 게 얼마나 행복해."

"그럴듯하군요."

"그러다가 평생 서로 헤어지기 싫으면 또 그대로 함께 사는 거구."

"그러다가 싫어지면 또 헤어지구요?"

"인생이 그런 거 아냐? 그런 걸 인위적으로 꼼짝달싹 못 하게 붙들어 매 두는 게 결혼 아닐까."

"정말 그럴듯하군요. 하지만 좋아요. 뭐 중길 씨 같은 남자하고 결혼할 생각은 조금도 없으니까."

"역시 은수는 영리해."

"역시 중길 씬 뻔뻔하군요. 난 최소한의 도의심이나마 혹 남아 있나 없나 알아보려고 슬쩍 물어봤던 건데 그 김에 아주 잘도 도망치는군요. 하지만 걱정 마세요. 중길 씨 같은 남자한테 결혼해 달라고 매달릴 그런 아둔한 계집앤 아니니까요. 그리고 결코 오해 마세요. 속으론 결혼하고 싶어 죽겠는데 자존심이 상해서 이러는 것도 정말 아니니까."

"알았어. 이제 우리 사이에 남은 문제라곤 하나도 없는 셈이군."

그 문제는 그것으로 일단락 지어진 셈이었다. 그리고 여관에서 사흘을 묵고 난 다음 날 아침 우리는 그 여관을 떠났다.

우리가 그 여관을 떠난 이유는 지극히 간단했다.

떠나기 전날 밤 이부자리 속에서 내가 그녀의 몸을 탐하고 났을 때 그녀가 제법 건설적인 의견을 꺼내 놓았던 것이다. 그녀는 제법 건강 전문가처럼 말했다.

"이 좁은 여관방 구석에서 매일 이러구 있다간 우리 아무래도 건강 해치고 말겠어요. 어디 공기 좋은 곳으로 다시 여행이라도 떠나기로 해요. 돈은 나한테도 좀 있으니까요."

나는 반대할 이유가 없었다.

"그것 참 좋은 생각이로군. 한데 할머니 댁엔 좀 늦게 가도 될까?"

"괜찮을 거예요. 나 Q시에 내려온 거 아직 모르고 계실 테니까요."

"좋았어. 그럼 내일 아침에라도 당장 떠나지. 어디가 좋을까? 공기 좋은 곳이라면."

"절 같은 데 어때요?"

"좋지. 어디 아는 데 있어?"

"해장사(海章寺)가 보셨어요?"

"해장사? 아니. 늘 가 보고 싶어 하면서도 못 가 본 데의 하나지."

"그럼 그리 가기로 해요. 눈 쌓인 해장사 경치 정말 멋있어요."

"그래? 여기서 차편이 어떻게 되지?"

"버스 편이 있어요. 해장사 아랫동네까지요."

"정말 멋진 생각을 해 냈는데."

나는 그녀를 칭찬하고 그녀의 뺨에 입 맞추어 주었다. 그리고 이튿날 아침 우리는 그 여관을 떠났던 것이다.

우리는 식당으로 가서 간단한 아침식사를 마친 다음 Q시의 시외 버스 터미널로 갔다. 그곳은 각 지방으로 떠나는 버스와 사람들로 온통 혼잡을 이루고 있었다. 우리는 사람들의 틈을 비집고 매표소로 가서 해장사행 버스표 두 장을 샀다. 그녀의 말에 의하면 해장사까지는 일곱 시간이나 걸리는 거리라고 했다. 지금 출발해야 오후 늦게나 도착할 수 있으리라는 것이었다. 우리는 서둘러 '해장사행'이라는 팻말을 붙인 버스에 올랐다.

버스는 이미 만원이어서 그녀도 나도 서 있어야만 했다. 나는 그녀만이라도 어디 비집고 앉게 해 줄 만한 데가 없을까 하여 주위를 두리번거렸다. 그러나 자리는 모두 꼭꼭 차 있었다.

그녀가 말했다.

"서서 가게 될까 봐 걱정하진 마세요. 조금만 가면 자리가 날 테니까요. 대부분 얼마 안 가 내릴 사람들예요."

"그래? 하긴 일곱 시간을 서서 간대서야 어디 모처럼의 여행 기분이 나겠어?"

"걱정 마세요. 조금만 서서 가면 돼요."

그러나 버스는 좀처럼 출발할 생각을 않는다. 사람들을 아직도 더 태워야 할 모양이다. 운전사조차 아직 타고 있지 않다.

그때 헌병 한 사람이 버스에 올라오는 모습이 보였다. 나는 약간 긴장했으나 태연하게 서 있었다. 헌병을 보면 긴장하는 버릇이 2년여의 군대생활 동안에 저절로 몸에 밴 습성이었다. 하지만 지금 나는 사복을 입고 있으며 휴가증을 소지하고 있다. 헌병을 두려워할 이유라곤 조금도 없다.

헌병은 좌석에 앉은 승객들을 두리번거려 살피더니 서 있는 내 얼굴에 시선을 꽂으며 천천히 다가왔다.

"쫑 좀 보실까요."

헌병이 말했다. '쫑'이란 신분증의 준말이다. 나는 말없이 휴가증을 꺼내 보였다. 헌병은 휴가증을 받아 들고 힐끗 일별하더니,

"군인이시군. 잠깐 따라오쇼."

하고 위압적으로 말했다. 그의 얼굴엔 일순 음흉한 득의의 표정이 스쳐 지나갔다. 나는 버티어 보았다.

"왜 그러십니까?"

"왜는 뭐가 왜야? 따라오라면 잔말 말고 따라와."

그리고 헌병은 내 휴가증을 가진 채 등을 보이며 버스에서 내려갔다. 나는 그녀에게 잠깐 내려갔다 오겠다는 눈짓을 보내고는 도리 없이 헌병을 따라 내려갔다.

헌병은 나를 자기들의 조그마한 근무소로 데려갔다. 거기에는 두 명의 헌병이 더 있었다. 그들은 나를 장물 쳐다보듯 하였다.

나를 데려간 헌병이 말했다.

"소지품 다 꺼내."

나는 주섬주섬 내 호주머니에 든 것들을 꺼내 놓았다. 담배와 성냥, 그리고 얼마간의 지폐가 그야말로 장물이나 되는 것처럼 헌병의 테이블 위에 늘어놓였다.

"본부로 연행해."

다른 헌병 하나가 나 들으라는 듯이 자기 동료를 향해 말했다. 나는 그들이 무엇을 원하는지 알고 있었다. 그들은 나의 지폐를 본 것이다.

나를 데려간 헌병이 조금 누그러진 목소리로 말했다.

"당신 말야, 위수 지구 이탈이야. 알겠어?"

휴가 중에 위수 지구가 무슨 상관이냐고 항의해 보았자 결과는 뻔히 내다보이는 것이었다. 그들은 또 다른 무슨 얼토당토않은 위반사항을 들먹이며 나를 애먹일 터이었다. 게다가 그녀가 타고 있는 버스가 언제 출발하는지 모른다. 아니, 어쩌면 벌써 출발하고 말았는지도 알 수 없는 일이다. 하긴 또 그들은 그것을 약점으로 이용하여 지금 나를 궁지에 몰아넣고 있는 셈이다. 나는 상용 수단을 쓰는 도리밖에 없다고 판단하였다. 나는 비굴한 표정으로 말했다.

"좀 봐주십시오. 지금 애인하고 여행 떠나는 참인데 버스가 벌써 떠나 버렸는지도 모르겠습니다. 빨리 좀 가 봐야겠습니다. 봐주십시오."

그리고 나는 내 지폐들 중의 일부를 나누어 헌병에게 슬쩍 내밀었다.

"어? 당신 이거 누굴 어떻게 보고 이래? 정 이러면 이 돈까지 첨부해서 넘기겠어."

헌병은 짐짓 정색을 하고 나를 쏘아보았다. 나는 계속해서 비굴한 표정으로 말했다.

"그러지 말고 좀 봐주십시오. 지금 버스가 떠났을까 봐 애가 타 죽겠습니다."

그러자 아까 본부로 연행하라던 헌병이 말했다.

"어이, 거 봐주지 그래? 애인하고 모처럼 여행이신 모양인데 말야. 여보쇼. 거 한 천 원만 더 내놓으쇼. 우리 셋이 점심 좀 먹게."

나는 아까웠지만 얼른 천 원을 더 떼어 헌병의 테이블 위에 밀어
놓았다.

그리고 그들로부터 놓여나 버스가 있던 곳으로 되돌아왔을 때는
버스는 이미 떠나고 없었다. 얼른 사방을 둘러보았으나 그녀의 모습
도 보이지 않았다. 버스에 그대로 타고 있다가 미처 내릴 사이도 없
이 버스와 함께 떠나 버린 모양이었다.

나는 급히 매표소로 달려가 다음 차 시간을 물어보았다. 그러나 매
표소 여사무원의 대답은 조금 전에 출발한 차가 해장사까지 가는 것
으로는 마지막 버스라는 것이었다. 그리고 다음 차는 이제 내일 아침
에나 다시 출발한다는 것이었다.

나는 속으로 헌병들을 저주하면서 매표소로부터 걸어 나왔다. 낭
패감은 이루 말할 수 없을 지경이었고 어떻게 다시 그녀와 나 사이
의, 본인들의 의사와는 관계 없이 벌어진 거리를 빠른 시간 안에 원
상으로 되돌려 놓을 수 있을는지를 알 수가 없었다. 더구나 내일 아
침까지 기다려야 한다는 건 말도 안 되는 소리였다. 일은 점입가경으
로 무르익어 가던 도중이 아닌가.

그때 자기들이 혹시 내 일을 아주 망쳐 버린 것이 아닌가 염려되었
던지, 그리고 그만한 양심은 남아 있었던지 헌병 둘이서 나를 쳐다보
며 이쪽을 향해 걸어오고 있는 모습이 보였다. 나는 그들에게로 마주
다가서며 퉁명스럽게 말했다.

"보십쇼. 버스가 떠나 버리고 말았어요."

"안 됐시다. 다음 차 타쇼."

나를 연행해 갔던 헌병이 미안하게 됐다는 표정으로 말했다.

"다음 차는 내일 아침에나 있다는데요."

"내일 아침? 어디까지 가시는데?"

"해장사로 가던 길이었어요."

"응, 그럼 그렇겠군. 그런데 당신 애인이 버스에 탄 채 떠났단 말이지."

"글쎄, 그렇다니까요."

"그럼 이렇게 합시다. 우리가 미안하니까 우리하고 같이 택시로 버스를 쫓아갑시다. 그렇게라도 하시겠소?"

"그렇게 해 주시겠습니까?"

"그럽시다. 우리도 미안하니까."

그들은 곧 택시 한 대를 잡았다. 그리고 한 명은 운전석 옆에, 나와 다른 한 명은 뒷좌석에 올라탔다. 운전석 옆에 앉은, 아까 자기들 근무소에서 나를 본부로 연행하자고 으름장을 놓던 헌병이 운전자에게 방향을 지시하며 말했다.

"운전사 양반, 최대한 밟으쇼. 우리가 책임질 테니까. 우린 지금 탈영병을 쫓는 중이요."

나는 속으로 실소(失笑)를 금치 못했다. 그러나 그런 중에도 한편으론 그 헌병이 고맙기 그지없었다. 어쨌든 그녀와 하루 동안을 온전히 떨어져 있게 되는 일은 면하게 된 셈이니 말이다.

택시는 그야말로 외국 영화에서나 구경해 본 적밖에 없는 속도를 나로 하여금 실제로 체험하게 해 주었다. 나는 잠깐이지만 007 영화의 주인공이라도 된 듯한 기분에 사로잡혔다.

내 옆에 앉은, 처음에 나를 연행했던 헌병이 말했다.

"이거 정말 미안하게 됐시다."

"아뇨, 괜찮습니다."

"하긴 이래 보는 것도 재미있는 추억이 될 거요."

"네, 그런 점에선 제가 오히려 감사드려야겠는데요."

우리가 버스를 따라잡은 것은 불과 30분쯤 뒤였다.

저만큼 앞에 버스의 꽁무니가 보이기 시작했을 때 나는 그것이 그녀의 엉덩이이기나 한 것처럼 반가웠다. 그리고 그 버스의 둔한 속력에 감사했다.

택시는 곧 버스를 앞질렀고 앞좌석에 앉은 헌병이 차창 밖으로 머리와 팔을 내밀어 버스를 향해 정지 신호를 보냈다. 버스가 곧 멎었고 택시도 멎었다.

"자, 잘 가쇼. 미안하게 됐시다."

두 헌병이 거의 동시에 말했다.

"아뇨, 오히려 제가 미안합니다. 언제 Q시에 다시 들르게 되면 대포라도 한잔 사겠습니다."

그렇게 말하고 나는 택시값을 치르려고 하였다. 그러자 그들은 그것을 만류하였다.

"택시값은 우리가 낼 테니 그냥 내리쇼. 우리가 아까 너무했던 것 같소."

나는 조급했다. 얼른 그녀가 타고 있는 버스로 옮겨 타고 싶었다.

"그럼 꼭 한번 다시 Q시에 들르겠습니다."

그리고 나는 택시에서 내려 곧 버스에 옮겨 탔다.

그녀가 자기 옆자리를 비워 놓은 채 반가이 나를 맞이하였다. 승객들의 시선이 일제히 그녀와 내 쪽으로 쏠리는 것 같았다. 나는 말없이 그녀의 옆자리로 다가가 앉았다.

버스는 곧 다시 출발했고 헌병들이 탄 택시도 되짚어 다시 Q시를 향해 출발하는 모습이 차창으로 내다보였다. 그들은 차창 밖으로 고개와 손을 내밀어 그녀와 내게 잘 가라는 신호를 보내고 있었다. 나는 그들에게 손을 흔들어 답례해 보였다.

"어떻게 된 거예요?"

그녀가 내게 물었다.

"자기야말로 어떻게 된 거지? 자기만 타고 가 버리면 그만인가?"

"어머머? 금방 돌아올 것처럼 군 사람은 누군데?"

"그렇다고 그래 자기만 타고 가 버리는 법이 어딨어?"

"금방 돌아올 줄 알았죠, 뭐, 그리고 미처 내릴 사이도 없이 버스가 떠나 버린 걸 어떡해요. 그렇다고 이미 출발한 버스에서 수선을 떨 수도 없고."

"아무튼 생이별할 뻔했군그래."

"그랬던 편이 나았는지도 모르죠."

"뭐라구?"

"실은 나, 오히려 잘됐다는 생각을 하고 있었어요."

"아니, 그게 무슨 입에 담지 못할 소리야?"

"입에 담지 못할 소리긴요. 중길 씨 같은 치한에서는 한시라도 빨리 놓여나는 게 상책이죠."

"이거 또 왜 이래?"

"왜, 은근히 가책이 되세요? 순진한 처녀를 유혹해서 할머니 댁에도 못 가도록 가로챈 소행이?"

"오라, 자기가 이제 은근히 켕기기 시작한 모양이로군그래."

"켕기긴 뭐가 켕겨요? 내가 뭐 군인이라서 헌병이 켕기나."

"아, 내가 군인이라는 사실을 미처 밝히지 못한 건 사과하지. 하지만 군인이 무슨 범법자는 아니잖아."

"누가 범법자랬나."

"게다가 난 몇 달만 있으면 제대라구."

"아무튼 알고 보니 순 거짓말쟁이야."

"미안해, 미안해. 하지만 그건 고의로 그런 건 아냐. 미처 얘기할 겨를이 없었던 것뿐이지."

"알았어요. 이제부턴 얘기한 사실이나 얘기 안 한 사실이나 하나도 믿지 않을 테니까."

"그건 또 왜 그래?"

"얘기한 사실도 전부 거짓말이고 얘기 안 한 사실은 전부 숨기려는 것투성일 테니까."

"하하, 이거 정말 신용 단단히 잃었는데. 하지만 꼭 한 가지는 믿어줘. 내가 나쁜 사람은 결코 아니라는 점."

"기가 막혀서."

"뚫어 줄까?"

"또 그 소리. 정말 뻔뻔하긴."

"왜, 싫어?"

"좋다면 어떡할 테예요? 여기서 그럴 거예요?"

"그건 좀 곤란하군. 이따 해장사에 가서 뚫어 주기로 하지."

"해장사가 무슨 이비인후과 병원이라도 되는 줄 아세요?"

"이비인후과? 하하, 그게 아니던가?"

"아이, 밉살맞어."

"아, 아, 어쨌든 생이별을 면하게 돼서 기쁘기 그지없군. 자, 해장사야. 너 조금만 더 기다려라. 우리가 곧 달려가마."

해장사까지의 길은 그러나 멀고도 험준했다. 버스는 높은 벼랑 위로 난 길을 위태위태하게 달리기도 했으며 다리(橋)도 없는 개울 바닥을 자갈 소리를 요란하게 울리며 건너기도 했다. 그리고 경사 30도가 넘는 고갯길을 기어오르는가 하면 또 반대로 미끄러져 내려가기도 했다. 길은 거개가 포장이 안 된 황톳길이었다.

그리하여 우리가 해장사 어귀의 작은 산골 마을에 도착한 것은 짧은 겨울해가 거의 기울었을 무렵이었다.

삼면이 산으로 둘러싸인 그 마을은 관광지 근처의 마을이면 어느 곳이나 그렇듯 집집마다 기념품 가게를 열어 놓고 있었다. 그러나 계절 탓인지 가게들은 모두 한산해 보였다. 더러 음식점이나 다방 또는 여관 간판을 내건 곳도 있었다.

"숙소는 어디, 이 근처에 잡아야 하나?"

하고 내가 물었다.

"그저 숙소 숙소, 숙소밖에 모르는군요."

하고 그녀가 핀잔 주듯 말하였다.

"어련히 내가 알아서 안내하지 않을라구요. 여기 여관들은 지저분해서 못써요. 숙박비도 비싸구요. 절에 올라가면 방 빌려주는 게 있어요. 비용도 적게 들고 깨끗해요. 불도 잘 때 주구."

"그렇다면 두말할 필요도 없지. 자, 빨리 올라가자구."

"그래요, 그럼. 저녁식사도 절에 올라가서 하기로 하구요. 저녁 공양 시간 아직 지나지 않았을 거예요."

"저녁 공양 시간?"

"네, 절에선 모든 식사를 공양이라고 불러요."

절은 마을에서 얼마 올라가지 않아서 있었다. 본사(本寺)는 좀 더 올라가야 있는 모양이었으나 우리가 숙소를 정한 그 부속 암자는 마을과 경계를 이루고 있는 계곡의 짤막한 다리 하나를 건너서 모퉁이 하나를 돌아서자 바로였다. 여승 한 사람이 나와서 우리를 맞아 주었다.

우리는 우리가 신혼부부이며 신혼여행차 이곳에 찾아왔음을 밝히고(정확하게 말해서는 속이고) 방 하나를 며칠간 빌릴 수 있겠는가고 정중하게 물었다. 나이를 얼핏 짐작할 수 없는 그 여승은 우리에게 며칠간이나 묵겠느냐고 물었다. 내가 일주일쯤 신세 지고 갔으면 좋겠다고 말하자 그럼 그렇게 하시라고 쾌히 응낙해 주었다. 그리고 매우 사무적으로 일주일간의 숙식비는 얼마며 선불로 해 달라는 것, 공부하는 학생들이 옆방에 있으니 되도록 조용하게 지내 달라는 것,

식사는 학생들과 함께 정해진 시간에 해 달라는 것 등을 말하고 우리에게 방 하나를 지정해 주었다.

나는 여승의 요구대로 일주일간의 숙식비를 선불했는데 그것은 Q시에서의 사흘간의 숙박비보다도 적은 액수였다.

우리는 곧 여승이 정해 준 방으로 들어갔다. 그것은 법당과는 따로 떨어져 별채처럼 지어진, 툇마루가 달린 일자(一字) 건물의 맨 끝 방이었는데 생각보다 그다지 청결한 느낌이 들지 않았다. 아마도 세속의 사람들이 와서 묵으며 묻혀 들인 먼지나 때 때문일 것이었다.

그녀가 말했다.

"우선 계곡에 내려가서 찬물에 세수나 좀 하세요."

"그럴까."

"그럴까가 다 뭐예요, 자, 어서."

그리고 그녀는 그녀의 작은 여행 가방에서 비누와 수건을 꺼내 내게 내밀어 주었다. 나는 그것들을 받아 들고 계곡으로 내려갔다. 계곡은 바로 방문을 열고 몇 발짝 내려서면 있었다. 흐름이 세차고 수량이 풍부해서 아직 얼지는 않았으나 물은 몹시 찼다. 손과 얼굴에 닿는 물의 차가움이 뼈까지 얼리는 듯했다.

그녀도 곧 뒤따라 내려왔다.

"차죠? 이왕이면 머리도 좀 감으세요. 나쁜 생각 좀 쑥 빠져 달아나게."

나는 내친김에 그녀가 시키는 대로 했다. 그리고 발도 담가 씻었다. 아닌 게 아니라 뼛속까지 얼어들어서 나쁜 생각이 쑥 빠져 달아나지는 않을지언정 최소한 고개를 쳐들 겨를은 없는 것 같았다.

그녀도 곧 찬물에 손을 담가 세수하기 시작했다. 그녀의 세수하는 모습은 그곳에 아주 오래 산 사람처럼 익숙해 보였다.

우리가 씻기를 마쳤을 때 아까의 그 여승이 나타나서 저녁식사를 하라고 일러 주었다. 우리는 그 여승의 인도에 따라 절의 안채 쪽에 있는 한 방으로 들어갔다. 거기에는 이미 절 특유의 정갈한 느낌을 주는 음식물로 차려진 식탁이 마련되어 있었고 머리 모양으로 보아 아직 고등학생이거나 재수생으로 보이는 세 명의 선참자가 식탁 앞에 둘러앉아 우리를 기다리고 있었다. 우리가 들어서자 그들은 호기심 섞인 눈초리로 일제히 우리에게 눈인사를 보내왔다. 여승에게서 우리에 관한 소개를 이미 받은 모양이었다. 우리는 마주 답례하고 우리를 위해 비워 둔 듯한 식탁가에 앉았다.

음식은 모두가 입에 맞았다. 게다가 시장기까지 겹쳐 있었으므로 나는 정신없이 먹어 댔다. 그녀도 달게 먹는 눈치였다. 우리의 선참자들은 곁눈질로 이따금 우리의 그렇게 탐욕스레 먹는 모습을 몰래 훔쳐보곤 했다.

나는 그들이 우리의 밤의 행위에 대해서도 그와 같은 방식으로 혹 간섭해 오지나 않을까 은근히 염려되기 시작했다.

그러나 나의 그와 같은 염려는 한낱 기우에 불과했던 모양이다.

우리가 식사를 마치고 우리의 방으로 돌아와 피곤한 몸을 잠시 뉘었을 때 옆방으로부터는 기타소리에 맞춘 그들의 노랫소리가 들려왔다. 그리고 그것은 우리가 저 불경스러운 행위(그곳이 절이었음을

상기해 달라)로 들어갔을 때에도 마찬가지였다. 만일 나의 염려대로
라면 그들의 방은 쥐 죽은 듯 고요했어야 옳다. 왜냐하면 그래야만
그들은 우리의 행위를 잘 엿들을 수 있었을 것이기 때문이다.

방은 불이 지펴져 알맞게 따뜻했고 전등 아닌 촛불로 밝혀진 방 안
은 모처럼 우리로 하여금 특별하고도 달콤한 기분에 사로잡히게 하
였다. 게다가 옆방으로부터는 계속 노랫소리가 들려오고 있었으며
방문 밖에서는 계곡을 흐르는 물소리가 들려왔다.

나는 누운 채로 그녀를 당겨 안았다. 그리고 그녀의 귓불에 입 맞
추며 소곤거렸다.

"이비인후과에 도착했으니 치료를 시작해야지."

그녀는 말없이 두 팔로 내 목을 감아 왔다. 나는 그녀의 입술과 구
강(口腔)을 오래 걸려 치료하였다. 마침내 그녀의 막힌 기가 뚫리는
가느다란 한숨소리가 새어 나왔다.

나는 그녀의 옷을 벗기기 시작했다. 서두르지 않고 정성 들여 하나
하나 벗기기 시작했다. 그녀는 내 손길에 모든 것을 맡긴 채 조용히
누워 있었다. 마침내 그녀의 희고 귀여운 알몸이 희미한 촛불 아래
드러났다. 그녀가 부신 듯 눈을 감았다.

"불 끌까?"

내가 속삭였다. 그러자 그녀는 반짝 눈을 떴다. 그리고 가만히 고개
를 가로 흔들었다.

"그냥 둬요."

"?"

"아무리 신혼부부 방이라지만 너무 일찍 불이 꺼지면 이상하게 생각할 거예요."

"피곤해서 일찍 자려니 하겠지."

"그래도 그냥 둬요. 그리고 잘 봐 둬요. 자기가 마구 약탈한 물건이 어떻게 생겼나."

그리고 그녀는 다시 부신 듯 눈을 감았다. 나는 순간 본의 아니게도 약간 겸연쩍어졌으나 비로소 그녀의 몸을 좀 자세히 바라보기 시작했다. 그녀의 몸은 거의 완벽하다고 할 수 있을 만큼 상처 자국 하나 없이 깨끗했다. 그리고 눈부시게 아름다웠다. 나는 그녀의 의도를 알아차리고 속으로 빙긋이 웃었다. 그녀는 자기의 몸을 자랑해 두고 싶음이 분명했다. 그리고 그것으로 나를 제압해 두려는 의도임에 틀림없었다.

나는 천천히 옷을 벗기 시작했다.

그 점에서라면 결코 나도 질 수 없는 몸을 갖고 있다. 그것을 그녀로 하여금 알게 하지 않으면 안 된다. 여자로 하여금 결코 자만심을 갖게 해서는 못 쓰는 법이다.

옷을 다 벗은 다음 나는 나의 영웅다운 상징을 그녀 쪽으로 향하게 하고 그녀 위에 우뚝 섰다. 그리고 큰기침을 한 번 하였다.

그녀가 눈을 떴다.

내가 재빨리 말했다.

"잘 봐 두라구. 자기를 약탈한 물건이 어떻게 생겼나."

그녀의 얼굴엔 순식간에 패색이 감돌았다. 그녀는 얼른 두 손으로 두 눈을 가렸고 숨도 크게 쉬지 못하였다.

나는 천천히 그녀 위로 몸을 구부렸다. 그리고 패자로 하여금 지나친 모멸감에 빠지지 않도록 친절을 다하여 그녀를 위로하기 시작했다. 친절을 다하여라는 말은 성의를 다하여라는 말과 동의어이다. 그리고 성의를 다하여라는 말은 어느 한 군데 소홀하지 않는다는 뜻이다. 머리끝에서 발끝까지.

이윽고 그녀는 승자의 관용 속으로 자진해서 귀순해 왔다.

나는 촛불을 불어 껐다. 그리고 그 귀여운 귀순자를 어둠 속의 축제로 초대했다.

옆방에서는 계속 기타소리에 맞춘 노랫소리가 들려왔고(우리가 신혼부부가 아니듯이 그들도 공부하러 온 학생들이 아닌 모양이었다) 그녀의 입에서는 달뜬 신음소리가 새어 나오기 시작했다. 나는 축제의 템포를 좀 더 다그쳤다. 우리들의 춤은 좀 더 빠른 템포로 옮아갔다.

그리고 마침내 우리의 춤이 더 이상 빨라질 수 없을 만큼 빨라졌을 때 그녀는 춤추던 상태에서 그대로 경직해 버리고 말았다. 그녀의 입에서는 마지막 탄성이 발해졌다.

"아!"

거의 동시에 나의 몸도 최대한의 이완을 맛보았다. 경직과 이완을 누가 반대어라고 하는가! 경직 속에 깃들인 이완을 경험하지 못한 자만이 그렇게 말하리라. 또는 이완의 외각(外殼)으로서의 경직을 경험하지 못한 자만이 그렇게 말하리라.

모든 춤은 최후에 경직하거나 이완한다. 아니 경직·이완한다, 라고 여기서 나는 말해 두고 싶다.

어쨌든 우리들의 춤이 끝나고 나란히 누웠을 때 그녀는 내 팔 하나를 가져다 자기의 베개로 삼았다. 그리고 곧 내 쪽으로 돌아누워 내 가슴을 만지작거리기 시작했다.

내가 말했다.

"어때, 믿음직하지?"

"피이."

"아냐?"

"믿음직하긴커녕 통 이 속을 알 수가 없어요."

"그야 뻔하지, 뭘. 그 속엔 뜨거운 심장이 들어 있겠지."

"필경 털이 난 심장일 거야."

"그렇지 않다구. 이래 봬도 난 양심적인 사람이야."

"피이, 그걸 누가 믿어."

"은수가 믿고 내가 믿지 누가 믿겠어?"

"내가 언제 믿는댔어요? 저러니까 뻔뻔하다지."

"아, 그야 말을 해야 아나. 이렇게 몸으로 다 아는 거지."

그러며 나는 그녀의 베개로 빌려주었던 팔로 다시 그녀의 몸을 감아 안았다. 그러나 그녀는 내 가슴을 밀치며 빠져나가려 했다.

"아이, 이러지 말아요. 갑갑해요."

그것은 전혀 예기치 못했던 행동이었다. 나는 순간 그녀가 엉뚱한 것을 바라고 있는지도 모르는 의심이 들었다. 이를테면 그녀는 내게

서 어떤 약속 같은 걸 바라고 있는지도 모른다는 생각이 번뜩 스쳐 갔던 것이다.

그래서 정색을 하여 물었다.

"왜 그래?"

"왜 그러긴 뭘 왜 그래요? 갑갑하니까 그렇지."

하고 그녀는 천장을 향해 반듯이 누운 채 말했다. 그 목소리는 말의 내용과는 달리 무언가 투정을 하는 듯한 울림을 지니고 있었다.

"어라? 왜 이러지, 갑자기?"

나는 상반신을 조금 일으키듯 하고 그녀 쪽을 향해 머리를 한 팔로 받쳐 피며 말했다. 그것은 어떻게 보면 이런 경우 상대방에게 고자세로 오해될 우려가 없지 않은 자세였다. 어쨌거나 그녀의 입에서는 다음과 같은 말이 튀어나왔다.

"너무 그렇게 자신만만하게 굴지 말아요."

그것은 좀 뜻밖의 소리가 아닐 수 없었다. 여태껏의 그녀의 태도에 비추어 본다면 거의 굴욕적인 발언이다.

"이건 뜻밖인데. 내가 정말 좋아지기 시작한 모양이로군."

"……"

"어때? 내 말이 맞지?"

"흥, 사람을 순전히 무슨 도구처럼만 취급하고."

"나 이런, 이건 정말 바친 건 순정이요 남는 건 배반뿐이라더니 내가 그 짝이로군그래."

"말재간 부리지 말아요."

"글쎄, 왜 이러지? 왜 자기 자신을 스스로 격하하고 그러지. 자기가 도구라니?"

"도구가 아니고 그럼 뭐예요? 내 몸 이외에 나한테서 필요한 게 하나나 있어요?"

"그야 있고말고. 은수의 몸 말고도 아름다운 건 은수한테 얼마든지 있으니까."

"……."

"얘기해 볼까? 은수의 이 귀여운 투정, 착한 마음씨, 슬기로운 지혜, 그리고 무엇보다도 선각자다운 용기……."

"그만두세요. 사람이라면 한 번쯤은 성실한 말을 할 때도 있는 법예요. 그런 식으로 상투적인 말재간만 가지고 끝까지 사람을 속일 수 있는 줄 알아요?"

나는 마침내 짜증이 나 버렸다. 남자란 일단 한 여자를 누차에 걸쳐 정복하여 이제 자기 지배하에 든 것이 분명하다고 인정될 때에는 어느 정도 이상은 결코 인내하려 하지 않는 법이다. 즉 짜증을 낼 권리를 갖는다. 나는 냉담한 어조로 퉁명스럽게 내뱉어 버렸다.

"그래, 도대체 그럼 뭘 원하는 거야? 우거지 인상을 쓰고 결혼이라도 해 달라고 간청을 하란 말야?"

아마 그건 좀 심한 모욕이었던 모양이다. 잠시 그녀로부터는 아무런 소리도 들려오지 않았다. 숨소리조차 들려오지 않았다. 그리고 곧 그녀의 입에서는 억누르는 기색이 역력한 울음소리가 새어 나오기 시작했다.

겨우 사람의 형태만 구별할 수 있는 방 안의 어둠 속에서 아주 조그맣게 들리기 시작한 그 울음소리는 남자의 마음을 다소 어리숙하게 만드는 힘이 있었다.

나는 뉘우침이 담겨진 어눌한 소리로 말했다.

"미안해, 미안해. 지금 한 말은 그냥 한번 해 본 소릴 뿐해. 다르게 생각하지 말라구. 아니 실은 은수만 싫지 않다면 나 은수하고 결혼하고 싶어. 정말이야."

그리고 그 말은 내가 두고두고 후회할 소리가 되었다.

당시의 기분으로는 그렇게 못 할 바도 없다는 생각이었으나 애초부터 나는 그녀를 내 결혼 상대자로 생각했던 것은 아니며 그 후에도 그러한 생각에는 변함이 없었던 것이다. 그것은 꼭 결혼 상대자로서의 그녀의 적격 여부와는 별 상관이 없는 일이었다. 그런 것에 상관이 없이 나는 그녀를 처음부터 연애 상대자로만 생각했고 그 뒤에도 그랬던 것이니까.

그런데 그녀 쪽에서는 그 말을 일단 정식으로 받아들인다는 태도를 은연중에 취해 오기 시작했던 것이다. 그것은 그 뒤의 그녀의 태도에서 차츰 거의 노골적으로 드러났다.

물론 처음부터 그녀가 내 말을 노골적으로 환영한다는 태도를 보인 건 아니었다. 그것은 그녀의 자존심으로서도 그렇게 할 수 없었을 것이었다. 내 말이 떨어지기가 무섭게 그녀는

"누가 뭐 자기하고 결혼하고 싶어 환장을 해서 이러는 줄 아나."

하고 뾰족한 소리로 쏘아붙였던 것이다. 나는 계속해서 어눌한 소리

로 그녀를 달랬다.

"알아, 그런 게 아닌 줄 알아. 내 사과하지. 자, 노여움 풀라구. 그리고 우리 서로 좋아하니까 결혼하자구. 은수 졸업하고 나 제대하면 곧 결혼하자구. 자, 우리 아주 약속해 버리지."

그러며 나는 그녀의 새끼손가락을 더듬어 찾아서 내 새끼손가락을 걸기까지 했다. 당시의 기분으로는 그건 거의 진정에서 우러난 짓거리라고 할 수 있었다. 그러나 그녀의 새끼손가락은 아주 뻣뻣했으며 끝내 그것을 꼬부려 내 새끼손가락에 마주 걸려고 하지 않았다. 결국 나는 그녀의 뻣뻣한 새끼손가락에 내 새끼손가락만을 일방적으로 걸어 보임으로써 내 충정을 표시하는 도리밖에 없었다. 말하자면 그녀는 자기의 새끼손가락으로나마 자기의 자존심을 뻣뻣하게 세워 보이려 했던 것 같다. 그러니까 그녀가 나의 일시적인 진정을 나의 본심으로 믿고 그걸 환영 내지 수락한다는 태도를 은연중에나마 비치기 시작한 것은 조금 뒤의 일이었다. 그리고 그것을 차츰 노골화함으로써 나로 하여금 부자유를 맛보게 하기 시작한 것은 그보다 좀 더 뒤의 일이었다.

어쨌든 그날 밤은 더 이상의 확전(擴戰)으로 번지는 일도, 그렇다고 더 이상의 화해에 도달됨도 없이 우리는 잠자리에 들었다. 절 측에서 빌려준 이부자리 한 채를 깔고 덮고 그러나 냉전의 일반 원칙을 준수하면서, 물론 한편에선 계속 화해를 추구하는 자세였으나 다른 한편에서 끝내 완강한 냉전의 자세를 고수함으로써 빚어진 도리 없는 사정이었다.

우리는 한 이부자리 속에 누워 있었으나 결국 각각 다른 방에 누워 있는 것 이상으로 멀리 떨어져 있는 셈이었다. 그리고 그녀의 숨소리는 바로 내 귓가에서 들려오고 있었으나 실은 천 리 밖에서 들려오는 숨소리보다 더 먼 소리였다.

그런데 다음 날 새벽 그녀는 실제로 내 곁에서 없어지고 말았다. 새벽이면 요의(尿意)를 느끼는 버릇이 있는 내가 잠에서 깨어나 되도록 그녀에게 방해가 되지 않도록 이부자리 속에서 빠져나오려다가 그럴 필요가 없게 되었다는 사실을 발견했던 것이다. 의당 곁에 누워 있을 것으로 생각했던 그녀가 거기에 없었던 것이다. 그리고 그녀는 방 안 어디에서도 발견되지 않았다.

나는 한순간 그녀가 나를 버리고 도망쳐 버린 것이나 아닌가 의심했다. 간밤의 그녀의 태도로 미루어서는 충분히 그럴 수도 있다는 생각이 들었던 것이다.

그러나 새벽빛이 희미한 방 한쪽 구석에 그녀의 작은 여행 가방이 그대로 놓여 있는 것을 보고 나는 안심했다. 그녀도 나처럼 새벽 요의를 느껴 그것을 해결하기 위해 밖으로 나간 것이려니 하고 나는 얼른 내 의심을 철회했다. 그리고 나는 정작 나의 요의가 급해 왔으므로 그것을 해결하기 위해 방문을 열고 밖으로 나섰다. 당연한 일이었지만 툇마루 밑에 그녀의 신발은 보이지 않았다.

절간의 새벽 공기는 더욱 차고 신선한 것 같았다. 아마도 기온은 상당히 낮았겠지만 방금 더운 방에서 자고 나온 내게는 춥다기보단 신선하게만 느껴졌다. 나는 그 신선한 절간의 새벽 공기를 폐부 깊숙이 들이마시면서 계곡 쪽을 향해 시원스레 방뇨하기 시작했다.

그러다가 문득 나는 그녀가 어디에선가 나를 보고 있을는지도 모른다는 생각이 들어 주위를 두리번거려 보았다. 그러나 그녀의 모습은 근처의 어디에서도 발견되지 않았고 저 안쪽 법당 쪽에만 불이 켜져 있는 모습이 보였다. 절의 풍속을 잘 모르긴 하지만 아마도 새벽 예불이 있는 모양이었다. 푸르스름한 새벽의 대기 속으로 불빛이 흘러나오고 있는 모습은 계곡에다 대고 거침없이 방뇨를 하고 있는 사람에게도 다소 신비롭게 느껴졌다. 나는 그쪽을 줄곧 바라보면서 볼일을 마치었다.

그리고 방으로 다시 되돌아 들어가기 위해 몸을 돌이키려는 순간에 좀 더 밝은 불빛이 마당으로 흘러나오면서 법당의 문이 열렸다. 나는 동작을 멈추고 그쪽을 주시하였다. 그때서야 비로소 그녀가 혹 거기에서 나오는지도 모른다는 생각이 들었던 것이다. 그리고 내 그 순간적인 판단은 옳았다. 법당의 열린 문으로부터 불빛 다음으로 흘러나온 것은 다름 아닌 그녀의 기다란 그림자였던 것이다. 그녀가 곧 자기의 그림자를 밟으면서 뒤따라 걸어 나왔고.

나는 짐짓 본래부터 그녀를 마중하기 위해 거기 나와 서 있었다는 듯한 자세로 그녀가 걸어오고 있는 방향을 향해 섰다. 그리고 그녀가 나를 발견할 때까지 기다렸다.

그녀가 나를 발견한 것은 내가 서 있는 곳으로부터 불과 몇 발짝 안 떨어진 지점까지 그녀가 무심히 걸어오고 난 다음이었다. 내가 거기에 서 있으리라곤 미처 짐작도 못 했으리라. 나를 발견하자 그녀는 몹시 당황한 표정을 지었다. 그러나 그 당황한 표정은 어디까지나 결코 악행을 들킨 자의 그것이 아니라 선행을 들킨 자의 그것에 가까웠다. 놀랍게도 그녀는 곧 나를 향해 수줍음에 가득 찬 미소를 방긋 지어 보이는 것이었다.

나는 우선 그녀가 내게 미소를 지어 보였다는 사실을 중시하고 그것으로 간밤의 불상사는 일단 과거의 일로 흘러가 버렸음을 감사했다. 나는 쾌활한 목소리로 말했다.

"난 은수가 이렇게 부지런한 줄은 또 몰랐지. 장차 아내 될 사람이 게으름뱅이가 아니라는 걸 확인하는 건 몹시 즐거운 일인걸."

그러나 그녀는 말없이 다시 수줍음에 가득한 미소를 방긋 지어 보일 뿐이었다.

그녀와 함께 방으로 들어가면서 나는 다시 말했다.

"아무튼 난 은수 기다리느라고 몸이 아주 탱탱 얼었는걸. 은수가 좀 녹여 주어야겠어."

"정말?"

"그럼, 정말이고말고."

"오래 기다렸어요?"

"그럼, 오래 기다리고말고, 그랬으니까 몸이 탱탱 얼었지."

"녹여 드릴게요, 그럼."

이건 뜻밖의 일이 아닐 수 없었다. 간밤의 그녀의 태도로 미루어서는 전혀 기대조차 할 수 없었던 대답이 아닌가. 부처님은 과연 좋은 분이신가 보다. 어쨌든 나는 미상불 즐겁지 않을 수 없었다.

우리들의 방문은 다시 굳게 닫혔다. 그리고 우리들의 몸 녹이기는 아주 화기애애한 분위기 속에서 이루어졌다.

실상은 그녀의 몸도 차디차게 얼어 있었던 것이다.

"나보다 은수가 더 얼었는걸."

"아녜요, 중길 씨가 더 얼었어요."

"아냐, 그렇지 않아 은수가 더 얼었어. 법당 안이 몹시 추운 모양이지?"

"그래도 찬 데보다는 나아요. 감기 걸리셨음 어떡하죠?"

"감기가 감히 어디라고 대한민국 육군 병장한테 덤빌라고."

"감기가 뭐 대한민국 육군 일등병인가요? 대한민국 육군 병장을 겁내게?"

"대한민국 육군 병장이라고 어디 다 같은 대한민국 육군 병장인가? 자, 이 팔뚝을 만져 보라고."

"어마, 나무때기 같네요."

"강철 같지."

"말뚝 같아요."

"쇠말뚝."

우리들의 몸은 녹다 못해 뜨거워져서 마침내 더 이상 뜨거워질 수 없을 만큼 달아올랐다. 그녀의 입에서는 단내가 나기 시작했다. 그리고 나의 안막에는 용광로의 불빛이 보이기 시작했다. 나는 나의 화부 노릇에 더욱 박차를 가하였다. 마침내 불꽃은 최대의 융점(融點)에서 멈췄다. 그리고 우리는 완전히 녹았다.

차츰 우리의 몸이 다시 식기 시작했을 때 그녀가 말했다.

"부처님 앞에 가서 내가 무얼 빌었는지 알아요?"

"그야 우리의 장래에 대해서 빌었겠지."

"맞았어요. 제발 안중길 같은 사람하고는 결혼하지 않게 해 달라고 빌었어요."

"뭐라고? 그게 어째서 우리의 장래에 대해서 빈 거지?"

"왜 아니에요? 나의 장래에 대해서 빈 거면 우리의 장래에 대해서 빈 거죠."

"그런 엉터리가 어디 있어? 순 엉터리 같으니라구."

"이제 아셨어요? 평소에 자기가 얼마나 엉터리 말재간만 부렸는지를."

그러며 그녀는 나를 빤히 쳐다보았다. 그 눈빛에서 나는 그녀가 자신의 말과는 정반대의 것을 빌고 왔다는 걸 어렴풋이 읽어 낼 수 있었다. 그러나 그렇다고 하더라도 그것이 내게 무슨 불이익이 될 일이라곤 당장은 아무것도 없었다. 나는 천연덕스럽게 말했다.

"아무튼 그렇게 빌고 왔다는 건 도저히 용서할 수가 없는데."

"어째서요?"

그녀가 눈빛을 반짝이면서 추궁해 왔다.

"그야 내가 은수의 약혼자이기 때문이지."

"어머머, 언제 내가 자기하고 약혼을 했담."

"지난밤에 했지."

"순 엉터리. 그건 자기 혼자 일방적으로 해 놓고서."

"어쨌든 한 건 한 거지 뭐. 은수도 반대는 안 했잖아?"

"찬성도 안 했어요."

"아무튼 한 건 한 거라구. 은수는 내 약혼자야? 알겠어?"

"모르겠어요."

"그럼 알도록 해 주지."

그러며 나는 다시 그녀를 끌어당겨 그녀의 입술에 내 입술을 포겠다. 그리고 오랫동안 입 맞추었다. 그녀는 저항하지 않았다.

날이 곧 완전히 밝았다. 우리는 좀 더 누워 있다가 계곡으로 나가 아침 세수를 하였다. 세수를 하면서 나는 그녀에게 농담을 걸었다.

"산사를 찾아와 계곡물에 아침 세수하는 신혼부부라―누가 보면 질투하겠는데. 우리 결혼하면 진짜 신혼여행도 이리로 오자구."

그러자 그녀는 얼른 주위를 둘러보며 내게 가만히 눈을 흘겨 보였다. 그러나 주위엔 우리를 눈여겨보는 사람은 아무도 없었다. 우리 옆방의 학생들은 아직 일어나지 않았거나 또는 일어나서도 그냥 방안에서 게으름을 피우고 있는 모양이었다. 후자가 옳았던 듯싶다. 왜냐하면 학생들의 방으로부터는 곧 그러한 추측에 대비하고 있기라도 했다는 듯 기타 치는 소리가 흘러나오기 시작했던 것이니까. 따라서 그들은 결코 게으름을 피운 것이 아니기도 했다.

세수를 마친 우리는 다시 방으로 돌아왔다가 잠시 후 아침식사를 하러 갔다. 그리고 학생들과 함께 아침식사를 마친 후 우리는 다시 방으로 돌아와 부족한 잠을 보충하기 위해 잠깐씩 눈을 붙였다.

우리가 다시 일어난 것은 남향의 문 창호지에 겨울 햇살이 가득 퍼져 있을 무렵이었다. 우리는 해장사 본사엘 가 보기로 했다.

본사는 우리가 묵은 부속 암자로부터 불과 5분 남짓의 거리에 있었는데 그곳까지의 길 좌우에는 해묵은 소나무들이 가지와 잎에 온통 눈을 뒤집어쓴 채 주욱 도열해 있었다. 마치 설경을 그린 커다란 동양화의 화폭 속으로 우리가 걸어 들어가고 있는 듯한 느낌이었다.

"내 말 맞죠? 해장사 설경."

"글쎄, 여기 오니까 비로소 이 지방에 눈이 내렸다는 사실을 실감할 수가 있군. 설경이라는 말 이외의 다른 말은 없겠는걸."

"맞아요. 설경이라는 말밖에 다른 말은 소용이 없어요."

"이런 곳을 보게 해 준 은수한테 특별히 감사해야 하겠는데."

"물론 그래야 하고말고요. 어떻게 감사하실래요?"

"글쎄, 어떻게 하면 좋을까? 비행기 태워 줄까?"

"언제요?"

"지금. 은수 예쁘다."

"어마, 싫어."

저만큼 해장사 본사의 입구가 보이기 시작했다.

우리가 본사 구경을 대강 마쳤을 때는 점심때가 가까워져 있었다. 언제나 그렇듯이 그리고 어느 절이나 그렇듯이 절 경내란 무심한 관광객에게는 그저 그렇고 그런 것이었다. 나 같은 사람이 바로 그런 무심한 관광객에 해당하겠지만 염불보다는 잿밥에 더 관심이 많은 지금의 경우에는 더욱 그러하였다. 내게는 절보다는 그녀와의 연애가 더욱 중요했으니까. 그리고 절 건물의 건축 양식이라든지 법당에 모셔진 부처님의 미소 짓는 얼굴이라든지 하는 것들보다는 차라리 나는 절을 에워싸고 있는 자연의 경치 쪽에 더 관심을 갖는 편이었으니까. 다만 한 가지 특기할 만한 것이 있었다면 그녀가 대웅전의 부처님 앞에 합장하고 서서 무언가 오랫동안 기구하였다는 사실 정도이다.

우리는 곧 해장사 입구로 이르는 그 눈 내린 소나무 숲길을 되짚어 우리의 숙소인 그 부속암자로 돌아왔다. 돌아오는 길에 그녀는 그녀가 알고 있는 해장사에 관한 몇 가지 지식을 내게 얘기해 주었다. 해장사는 신라 융성기에 지어진 K도(道)에서는 가장 큰 사찰일 뿐만 아니라 우리나라 전역을 통틀어서도 몇 손가락 안에 드는 중요한 사찰 가운데 하나라는 점, 지금의 건물은 여러 차례의 전란에 불타 없어졌다가 다시 여러 차례의 중건에 의해 복원된 것이라는 점, 또 지금 보고 온 본사 말고도 일대에는 무려 열 군데가 넘는 부속 암자들이 곳곳에 산재해 있다는 점, 그리고 우리가 그곳에서 하룻밤을 신세 지고 앞으로 또 며칠을 더 신세 지게 될 그 암자도 그 열 군데가 넘는 부속 암자들 가운데 하나라는 점 등등.

나는 그녀가 어떻게 해서 그러한 지식들을 갖게 되었는가에 대해 묻고, 조금 전에 부처님 앞에서 기구한 내용이 무엇이었느냐고 물었다. 그녀는 전자에 대해서만 간단히 대답했다.

"재작년 겨울에 엄마하고 같이 여기서 며칠 지낸 적이 있어요. 엄마가 몸이 약해서서 휴양차 왔었는데 그때 알게 된 거예요."

그리고 후자에 대해서는 부처님 앞에서는 보통 발원(發願)한다고

말하는 법이라고, 내가 기구(祈求)라는 말을 사용한 부분만 정정해
주고는 발원의 내용은 비밀이므로 말할 수 없다고 하였다.

나는 더 묻지 않았다. 더 묻지 않고도 그녀의 발원 내용이 무엇이
었는지 훤히 들여다보이는 기분이었기 때문이다. 최소한 그것이 지
금의 내게 불리한 내용이 아니라는 점은 확실했다. 지금의 나는 그녀
가 나를 거부하지만 않는다면 모두가 대만족이니까. 나는 그녀의 두
눈을 마주 들여다보며 말 안 해도 다 안다는 듯이 믿음직하게 웃어
보였다. 그녀는 아주 명랑해 보였다.

숙소인 암자로 돌아온 우리는 곧 절에서 주는 따뜻한 점심을 먹고
우리들의 방으로 갔다. 옆방에서는 또 학생들이 퉁기는 기타소리가
들려오고 있었다.

나는 방바닥에 눕고 그녀는 바람벽에 등을 기대고 앉았다.

그녀가 무언가 한동안 망설이는 기색이더니 말했다.

"나 거짓말한 거 참 많아요. 용서해 주실래요."

"별안간 그건 또 무슨 소리야? 거짓말한 게 많다니."

나는 누운 채로 멀뚱히 그녀를 쳐다보며 말했다. 그녀는 잠시 고개
를 숙였다가 쳐들었다.

"네, 정말은 아까 한 말도 거짓말이었어요. 엄마하고 여기 왔었다
는 말."

"그럼 사실은 엄마하고가 아니라 애인하고였단 말인가?"

"아녜요. 사실은 나……."

그러며 그녀는 다시 고개를 떨어뜨려 버렸다. 나는 무언가 농담으

로 대꾸하고 있을 일이 아니라는 걸 느끼고 상반신을 일으켜 세웠다. 그녀가 다시 고개를 쳐들었다. 그리고 그녀의 두 눈은 무엇엔가 도전하듯 똑바로 정면을 향해 열려 있었다.

"사실은 나…… 여기 중이었었어요."

"……!"

"저 위에 홍련암(紅蓮庵)이라는 데서 3년 동안 있었어요. 수좌로요. 그만둔 지 이제 1년 남짓밖에 안 됐어요. 이 머린 그동안 자란 거고요. 방학해서 할머니 댁에 가는 길이라던 말은 거짓말이었어요. 할머니 댁이 아니라 저희 집으로 가던 길에요. 학생도 아니고요. 서동엔 친척 집밖에 없어요. 그 친척 집에서 괜찮은 취직자리가 나섰다고 한번 와 보래서 다녀오던 길이었어요. 내가 바라던 취직자리가 아니어서 그냥 돌아오던 길이었죠. 돈은 많이 생긴다지만 좋은 일자리가 아니었어요. 친척 집에서 좀 무책임하게 생각했던 것 같아요. 돈만 잘 생기는 자리면 내가 무턱대고 좋아할 거라고 생각했었나 봐요. 아무튼 중길 씨한테는 온통 거짓말만 한 셈예요. 왜 그랬는지 모르겠어요. 왜 그렇게 자기를 올바르게 간수하지 못했는지 모르겠어요. 서동 갔던 일에 대한 실망 때문인지도 모른다고 혼자 생각해 보기도 했지만 내가 생각해도 그건 변명에 지나지 않는 것 같아요. 실망은 실망이고 나쁜 짓은 또 나쁜 짓이니까요. 난 거짓말하는 게 세상에서 제일 나쁜 짓이라고 평소에 생각해 왔어요. 결국 그 생각 때문에 중노릇을 그만두었지만요. 중노릇은 정직한 생활이 아니었어요. 감정이나 관능은 억누르거나 속이지 않으면 안 되었으니까요. 어쨌든 중길 씨한테는 큰 죄를 지었어요. 정말은 아까 대웅전의 부처님한테 그 죄를 빌고 중길 씨가 그걸 용서하게 해 달라고 발원했었어요."

그녀의 두 눈에는 차츰 어떤 투명한 막이 형성되기 시작했다.

나는 완전히 몸을 일으켜 바른 자세로 앉았다. 그것이 그녀에 대한 예의인 것같이 생각되었기 때문이다. 그러나 결국 나는 내가 농담밖에 할 줄 모르는 인간이라는 걸 다시 한번 확인할 수 있을 따름이었다.

"결국 은수 역시 거짓말쟁이는 못 되는군그래. 내가 그런 것처럼."

그녀의 두 눈에 형성된 투명한 막이 터질 듯 흔들리며 팽창하더니 결국 커다란 물방울이 되어 뺨 위로 굴러떨어졌다.

"저런, 저런, 마치 어린아이 같군그래. 무슨 대단한 일이라고. 자 잊어버려. 우리의 사랑하고는 아무런 상관도 없는 일을 가지고 뭘 그래."

그것은 사실이었다. 그것은 우리의 연애와는 아무런 상관도 없는 일이었다. 적어도 내게는 그녀가 학생이건 또는 중이었건 그런 건 아무런 상관도 없는 일이었다.

내게는 오로지 그녀가 귀엽고 생생한 몸을 가진, 그리고 생생한 현실적 존재로서 내 눈앞에 있는 한 사람의 여자라는 사실로 충분했던 것이며 그녀가 여승이었다는 사실로 충분했던 것이며 그녀가 여승이었다는 사실은 오히려 나의 연애를 더욱 로맨틱한 것으로 만드는 데는 기여할지언정 그리고 그것을 더욱 은밀한 기쁨으로 삼는 데는 족할지언정 조금이라도 속았다거나 언짢은 기분을 가질 까닭이라곤 없었다. 나는 여승하고의 연애담을 더러 풍문으로는 들어 보았어도 이렇게 실제로(물론 그녀는 현직 여승은 아니었지만) 부닥쳐 보는 행운을 누리게 되는 건 그야말로 기대 밖의 수확이었으니까. 그리고 어디까지나 나는 그녀와 연애를 하고 있는 것이지 무슨 결혼 준비 따위를 하고 있는 건 아니었으니까.

나는 휴가가 끝나서 귀대하면 나에게 Q시에 가 보라고 가르쳐 주었던 그 고참 병장에게 단단히 사례를 할 것은 물론 크게 한번 뽐내 보이리라고 마음을 먹었다.

그러나 어쨌든 그녀는 나의 그러한 태도를 매우 대범하고 믿음직한 것으로 받아들이고 자기가 용서받았다고 안심한 모양이었다. 사실은 용서받을 것도 무엇도 없었는데도 불구하고.

눈물을 수습하고 나서 그녀는 말했다.

"나 거짓말한 거 그럼 다 용서해 주시는 거예요?"

"그럼, 그럼. 그까짓 게 무슨 상관이야. 다 잊어버리라고 중요한 건 항상 현재야. 난 현재의 은수가 얼마나 더 귀엽고 자랑스러운지 모르겠어."

그리고 나는 그녀의 눈언저리와 뺨 위의 눈물 자국에 입 맞추어 주었다. 그녀는 몹시 행복해했다.

작든 크든 어떤 갈등이 있은 뒤의 사랑의 행위는 더욱 지극한 법이다. 그것이 눈물을 수반한 경우였으면 더욱 그렇다. 우리는 오랫동안 서로 애무하였다.

그러나 더 이상의 행위는 대낮이었으므로 서로 조금 삼가는 기분이 되어 따로 떨어져 앉았을 때 그녀가 승려생활 중에 겪은 갈등에 대해서 좀 더 자세하게 부연해 주었다.

그녀는 세상이 왠지 온통 거짓투성이처럼 여겨져 산에 들어가 여승이 되기로 하고 그것을 실행에 옮겼었다 한다. 그리고 처음 한동안은 온갖 어려운 일에도 불구하고 자기가 참다운 생활을 한다는 보람을 느낄 수가 있었다고 한다. 그런데 차츰 그 생활에 익숙해지고 보니 그곳 역시 또 다른 형태의 거짓을 강요하는 곳에 지나지 않더라는 것이다. 말하자면 승려들도 어쩔 수 없는 세속적 존재이면서 그것을 부인하거나 억누르려 하더라는 것이다. 그리고 그것을 지탱하기 위한 거짓이 그곳의 질서를 이루고 있더라는 것이다. 더욱이 자기는 감정이나 관능은 타기할 것으로 배우고 그렇게 여겼지만 그것 또한 거짓이라는 걸 알게 되었다는 것이다. 그것은 차츰 몸이 커가면서 알게 된 사실이었다고 했다. 여승들끼리는 여름밤 같은 때 여럿이 계곡에 함께 나가 목욕하는 경우가 자주 있는데 그때 자기의 몸을 보고 찬탄하는 다른 나이 많은 여성들의 칭찬을 듣게 될 무렵부터 알게 된 사실이라고 했다. 그때 그녀는 자기의 벗은 몸을 바라보는 그녀들의 시선에서 번쩍이는 질투심 같은 걸 느꼈었다고 한다.

그리고 그녀는 덧붙였다.

"하지만 그런 건 모두가 다 내가 중노릇을 할 팔자가 못 되기 때문일 거예요. 정말 좋은 스님들도 간혹은 있었으니까요."

그것은 말하자면 자기가 감정이나 관능을 억제하는 데는 부적당한 여자라는 고백이라고도 할 수 있었다. 그리고 그것이 그녀로 하여금 승려생활을 포기하게 한 결정적인 원인이 되었을 것이었다.

그런데도 불구하고 그녀가 나를 데리고 다시 이처럼 굳이 절을 찾아온 것은 그녀가 아직도 그 승려생활, 다시 말해서 '정말 좋은 스님들도 간혹 있었으니까요'라는 그녀의 말 속에 내포된 어떤 참다운 생활에의 동경을 다 청산하지 못한 데 연유할 것이었다. 그러니까 그녀는 관능을 버리지 못해 승려생활을 포기하고 말았지만, 그리고 그것을 버리지 못하면서도 자기를 속이고 계속 절에 남아 있을 수도 없어서 절을 뛰쳐나와 버렸지만 관능 이상의 어떤 높은 생활에 대한 존경심은 아직도 버리지 못하고 있다는 게 사실일 터이었다. 그러나 그런 것은 역시 내게는 별다른 의미는 없는 일이었다. 내게는 어떻든 그녀가 내 앞에 생생하게 존재해 있다는 사실만이 뜻이 있었으며 또 중요할 따름이었으니까. 그리고 내게는 오히려 그녀가 관능 앞에 정직하다는 사실을 알게 된 것만이 수확이라면 수확이었으니까.

　그날 밤 그녀는 전에 없이 적극적으로 나를 받아들였다. 그것은 거의 헌신적이라고 할 만한 것이었는데 나의 너그럽고도 대범한 사면(赦免) 행위에 대한 갸륵한 보답이었는지도 모르겠다.

　어쨌든 그녀는 거의 자기가 솔선하다시피 했고 내가 요구하는 모든 체위에 응했으며 나의 기쁨을 최대한 제고시키려는 모든 노력을 아끼지 않았다. 물론 나 또한 결코 그녀의 노력이 헛된 것이 되도록 태만하게 굴지는 않았다. 나 역시 최대한의 성의를 다했으며 그녀로 하여금 관능의 세계를 택하기를 역시 잘했다는 생각이 들게끔 노력하였다. 그리고 나의 그러한 노력은 헛되지 않아서 그녀는 마침내 기쁨에 가쁜 신음소리를 내기 시작했다. 나는 나의 세뇌 공작에 더욱더 박차를 가하기 시작했다. 그녀의 몸짓은 더욱더 확신에 가득 찬 그것으로 되어 갔다. 그리고 우리 두 사람 모두 광신의 영역에 몰입했을 때 그녀의 입에서는 그녀와 그녀의 새로운 신(神)만이 아는 방언(方言)이 터져 나오기 시작했다.

"개종(改宗)하길 잘했어. 아주 잘했다."

우리의 예배 의식이 끝났을 때 내가 지껄인 말이었다.

그녀는 완전히 새로운 종교로 개종한 사람의 편안하게 의탁하는 자세로 내 한 팔을 가져다 자기의 베개로 삼았다. 그리고 반듯이 누워서 베개의 한끝인 나의 손을 만지면서 말했다.

"정말 중길 씬 전도사인가 봐요. 말재주도 좋고 또 다른……."

"기술도 좋고. 이를테면 안찰(按擦) 기도도 잘한다든가."

"안찰 기도가 뭔데요?"

"마귀를 쫓아내는 기도의 한 방식인데 마귀 들린 사람의 몸을 주무르기도 하고 심지어는 때리기도 하지. 은수한테 들린 마귀는 말하자면 부처님인 셈이고."

"어머, 그런 불경스런 말 하면 벌받아요."

"쯧쯧, 아직 마귀가 덜 나간 모양이군 그래. 안찰 기도가 좀 모자랐나 본데."

그리고 나는 다시 그녀를 끌어안았다.

그녀는 내 품에 안긴 채 말했다.

"참 내가 받은 화두(話頭)가 뭐였는지 아세요?"

"화두?"

"계(戒)를 받을 때 평생을 두고 풀 숙제로 받는 거예요. 세속 말로 하면 수수께끼 같은 건데 그걸 풀면 부처님을 알게 된다고 해요."

"그래 은수가 받은 화두는 뭐였는데?"

"마삼근(麻三斤)이라는 말이었어요."

"베(麻)가 세 근이란 말인가?"

"그렇다고 할 수 있죠."

"그래 풀었어?"

"풀긴요. 풀었으면 이러고 있겠어요?"

"내가 풀어 볼까?"

"피이."

"아냐, 웃지 말라구. 난 간단히 풀 수 있을 것 같은데."

"그럼 어디 한번 풀어 보세요."

"자, 들어 보라구. 마(麻)라는 건 다름 아닌 바로 마리화나야. 환각제의 하나지. 특히 인도산 대마(大麻)는 마약 성분이 아주 많다고 해. 마약 단속법에 의해서 수입이 금지되어 있는 품목의 하나지. 이따금 왜 신문에도 보도가 되곤 했지. 인도산 대마를 밀수입하다 적발된 사례 같은 것 말야. 우리나라에선 주로 우리나라에 와 있는 미군들이 그걸 많이 사용하는 모양이더군. 어쨌든 마(麻)라는 건 환각제, 즉 현실적 존재로서의 자기를 일시적이나마 잊어버리고자 하는 인간의 욕구를 충족시켜 주는 것의 상징이라고 할 수가 있어. 불교에서 얘기하는 몰아(沒我)라는 개념과 통한다고 할 수가 있지. 그다음 마약으로서의 마의 대표적인 산지가 인도라는 사실에 주목할 필요가 있어.

인도는 바로 석가모니의 탄생지거든. 석가모니는 틀림없이 마의 효능을 알고 있었을 거야. 마가 현실적 자기로서의 자기를 잊게 해 주는 효능을 갖고 있다는 사실을 말야. 자 이제 문제는 다 풀린 거나 마찬가지지. 석가모니는 부처의 본질을 마(麻)의 효능에 비유한 것에 불과한 거지. 즉 부처가 되는 길은 현실적 존재로서의 자기를 잊는 것뿐이다. 어때?"

"그럼 왜 하필 마(麻)가 한 근도 아니고 두 근도 아니고 세 근이죠?"

"그건 단순한 수사상의 숫자일 뿐야. 별 의미는 없는 거지. 동양 사람들은 구체적인 의미 없이 3이라는 숫자를 즐겨 사용하잖아. 자, 이제 됐어?"

"아무튼 둘러대긴 잘도 둘러대는군요. 하지만 화두는 그런 식으로 얼렁뚱땅 간단한 논리로 푸는 게 아녜요. 부처님을 알기 위한, 진각(眞覺)에 이르기 위한 오랜 수련과 고행 끝에 자기도 모르는 사이에 저절로 풀게 되는 거예요. 아시겠어요?"

"모르겠는데. 난 역시 내가 푼 답이 옳다고 생각해."

"역시 할 수 없군요. 중길 씬 역시 지식의 사람은 될 수 있어도 지혜의 사람은 될 수가 없겠네요."

"잘 알아맞혔어. 난 내가 눈으로 보거나 손으로 만져서 확인할 수 없는 건 인정하지 않으니까. 그리고 지금 내가 확인할 수 있는 건 은수뿐야. 역시 은수는 영리해."

그러며 나는 그녀를 힘주어 꼭 껴안았다. 마치 지금 한 말을 증명이나 하려는 듯이. 그녀는 저항 없이 포옥 안겨 왔다. 그녀의 몸은 마치 한 마리의 작은 새와도 같이 따스했다.

3장

해장사에서 우리는 예정대로 일주일 동안 머물렀다. 그리고 그곳에서 건강에 유의하려던 우리의 계획은 거의 완전히 수포로 돌아갔다.

그곳에서도 우리는 Q시의 여관방에서와 거의 다름없는 나날을 보냈기 때문이다. 다만 Q시의 여관방과 다른 점이 있었다면 그곳에는 맑은 공기가 있었다는 점과 세 끼니 모두 갓 지은 따뜻한 밥을 먹을 수 있었다는 점 정도인데 그 대신 Q시에서보다 단백질 섭취량은 현저하게 모자랐다고 할 수 있다. 그곳의 부식은 모두가 산채(山菜)뿐이었기 때문이다. 따라서 건강문제에 있어서는 우리는 해장사에 가서 거의 아무것도 도모한 바 없이 일단 다시 Q시로 돌아왔다. 그곳에서 무작정 머무를 수는 없는 노릇이었기 때문이다.

Q시로 돌아온 우리는 우선 음식점부터 찾아가서 불고기를 주문하여 양껏 먹었다. 그리고 전에 우리가 머물렀던 그 여관을 다시 숙소로 정하고 방을 잡아 들어가 앉았을 때 그녀가 말했다.

"오늘 저녁 혼자 주무실 수 있겠어요?"

"아니. 그건 또 왜?"

"집에 좀 다녀올려고요. 걱정을 하고 계실 거예요."

"서울 친척 집에 그냥 있는 줄 알겠지. 취직이 돼서."

"아녜요. 취직이 돼서 그냥 눌러 있게 되면 제가 편지를 하기로 했어요. 틀림없이 걱정들 하고 계실 거예요."

"그럼 가 보긴 가 보되 밤 안으로 되돌아올 수 없을까? 독수공방은 영 재미없겠는데."

"어려울 것 같아요. 그 대신 내일 아침 일찍 다시 올게요."

"글쎄, 아무래도 즐거운 일은 못 되는걸. 하지만 정 그렇다면 갔다 오지 뭐."

"미안해요."

"미안하긴."

"내일 아침 일찍 다시 올게요. 틀림없이."

"그래, 그럼 다녀와."

그녀는 발길이 얼른 안 떨어진다는 듯 방 밖으로 나가서 신발을 신고서도 한동안 방 안의 나를 안쓰러운 표정으로 들여다보고 섰다가야 결심한 듯 돌아서 나가 버렸다.

그녀가 가 버리고 나자 별안간 나는 내가 객지의 여관방에 와 있다는 실감이 났다. 어딘지 허전하고 마음 둘 바를 찾기가 어려웠다. 아직 초저녁이었으므로 잠을 청할 기분도 아니었다. 또 청한다고 해서 잠이 쉽사리 와 줄 것 같지도 않았다.

나는 영화 구경이라도 하나 하고 와서 자야겠다고 생각하고 여관을 나섰다. 바깥은 벌써 상당히 어두워져 있었다.

나는 번화가로 짐작되는 쪽을 향해 걷기 시작했다. 그러다가 문득 나는 영화 구경을 할 것이 아니라 좀 더 그럴듯한 일을 해 봄 직하다는 생각이 들었다. 나는 그 생각을 실행에 옮기기로 하고 사방을 두리번거리기 시작했다.

저만큼 제법 커다란 목욕탕 간판을 붙인 건물이 바라보였다. 나는 그 건물을 향해 다가갔다. 문을 밀고 들어서자 청년 한 사람이

"어서 오십쇼."

하고 인사했다. 나는 그 청년에게 은밀한 목소리로 물었다.

"때 밀어 주는 여자 있소?"

그 청년이 대답했다.

"독탕 하시려고요? 그럼 2층으로 올라가시죠."

나는 청년의 안내에 따라 2층으로 올라갔다. 그리고 욕조가 딸린 한 방으로 들어가서 잠시 기다리자 조금 뒤 노크소리가 들리고 이어 한 여자가 들어섰다. 전체적으로 뼈대가 굵고 살집은 없어 보이는 여자였다.

그녀는 거의 감정이 없는 얼굴로 내게 옷 벗기를 재촉했다. 그리고 아무 주저 없이 자기도 옷을 벗었다.

나는 일이 글러 먹었다는 걸 깨달았으나 내친 길이었으므로 옷을 벗고 욕조에 들어가 몸을 적시고 나와서 그녀로 하여금 때를 밀게 했다. 그녀는 직업적으로 일을 했다. 그녀의 얼굴과 마찬가지로 그녀의 손에는 역시 감정은 전혀 없었다. 심지어 나의 상징에 손을 댈 때에도 그녀의 손은 전혀 무감동했다. 그리고 그것은 그녀의 몸뚱이 역시 마찬가지였다. 그녀가 나를 뉘어 놓고 내 가슴의 때를 벗길 때 내가 내키지 않는 손으로나마 그녀의 유두를 건드렸을 때에도 그녀는 전혀 아무런 반응도 보이지 않았다. 그녀의 몸뚱이는 그리고 은수의 그

것에 비한다면 옥(玉) 앞에 돌(石) 격이었다. 피부는 거칠었으며 동체는 길고 하반신은 짧은 불균형한 몸매였다. 게다가 여기저기에 뜸자리투성이였다. 벗은 여자의 몸이라고 해서 다 아름다운 것은 아니라는 걸 나는 처음으로 깨달은 기분이었다.

때 벗기는 일을 다 마치자 그녀는 내게 말했다.

"할래요?"

역시 전혀 아무런 감정도 담겨 있지 않은 목소리였다. 나는 그럴 생각은 없다고 말했다. 그리고 되도록 잡친 기분을 내색하지 않으려고 노력하면서 서둘러 옷을 입고는 돈을 치른 다음 황급히 그곳을 빠져나왔다. 그녀는 나의 그러한 태도에 아랑곳없이 시종 무감동한 표정으로 돈을 받고 무감동한 태도로 잘 가라고 말했다.

나는 곧장 여관으로 되돌아왔다. 모처럼 은수 모르는 사이에 딴 재미를 한번 보려다가 공연히 기분만 잡친 셈이었다.

은수가 없는 빈방은 썰렁하기 짝이 없었다. 그럴수록 그녀의 희고 아름다운 몸매가 눈앞에 어른거렸고 그녀가 아쉬웠다. 사람과 사람 사이에 공간이 존재한다는 사실이 얼마나 불행한 일인가 하는 실감이 새삼스럽게 덮쳐 왔다.

그러나 그녀는 내일 아침까지는 돌아오지 않을 것이었다.

나는 잠을 청해 보기로 하였다. 전등을 끄고 이불을 뒤집어쓰고 누웠다. 그러나 잠은커녕 그녀의 몸매만이 더욱 또렷이 눈앞에 떠오를 따름이었다. 그녀가 짓던 몸짓, 그녀가 내게 안겼을 때의 무게, 내 가슴에 닿던 그녀의 입김, 그런 것들만이 더욱 또렷이 되살아날 따름이었다. 그러자 불현듯 그녀는 어쩌면 내일 아침에도 돌아오지 않을는지 모른다는 생각이 들기 시작했다. 그리고 그 의심은 근거 없이 부쩍 더 심해졌다. 왠지 그녀는 아주 돌아오지 않을 것만 같았다.

나는 마침내 더 이상 견딜 수 없는 기분이 되었다. 나는 보이를 불렀다. 그리고 보이에게 소주 한 병만 사다 달라고 부탁하였다. 보이가 소줏값을 받아 가지고 간 지 얼마 지나서 방문 밖에 인기척이 났다. 그리고 곧 방문을 가만히 노크하는 소리가 났다.

나는 방문을 열었다.

그러나 방문 밖에 서 있는 사람은 뜻밖에도 보이가 아니라 은수 그녀였다. 그녀의 손에는 내가 보이에게 부탁했던 소주병이 들려 있었다.

"어? 웬일이지?"

나는 그녀를 얼싸안을 듯이 마주 일어서며 구세주를 만난 듯이 부르짖었다. 그녀는 그러는 나를 향해 배시시 웃어 보이며 말했다.

"쫓겨났어요."

"쫓겨났다구? 그것 참 잘됐군. 그것 참 잘됐어. 자, 난 쫓아내지 않을 테니 어서 들어와."

"정말 쫓아내지 않으실래요?"

"그럼, 정말이고말고."

그러며 나는 그녀를 받아 안듯 끌어들이고는 방문을 닫아 버렸다. 그리고 곧장 그녀를 집어삼킬 듯이 품에 안고는 그녀의 얼굴을 통째로 먹어 버리겠다는 듯이 덤벼들었다. 그녀는 입술을 내게 맡긴 채 잠시 들고 있는 소주병의 처치에 대해서 난감해하였다. 나는 곧 손 하나를 차출하여 그녀의 손으로부터 소주병을 빼앗아서는 이부자리 위로 던져 버렸다. 그녀는 곧 자유로워진 손으로 내 목을 얼싸안았다.

우리는 오래오래 서로를 즐겁게 하기 위해서 다투었다. 마치 그것으로 그 몇 시간 동안의 이별을 벌충이나 하려는 듯이.

얼마간 직성이 풀린 뒤에 우리는 서로 떨어져서 방바닥에 앉았다. 그녀가 이부자리 위에 던져진 소주병을 눈으로 가리키며 말했다.

"오는 길에 여관 사람을 만났어요. 심부름시키신 거라고 가져가겠냐고 하더군요. 잠시 안됐다는 생각을 했죠."

"그건 왜?"

"오죽하면 혼자서 술을 마실 생각을 다 했을까 하고요."

"맞았어, 맞았어. 그렇잖아도 은수 대신 저걸로 시름을 달래 볼까 했었지."

"나 대신이라고요."

"아, 오핸 하지 마. 은수를 술하고 동격으로 술로 달래 볼까 했다는 얘기야."

"금세 둘러대기는. 역시 그랬군요. 술 같은 걸로 달랠 수 있는 시름이나 달랠 여자로 절 생각하셨군요. 그런 줄 알았으면 정말 괜히 왔네요. 부두에나 나가서 풍덩 빠져 죽어 버리기나 할걸."

"아니, 이거 또 왜 이래? 모처럼의 재회를 망쳐 놓으려고. 자, 우리 재회를 기념하는 뜻에서 저 소주나 한 잔씩 마시자고. 술 마셔 본 적 있어?"

"없어요."

"그럼 더 잘됐군. 술은 윗사람하고 배워야 하니까."

"누가 윗사람이에요."

"그야 장차 남편 될 사람이 윗사람이지 누군 누구겠어?"

"어째서 그래요?"

"은수는 그럼 여권 운동가였던가?"

"기가 막혀서. 똑똑히 알아 두세요. 그건 여권 이전의 인권 문제라
는걸. 남편과 부인 사이에 윗사람 아랫사람이 어딨어요?"

"그렇던가. 자, 아무튼 한 잔씩 하자고. 어쨌든 술은 나 같은 좋은
사람하고 배우는 게 나쁘지 않으니까. 그런데 참 정말 쫓겨난 거야?"

"그렇대도요."

"정말?"

"글쎄, 그렇대도요."

"농담이 아니고 정말?"

"글쎄, 정말이라니까요. 그러니까 부두에나 나가서 풍덩 빠져 죽어
버리기나 할 걸 그랬다고 했죠."

"정말 농담 아냐?"

"정 믿어지지 않으면 마음대로 생각하세요. 정말이 아니면 어떻게
과년한 처녀가 열흘 이상씩 나가 돌아다니다가 집에 돌아간 날 밤으
로 다시 나올 수가 있겠어요. 그보다도 어서 배워 준다던 그 술이나
어디 줘 보세요. 정말 시름이나 좀 달래 보게요."

그녀의 천연덕스런 표정으로 보아서는 어디까지나 농담 같기만 했
으나 나는 그녀의 말이 사실일 수도 있다는 생각이 들었다. 그리고

그것이 사실이라면 그녀는 충분히 그걸 농담처럼 말할 수도 있는 여자였다. 물론 그 반대의 경우도 가능하지만. 어쨌든 그녀가 순전한 농담만을 하고 있는 건 아니라는 심증이 갔다.

나는 우선 보이를 불러 술잔 두 개를 가져오게 해서 술병을 따고 두 개의 잔에 술을 따랐다. 그리고 그중 하나를 그녀에게 권했다.

"난 혼자 마실 작정으로 안주를 부탁해 두지 않았는데 어떡하지? 지금이라도 가서 사 올까? 보이를 자꾸 시키기도 뭣하고."

"안주가 꼭 있어야만 하나요?"

"나야 괜찮지만 은수야 좀 쓸걸."

"어디 그냥 한번 마셔 보겠어요. 쓰면 제까짓 게 얼마나 쓰라고요."

그러며 그녀는 술잔을 들어 혀끝으로 조금 맛을 보더니

"별로 쓴 줄 모르겠는데요."

하고는 단숨에 홀짝 마셔 버렸다. 그리고 곧 그녀는 오만상을 찡그리며 손을 목으로 가져갔다. 나는 얼른 주전자의 물을 따라 그녀에게 주었다. 그녀는 단숨에 물을 들이켜고 나서 말했다.

"아유, 목이 아주 타 버린 것 같아요."

"거 보라구. 내 나가서 안주를 사 가지고 올게."

"아녜요. 나 더 이상 못 마시겠어요. 이렇게 고약한 걸 왜들 마시죠?"

나는 빙그레 웃었다. 그리고 내 잔을 들어 조금 마셔 보이고 나서 말했다.

"그렇게 물 마시듯 하는 게 아니라고. 이렇게 조금씩 맛을 봐 가면서 마시는 거지. 아끼면서. 절대로 고약한 게 아니라고."

"남자들 취미란 정말 알 수가 없군요. 그 고약한 걸 고약한 게 아니라니."

"이건 남자만의 취미가 아냐. 여성 애주가가 얼마나 많은데."

"아무튼 난 다시는 안 마시겠어요."

"학생 하나 놓쳤군. 하지만 좋도록 해. 나도 뭐 꼭 내 아내 될 사람이 주당이길 바라는 건 아니니까."

그리고 나는 잔에 남은 것을 마저 비우고 나서 술병의 마개를 닫았다.

"자, 술은 그럼 그만하기로 하고 사실대로 말해 보라고. 정말 어떻게 된 거야? 집엘 가긴 갔었어?"

"……."

"쫓겨났다는 말은 농담이지?"

"왜, 농담이면 좋겠어요?"

"글쎄, 사실대로 말해 보라니까. 난 사실을 알고 싶을 뿐야."

그러자 그녀는 잠시 고개를 숙였다가 쳐들었다. 그리고 나를 똑바로 바라보았다.

"쫓겨난 거나 마찬가지예요. 날 사람 취급을 안 했으니까요. 서울 친척 집에서 편지를 했나 봐요. 아마 자기네 경솔한 짓을 변명하기 위해서였겠죠."

"그게 그럼 정말이었군."

"왜, 먹여 살리랄까 봐서 겁이 나세요?"

그리고 그녀는 내 눈을 자세히 들여다보며 여염집 여자 같지 않게 웃는다. 술 탓일까. 어쨌든 나는 얼른 허허 웃으며 부인했다.

"이거 왜 이래? 내가 은수 하나 먹여 살릴 재간도 없을 것 같아? 겁이 나다니? 말도 안 되는 소리 작작 해. 그보다도 자초지종이나 좀 얘기해 보라고. 뭘 어떻게 사람 취급을 못 받았다는 건지."

"그렇게 알고 싶으세요?"

"알고 싶다기보다 알아야 할 의무가 나한테 있잖아? 은수가 사람 취급을 못 받았다면 그게 어디 남의 일이야?"

"꽤 신의 있는 척하시네요. 정말 다 말해 버릴까 보다."

"신의 있는 척이라니? 무슨 소리야? 섭섭한 소리 그만하고 어서 얘기해 보라고. 듣고 나서 내 그야말로 인권 회복을 시켜 주든지 어쩌든지 할 테니까."

"그럼 상담 한번 해 볼까요?"

"글쎄, 어서 얘기해 보라니까."

그녀는 입을 다물고 잠시 동안 다시 내 두 눈을 자세히 들여다보고는 곧 결심한 듯 얘기를 꺼내기 시작했다.

"얘기를 다 하자면 좀 길어져요. 나 절에 들어가게 된 동기부터 다시 얘기해야 하니까요. 그리고 얘기 도중에 더러 불쾌하실 대목이 있을는지도 몰라요. 참고 들어 주세요."

그녀는 열두 살이 될 때까지 아버지가 없는 아이로 어머니와 함께 외갓집에서 자랐다. 그러다가 열두 살 되던 해 봄에 의부(義父)를 가지게 되었다. 그녀의 어머니가 그녀를 데리고 그 의부한테로 시집을 갔기 때문이다. 의부는 Q시의 수산조합에 사무원으로 다니는 사람이었는데 처음부터 그녀를 몹시 귀여워해 주었다. 그러나 그녀는 그 의부가 몹시 싫었다. 어쩐지 의부는 나쁜 사람처럼만 여겨졌기 때문이다. 그녀는 어쩔 수 없는 경우가 아니면 절대로 아버지라는 호칭도 사용하지 않았으며 의부에게 무엇을 부탁하지도 않았다. 또 의부가 이따금 그녀를 귀엽다고 무릎에 앉힌다든지, 학용품을 사 준다고 거리로 데리고 나가면서 손을 잡는다든지 하는 경우엔 의부의 그 무릎이나 손이 마치 무슨 불결한 물건이나 되는 것처럼 싫었다. 그리고 무엇보다도 그녀는 의부의 눈이 싫었다. 나쁜 사람이면서도 좋은 사람인 체하는 의부의 그 눈이 싫었다. 그러나 의부는 그녀가 자기를 싫어한다는 걸 뻔히 알면서도 성을 내거나 노여워하는 적은 한 번도 없었다. 늘 껄껄 웃으며 오히려 더욱 귀엽다는 듯이 그녀를 바라보곤 했다. 그녀는 그것이 정말 나쁜 사람이 취하는 태도라는 걸 알 수 있었다. 그런 줄도 모르고 의부를 아주 좋은 사람처럼만 여기고 있는 어머니가 그녀는 안타깝기 짝이 없었다. 그러나 어머니는 그녀가 그런 말을 하기라도 하면 펄쩍 뛰며 그녀를 나무랐다.

"니 아버지처럼 좋은 사람이 세상에 있는 줄 아니?"

하고.

그녀가 중학교를 거쳐 고등학교에 들어갔을 무렵 의부가 그녀를 바라보는 시선에는 점점 더 좋은 사람처럼 꾸민 나쁜 사람의 태도가 더해 갔다. 그리고 그녀를 귀여워하는 태도에는 점점 더 끈끈함이 더해 갔다. 그 사이 어머니와 의부 사이에는 그녀의 남동생이 태어났으나 의부는 그 남동생보다도 그녀에게 항상 더 관심이 많았다.

그녀는 항상 의부의 시선이 자기 근처에 와 있는 것을 느낄 수가 있었다. 그것이 싫어 그녀가 자기 공부방에 틀어박혀 꼼짝 않고 있으면 의부는 무슨 핑계를 대서라도 괜히 들어와서 기웃거리다 나가곤 했다. 이를테면 방바닥의 온도를 만져 본다든지 전등의 조명을 염려한다든지 하는 식으로.

또 그녀가 심한 감기라도 들어 자리에 누운 경우엔 의부는 마치 아버지 노릇을 할 때는 바로 지금이라는 듯이 머리맡에 와서는 근심스런 표정으로 그녀의 이마를 짚어 보기도 하고 팔목을 쥐어 보기도 하며 좀처럼 일어나려 하지 않았다. 그리고 어머니는 자기가 데리고 들어온 딸에 대한 남편의 그러한 자상함에 늘 감동하곤 하였다.

고등학교 2학년 때의 어느 겨울밤 그녀는 이상한 기척을 느끼고 잠에서 깨어나 누군가가 자기 위에 엉거주춤 몸을 구부리고 있는 모습을 보았다. 어두워서 자세히 볼 수는 없었으나 그녀는 그것이 의부라는 것을 단번에 알아차릴 수 있었다. 그녀가 두려움에 질린 숨 삼키는 소리를 내며 소스라쳐 일어나 앉으려 했을 때, 의부는 당황한 음성으로 이렇게 말했다.

"그, 그냥 누워 자거라. 소변보러 가던 길에 네 방에서 무슨 소리가 나는 것 같길래 들어와 봤다. 무슨 악몽이라도 꾸고 있었던 모양이구나. 신음소리를 다 내고."

그리고 의부는 당황한 몸짓을 갖추며 방문을 열고 나가 버렸다. 그러나 그녀는 아무런 꿈도 꾸지 않았었다.

그로부터 며칠이 지난 어느 날 밤 그녀는 의부가 또다시 자기 방에 들어와 있는 것을 보았다. 역시 자다가 깨어나서였는데 그때는 무슨 기적을 느껴서라기보다 자기 몸에 어떤 이물감을 느끼고 그녀는 깨어났다. 의부가 이부자리 속으로 손을 넣어 그녀의 젖가슴을 만지고 있었다. 그리고 의부의 얼굴은 거의 그녀의 얼굴에 맞닿다시피 가까이 있었다. 그녀가 깬 것을 알자 의부는 거친 숨소리가 섞인 낮은 목소리로 말했다.

"은수야. 나다 나야, 아버지야. 큰 소리 내지 마라. 난 네 어머니보다 네가 더 좋다. 난 네가 하루하루 커 가는 게 얼마나 기뻤는지 모른다. 넌 천사 같은 애야."

그녀는 소리를 지르려고 해도 무엇이 목구멍을 꽉 막고 있는 것 같아 소리를 낼 수가 없었다. 그리고 갑자기 몸을 움직이는 방법도 잊어버린 것 같았다. 의부는 젖가슴을 만지던 손을 미끄러뜨려 아래쪽으로 내려갔다. 그리고 후끈한 입김을 뿜으며 입술을 그녀의 입술 위로 가져왔다.

순간 그녀는 혼신의 힘을 다해 어머니를 부르면서 몸부림쳐 일어나 앉았다. 그녀 자신도 어떻게 해서 그렇게 할 수 있었는지 몰랐다. 의부가 황망히 그녀로부터 떨어져 일어선 것과 어머니가 놀라서 달려오는 소리가 들린 것은 거의 동시였다.

그 이튿날 아침으로 그녀는 집을 뛰쳐나와 버렸다.

바다에 나가 몇 번인가 빠져 죽으려고 하다가 그러지 못하고 중학교 1학년 때 어머니를 따라서 한번 가 본 적이 있는 해장사의 홍련암을 찾아갔다. 그리고 거기서 원주승을 졸라 중이 되었다. (그 뒤의 얘기는 그녀가 이미 내게 말한 바와 같다. 따라서 여기서는 그녀가 다시 집으로 돌아온 뒤부터의 얘기만 간략히 적어 두기로 한다.)

3년 만에 다시 집으로 돌아온 그녀를 어머니와 의부는 아주 따뜻하게 맞아 주었다. 마치 자기들의 과오(어머니에게도 잘못은 있었던 것이니까)를 깊이 뉘우치거나 하는 것처럼. 그리고 그것을 보상이라도 하려는 듯이.

그녀는 머리가 다시 얼마간 자랄 때까지 거의 외출하지 않고 집에서만 지냈다. 읽고 싶은 책을 사기 위해 아주 드물게, 머리를 모자나 스카프 같은 것으로 가리고 잠깐씩 밤에 외출한 것을 제외하고는. 그리고 그녀는 이제 자기도 성인이 되었으므로 의부가 또다시 엉큼한 생각을 품는다 하더라도 이제는 넉넉히 그에 대처해 나갈 수 있다고 믿고 있었다.

그러나 시간이 차츰 지나자 그것은 가정이 아니라 사실로서 드러나기 시작했다. 의부의 시선이 다시금 끈끈하게 그녀의 몸 주위에 감겨 오기 시작했던 것이다. 그리고 그것은 차츰 노골적인 것이 되어 갔다.

의부는 심지어 어머니가 함께 있는 자리에서도 그녀에게 노골적인 시선을 보내오곤 했다. 그럴 때마다 어머니는 남편을 나무라며 그녀에겐 안절부절 어쩔 줄 모르는 시선을 보내왔으나 의부는 오히려 더욱 노골적인 언사까지를 서슴지 않는 것이었다.

"이거 왜 이래? 점잖지 못하게. 딸 앞에서 질투하나?"

처음에 그녀는 무시와 침묵으로써 그에 대항해 갔으나 마침내 더이상 그런 소극적인 방법으로는 대항할 수 없는 사태에 이르렀다. 의부가 다시 그녀의 방에 들어오기 시작했던 것이다. 밤중에 어머니가 잠든 기회를 틈타서 그녀가 의부에게 몸을 버리지 않은 것은 오로지 주저 없는 고함 지르기와 죽기를 각오한 앙칼진 반항 덕분이었다.

그녀보다도 어머니가 더 딸을 위한 근심 때문에 날로 야위어 갔다. 그녀는 마침내 다시 집에서 나가는 수밖에 없다고 생각하였다. 그리고 어머니도 그녀를 다시 의부로부터 떼어 놓는 수밖에 딴 도리가 없다고 생각했음인지 서울에 있는 친척 집에 편지를 내어 우선 그녀의 취직을 부탁하였다.

이 대목에서 나는 그녀에게 물었다.

"그런데 뭣 하러 집엔 또 갔어?"

그녀가 대답했다.

"어머니가 걱정하실 것 같아서였지만 집에 아주 가 있을 생각은 물론 아니었어요. 어떻게든 내 몸 하나 간수 못 하겠어요?"

"그럼 사람 취급을 못 받았다는 건 의부가 또 은수한테 무슨 짓을 한 모양이군?"

그녀가 집에 들어서자 의부는 대뜸 그녀에게 입에 담지 못할 욕지거리부터 퍼부었다.

"의붓애비 싫다고 집 나간 년이 뭣 하러 기어들어 오니? 어느 놈하고 붙어먹다가 이제야 들어와? 응? 열흘이 넘도록 어느 놈하고 붙어먹다가 기어들어 와? 화냥년 같으니라고."

의부는 그에 그치지 않고 나중에는 그녀의 머리채까지 휘어잡았다. 마치 그녀가 자기의 의녀가 아니라 첩쯤이나 되는 것처럼. 그리고 의부는 말리는 어머니까지 구타하였다.

애기를 마치고 나서 그녀는 꾸며 낸 것임에 분명한 명랑한 목소리로 말했다.

"어때요? 이제 속 시원하세요?"

나도 짐짓 쾌활한 목소리로 대답했다.

"암, 시원하고말고. 이제 은수는 도리 없이 나한테 시집와서 얻어먹는 신세가 될 수밖에 없다는 걸 확인했으니 더욱."

"자신 있어요? 나 먹여 살릴."

"물론 은수 의부보다는."

"불쾌하시죠? 애기 공연히 들었단 생각 안 드세요?"

"아니, 역시 듣길 잘했는걸. 경쟁자가 있었다는 사실은 어디까지나 기분 좋은 일에 속하니까."

"설마 그럴라고."

"아냐, 정말야. 할 수만 있다면 달려가서 은수 의부라는 자식 한번 패 주고 싶긴 하지만."

"그럼 한 가지 약속해 주시겠어요?"

"뭔데?"

"앞으로는 의부 애기 절대로 다시 꺼내지 않기예요."

"약속하지. 한 가지만 더 묻고. 혹시 모든 남자를 다 은수 의부처럼 여기는 건 물론 아니겠지?"

"그렇진 않아요. 절에서도 난 좋은 남자 스님 몇 분을 보았으니까요. 책에서도 읽었고요."

"그럼 됐어. 그중에서도 가장 좋은 남자가 바로 이 나라는 사실을 안다면 더욱 고맙겠고."

"그건 더 있어 봐야 알겠어요. 어쩌면 중길 씬 우리 의부보다 더 나쁜 사람인지도 몰라요."

"아니 그건 또 왜?"

"더 단수가 높은."

"무슨 소리야?"

"글쎄 왠지 그런 생각이 들어요."

"그따위 소리 하지 말라고. 섭섭하게시리. 한 번만 더 그따위 소리 했다간 가만두지 않을 테야. 이래 뵈도 난 명예를 존중할 줄 아는 사람이라고."

"봐야 알죠, 뭐."

"정말 이거 왜 이래? 기분 나쁘게시리."

"아무튼 어머니가 불쌍해 죽겠어요."

"그야 할 수 없는 일 아냐? 스스로 택하신 길인걸. 그런 남편하고 이혼을 안 한다는 건 또 그 나름으로 어머니로서의 선택이라고 볼 수밖에 없잖아. 자, 이제 그만 자자고. 자고 나서 내일 우리 서울로 올라가자고. 내 우선 있을 데를 마련해 줄 테니까."

나는 친구 덕섭(悳燮)의 집을 생각하고 있었다. 덕섭은 친구들 가운데는 제일 먼저 결혼생활 비슷한 것 (동거생활이라고 하는 것이 더 정확하지만)을 하고 있는 화가 지망의 친구로서 나오는 중학교 시절 이래의 가까운 친구일 뿐만 아니라 무엇보다도 그들 부부가 쓰고 있는 방 이외의 또 하나의 방을 가지고 있었던 것이다. 말하자면 그것은 덕섭의 아틀리에인 셈이었는데 천성이 게으름뱅이인 덕섭은 그 방을 늘 비워 두다시피 하고 있다는 걸 나는 알고 있었던 것이다.

그녀는 내 말에 이렇다 할 대꾸는 하지 않았으나 다소간 희망을 갖는 태도였다. 그리고 곧 그녀는 몸을 일으켜서 자리를 보기 시작했다.

4장

이튿날 아침 우리는 서울행 기차를 탔다. 그녀와 내가 Q시행 기차에서 서로 만난 지 꼭 12일 만이었다.

달리는 기차 안에서 그녀는 내게 말하였다.

"우리가 기차에서 처음 만났을 땐 이렇게 한 기차에 타고 다시 서울로 가게 될 줄은 미처 몰랐죠? 그래서 서로 거짓말도 하고 그랬지만."

"꿈만 같군."

"정말?"

"정말이고말고. 난 은수를 처음 만난 순간부터 이렇게 되길 열렬히 소망했으니까. 그게 이렇게 고스란히 성취되리라곤 정말 기대하기 어려웠지."

"그럼 중길 씬 처음부터 숫제 나쁜 마음을 먹고 있었군요. 그래서 날 보고 창 쪽으로 앉으라느니 어쩌니 친절도 베푸는 척하셨군요. 남자들이란 다 그런가 봐."

"남자들이란 다 그런가 보라니. 아직도 날 적대시하는 마음을 미처 버리지 못한 모양이로군그래. 은수는 이 결과가 마음에 안 들어?"

"누가 결과 얘기했어요? 동기 얘기했지."

"결과만 좋으면 동기도 다 좋아지는 거라고. 고려 왕조를 찬탈한 이성계 봐. 그의 진짜 동기였던 개인적 정권욕이 나중에 가서는 혁명 이념, 또는 창업 이념이라는 그럴듯한 명분으로 찬양을 받게 되잖았어? 실패하면 역적이고 성공하면 충신이라는 우리 속담이 다 그런 걸 두고 하는 소리라고. 다시 말해서 결과 순응주의라고나 할까. 어떻든 세상은 결과가 지배하게 마련이라고. 은수도 결과에 순응할 줄 아는 미덕을 좀 배워야겠어."

"마치 내가 결과는 잘되었다고 인정이나 한 것 같은 말투네요. 난 아직 결과가 잘되었다고 말하진 않았어요."

"그럼 잘 안되었단 말야?"

"그건 아직 모르죠. 중길 씬 결과가 모든 걸 좌우한다고 강변하지만 난 그렇겐 생각하지 않거든요. 동기가 순수하지 못하면 결과 역시 좋을 순 없다고 난 생각해요. 따라서 중길 씨가 날 처음 만난 순간부터 나쁜 마음을 먹고 있었다면 지금 이 결과도 결코 좋은 거라곤 할 수가 없는 거죠. 중길 씨가 처음부터 나쁜 마음을 먹고 있지 않았다면 또 몰라도."

"거 좀 까다로운데. 결국 내가 파 놓은 함정에 나 스스로가 빠진 격이 되었군 그래. 결과론에 치중하다 보니 이렇게 된 모양인데 그렇다고 내 동기가 순수하지 못했던 건 결코 아니라고. 난 은수를 처음 본 순간부터 순수하게 끌렸던 거라고. 불순한 마음은 없었어. 단지 은수 같은 아가씨하고 운 좋게 맺어져서 이러저러하게 되었으면 오죽이 나 좋을까 하고 열렬히 소망했던 것뿐이지. 그리고 그게 이렇게 성취된 것뿐이지."

"정말이에요?"

"그럼 정말이고말고. 두말하면 잔소리지."

"그럼 나도 이 결과에 만족해요."

"좋았어. 진작에 그렇게 선선하게 나올 일이지."

"하지만 더 두고 봐야죠, 뭐 동기가 아무리 순수했어도 결과는 또 나빠질 수도 있으니까. 안 그래요?"

"그래, 그래, 내 계속 노력할게. 이제 됐어?"

"네, 그럼 됐어요."

우리가 서울에 도착한 것은 오후가 설핏 기운 뒤였다.

12일 만에 밟아 보는 서울 거리는 내게는 마치 승전하고 돌아오는 개선장군을 맞이하는 도시처럼 모든 것이 나를 위해 축복의 미소를 던지고 있는 것만 같았다. 나는 그녀를 전리품처럼 동반하고 서울의 중심가를 향해 나아갔다. 친구 녀석들이 자주 모이는 다방엘 우선 들를 작정이었다. 그리고 거기서 친구 녀석들에게 내 전리품을 자랑할 작정이었다.

그러나 그곳에 도착해 보니 공교롭게도 친구 녀석들은 한 명도 나와 있지 않았다. 친구 녀석들이란 무슨 자랑할 일이 있을 땐 항상 눈에 띄지 않는다. 이를테면 슬롯머신을 해서 잭폿을 터뜨렸다든지, 모교가 축구시합에서 이겼다든지, 부대검열에서 특등을 해서 2박 3일의 특별외출을 나오게 됐다든지 하는 등의 경우에도 말이다. 녀석들은 용하게도 기미를 알고 어디론지 숨어 버려 뽐내 볼 기회를 주지 않는다. 마치 남의 행운을 알아내는 데는 무슨 초능력이라도 지닌 녀석들처럼. 그리고 남의 행운을 축복해 주면 저희들이 반대로 불행해지기라도 한다는 듯이.

우리는 하릴없이 커피 한 잔씩만 축내고 다방에서 나왔다. 나는 그녀를 자랑하지 못한 것이 못내 서운했지만 곧 그것은 녀석들의 불행이라고 고쳐 생각했다. 왜냐하면 그녀같이 예쁘고 귀여운 여자애를 아주 가까이서 볼 기회를 녀석들은 놓쳐 버린 셈이니까. 그리고 친구의 행운을 축복해 준다는 기쁨도 녀석들 스스로 저버린 셈이니까.

나는 기쁨을 우선 한 녀석에게만 베풀어 주는 도리밖에 없다고 생각했다. 한 녀석이란 다름 아닌 덕섭이었고, 녀석은 집에만 들어박혀 있는 성미니까 지금 방문한대도 녀석을 못 만나거나 하는 사태는 일어나지 않을 터이었다.

덕섭이 방 두 개를 세 얻어 쓰고 있는 집은 면목동에 있었다. 우리는 곧 면목동행 버스에 올라탔다. 택시를 탈까 했으나 이제부터는 돈을 좀 아껴야 할 형편이었으므로 부득이 버스를 택한 것이었다.

버스 속에서 나는 그녀에게 지금부터 우리가 방문할 덕섭이란 친구는 이러이러한 친구인데 틀림없이 우리를 환영해 줄 것이다. 그리고 당분간은 그 친구 집에서 신세를 지는 도리밖에 없을 것 같다는 등의 얘기를 했다. 그녀는 다소곳이 듣고만 있었다. 그럼으로써 이제는 어떻게 하든 나의 처분대로만 따르겠다는 무언의 의사 표시를 하려는 것 같았다. 그리고 그러한 태도는 내겐 달가운 것이라고만은 할 수 없었으나 그렇다고 당장에 불편을 느낄 만한 정도도 물론 아니었다.

우리는 곧 면목동 덕섭의 집에 당도하였다. 덕섭은 짐작대로 외출하지 않고 집에 있었다.

우리 두 사람의 불의의 방문에 그들 내외는 조금 놀라는 눈치였다. 물론 반색을 한 것도 사실이지만.

덕섭이 눈을 둥그렇게 뜨고 말했다.

"어? 너 언제 휴가 나왔니? 소식도 없이."

"내가 언제 인마 너한테 미리 연락하고 휴가 나온 적 있어? 그보다도 너희 빈방 하나 있지? 그거 좀 당분간 빌리자."

"내 그림방 말이냐?"

"그래, 인마. 아주머니도 반대는 않으시겠죠?"

"물론이죠. 어서 들어오시기나 하세요."

덕섭의 사실상의 처인 미스 심(沈)이 영리한 눈초리로 얼른 내 곁에 선 은수를 일별하며 살갑게 대꾸하였다.

우리는 곧 덕섭 내외가 쓰고 있는 거실로 들어갔다. 나는 세 사람을 서로 인사시키고 나서 우리가 지금 좀 시장하다는 사실부터 알렸다.

"참, 그러시겠네요. 제가 나가서 얼른 식사 준비할게요. 잠깐만 기다리세요."

하고 미스 심이 분주하게 부엌으로 나갔다.

덕섭이 은수를 향해 말했다.

"어쩌다 저런 불한당 같은 자식하고 사귀게 되셨습니까? 참 안되셨습니다."

은수는 말없이 가만히 웃기만 했다.

내가 펄쩍 뛰었다.

"뭐라고, 인마? 내가 불한당 같은 자식이라고? 자식이 말이면 다 하는 줄 아냐. 중상모략도 분수가 있지."

"자식이 펄쩍 뛰기는. 왜 내가 다 고자질해 바칠까 봐 겁이 나냐?"

"아주 점점? 정말 누가 인마 못된 짓만 하고 돌아다닌 줄 알겠다?"

"드디어 제 입으로 실토를 하고야 마는군."

"뭐야, 인마? 이게 정말?"

"하하, 앞으로 나한테 잘 보여야 해. 알겠어?"

"아이구, 이걸. 신세 지러 온 처지에 쳐 죽일 수도 없고."

"보십시오. 저렇게 펄펄 뛰는 걸 보면 아무래도 좀 수상쩍지 않습니까?"

그녀는 역시 말없이 웃기만 했다.

"자식이 간사하기는. 야 인마, 다랍다, 다라워. 덩치는 부처님만 해 가지고."

"자식이 인제 인신공격을 하려 드는데, 정 못 견디겠으니까."

"그게 어째서 인신공격이야, 인마? 사실이지."

"사실? 그래 그래, 좋다. 오늘은 내가 참으마. 신세를 지러 왔으니져 주는 도리밖에 없지."

"져 주다니? 그 말에 어폐가 있는데. 져 준다는 건 인마 지지 않은 사람이 하는 소리야."

"하, 그 자식 참. 그래, 그래, 내가 졌다. 어서 밥이나 좀 재촉해다고."

"진작에 그렇게 나올 노릇이지. 어이, 미스 심. 밥 좀 빨리해야겠어. 이 친구 며칠 굶은 모양이야."

"네, 금방 돼요."

그들은 사실상의 부부이면서도 호칭은 또 꼬박꼬박 미스 심, 덕섭 씨 따위로 남남처럼 부른다. 어째서 그러는지는 그들만이 알 일이겠으나 늘 들어온 내게는 조금도 어색하지 않았다. 다만 은수에게는 약간 이상하게 들렸던 모양이다. 나를 쳐다보며 의미 있는 눈짓을 보내온다. 그걸 놓치지 않았던지 덕섭이 설명했다.

"아, 우리 호칭 때문에 그러시는군요. 미스 심하고 전 법률상으로는 아직 부부가 아니거든요. 말하자면 준법정신에 투철한 것뿐이죠. 호적법 같은 건 지키기에 그렇게 힘이 드는 건 아니니까요."

그건 나로서도 처음 듣는 해명이었다.

"거 별 해괴한 준법정신 다 보겠다. 그동안 무심히 들었더니 그게 그런 흑막이 있었구나."

은수도 재미있다는 듯 가만히 웃었다.

덕섭의 집으로서는 제법 융숭하게 차려진 저녁식사를 마치고 차와 과일 대접까지 받으며 밤늦도록 담소를 나눈 뒤 우리는 우리가 당분간 그곳에서 신세 지게 될 덕섭의 아틀리에로 옮겨 갔다.

아틀리에라곤 하지만 그것은 거의 보통의 빈방에 지나지 않았으며 덕섭의 그림 도구 나부랭이 얼마와 그리다 만 그림 몇 점이 한 구석에 아무렇게나 쌓여 있을 따름이었다. 미스 심이 청소를 해 둔 흔적이 보였고 불도 넣었는지 방바닥이 미지근해 오기 시작하는 것 같았다. 이부자리도 한 채 옮겨 와 있었다. 은수가 약간 계면쩍어하는 표정을 지었다.

"우리 이래도 되는 거예요?"

"괜찮아. 괜찮은 데니까 은술 데리고 왔지. 아무 염려 말고 자자고."

"그래도 난 왠지 미안한 것 같아서."

"글쎄, 아무 염려 말라고. 저 친구들 정말 괜찮은 친구들야. 그리고 정 은수 마음에 부담이 된다면 내가 나중에 신세 갚으면 되잖아? 갚는대도 받을 친구들도 아니지만 말야. 자 피곤한데 어서 자자고."

"그럼 중길 씨가 나중에 꼭 신세 갚아야 해요."

"그래, 염려 마. 내 꼭 갚을 테니."

그제야 그녀는 옮겨져 있는 이부자리를 폈다. 그리고 우리는 나란히 자리 속에 들어가 누웠다. 말하자면 이제 홈그라운드인 셈이었다. 나는 그녀의 옷을 벗기려 했다. 그러자 그녀가 내 손을 제지하며 나직이 말했다.

"아이, 여기선 좀 삼가요. 친구분 집이잖아요."

"무슨 상관이야, 그게? 서울에서의 첫 밤을 그냥 무의미하게 보낼 수야 있어?"

그 말끝을 이어 나는 '저쪽에서도 아마 하고들 있을 거야'라고 덧붙이려다가 그만두었다. 공연히 그녀의 수치심을 자극할 필요가 없겠기 때문이었다. 그리고 나는 일단 제지당했던 손으로 작업을 강행했다. 그녀도 더 이상은 막지는 않았다. 우리는 마침내 서울의 아담과 이브가 되었다.

홈그라운드의 아담은 용기백배하였다. 적지의 이브도 이제 결코 계면쩍어하지만은 않았다. 아니 일단 금단의 열매를 맛보자 금단의 열매를 맛본 이브답게 행동하기 시작했다. 금단의 열매는 혼자만이 먹어서는 안 되는 것이었다.

그리고 그 금단의 열매를 먹고 나서 부끄러움을 알게 되는 열매가 아니라 먹고 나면 더욱 부끄러움을 잊게 되는 그러한 열매였다.

아담의 피가 마침내 거꾸로 흐르기 시작했다. 이브의 피도 순조롭게 흐르지만은 않는다는 게 알려져 왔다. 아담은 혈관 파열의 위험을 무릅쓰고, 아니 차라리 그것을 꿈꾸며 더욱 역류에 채찍질했다. 이브도 아담이 위험하다는 것 따위는 아랑곳하지 않았다.

마침내 아담은 혈관이 파열하는 듯한 순간에 직면했다. 동시에 역류는 최고의 정점에서 멈췄다. 아담의 망막은 진홍빛 일색이었다.

"아!"

이브의 혈관이 더 이상의 역류를 감당해 내지 못하고 내지른 나직한 비명이었다. 아담과 이브는 까마득히 솟아올랐다가 서서히 낙하했다. 아주 서서히, 바위 위에 떨어져도 다치지 않을 만큼 서서히.

에덴동산 놀이가 끝나고 우리가 다시 도시 변두리의 한 가난한 화가 지망생의 조그만 아틀리에라는 현실로 돌아왔을 때 그녀가 조그만 소리로 말했다.

"이러다 우리 아기 가지면 어떡할래요?"

"왜, 아길 가질 것 같아?"

"그걸 내가 어떻게 알아요?"

"……가지면 낳지 뭐."

"낳아서는."

"기르지 뭐."

"어디서 어떻게요?"

"이 지구상에서 은수의 젖으로."

"그럴 줄 알았어요."

"왜, 내가 뭘 잘못 말했나?"

"틀린 말은 하나도 안 했죠. 하지만 틀린 말은 안 했다는 게 곧 바른 대답을 했다는 게 될 순 없어요."

"아, 그럼 정정해서 말하지. 이 지구상의 인간이 지은 건축물과 그 주변의 공간에서 기르며 아기 아빠가 보급하는 식량을 먹고 생산하는 아기 엄마의 젖으로 기른다, 됐어?"

"덜됐어요. 거기다가 아기 아빠의 사랑으로 기른다는 말을 보태야 해요. 그래도 역시 구체적인 대답은 못 되고 극히 일방적인 말에 불과하지만요."

"그야 아직 구체적인 청사진을 제시할 만한 형편이 못 되니까 그렇지. 하지만 그 조항, 아기 아빠의 사랑으로 기른다는 조항은 덧붙이기로 하지. 우선은 이 정도면 됐어?"

"그래요. 하지만 만족스럽다곤 할 수 없어요."

"그야 물론일 테지. 그런데 그건 갑자기 왜 물어? 아길 가질 것 같은 예감이라도 들어? 여자들은 예감으로 대개 알 수 있다고들 하던데."

"예감은 무슨 예감이에요? 중길 씨 태도가 알고 싶어서 그냥 물어본 거죠."

"그렇다면 안심이군. 지금 형편으론 아무래도 우리가 아길 갖는다는 건 좀 무리니까."

"사실은 그래서 물은 것예요. 아무런 대책도 없이 위험한 짓만 자꾸 계속하면 어떡해요? 무슨 대책을 세우든지 좀 삼가든지 둘 중의 하날 택해야 할 거 아녜요."

"그 또 그런 문제가 있나."

"거 보세요. 책임 있는 생각이라곤 조금도 안 해 보고서."

"글쎄 좀 생각해 보자고."

"이제부터요?"

"이제부터라도 생각해 봐야지. 하지만 이 귀엽고 예쁜 은수를 그냥 바라다보기만 할 수도 없고, 그건 내 이 건강한 육체가 도저히 받아들여 주지도 않을 거란 말야. 피임을 하는 도리밖에 없겠군 그래."

"고작 생각한 게 그거예요?"

"가장 합리적인 생각이지 뭘."

"난 그렇겐 못 하겠어요. 자연의 섭리를 거역하고 싶진 않아요."

"그럼 됐어. 자연의 섭리대로 놔두자고. 자연의 섭리가 다 알아서 해결을 해 줄 거야."

"끝내 성실한 말이라곤 한마디도 하지 않는군요. 말꼬리나 잡기에 바쁘고."

마침내 그녀는 더 이상의 대화가 무의미하다고 판단했는지 나로부터 돌아누워 버렸다. 나는 약간 가책이 되어 그녀의 등 뒤에 대고 비교적 성실하게 들릴 목소리로 말했다.

"알았어, 알았어. 내 좀 생각해 볼게."

그러나 그것은 그때뿐이었다.

그녀가 애를 갖게 된다면 그건 불편하기 짝 없는 일이겠지만 그것은 어디까지나 장차의 문제이지 당장의 문제는 아니었던 것이다. 그리고 장차의 문제 따위는 내겐 하등의 중요성도 없었던 것이다.

내겐 오로지 당장 당장의 불편만 제거해 나가면 그것으로 족했던 것이다. 장차의 문제 따위는 하느님이나 알아서 할 일이다, 라는 게 내 신조였던 것이다.

내게 있어서 당장의 불편함이란 그녀가 무슨 일로건 토라진다거나 하여 그녀의 몸에 탐닉하는 데 방해가 되는 일이었다. 그것은 나로서는 바라는 바가 아니며 극력 방지하지 않으면 안 될 일이었다. 모처럼 수중에 든 물고기를 마음대로 하지 못하게 된대서야 그게 어디 말이 되는가.

때로 내가 그녀 앞에서 좀 성실해지는 체하는 건, 따라서 그러한 필요에 의한 경우뿐이었다. 물론 또 사람이란 제아무리 불성실한 사람이라 할지라도 경우에 따라선 문득 성실해지는 순간이 없는 것도 아니지만 그건 어디까지나 그때뿐이다.

그때만 지나면 자신도 모르는 사이에 어느덧 제 본성으로 돌아가 버리고 마는 것이다.

내 경우가 아마 그에 가깝지 않았던가 싶다.

어쨌든 나는 어린애와 결부된 문제는 그런 정도로 수습해 넘기고 다시 무책임하게 계속 그녀의 몸에 탐닉했다. 그녀에겐 좀 생각해 보 마고 했었지만 실제로는 어린애를 갖게 될지도 모를 사태에 대해서 는 거의 아무 고려도 하지 않았다. 그리고 운 좋게도 그러한 사태는 당장 야기되지도 않았다. 그도 그럴 것이 그것이 어디 이삼일 안에 또는 일주일 안에 징후가 드러날 사태여야지 말이다.

그녀는 이따금 그 문제에 관해 내게 주의를 환기시켜 주었으나 나 는 그때마다 적당한 임기응변으로 모면해 나가곤 하였다.

그리고 그녀도 마침내는 그 문제에 관한 한 아등바등 앞당겨 걱정 할 필요까진 없다고 생각해 가는 것 같았다.

모든 것이 다시 순조롭게 풀려 나갔다. 덕섭 부부는 우리에게 비단 방을 제공해 주었을 뿐만 아니라 식사까지 제공해 주었으며 우리에 게 마치 신방이라도 차려 준 듯한 우정 어린 태도를 보여 주었음에도 불구하고(왜냐하면 그들의 수입이란 덕섭이 그의 친구가 운영하는 화실에 잠깐씩 나가 아이들을 지도해 주고 받아 오는 쥐꼬리만 한 보 수와 큰집으로부터 매달 자립 보조비 조로 받아 오는 약간의 금액이 전부였으니까) 어쨌든 우리 두 쌍의 그 조금 이상한 형태의 공동생활은 화기애애한 분위기 속에서 얼마 동안 유지되었다.

은수는 자진해서(물론 만류를 무릅쓰고) 부엌에 나가 취사를 돕기도 했으며 자기가 절 생활에서 익힌 지식으로 덕섭 부부의 사주팔자를 보아 주기도 하였다. 미스 심의 사주팔자에는 몸에 칼자국을 가진 운명으로 나타났는데, 과연 미스 심은 자기가 맹장수술을 한 적이 있다면서 못내 신기해하였다. 그러나 덕섭의 사주팔자는 중년 이후에 대성할 것으로 나타났기 때문에 확인할 도리가 없었다.

우려되는 것은 그러나 나의 휴가기간이 점점 만료되어 간다는 사실이었다. 귀대해야 할 날짜가 불과 며칠 남지 않았던 것이다.

귀대해야 할 날짜가 며칠 남지 않았다는 것은 바로 어떠한 형태로든 그녀와 헤어지지 않으면 안 될 날짜가 며칠 남지 않았다는 말과 동의어였다.

그리고 그것은 그녀와의 즐겁고 자유로운 연애에도 조만간 어떤 형식으로든 종지부를 찍지 않으면 안 된다는 사실을 의미했으며, 나아가서는 그녀와의 여지껏 관계에 대한 어떤 형태로든지 간에 최종적인 마무리를 지어야 할 시기가 임박했다는 사실을 뜻하기도 했다.

그러나 나는 그러한 사실들을 되도록 의식 속에 떠올리지 않으려고 힘썼다. 아까운 시간을 그러한 것들을 앞당겨 염려하는 것으로 빼앗기고 싶지는 않았기 때문이었다. 나는 임기가 얼마 남지 않은 부정 공무원처럼 더욱 탐욕스럽게 그녀의 몸에만 파고들었다.

때로는 대낮에도 염치없는 행위를 감행함으로써 무슨 일로 우리를 부르러 왔던 미스 심으로 하여금 방문 밖에서 그대로 뒤돌아서고 말게 하기도 하였다. 그리고 그런 일이 있고 나서는 덕섭들의 방에서도 예외 없이 심상치 않은 소리가 들려오곤 했다.

그럴 때 그녀는 내게 상기한 얼굴로 핀잔을 주곤 했다.

"난 몰라요. 이따 어떻게 덕섭 씨랑 미스 심 얼굴을 봐요?"

또는

"정말 중길 씬 염치없는 전염병균 같아요. 때와 장소, 그리고 사람을 가리지 않는."

그러면 나는

"어떻게 보긴 어떻게 봐? 공범자 쳐다보듯 보지."

하거나

"전염병균이라니? 그 무슨 망측한 비유야? 전도사라면 또 몰라도. 그리고 사람을 가리지 않는다니? 어째서 내가 사람을 가리지 않는단 말야. 이렇게 엄연히 잘 가리고 있는데도."

하여 그녀를 침묵시키곤 했다.

한 번은 네 사람이 저녁상을 받고 앉았을 때 덕섭이 말했다.

"요즘 우리 미스 심 반찬 솜씨가 날로 향상해."

그러자 미스 심이 받았다.

"그게 어디 나 혼자 솜씬 줄 알아요? 미스 김이 부엌에 나와서 도와준 덕분이지."

"하하, 물론 그렇기도 하겠지만 말야. 하지만 단순히 그렇기만 한 건 또 아닌 것 같단 말야."

나는 이 녀석이 노골적으로 외설스런 수작을 늘어놓으려는 배짱이 아닌가 하여 적잖이 흥미로웠다. 그러나 그는 점잖게 부언하는 정도로 절도를 지킬 줄 알았다.

"뭐랄까, 음식 솜씨 이상의 어떤 솜씨가 덧붙은 것 같다고나 할까."

정작 절도를 잃은 것은 오히려 여자들 쪽이라고 할 수 있었다. 그 지독히 암시적인 말에도 두 여자는 금방 말뜻을 알아차린 표정으로 거의 동시에 얼굴을 빨갛게 물들였던 것이다. 미스 심이 붉어진 얼굴을 애써 수습하고 나서 뾰족하게 쏘아붙인다.

"식탁 앞에서 그게 무슨 못된 소리예요?"

"아니, 이런. 뭘 오해하고서 이래? 나는 단지 미스 심, 손님 대접 잘하려는 갸륵한 마음씰 칭찬한 것뿐인데."

덕섭은 천연덕스럽게 대꾸하였다. 결과는 여자들 쪽만 맹랑하게 되어 버린 셈이었다. 그리고 그 결과는 또 맹랑한 추문을 우리들 사이에 잠시 불러일으켰다.

덕섭이 네 사람이 합석한 자리에서 공개적으로 외설스런 수작(비록 지극히 암시적인 것이었다곤 해도) 비슷한 것을 토로하고 또 그것을 여자들이 바로 그 외설스런 수작으로 받아들였다는 사실을 기회로 덕섭이 내게 맹랑하기 짝 없는 제안 하나를 꺼내 놓았던 것이다.

그 일이 있은 다음 날인가였고, 그녀들 둘 다 부엌엔가 나가고 방 안에 덕섭과 나 둘밖에 없을 때였다.

덕섭이 바깥 동정을 살피는 듯하더니 빙글빙글 웃는 얼굴로 나지막하게 말했다.

"야, 우리 한번 바꿔 보지 않을래?"

나는 얼간이처럼 얼른 말귀를 알아차리지 못하였다.

"뭘 바꿔?"

"자식 말귀 한번 어둡다. 뭘 바꾸긴 뭘 바꿔, 인마? 너하고 나 사이에 바꿀 만한 게 하나밖에 더 있어?"

"그게 뭔데, 인마?"

"참 자식 더럽게 둔하네. 꼭 까발려서 얘기를 해야만 아니?"

그제야 나는 말귀를 알아듣고 펄쩍 뛰었다.

"뭐야, 인마?"

"소리 좀 죽여, 인마 그렇다고 아주 바꾸자는 건 아니고 한 번만 바꿔 보자, 이거야."

"안 돼, 인마."

"안 되긴 인마 뭐가 안 돼? 너나 나나 어디 조강지처 거느린 거야?"

그건 그렇다고 생각되었다. 나는 호기심이 약간 동하기 시작했다. 미스 심의 몸매를 머릿속에 한번 그려 보았다. 색다른 재미가 있을지도 모른다는 생각이 들었다. 여태껏 한 번도 생각해 본 적이 없는 일이다. 따라서 미스 심의 벗은 몸매에 대해서 생각해 본 적도 물론 없다. 옷에 감싸인 몸매만을 그저 별 뜻 없이 보아 왔을 뿐이다. 그리고 비교적 날씬한 편이라고만 여겨 왔을 뿐이다. 그런데 막상 옷 속에 감춰진 몸매를 그려보자 여간 입맛이 당기는 것이 아니다. 은수와는 또 다른 어떤 자별한 달콤함을 지니고 있을지 누가 알겠는가.

"어때? 의향 있니?"

덕섭은 계속 유혹하려는 듯한 눈빛으로 나를 쳐다보았다. 그리고 나도 실상 그 유혹에 얼마간 이끌리고 있었다는 것이 솔직한 심경이었다.

"하지만 인마 우리만 의향이 있다고 해서 되는 일이야?"

"그야 물론 어렵지. 각자 설득을 한번 해 보기로 하는 게 어떨까? 난 미스 심은 어떻게 설득을 해 볼 수도 있을 것 같은데. 지난밤에 슬쩍 운을 떼어 봤거든."

"그랬더니?"

"그야 물론 펄쩍 뛰지. 농담으로라도 그런 망측한 소리 말라고. 하지만 전혀 가망이 없어 보이진 않았어."

"어떻게?"

"그걸 인마 어떻게 말로 설명해? 왜 그런 거 있잖아? 뭐라고 해야 좋을까? 호기심이라고나 할까? 겉으론 펄쩍 뛰면서도 속으론 은근히 호기심이 없지도 않은 그런 거 말야."

"자식이 눈치는."

"뭐가 인마 눈치야? 어디 인마 나 혼자 재미 보자는 얘기야?"

"설득이 안 되는 경우엔 어떡하지?"

"그땐 도리 없이 강제 집행하는 거지."

나는 단호하게 잘라 말했다.

"에이, 이 도둑놈아. 말도 안 되는 소리 작작 하고 냉수 먹고 속이나 차려."

결코 강제 집행 운운 때문에만 내가 유혹을 뿌리치고 그런 단호한 태도를 보인 것은 물론 아니었다. 강제 집행도 강제 집행이었지만(그야만성을 상기해 보라) 무엇보다도 미스 심과 잠자리를 한번 같이해 본다는 사실은 미상불 매우 흥미로운 일임에 틀림없겠으되, 그 대신 은수를 내주어야 한다는 사실, 즉 은수와 미스 심을 막상 교환해야 한다는 사실에 상도하자 뭐니 뭐니 해도 그건 우선 밑진다는 생각이 앞섰으며, 더욱 묵과할 수 없는 일은 덕섭과 은수가 한 쌍이 되어 어떤 형태로든 벌거벗은 채 한 이부자리 속에 있게 된다는 사실이었다. 이를테면 미스 심을 한번 차지해 본다는 유혹보다는 은수를 덕섭의 손아귀 속에 넣고 싶지 않다는 저항이 훨씬 더 강했던 것이다.

내가 솔깃해하는 듯하다가 별안간 태도를 일변하여 단호하게 딱 자르자 덕섭은 그것이 자기의 강제 집행 운운 때문이라고만 생각한 모양이었다.

"글쎄 그건 최악의 경우에 한한 얘기고 우선 설득이나 한번 해 봐, 인마. 모처럼 꺼낸 얘길 그냥 주워 담기도 우습잖아?"

"최악의 경우고 설득이고 다 관둬, 인마. 난 못하겠어. 자식이 순 못된 생각만 하고 있어."

"원, 빌어먹을 자식. 혼자서 무슨 성인군자인 척하고 있네."

내가 계속 의향이 없음을 분명히 하자 덕섭은 마침내 괜히 헛농사만 지었다는 표정으로 그렇게 투덜거리고는 시무룩이 입을 다물고 말았다. 그리고 덕섭과의 그 애기는 그것으로 흐지부지되고 말았다.

그날 저녁 나는 한 차례 중노동을 치르고 나서 은수의 작고 귀여운 젖꼭지를 만지작거리며 탄식하듯 중얼거렸다.

"아깝고말고. 암, 무엇과도 바꿀 수 없지."

그녀가 물었다.

"무슨 소리예요?"

"응? 아, 아, 나 혼잣소리야."

"또 그 무슨 방백인가 하는 거예요?"

"아니 아니, 순전한 혼잣소리야. 소리가 새 나간 건 말하자면 실수고."

"또 무슨 의도적인 혼잣소리는 아니고요?"

"아냐 아냐, 절대로. 은수 젖꼭지가 귀엽다는 생각을 하다 보니 나도 모르게 저절로 튀어나온 소릴 뿐야."

"그게 그렇게 귀여우세요?"

"귀엽고말고."

"귀여우면 가지세요."

"어떻게 가질까?"

"어떻게든지요."

"샤일록처럼 가질까?"

"그럴려면 포샤의 판결대로 가지세요."

"어? 은수도 셰익스피어에 통달한 모양인데."

"아무리 셰익스피어에 통달하지 못했다고 『베니스의 상인』도 모를라고요."

"좋아. 아무튼 그럼 소유권 설정을 해 두어야지. 차후 본인의 승낙 없이는 여하한 경우를 막론하고 이 귀여운 물건을 타인에게 대여하거나 제공하지 못함. 안중길. 이의 없어?"

"없어요."

그때 나는 슬며시 좀 전의 내 혼잣소리를 다음과 같이 연장하였다.

"이제야말로 누구한테도 뺏길 염려는 없겠지."

그리고 나는 소유권을 확인하는 의식이라도 치르듯 살며시 그녀의 그 귀여운 물건에 입 맞추었다. 그러자 그녀가 아무래도 좀 미심쩍다는 표정이 되며 다시 물었다.

"무슨 소리죠? 이번에도 혼잣소리라고 잡아떼진 않겠죠?"

나는 얼른 둘러대었다.

"사실은 말야, 나 덕섭이 저 자식이 은근히 염려였거든. 자식은 나보다 체격도 좋고 얼굴도 미남인 데다가 또 군인도 아니란 말야."

"어마! 그럼 내가 중길 씨 놔두고 덕섭 씨한테로 가기라도 할까 봐 염려를 했단 말예요?"

그녀는 당장 서슬이 파래서 추궁해 왔다. 나는 이것이 어디까지나 농담임에 유의하라는 듯이 짐짓 더욱 천연덕스런 목소리로 대꾸하였다.

"그러지 말라는 법이 또 있어?"

"뭐라고요? 날 무슨 거리에서 몸 파는 여자로 취급하는 거예요?"

"하하 다 농담이었다고, 농담. 내가 은수를 그렇게 볼 리가 있나? 괜히 감격해서 한번 해 본 소리지, 소유권을 설정한 기분에 들떠 가지고."

"아무리 그런 농담이 어딨어요?"

"미안, 미안, 사과할게, 사과해."

"뭐든지 사과만 하면 다 되는 줄 알아요?"

"그래, 그래. 다시는 사과할 일도 되풀이하지 않을게. 그저 내 이 주둥이가 미울 뿐이야."

"정말 그런 농담 다신 안 하기로 약속해요."

"그래, 하늘을 두고 맹세하지."

슬쩍 그녀의 의향이나 한번 떠보려던 계획이었는데 정작 본사안(本事案)에는 가지도 못해서 호된 탄핵부터 당한 셈이었다. 만일 덕섭의 제안 내용을 비치기라도 했더라면 그런 정도로 수습이 될 사태에 그치지 않았을 것은 불을 보듯 뻔한 일이었다.

그러나 내심 나는 자랑을 금할 수가 없었다. 미스 심에 비하면 나의 은수는 얼마나 더 확실히 나의 것인가.

덕섭의 말에 의하면 미스 심은 어느 정도 설득에 넘어올 가능성도 없진 않았다고 하지 않는가. 그만큼 덕섭은 미스 심을 자기 것으로 하고 있지 못하다는 증거다. 그리고 그것은 내가 얼마나 값나가는 행운을 손에 넣었는가를 다시 한번 확인시켜 주는 좋은 증표다.

그러나 문제는 바로 그 행운의 기간이 얼마 남지 않았다는 사실이었다. 귀대날짜가 이틀 앞으로 다가왔던 것이다.

나는 하루를 더 나의 행운을 헛되지 않게 하는 데 바쳤다. 귀대해서는 아무짝에도 쓸모가 없게 되는 정력의 샘을 바닥이 보일 때까지 길어 올려서.

그리고 귀대를 하루 앞둔 날 밤 잠자리 속에서 나는 그 행운을 단지 한 때의 행운으로만 기억하기 위한 나의 공작을 시작하였다. 왜냐하면 사람이란 항상 맺고 끊을 시기를 알아야 하는 법이기 때문이었다.

나는 짐짓 수심에 찬 표정으로 무겁게 말문을 열었다.

"……은수, 어떡하지? 나 부대에 가 있는 동안. 하루 이틀도 아닌데 그냥 이 집에 얹혀 지낼 수도 없을 테고, 그렇다고 의부가 있는 집으로 돌아가 있을 수는 더욱 없는 노릇이고."

그녀는 나의 휴가기간이 아직도 얼마간 더 남아 있는 것으로 생각한 모양이었다.

"……부대 돌아가셔야 할 날이 며칠쯤 남았어요?"

"내가 얘기 안 했던가? 아 참, 그랬었군. 서운하게 생각하지 마. 나 내일이 귀대날짜야."

"네?"

그녀의 표정은 순간 경악과 배신감으로 일그러졌다.

"진작 얘길 할려고 그랬었는데, 어쩌다 보니 이렇게 됐어. 얘길 한다고 벼렸었기 때문에 깜빡 얘길 한 것 같은 착각이 드는군. 절대로 일부러 숨기려던 건 아냐. 너무 그렇게 서운해하지 마."

"……."

그러나 그녀는 차마 믿어지지 않는다는 표정으로 나를 뚫어져라 쳐다보기만 했다.

"문제는 은수가 거처할 곳인데, 아무리 생각해 봐도 나로선 뾰족한 해결책을 찾을 수가 없었어. 우리 집에라도 가 있을 수 있다면 좋겠는데 여간 완고한 집구석이어야 말이지. 그렇다고 지금 말한 대로 여기서 은수 혼자 몇 달을 그냥 더 얹혀 지낼 수도 없는 노릇이고, 또 의부가 있는 집으로 돌아가 있을 수는 더욱 없는 노릇 아냐? 어떡하지? 몇 달만 은수가 있을 데 없을까?"

"그걸 왜 인제야 얘기하죠?"

"그동안 어떻게든 나 혼자서 해결책을 찾아보느라고 별별 궁리를 다 했지. 마땅히 내가 해결해야 할 문제였으니까 말야. 그런데 결국은 이렇게 은수한테 떠맡기는 형편이 되고 마는군. 서울에 있다는 그 친척 집에 몇 달 좀 가 있을 수 없을까?"

"거긴 못 가 있어요."

"그럼 어떡하면 좋지? 이럴 수도 저럴 수도 없으니. 부대만 안 들어가도 된다면 문젠 아주 간단하지만 그럴 수도 없고. 은수도 물론 나를 범죄자를 만들고 싶진 않을 거 아냐?"

"범죄자를 만들고 싶다면 될 용의는 있고요?"

"그건 은수를 위해서도 그렇겐 못 하겠어. 단 몇 달의 어려움을 참지 못하고 두 사람 가운데 한 사람이 범죄자가 돼 버려서야 그게 어디 사랑이야? 맹목적인 집착이지."

"조금씩 본색을 드러내기 시작하는군요. 그동안 잘도 가면을 쓰고 있었네요."

"무슨 소릴 그렇게 해? 남은 지금 괴로워 죽겠는데."

"괴로워요? 괴로운 사람이 어저께까진 그렇게……."

그녀는 말끝을 아무리지 못하고 입술을 악물었다. 나는 짐짓 한숨을 쉬어 보였다.

"그게 다 괴로움을 잊어 보자는 헛된 노력이었어. 날 좀 이해해 보려고나 해 줘야지."

"세상에 둘도 없이 비열한 사람. 끝끝내 거짓말만 하려 드는군요."

여자를 떼어 버리려고 할 때 사내들이 왕왕 빠지곤 하는 함정은 자기에 대한 좋은 느낌을 여자로 하여금 계속해서 갖고 있게 하려는 어리석은 노력이다. 그걸 잘 알면서도 나는 자칫 또 그 함정에 빠져 버릴 뻔하였다. 그러나 나는 곧 똑바른 이성을 회복하였다. 더욱이 그녀가 그것을 촉발해 주었던 것이다. 나는 싸늘한 목소리로 말하였다.

"정 그렇게 빗나가기만 하겠다면 좋아. 마음대로 하라고."

그러자 그녀는 마치 힘껏 얻어맞기라도 한 사람처럼 얼굴이 백지장처럼 하얘졌다.

"드디어 완전한 본색을 드러내는군요. 무섭고 비열한 사람."

"이제 알았어? 영리한 줄 알았더니 아주 바보였군그래. 날 무슨 순정파 연애소설의 주인공쯤으로 안 모양인데. 천만에 오해라고. 그리고 은수를 뭐 내가 백년해로할 여자로 선택한 줄 알아? 이거 왜 이래? 왜 이렇게 촌스럽게 굴어? 난 말야, 남녀간의 사랑 어쩌고 하는 자체부터를 우습게 아는 사람이라고. 알겠어?"

"영원히 구제받지 못할 사람."

"구제? 웃기지 말라고. 구제해 준대도 안 받겠어. 그놈의 구제라는 걸 받기 위해서 평생 여자 하나만을 신주 모시듯 모시고 살아야 한다면 말야. 하긴 은수는 예쁘고 몸도 마음에 들어. 가능하다면 한 1년쯤은 더 데리고 놀고 싶어. 하지만 그 이상은 결코 아니야. 자기를 과신하지 말라고. 하긴 어디 얌전히 가 있다가 나 제대한 뒤에 나타나서

1년만이라도 좋으니 제발 데리고 놀아 달라고 부탁한다면 그야 환영이지. 용의가 있다면 지금 미리 예약해 두어도 좋고. 어때? 생각 있어?"

"깡패! 사기꾼! 날건달!"

"이제야 차츰 영리해져 가는군. 그래, 무어라고 그래도 좋으니 제발 분별이나 어서 차리라고. 냉수 먹고 속 차리라 이 말이야. 의부한테 그만큼 데었으면 남자라는 게 어떤 동물인지 진작 알아차렸어야지. 자, 실컷 욕해 봐."

그러자 그녀는 마침내 배신과 절망에 이기지 못한 울음을 삼키는 소리를 냈다. 나는 내심 안도의 한숨을 내쉬었다. 여자를 절망시키는 데 일단 성공하고 나면, 즉 저자로부터 이젠 더 이상 아무것도 기대할 게 없다고 여자로 하여금 판단하게 하는 데 성공하고 나면 남는 문제는 이제 물리적인 이별 이외에는 아무것도 없는 것이었다.

그녀는 계속해서 울었다. 그리고 아마 내가 편안한 심사가 되어 잠속에 떨어진 뒤에도 계속해서 운 모양이었다.

이튿날 아침 내가 잠에서 깨어났을 때 그녀는 퉁퉁 부은 얼굴로 나를 바라보고 앉아 있다가 말하였다.

"잘도 자는군요. 악인일수록 잠을 잘 잔다더니. 다 잤으면 나 바래다주세요. 가겠어요."

"이렇게 일찍?"

"귀찮으면 그냥 더 자든지요. 마지막으로 사람 구실을 조금이라도 시켜 주려고 그래 본 것뿐예요. 혼자서도 얼마든지 갈 수 있어요."

"좋아, 사람 구실을 한번 해 보기로 하지. 하지만 아침도 안 먹고 가면 저 친구들 서운하게 생각할 텐데."

"그렇다고 날 보고 여기서 아침까지 얻어먹어 가며 태평스레 굴어 달란 말예요?"

"좋아, 좋아. 그럼 지금 떠나기로 하지. 그런데 염려했던 것보단 비교적 관대한데. 사람 구실을 다 시켜 주려 하고 말야. 역시 은순 이렇게 놓쳐 버리긴 좀 아까워."

"나 살아 있을 때 마음대로 하고 싶은 소리 다 하세요."

"이거 왜 또 은근히 협박이야? 내가 그런 협박에 겁이라도 낼 줄 알아?"

"겁 안 낼 줄은 알아요. 그러니까 협박하는 거 아녜요."

"마음대로 하라고. 그야 뭐 내 소관이 아니니까. 자, 그럼 슬슬 일어나 볼까."

"그래요."

그녀는 밤새 울어 퉁퉁 부은 얼굴을 감추려고도 하지 않고 다소곳이 나를 따라 일어섰다.

우리가 아침도 안 먹고 떠나려는 걸 보자 덕섭과 미스 심은 깜짝 놀라는 표정을 지었다. 그리고 극력 만류했다. 그러나 우리는 우리 자신에게 어떤 문제가 있어서 그런 것이지 결코 덕섭들에게 서운한 점이 있어서 그러는 게 아니라는 걸 우리의 밝지 못한 표정으로 시위하며 곧 작별 인사를 나눈 뒤 그들의 집을 나섰다.

서울역에 도착하여 Q시행 기차표를 사서 그녀에게 쥐여 주고(그녀는 집으로 가겠다고 했던 것이다) 함께 플랫폼으로 나갔을 때 그녀가 말했다.

"다른 여자한텐 절대로 이런 짓 되풀이하지 마세요. 마지막 부탁이에요."

나는 허허 웃으며 대꾸하였다.

"무슨 비련의 주인공이 마지막으로 남기는 유언 같군그래. 아무튼 알았어. 충고 명심하도록 하지."

"끝내 사람의 말을 성실하게 들을 줄 모르는군요."

"왜? 내가 명심하겠다고 하잖았어?"

"아무튼 내 말 나중에라도 좀 곰곰 생각해 보세요. 중길 씨라고 끝내 나쁜 사람만 되라는 법은 없으니까요."

"알았어, 알았어. 은수 고마운 마음씨는 내 평생 잊지 않도록 하지."

"그런 소리가 아녜요. 중길 씨 자신의 문제를 잘 생각해 보라는 거죠."

"글쎄, 고맙다니까. 은수 충고 명심하겠어. 자, 어서 타라고."

"네, 먼저 나가세요."

"어서 타. 난 천천히 나가도 되니까."

그러자 그녀는 잠시 내 얼굴을 슬픈 눈빛으로 응시하고 나서 '안녕히 계세요'라고 들릴 듯 말 듯 말하고는 곧 나로부터 돌아서서 빠른 걸음으로 기차에 올랐다. 나는 그녀의 등 뒤에다 대고 후련한 목소리로 커다랗게 말했다.

"잘 가. 은수 얘기 명심할게."

그녀의 모습은 곧 기차 속으로 사라져 보이지 않았고 다시는 차창을 통해서도 보이지 않았다. 그리고 기차는 곧 출발했다.

나는 서둘러 집으로 돌아가 20여 일 동안 벗어 두었던 군복으로 갈아입고는 귀대 길에 올랐다. 그리고 귀대하자마자 나는, 내게 Q시에 갈 것을 권해 주었던, 이제 제대가 며칠 남지 않은 그 고참 병장에게 PX의 막걸리를 대접하였으며 그의 권유가 훌륭한 결과를 가져왔음을 보고하고, 나의 성공담을 자랑스럽게, 그리고 장황하게 늘어놓았다. 그 고참 병장은 얘기를 흥미진진하게 듣고 나서 자기도 제대하는 길로 곧 다시 한번 Q시를 방문할 작정이라고 희망에 찬 포부를 털어놓았다.

자, 이제 그 후의 그녀가 어떻게 되었는가를 말할 차례다. 살았는가? 죽었는가? 그리고 혹 연락 같은 건 다시 없었는가? 물론 살아 있다. 그리고 연락이 꼭 한 번 있었다. 그녀는 덕섭의 집 주소를 기억해 두었던 모양으로 두어 달 뒤 그녀로부터의 편지 한 통을 가지고 덕섭이 부대로 나를 찾아왔었는데 편지의 내용은 그녀가 아기를 가졌다는 것이었다. 나는 물론 아무런 답장도 하지 않았다.

우요일(雨曜日)

1. 우요일

우리들의 좀 희떱고 감상적인 주인공 수자(秀子)는 비 오는 날을 좋아한다. 비 오는 날에 창경원 가기를 특히 좋아한다. 그리고 그러한 날을 그녀는 그녀 식의 희떠운 상상력을 동원하여 얼마 전에 우요일(雨曜日)이라고 명명(命名)한 바 있다.

그냥 비 오는 날이라고 불러도 무방할 것을, 굳이 우요일이라고 명명한 데서 우리는 그녀의 허영심의 일단을 엿볼 수 있지만, 남들 같으면 계획을 세웠다가도 포기할 마련인 비 오는 날을 굳이 택해 창경원엘 간다는 사실에서 우리는 또 그러한 허영심의 연장이라고 할 수 있는 그녀의 감상벽을 짐작할 수가 있다. 본래 허영심과 감상벽이라고 하는 것은 서로 가까우면 친형제, 멀어 봤자 사촌간은 되는 지극히 친한 사이라고 할 수 있는 것이긴 하지만.

그리고 오늘이 바로 그녀식의 명명에 따르면 그 우요일이다. 수자는 오전 10시쯤 집을 나섰다. 학교가 휴강 중이므로 책 따위를 휴대할 필요도 없었다. 가볍게 박쥐우산 하나만을 받고 거리로 나섰다. 실로 근 한 달 만에 맞는 우요일이다. 따라서 그녀는 아침에 잠자리에서 깨어나 창밖에 비가 내린다는 사실을 발견한 순간부터 설레기 시작했으나, 그렇다고 아침도 안 먹은 채 꼭두새벽부터 외출을 한달 수는 없는 노릇이었으므로 그녀로서는 한껏 인내심을 발휘한 것이 10시였던 것이다.

거리에는 그맘때의 시간답게 행인의 수가 비교적 많지 않은 편이었고, 저마다 우산들을 쓰고 있었으며, 비는 우산 위에 떨어지는 빗방울의 음향이 듣기 좋을 만큼 알맞게 내리고 있었다. 그녀에게 있어서 비가 알맞게 내린다고 하는 것은 빗줄기의 굵기가 적어도 직경 반(半)밀리 정도는 되는 상태를 말한다. 무엇에 비유하는 것이 좋을까. 얼른 좋은 비유가 생각나지 않지만 굵기가 소나무 잎새 정도는 되어야 한다고나 할까. 어쨌든 지면에 떨어졌다가 되튀어 오르는 모습이 완연히 눈에 뜨일 정도라야 한다. 그렇다고 해서 물론 그 이하의 빈약한 비를 그녀가 싫어하는 것은 아니다. 힘없이 내리는 이슬비에서 더한 능개비까지도 그녀는 싫어하진 않는다. 다만 그녀가 알맞은 상태(라는 것은 만족할 만한 상태를 말함인데)라고 여기는 빗줄기 이하일 때, 그녀는 덜 만족할 뿐이다. 물론 최상급은 지면에 떨어진 빗방울이 무릎께에까지 튀어 오르는 세차고 굵은 비다. 그러나 잠시 지나가고 마는 소나기를 제외하면 그런 세차고 굵은 비는 몇 년에 한 번 만나 볼까 말까이다.

그런데 오늘은 최상급이라곤 할 수 없지만 근 한 달 만에 맞이하는 우요일에 충분히 값하는 만족할 만한 비다. 우선 우산 위에 떨어지는 빗방울의 음향만으로도 그녀의 귀는 충분히 즐겁다. 물론 샤넬라인의 스커트 자락 아래로 드러난 그녀의 종아리에 이따금 와 부딪는 빗줄기의 감촉 또한 더없이 즐거운 것이지만.

수자는 버스 정류장 한 구간쯤 그대로 내처 걷는다. 이 모처럼 맞는 비를 놔두고 대번 버스에 올라타기는 좀 아깝기 때문이다. 결국 창경원까지 가려면 버스를 타지 않을 도리는 없겠지만(그녀는 아직 택시를 타는 데는 익숙지 않다), 그리고 창경원에 가서도 실컷 걸을 수는 있겠지만(그녀가 창경원에 가는 주된 이유는 걸으려는 데 있으니까), 이를테면 맛있는 음식을 미리 좀 떼어 먹어 보는 행위 비슷하다고나 할까. 아니면 운동선수들이 말하는 저 워밍업 같은 것이라고나 할까.

그녀가 창경원에 가는 주된 이유가 걸으려는 데 있다고 방금 말했는데, 거기엔 약간의 설명을 덧붙여야 할 필요성을 느낀다. 왜냐하면 성급한 독자 가운데 어떤 분은 걷는 것이 주된 목적이라면 구태여 창경원까지 갈 필요는 없지 않겠느냐고 의문을 제기해 올는지도 모르겠기 때문이다. 그에 관한 답변은 다음과 같다. 그녀는 우선 그곳이 넓기 때문에 그곳으로 걸으러 간다. 넓은 곳에서 걷고 싶다면 5·16 광장으로 가면 될 것 아닌가. 아니다. 넓되 담장이 쳐진 곳이기 때문에 그곳으로 간다. 넓고 담장이 쳐진 곳이라면 자기 다니는 그 여자 대학도 있지 않은가. 물론 있다. 그러나 그곳엔 그녀가 좋아하는 동물들이 없다. 특히 호랑이가 없다. 그녀가 창경원에 가는 목적이 걸으려는 데 있다고 하면서 필자는 분명히 '주된'이라는 한정사를 사용하였는데, 그것은 그녀가 보기 위해서도 간다는 사실을 무시하고 싶지 않았기 때문이다. 보기 위해서, 즉 호랑이를 보기(만난다고 하는 것이 나을지도 모르겠다) 위해서도 그녀는 그곳엘 가는 것이다. 비오는 날에 지붕이 있는 거처에서 기거하고 있는 호랑이를 본다는(또는 만난다는) 것은 그녀로서는 말하자면 우요일의 보너스와도 같은 것이다. 비 오는 날의 창경원 호랑이. 아마 본 사람은 알 것이다. 그음울하고 외로운 모습을. 그리고 그 잡힌 자다움을. 그녀의 희떠움과 감상벽을 충족시켜 주기에 얼마나 적절한 상대이겠는가.

말하자면 그녀에게 있어서의 창경원이란 한마디로 그녀 나름의 교회(敎會) 같은 것이라고 할 수가 있다. 기독교(프로테스탄트) 신자나 가톨릭 신자는 일요일이면 교회나 성당으로 가지만 그녀는 우요일에 창경원으로 간다는 사실에 차이가 있을 뿐이다. 그리고 프로테스탄트 신자나 가톨릭 신자가 교회나 성당으로 가서 한 주일 동안 메말라진(또는 고갈된) 신심(信心)에 다시 은혜의 비를 맞으려고 하는 것이라면 그녀는 창경원으로 가서 비가 내리지 않는 동안 갈증이 난 자신의 희떠움과 감상벽에 다시 새로운 청량수(淸凉水)를 공급하고자 함이라는 점에 차이가 있을 뿐이다.

여기서 장마 때는 그럼 어떻게 하느냐고 의문을 제기해 오는 독자는 영리한 독자이다. 그러나 멋쟁이 독자는 못 된다. 적어도 동양인의 풍류를 이해하는 독자는 못 된다. 왜냐하면 그 독자는 우선 장마 때와 비 오는 날조차를 구별할 줄 모르는 독자이기 때문이다. 우리는 장마 때를 가리켜 결코 비 오는 날이라고 부르지는 않는다. 설마 두 주일 또는 한 달 이상 계속되는 장마 때 매일 창경원을 방문하는 미치광이가 어디 있겠는가. 어느 독실한 기독교인에게라도 물어보라. 만일에 일요일이 한 달쯤 매일 계속된다면 교회에를 계속해서 나가겠는가고.

자, 너무 길게 중언부언한 것 같다. 그리고 잠시 소임을 잊고 어떤 독자한테는 실례를 저지른 것 같기도 하다. 어떤 경우에도 결코 독자를 윽박질러서는 안 되는 것인데. 윽박질리었다고 느끼는 독자께서는 너그럽게 용서해 주기 바란다. 요즘처럼 작가가 불쌍한 시절이 어디 있겠는가. 오죽하면 신경질을 다 내고 그러겠는가.

너그럽게 용서해 줄 것으로 믿고 본 이야기 줄거리로 들어가겠다.

수자는 결국 한 구간쯤 그렇게 우산 위에 떨어지는 빗방울 소리를 들으면서 걷고 난 뒤 창경원 쪽을 경유하는 버스에 올라탔다. 좌석이 드문드문 비어 있는 비교적 승객이 적은 버스였다. 이맘때의 버스는 대체로 그렇지만 이렇게 승객이 적은 때 수자는 종종 재미난 현상을 목도하곤 한다. 다름 아닌 승객들의 타인 기피 현상이다. 될 수만 있으면 저마다 혼자씩 따로 떨어져서 한 좌석씩 차지하고 앉으려는 현상 말이다. 물론 동행이 없는 경우에 한하지만 심한 경우로는 좌석버스의 두 사람씩 앉게 되어 있는 좌석 전부가 각각 한 사람씩에 의해서 점령되어 있는 경우도 그녀는 본 적이 있다. 그때 그녀는 하도 우스꽝스럽고 재미가 나서 그 상태가 언제까지 더 계속될 것인가를 지켜보기 위해 내릴 곳을 지나쳐 버리기까지 했었다. 결국은 승객들이 불어나서 더 이상 그렇게 한 좌석씩을 차지하고 있을 수는 없게 되어서야 그 우스꽝스런 균형은 깨어지고 말았었다. 그때 그녀는 사람들이란 모두 어른이 된 후에도 어린애 같은 일면은 조금씩 버리지 못하고 다들 간직하고 있다는 사실을 발견하고 속으로 얼마나 재미있어 했는지 모른다. 그 승객들의 모습이 그녀에게는 흡사 낯가리는 어린 아이들만 같이 여겨졌었던 것이다.

그런데 오늘은 그렇게까지 좌석이 넉넉하지는 않다. 버스 중간쯤에 서너 사람 분의 좌석이 비어 있을 뿐이다. 물론 창가 쪽 좌석은 하나도 남아 있지 않다.

그녀는 빗물이 뚝뚝 흐르는 우산을 접어 든 채로 군인아저씨 혼자서 앉아 있는 좌석으로 다가가 앉았다. 차창으로 비 오는 거리를 내다보고 있던 군인이 슬쩍 곁눈질해 오는 시선이 느껴졌다. 나이가 그녀 또래밖에 안 되어 보이는 군인아저씨였다. 그리고 입고 있는 군복은 온통 비에 젖어 축축해져 있었다. 그러고 보니 그녀는 군인들이 우산을 쓴 모습을 본 적이 없는 것 같다. 군인들이란 왜 우산을 쓰지 않는 걸까. 물론 그녀로서는 알 수 없는 일이었다.

그때 그 군인이 그녀에게 머뭇머뭇 말을 걸어왔다.

"저, 지금…… 몇 시쯤 됐습니까?"

수자는 손목을 들어 시계를 굽어보려다가 소매를 팔꿈치까지 걷어

붙인 그 군인의 팔목에도 시계가 채워져 있는 것을 발견했다. 그녀는 말없이 군인의 얼굴을 쳐다보았다.

"아, 내 시계는 고장이 나서요."

하고 군인은 계면쩍은 웃음을 지어 보였다. 수자는 다시 손목을 들어 시간을 보고 나서 말했다.

"10시 15분이에요."

그러자 그 군인은 다시 머뭇머뭇 말했다.

"저, 혹시…… 시간 있으십니까?"

"?"

"……없으십니까?"

"왜 그러시죠?"

"아, 저, 시간 있으시다면 같이 커피 한잔 마셨으면 해서요. 옷이 젖어서 따뜻한 커피라도 한잔 마셨으면 좋겠거든요."

"그런데 왜 제가 같이 마셔야 하죠?"

"아, 뭐 별다른 뜻은 아니고 이런 꼴을 하고 다방엘 혼자 들어가면 좀 우습게 취급당할 염려가 있어서요."

"지금은 우습게 취급당하고 있다는 생각이 안 드세요?"

그러자 그 군인은 좀 머쓱한 표정이 되었다. 그러나 곧 군인다운 저돌성이랄까 용감성 같은 것을 되찾은 모양이었다.

"아, 뭐 그렇게 말하시면 할 말은 없지만 커피 한잔하자는데 그렇게까지 피를 줄 건 없잖습니까? 내가 뭐 딴 나라 군인입니까?"

"어머?"

"요즘 여대생들 보면 지아이(GI)들하곤 잘들 같이 다닙디다. 이러지 맙시다."

"어머? 그것하고 지금 초면인 나한테 이러시는 것하고 무슨 관계가 있죠?"

승객들이 모두 호기심 어린 눈초리로 이쪽을 쳐다보고 있었다. 그것을 의식했는지, 그리고 그것에 대항하기 위해서인지 그는 더욱더 큰 목소리로 말했다.

"군인이라고 너무 괄시하지 맙시다."

"기가 막혀서. 난 군인이라고 해서 괄시한 적 없어요. 정말 괄시받을 짓 하지 마세요. 난요, 댁에가 초면임에도 불구하고 염치없는 말을 하시길래 그게 우습다고 한 것뿐예요, 아시겠어요? 그리고 댁에하고 같이 커피 마실 시간도 없고요."

"그럼 시간이 없다고 했으면 될 거 아뇨?"

"시간이 없긴 왜 없어요? 댁에하고 같이 커피 마실 시간이 없죠."

"아니, 이거 누구 약을 올리나?"

"난 사실대로 말한 것뿐예요. 댁엔 혹시 사실대로 말하면 약이 오르는 분이세요?"

"어? 이거 정말!"

"그러신가 보군요. 그럼 한마디만 더 하겠어요. 좀 군인답게 떳떳하게 구세요. 그러면 커피 한 잔 아니라 백 잔이라도 같이 마셔 드릴 테니까요. 아시겠어요?"

순간 그 군인은 벌떡 일어났다. 그리고 주먹을 번쩍 쳐들었다가 천천히 내리며 말했다.

"으이, 이걸 그냥."

그때 버스가 정류장에 닿았다.

수자는 말했다.

"때리고 싶으면 한번 때려 보세요. 그럼 혹시 커피 함께 마셔 드릴 생각이 날지도 모르니까요."

순간 수자는 오른쪽 뺨이 남의 살이라도 된 듯한 둔하고 얼얼한 느낌을 맛보았다.

"맛이 어떠니? 이제 커피 마실 생각이 나니?"

군인이 말했다.

수자는 입술을 꼭 깨물고 있다가 대답했다.

"좋아요. 내려요."

그 군인이 왼손잡이라는 걸 알게 된 건 잠시 후였다.

버스에서 내려 우산을 펴서 군인에게 내밀며,

"받아요. 염치가 있으면."

하고 그녀가 냉랭한 어조로 말했을 때 그 군인은 질린 듯 얼른 손을 내밀어 우산을 잡았던 것이다. 그녀가 특히 그의 왼손을 향해서 우산을 내민 것이 아니었음에도 불구하고 말이다. 그러고 보면 그녀의 오른쪽이 얼얼했던 것도 그가 왼손잡이였기 때문이었던 모양이다.

수자는 그가 엉거주춤 들고 선 우산 밑으로 들어서며 코웃음 치듯 말했다.

"흥, 왼손잡이군요."

"네?"

군인은 말귀를 알아듣지 못한 모양이었다. 단단히 한풀 꺾인 태도임에 틀림없었다. 수자는 서서히 자신을 회복했다.

"내 뺨을 때린 흉측한 손이 알고 보니 바로 그 왼손이었더라 말예요."

"아, 네…… 미안……."

"해요? 왜 그렇게 풀이 죽죠? 기세 좋게 올려붙이던 패기는 어디로 가고?"

"……사과하겠습니다."

"사과 못 받겠어요. 내가 수긍할 수 있는 방법으로 그 왼손을 벌주지 않는 한. 자, 아무튼 약속은 약속이니까 어서 커피나 마시러 가요."

머뭇머뭇 걸음을 옮겨 놓기 시작하며 군인이 말했다.

"……어떤 벌을 가하면 수긍하시겠습니까?"

"댁에서 가할 수 있다고 생각하는 벌을 한번 말해 보세요. 양심껏."

"담뱃불로 지질까요?"

"안 돼요. 그런 정도론."

"길바닥에 놓고 발로 힘껏 밟을까요?"

"안 돼요. 그런 정도로도."

"그럼 앞으론 영원히 왼손은 사용하지 말까요?"

"말하자면 무기징역을 시킨단 말이죠?"

"네? 아, 네."

"비교적 가까워졌지만 역시 안 되겠어요. 거기엔 거짓이 개재할 여지가 너무 많아요. 내가 확인할 도리가 없으니까. 난 극형을 요구해요."

"극형이라면 사형…… 왼손을 아예 잘라 버리란 말인가요?"

"네, 난 그걸 요구해요. 하지만 그럴 순 없겠죠. 그럼 난 역시 사과는 못 받겠어요."

초면의 남자에게 뺨을 얻어맞고도 눈썹 하나 까딱 않고 버스에서 따라 내렸을 뿐만 아니라 우산까지 잡으라고 내준 그녀의 기세(그것이 그녀의 허영심의 일단일 줄은 까마득히 모르고)에 한풀 단단히 기가 꺾여 보였던 군인은 그녀가 농담을 하고 있다고 판단한 모양인 듯 차츰 용기를 회복하는 표정이 되었다.

"그건 좀 너무합니다. 정상참작이라는 것도 있지 않습니까? 좀 봐주십시오. 또 정상참작이 아니더라도 요즘 세계의 법률 이론은 사형폐지론 쪽으로 기울고 있는 모양이던데요."

"지극히 뻔뻔하군요. 정상참작이라니. 그리고 사형폐지론을 들먹이다니. 도대체 그게 어디 사과를 하려는 사람의 태도라고 할 수 있어요? 그리고 댁엔 민족주의자예요? 국제주의자예요? 아간 우리나라 군인을 내세우더니 지금은 또 세계의 법률 이론을 들먹이니 말예요? 도대체 어느 쪽예요?"

"아, 난 뭐 그런 무슨 주의자는 못 됩니다. 하지만 굳이 어느 쪽에 속하느냐고 묻는다면 아무래도 민족주의자 쪽이겠죠. 그렇다고 하더라도 세계의 법률 이론을 들먹여서 안 된다는 법은 없잖을까요? 민족주의자라고 해서 다른 나라들의 좋은 제도나 이론을 반드시 무시해야 하는 건 아니니까요."

"말은 제법 양식 있는 사람처럼 하네요. 그런데 행동에는 왜 그렇게 양식이라곤 조금도 없죠?"

"항상 그렇진 않습니다. 아깐 그만……."

"실수를 저질렀다 그 말인가요?"

"실수를 저질렀다기보다 눈이 뒤집혔던 거죠. 아가씨가 하도 예쁜 바람에, 왜 그런 거 있잖습니까? 예쁜 사람 앞에서 한번 실수를 저지르고 나면 그 실수가 화가 나서 더 큰 실수를 저지르게 되고 그걸 또 만회해 보려고 하다가 마침내는 자기를 완전히 잃어버리고 말게 되는."

"요컨대 내가 예쁘기 때문이었단 말이죠?"

"그렇죠."

"전형적인 치한임에 틀림없군요. 여자들이란 예쁘다고만 해 주면 금방 모두 항복해 오는 걸로 착각하는……."

"그런 빈말이 아닙니다. 아가씨는 정말 예쁘십니다."

"점점 본성을 드러내는군요. 하지만 잘못 짚었어요. 그런다고 내가 호락호락 용서를 해 줄 것 같아요?"

그때 맞은편에서 철모를 쓰고 우장을 걸친 두 명의 헌병이 걸어오고 있는 모습이 보였다. 수자는 속으로 회심의 미소를 지었다. 생각잖았던 보복의 찬스가 제 발로 걸어오고 있구나.

군인은 순간 다소 딱딱해진 자세로, 마주 걸어오고 있는 헌병들을 두려움이 담긴 눈길로 힐끗 바라보았다. 수자는 우산 밑으로부터 헌

병들 쪽으로 달려 나갔다. 그리고 구원을 청하는 턱에 바친 소리로
부르짖었다.

"사람 살려요. 저 군인이 내 우산을 뺏었어요."

헌병들은 놀라는 표정이 되어 수자와 군인을 번갈아 쳐다보고는
곧 군인 쪽으로 달려갔다. 군인은 우산을 쥔 채, 달려드는 헌병들을
겁에 질린 표정으로 쳐다보았다. 수자는 틈을 주지 않고 계속해서 호
소하듯 말했다.

"길 가는 저를 붙들고 희롱하고 뺨까지 때렸어요. 우산도 뺏고요.
대낮에 이런 변을 당하다니 어떡함 좋아요? 네?"

헌병들은 그녀의 호소를 사실로 인정하는 눈치였다. 그녀의 연기
가 그만큼 훌륭했던 탓이리라.

"이 새끼가!"

헌병 중 하나가 군인의 정강이를 발로 찼다. 군인은 허리를 구부려
정강이를 만지며 고통에 찬 소리를 내질렀다. 다른 헌병이 군인의 손
에서 우산을 빼앗아 수자에게 돌려주며 말했다.

"미안하게 됐습니다. 이 새끼는 우리한테 맡기시고 이제 가 보십시
오. 이런 새끼들이 가끔 있어서 전체 군인의 명예를 더럽히곤 한답니
다."

"고마워요. 하지만 저런 사람은 단단히 혼을 내 주셔야 해요. 나라
를 지키는 군인이 저래서야 시민들이 어디 안심하고 다닐 수가 있겠
어요?"

"그러게 말입니다. 아무튼 우릴 만나셔서 그래도 다행이십니다. 이

제 안심하고 가셔도 좋습니다. 이 새낀 우리가 단단히 정신을 차리게
해 놓을 테니까요."

그리고 그 헌병은 다시 군인 쪽으로 돌아섰다.

"야, 이 새끼야! 요새가 어느 때라고 겁도 없이 까불어? 죽고 싶
어?"

정강이를 찼던 헌병은 다시 군인의 볼따구니를 쥐어박았다.

"따라와! 이 새끼야."

군인은 다시 쥐어박힌 볼따구니를 어루만지며 억울하다는 듯 항변
하려고 했다.

"아니, 그런 게 아닙니다. 우산은……."

"아니긴 뭐가 아냐? 이 새끼야! 잔말 말고 따라와!"

수자에게 우산을 돌려준 헌병이 군인의 멱살을 잡아끌었다.

수자는 우산을 받고 돌아서며,

"고맙습니다, 아저씨들, 그럼 수고하세요."

하고 깍듯이 인사를 했다. 그리고 자꾸 터져 나오려는 웃음을 간신히
참으며 빠른 걸음으로 빗속을 걷기 시작했다. 뒤에서는 계속 군인이
무어라고 변명하면서 끌려가는 소리가 들려왔고, 헌병들이 그를 구
타하는 소리와 윽박지르는 소리가 점점 멀어져 갔다.

우산 위에 통기는 빗줄기의 음향은 그녀의 발걸음처럼 경쾌했다.

2. 창경원

수자가 창경원에 들어섰을 때에도 빗줄기는 여전히 경쾌한 음악처럼 우산 위를 때렸다. 그리고 더러 우산을 비켜난 빗줄기가 그녀의 종아리에 투정하듯 와서 부딪치곤 했다.

들어서자마자 가슴이 활짝 열리는 듯한 넓은 공간, 그리고 더욱 싱그럽게 코끝에 와 닿는 비 냄새, 그런 것들에 벌써 연인이라도 만나듯 혼을 뺏기며 그녀는 조류사(鳥類舍) 쪽으로 걷기 시작했다. 그녀의 시야가 미치는 한 아직 다른 입장객의 모습은 한 사람도 눈에 띄지 않는다. 어쩌면 그녀가 오늘의 첫 번째 입장객인지도 모른다. 비가 오고 있고 더구나 창경원 같은 데 오기는 이른 시간이니까 말이다.

조류사에는 지붕이 없다. 아니, 지붕은 있다. 새들이 도망치지 못하게 철사그물로 만든 지붕이 있다. 다만 비를 가릴 지붕이 없을 뿐이다.

새들은 비를 맞고 조용히 앉아 있다. 이곳에 있는 새들은 주로 덩치가 커다란 새들이다. 독수리, 에뮤, 화식조 같은 덩치가 크고 빛깔이 어두운 새들이다. 그리고 좀처럼 날아다니는 모습을 보기 어려운 새들이다. 그 커다란 새들이 날아다니기에는 철책 안의 공간이 너무 좁기 때문일 것이다. 따라서 그 새들은 새들이라는 느낌보다는 차라리 짐승 같은 느낌을 준다. 대개 움직임 없이 조용히 철책 밖을 응시하거나 철책을 따라 어슬렁어슬렁 걷는 정도가 고작이기 때문이다. 비가 내려도 아랑곳없다.

새들은 비를 맞아 더욱 어두운 빛깔을 하고 있다. 그리고 그녀가 가까이 다가서자 의심의 눈초리를 잠시 보내오다가 곧 무시해 버리고 만다. 문득 그들 중 어느 것이 조금 전에 본 헌병 비슷하다는 느낌이 든다. 어깨 위로부터 우장이 내리 걸렸던 헌병의 모습과 어깨를 편 채 비를 맞고 있는 독수리의 모습이 어딘가 서로 닮아 보이는 것 같다. 수자는 헌병과 닮아 보이는 독수리에게, 나한테 속았지 하는 듯이 한쪽 눈을 감아 슬쩍 윙크해 보내고는 다시 걷기 시작한다. 독수리는 그저 무덤덤하게 그녀를 바라볼 뿐이다.

그때 헌병들이 나타나 준 것은 지금 생각해도 무슨 잘 짜여진 연극 대본처럼 통쾌하기 그지없다. 그리고 그 헌병들을 순간적으로 이용해 먹을 생각을 해 낸 자신의 기민한 머리도 생각할수록 기특하기 짝이 없다. 그러나 좀 심하지 않았었나 하는 생각도 한편으론 든다. 그 군인이 구타까지 당하게 되는 걸 바란 건 아니기 때문이다. 그러나 곧 그까짓 곤경쯤 자기 힘으로 해결하지 못할 남자라면 이쪽에서 동정할 가치조차 없는 남자라는 생각도 든다.

어쨌든 마음은 즐겁고 발걸음은 가볍다. 많은 승객들이 보는 앞에서 자신을 모욕한 남자를 본때 있게 보복해 줄 수 있었기 때문이다. 다만 그 승객들이 보는 앞에서 그 멋진 연극을 보여 주지 못한 점과 바라지 않은 구타까지를 당하게 한 점이 조금 서운하고 마음에 걸리긴 하지만.

한가로이 비를 맞고 있는 매점으로 다가가 수자는 원뿔 모양의 아이스크림 하나를 산다. 아이스크림과 거스름돈을 내주면서 매점 주인은 별난 아가씨 다 본다는 약간 호기심 어린 눈빛이 된다. 그러나 수자는 매점 주인의 시선을 무시하고(고압적으로 무시하고) 아이스크림의 종이 껍질을 까며 다시 걷기 시작한다.

하마(河馬)의 결코 넓다고 할 수 없는 수영장(하마의 몸집에 비해서) 앞으로 다가서자 어느 잡지에서 읽은 모 대학 영문학 교수의 글이 생각난다. 하마에게 박카스 병을 던져 준 어떤 철면피한 남자에 관해서 쓴 글이었는데 박카스 병을 의심 없이 덥석 받아먹은 하마의 입에서는 곧 붉은 피가 흘러나오기 시작했다고 한다. 그리고 그 뒤로는 누가 무엇을 던져 주어도 입을 벌리지 않았다고 한다. 기억이 확실치 않지만 창경원 당국에서는 유리 조각들을 꺼내 주기 위해 하마에게 여간 힘든 수술을 시키지 않을 수 없었다고 한다.

수자는 두 마리 중 어느 것이 그 하마일까 잠시 궁리해 본다. 아이스크림을 조금씩 떼어 두 마리에게 차례로 던져 준다. 두 마리 모두 의심 없이 잘 받아먹는다. 두 마리 중 어느 것이 그 하마인진 알 수 없지만 이젠 완쾌되었음에 틀림없다.

수자는 다시 원숭이 우리 쪽으로 걷는다. 사람과 너무 많이 닮음으로 해서 사람으로 하여금 부끄러운 감정을 갖게 하는 짐승이다. 사람이 아주 오래전엔 짐승이었는지도 모른다는 가설을 환기시켜 주는 짐승이다. 기분 나쁘고 열등감을 갖게 하는 짐승이다. 사람이 몰래 하는 짓을 천연스레 내놓고 하는 짐승이다. 그것도 사람과 같은 몸짓으로. 수자는 원숭이가 손을 놀려서 하는 짓은 모두가 불쾌하다. 창경원에서 그녀가 유일하게 싫어하는 동물이다. 그녀는 심지어 비단구렁이조차도 싫어하진 않는데 말이다.

원숭이 우리 앞을 빠른 걸음으로 지나친다. 표범 우리 안을 잠시 들여다보고 백곰의 우리 앞에 멈추어 선다. 그녀가 특히 백곰을 좋아해서가 아니다. 그다음에 그녀가 갈 곳이 한 공간 떨어진 호랑이 우리이기 때문이다. 이를테면 뜸을 들이는 것이다. 호랑이와 만나는 그 결정적인 순간을 위해 호흡을 가다듬는 것이다. 그 순간을 잠시 유예함으로써 그 순간을 더욱 빛내기 위한 것이다. 백곰은 제 조그만 수영장(아니, 목욕탕이라고 해야 옳다)에서 천천히 조금씩 헤엄치고 있다. 그 작은 웅덩이(그렇다. 웅덩이라고 해야 더 옳다)나마 가질 수 있게 된 것도 큰 요행이라는 듯이. 수자는 그 백곰의 우리 앞에서 되도록 오랫동안 머문다. 호랑이 우리 쪽으로는 곁눈질도 참는다.

그리고 마침내 제식동작과 같이 한순간에 몸을 돌린다. 그리고 똑바로 호랑이 우리를 향해 걸음을 옮겨 놓으려는 순간이다. 그녀는 자기 눈을 의심했다. 선참자가 있다. 다 찌그러진 비닐우산을 받고, 우산을 받았음에도 불구하고 등이 흠뻑 젖은, 값싼 잠바 차림의 남자 하나가 철책 난간에 기대선 뒷모습이 그녀의 시야에 뜻밖의 장애물로서 뛰어든 것이다.

처음에 그녀는 창경원의 잡역부인가 했으나 그렇지도 않은 것 같았다. 잡역부라면 무엇이 새롭다고 늘 보는 호랑이를 저렇듯 한가로이 들여다보고 있겠는가.

그녀는 일단 돌뿌리에라도 채인 듯 걸음을 멈칫했다가 곧 결심한 듯 다시 걷기 시작했다. 생각잖았던 선참자가 나타남으로 해서 약이 오르긴 했으나 그렇다고 그 선참자에게 호랑이를 독점시킬 수는 없

는 노릇이었다. 그리고 도대체 그자란 어떻게 생긴 남자인가도 보아
두고 싶었다.

수자가 다가가 옆에 섰을 때에도 그 남자는 전혀 이쪽을 눈치채지
못한 모양이었다. 골똘한 표정으로 우리 안의 호랑이만 바라보고 있
다. 그가 보고 있는 것은 지붕이 있는 거실 쪽에 웅크리고 앉은 호랑
이가 아니라 철책으로 둘러쳐진 조그만 뜰로 나와서 비를 맞고 있는
호랑이다. 비를 맞으며 철책을 따라 똑같은 거리를 쉬지 않고 반복해
서 걷고 있는 호랑이다. 수자는 그의 골똘한 표정에 더욱 약이 오른
다. 그만큼 그가 호랑이에 열중해 있다는 증거이기 때문이다. 여태껏
그녀는 그녀 이외의 어느 누구도 그처럼 호랑이에 열중하고 있는 모
습을 본 적이 없다.

마침내 수자는 그 남자의 주의력을 흩뜨리기 위해서는 말을 거는
도리밖에 없다고 판단했다.

"저, 호랑이 좋아하세요?"

순간 남자의 시선이 흔들렸다. 그리고 조금 놀란 듯한 시선이 이
쪽을 향했다. 옆얼굴로 볼 때보다는 더 앳되어 보이는 얼굴이다. 그
녀 또래쯤 되었을까. 나쁜 음식을 먹고 사는 사람 같다. 피부에 영양
이라곤 없어 보인다. 그러나 얼핏 나이답지 않은 어떤 강인한 인상이
풍긴다.

수자는 그의 시선에 대답하기 위해서 재차 말했다.

"호랑이 좋아하시느냐고요?"

"……."

그는 대답 대신 이쪽의 진의를 알고 싶다는 듯이 다시 얼핏 그녀의 아래위를 살핀다. 무언가 의심하고 있는 눈빛임에 분명했다. 수자는 의심하지 말라는 듯이 생긋 웃어 보이고 나서 말했다.

"나 이상한 여자처럼 보이세요?"

"아뇨."

그제야 그는 얼굴을 붉히듯 하며 입을 떼었다. 수자는 놓치지 않고 계속해서 말했다.

"난 비 오는 날 호랑이 보러 오는 사람은 나밖에 없는 줄 알았거든요. 그런데 오늘 와서 보니 한 분 계시잖겠어요? 그래서 묻는 거예요. 호랑이 보러 자주 오세요?"

"아뇨."

"자주 안 오세요?"

"?"

"오늘이 처음이세요?"

"왜 그런 건 자꾸 묻는 거죠?"

"금방 말했잖아요. 나 혼잔 줄 알았다가 또 한 분 계시는 거라고요. 혹시 친구가 될 수 있을는지 알아요?"

"친구요?"

"네, 친구요."

"댁에하구 나하구요?"

"왜, 안 되나요? 학생 아니세요?"

"난 학교 문턱이라곤 초등학교 문턱밖에 못 넘어 본걸요."

"그럼 어때요? 학생끼리만 친구가 되란 법이 있나요?"

"……."

"학생 아니심 그럼 뭐 하는 분이세요? 장사하세요?"

"아뇨."

"그럼 공장에 다니세요?"

"아뇨."

"그럼 무직?"

"그런 건 왜 자꾸 꼬치꼬치 묻죠?"

"미안해요. 친구가 되자면 서로 그만한 것쯤은 알아야 하잖아요. 내 얘기도 금방 다 해 드릴게요. 무직이세요?"

"정말 나하고 친구가 되겠다는 거요?"

"사람을 왜 그렇게 못 믿으세요? 그렇대도요."

"내 까이가 돼 주겠다 이거요?"

"어마! 그렇게 말하시는 법이 어딨어요?"

"……."

"난 그냥 친구가 돼 드릴 수도 있다고 한 건데."

"여자하구 남자하구 친구가 된다는 게 다 그렇구 그런 거 아뇨?"

"좋아요. 하지만 처음부터 어떻게 애인이 될 수 있나요? 친구로 사귀다 보면 그렇게 될 수도 있고 안 될 수도 있죠. 그렇지만 까이란 말은 너무하셨어요."

"그럼 애인이 돼 줄 수도 있다 이거요?"

"경우에 따라선 물론 그럴 수도 있죠. 왜, 안 되나요?"

"놀리지 마쇼."

"어마! 놀리다뇨? 내가 그렇게밖에 안 보여요."

"그럼 시라이꾼하구 정말 애인이 한번 돼 보겠다 이거요? 점잖게 말해서 재건대원하구 말요."

"어마! 그럼 넝마…… 폐품 줏으세요?"

"이제 속이 시원하쇼?"

"네, 시원해요. 이제 정말 친구가 될 수 있을 것 같네요. 우리 인사해요. 나 수자라고 해요."

"웃기지 마쇼."

"왜 그러죠? 왜 자꾸 빗나가려고만 그러시죠? 난 지금 농담을 하고 있는 게 아닌데."

"정말이요?"

"믿어지지 않으면 내 이 손을 잡으세요. 악수해요. 서로 친구가 됐다는 표시로."

그러자 그는 그녀를 똑바로 쳐다보았다. 반신반의하는 표정이었다. 수자는 손을 내민 채 그에게서 시선을 떼지 않았다. 그리고 재촉했다.

"어서요, 자."

그가 머뭇머뭇 손을 가져왔다. 그리고 만져서는 안 될 무슨 금단의 물건이라도 만지듯 조심조심 그녀의 손을 잡았다. 그의 손은 조금 떨리는 듯했고 증기처럼 축축했다.

"이제 이름도 말해 주셔야죠."

"이름이 좀…… 박덕식이라고 하는데, 성하구 붙여서 부르면 떡식이가 된다구 해서 보통 떡식이루 통하죠."

그러며 그는 처음으로 계면쩍다는 듯 웃었다.

"큰 덕 심을 식 잔가 보죠? 좋은 이름이네요."

"그렇다구들은 하대요. 허지만 발음이 고약해서."

"그게 무슨 상관이에요. 정 그럼 이름만 부르면 되죠, 뭐. 자, 이제 그럼 덕식 씨하고 저하곤 친구예요. 네?"

"……정말 농담 아닙니까?"

"제 손 잡아 보시고서도 그러세요? 참 덕식 씨 몇 살이시죠?"

"스물네 살입니다."

"저보다 두 살 많으시네요. 다음부턴 그럼 저한테 반말 쓰세요."

"에이 그거야 어디……."

"어때요? 제가 손아랜데요, 뭐."

덕식으로부터 그가 창경원에 오게 된 까닭을 들을 수 있은 것은 조금 뒤였다. 간단히 말해서 그도 비 때문에 그곳에 온 것이었다. 비 오는 날은 그의 휴일이었던 것이다.

수자는 야릇한 흥분을 맛보기 시작했다.

3. 떡식이

그의 설명에 의하면 비 오는 날은 넝마를 주울 수가 없다는 것이었다. 넝마들이 모두 젖어 있기 때문에 작업을 할 수가 없는 까닭이라고 했다. 따라서 비 오는 날은 넝마주이들의 휴일이라는 것이다.

대개 늦잠을 자거나, 자고 일어나서도 동료들끼리 모여 앉아 술내기 노름을 하거나 낮부터 단골 대폿집에 가서 술타령을 하는 게 보통이지만 오늘은 왠지 그럴 생각이 나지 않아 혼자서 창경원엘 와 봤다는 것이었다. 영화 구경을 갈까 하다가 왠지 문득 여기가 와 보고 싶어 왔다는 것이었다. 비 오는 날만은 사람들이 여길 찾지 않을 것이란 생각이 들더라는 것이었다.

그의 얘기를 듣는 동안 수자가 맛보기 시작한 흥분의 내용은 대강 다음과 같다.

한마디로 말해서 그녀는 그녀의 허영심에 알맞은 그럴싸한 연애를 몽상하기 시작했던 것이다.

우요일마다 창경원을 찾는 그녀와, 역시 비 오는 날을 휴일로 삼고 있는(따라서 그녀와의 약속 여하에 따라서는 앞으로 비 오는 날마다 그녀처럼 창경원에 오는 것이 가능한) 그와의 연애란 생각만 해도 멋지잖은가. 비 오는 날마다 창경원에서 만나는 연애, 넓고 무엇보다 호랑이와 그 밖의 다른 동물들이 살고 있는 곳에서의 연애, 그 넓은 장소를 두 사람이 거의 독점하다시피 할 수 있는 연애, 각각 우산을 쓰고 와서 만나는 연애, 옛 건축물들이 있고 연못이 있고 쉬고 있는 각종 오락 시설들이 있는 곳에서의 연애, 그리고 무엇보다 여대생과 넝마주이와의 연애란 얼마나 멋지고 그럴듯한 일인가. 얼마나 신선하고 누가 감히 흉내조차 낼 수 있는 일인가. 세상 속물들 같으면 감히 엄두조차 내지 못할 일이리라.

그녀는 마침내 영감(靈感)과 흥분의 소용돌이 가운데에서 마음을 정했다. 그리고 몽상을 실천하기 위한 그 첫발을 내디뎠다.

그녀는, 우선 그가 이쪽을 어려워하지 않게 되어야 한다고 생각했다. 그러기 위해선 그녀부터가 그를 어려워하지 않는다는 걸 보여 주지 않으면 안 된다.

그녀는 잠시 호흡을 가다듬고 나서 입가에 배시시 미소를 띠며 그를 불렀다.

"떡식아."

"?"

그는 순간 제 귀를 믿지 못하겠다는 표정으로 얼빠진 듯 멍하니 그녀를 쳐다보았다. 갑작스런 호칭의 변화에 그가 놀라는 것은 당연한 일이었다. 그리고 충분히 예상한 일이었다. 그러므로 그녀는 개의치 않고 계속해서 말했다.

"놀랄 거 없어. 너도 수자야 하고 부르면 되잖니. 그리고 나 지금부터 니 까이가 되기로 했어. 떡식이가 오늘 창경원에 오고 싶어진 건 하느님이 시킨 일이라고 생각해. 수자를 만나라고. 넌 그렇게 생각하지 않니?"

"……."

그는 뭐가 뭔지 모르겠다는 표정으로 계속해서 멍하니 그녀를 쳐다볼 뿐이었다.

"뭘 그렇게 멍하니 쳐다보고만 있니? 자, 어서 수자야, 하고 불러 봐. 난 이제 니 까이야. 까이 이름도 못 부르니?"

그는 아직도 뭐가 뭔지 잘 모르겠다는 표정이었다. 그리고 더듬더듬 입을 열어 말했다.

"놀리는 거요?"

"……."

수자는 펄쩍 뛰는 표정을 지어 보였다.

"그런 소리 마. 내가 왜 떡식일 놀려? 그리고 놀리는 거요가 뭐야? 거요가?"

"……."

"우리 앞으로 비 오는 날마다 여기서 만나. 우요일마다. 우요일이란 말 처음 들어 보지. 일요일 월요일 하는 식으로 비 오는 날에 내가 붙인 이름이야. 우요일마다 여기서 만나서 우리 종일 같이 있어. 얘기도 하고 걷기도 하고 호랑이도 같이 보고 그 밖의 다른 것도 해. 사람들이 안 볼 땐 키스도 해. 가만있어 봐. 지금 아무도 우리 보는 사람 없다. 자, 지금 나 안아 봐. 그리고 나한테 키스해. 얼른."

그의 얼굴은 순간 붉게 상기됐다. 그러나 선뜻 그녀 쪽으로 다가서진 못하고 머뭇거렸다. 그녀가 재빨리 그에게로 다가섰다. 그리고 발돋움을 하여 그의 얼굴 가까이 바싹 얼굴을 들이댄 채 우산으로 두 사람의 머리 주변을 가리며 말했다.

"자 어서, 아무도 안 봐."

비닐우산을 든 그의 나머지 한 팔이 그녀의 허리를 안은 것과 그의 입술이 그녀의 입술 위에 겹쳐진 것은 거의 동시였다. 그의 팔은 떨고 있었고 그의 입술은 축축하고 뜨거웠다. 그리고 담배 냄새 같은 것이 났다. 그러나 역하지 않았다.

그는 마침내 들고 있던 비닐우산을 놓아 버리고 두 팔로 그녀를 안았다. 그리고 힘껏 그녀의 몸을 자기의 몸에 밀착시켰다. 축축하고 더운 그의 체온이 그의 몸에 밀착한 모든 부분에 느껴졌다. 그는 그녀의 입술을 열었다. 그리고 비 맞지 않은 혀를 그녀의 입속에 밀어 넣었다. 두 개의 비 맞지 않은 혀가 비로부터 완벽하게 안전한 장소에서 만났다. 비로부터 완벽하게 안전한 장소는 두 곳이나 있었다. 그들의 혀는 장소를 바꾸어 가며 만났다.

지나치게 숨이 막힌다고 느껴졌을 때 그녀는 가만히 그의 가슴을 밀어내듯 하며 말했다.

"숨 막혀, 이제 그만. 그리고 이제 수자야 하고 불러 봐."

"……수자야."

"왜 그래?"

"……."

"불렀으면 무슨 말이 있어얄 것 아냐?"

"너 정말 내 까이 해 줄래?"

"그걸 아직도 못 믿니? 너 아주 사람 못 믿는 병에 단단히 걸렸구나. 나 거짓말하는 애 아냐."

"난 아직 뭐가 뭔지 잘 모르겠다."

"뭐가 뭐가 뭔질 모르겠다는 거야?"

"너 같은 애가 왜 나 같은 거지나 다름없는 새끼의 까이가 돼 주겠다는 거니?"

"니가 좋으니까 그렇지 뭐."

"어디가 좋아?"

"그냥 좋아. 모두. 니가 오늘 창경원에 왔다는 사실부터가 마음에 들었어. 키스도 아주 근사하게 하고."

"정말이야?"

"……."

"딱 하나 마음에 안 드는 게 있어. 뭔지 알아?"

"……."

"바로 그, 사람을 믿지 않는 그 점이야. 알았어?"

"그럼 비 오는 날 여기만 오면 언제나 널 만날 수 있니?"

"그러엄. 난 도리어 니가 안 올까 봐 걱정이야."

"너만 좋다면 올게. 비 오는 날은 어차피 공치는 날이니까. 그리고 나도 애새끼들하고 노름이나 하고 술이나 퍼마시는 건 이젠 싫으니까."

"그래서 오늘 창경원에도 온 거구나!"

"새끼들은 노름이나 하고 술이나 마시는 걸 무슨 대단한 건 줄 알아. 아예 시라이꾼 신셀 면해 볼 생각은 하지도 않지. 또 같은 시라이꾼 노릇을 하더라도 좀 나은 처지에서 해 볼 생각 같은 건 하지도 고."

넌 그러니까 말하자면 의식분자로구나?"

"의식분자가 뭐지?"

"생각 있는 사람이란 말야."

"뭐 그렇지도 못하지만, 아무튼 난 새끼들처럼 멍청하게 모든 게 다 타고난 팔자겠거니 하는 건 딱 싫어."

"어마, 멋져. 너 정말 근사한 애구나. 역시 내가 널 잘 봤지 뭐니?"

"알아서 해. 내가 시라이꾼이라고 함부로 업신여겼다간 가만 안 둘 테야. 지금 이러는 것도 장난삼아 그러는 거라면 일찌감치 집어쳐. 나중에 괜히 후회하지 말고."

"어마, 너 지금 공갈치는 거니? 무섭다, 얘."

"공갈 아냐."

"그래, 염려 마. 장난 아니니깐. 나 지금 니 그런 태도 때문에 니가 더 좋아졌어. 자, 우리 저기 연못가 식당에 가서 점심이나 먹자. 내가 살게."

"돈은 나한테도 있어."

"누가 없댔니? 그냥 내가 산댔지. 자, 가자."

"가긴 가는데 사는 건 내가 산다. 처음 만나는 날부터 까이한테 얻어먹을 순 없으니까."

"마음대로 해, 그럼. 하지만 우리 집이 부자라는 건 알아 둬."

"정말 느이 집 부자냐?"

"응. 우리 아버지가 사장이야."

그러자 그는 잠시 무언갈 생각하는 눈치였다. 수자는 잠자코 그가 할 말을 기다렸다. 이윽고 그가 입을 열어 말했다.

"좋아, 그럼 니가 사라. 부잣집 딸한테 시라이꾼이 점심을 산다는 것도 웃기는 일이니까."

수자는 기다렸다는 듯 그의 팔을 잡으며 명랑한 목소리로 말했다.

"그럴 줄 알았어. 역시 떡식이 넌 근사해. 자, 가자."

"그 대신 이따 밖에 나가서 나도 너한테 뭐든지 사 준다. 알았어?"

"뭐 사 줄 건데?"

"뭐든지 비싸지 않은 거 말야. 커피라든지 뭐 그런 거."

"그래, 알았어. 자, 가."

"그래."

그는 발아래 버렸던 비닐우산을 다시 집어 들었다. 그리고 아까처럼 그것을 머리 위에 받았다. 수자는 그걸 버리라고는 말하지 않았다. 버려도 될 물건이라면 그가 그것을 다시 집어 들지도 않았을 것이기 때문이다.

그가 말했다.

"그까짓 다 찢어진 비닐우산을 뭐 하러 도로 줏어 쓰느냐고 묻지 않아? 물을 줄 알았는데."

"아까우니까 주웠겠지, 뭐."

"비슷해. 하지만 좀 달라. 아까워서보다 버릇이야. 시라이꾼은 버리는 사람이 아니라 줍는 사람이거든. 더군다나 못쓰게 된 비닐우산은 내가 줍는 품목 중 하나야."

"말하자면 직업의식에서 나온 행동이구나."

"직업의식? 응 그래. 그렇다고 할 수 있지."

"넌 자기 일에 아주 충실한 사람이구나."

"게으름뱅인 아냐."

"게으름뱅이만 아닌 게 아니고 넌 나중에 큰 인물이 될 사람 같다. 아주 큰 인물."

"돼 봤자 시라이꾼 왕초겠지. 하지만 내가 왕초가 되면 지금처럼은 하지 않을 거야. 떳떳하게 한번 해 볼 거야."

"그래 넌 그럴 거야."

"자, 가자."

두 사람은 연못 쪽을 향해 걷기 시작했다. 비는 이제 굵기가 다소 가늘어져 있었다. 따라서 우산 위에 떨어지는 빗소리도 이제 낮은 애기소리처럼 조용했다.

연못이 가까워 오자 거기 연못가에 매어 둔 보트들이 보였다. 보트들은 땅 위로 끌어 올려져, 나란히 거꾸로 엎어져 있는 것들도 있었고 그대로 물가에 매어진 채 비를 맞고 있는 것들도 있었다.

수자가 물었다.

"떡식이 너 보트 저을 줄 아니?"

그가 보트들 쪽을 힐끗 쳐다보며 대꾸했다.

"응 조금. 왜, 타고 싶어?"

"응 타고 싶어. 밥 먹고 나서 태워 줄래?"

"잘은 못 저어. 하지만 한번 해 볼게."

"잘 못 저어도 돼. 나도 조금 저을 줄 아니까. 번갈아 가면서 저으면 되지 뭐."

"그럼, 그래."

그들은 연못을 끼고 돌아 식당으로 들어갔다. 식당 안은 텅텅 비어 있었다. 수자는 그를 위해 불고기백반을 시켰다. 그녀 자신은 1인분 이상을 먹을 자신이 없었지만 고기를 3인분 시켰다. 그가 2인분쯤은 거뜬히 먹을 수 있을 것으로 생각되었기 때문이다.

그녀의 짐작대로 그는 사양하지 않고 고기 3인분을 거의 혼자서 거뜬히 먹어 치웠다. 왜냐하면 그녀가 그에게 양보하기 위해 불과 몇 점의 고기밖에 집지 않았기 때문이다. 그러나 고기를 더 시킬까고 그녀가 물었을 때는 그는 만족한 표정으로 사양했다.

"아냐, 실컷 먹었어. 오늘이 내 생일인 것 같은 기분이 드는데. 콩쥐 팥쥐 얘기 알지? 내가 바로 그 콩쥐가 된 기분이야. 남자콩쥐."

"남자콩쥐? 어마, 재밌어."

"재밌어? 그럼 나도 신세를 조금은 갚은 셈이게."

"어마, 떡식이답지 않다. 까이가 사 준 점심 먹은 게 무슨 신세야? 신세가."

"참, 그렇던가."

식당에서 나온 그들은 작정한 대로 보트를 빌렸다. 보트 주인은 별 이상한 취미 가진 사람들 다 보겠다는 표정으로, 그러나 별 군말 없이 보트 하나를 빌려주고 그들이 보트에 오르는 것을 거들어 주었다. 그리고 그들이 연못 가운데로 저어 나가는 것을 지켜본 다음 매점을 겸하고 있는 자기 상점 안으로 들어가 버렸다.

떡식의 노 젓는 솜씨는 몹시 서툴렀다. 노가 물속에 깊이 넣어지기도 전에 잡아당기거나 노의 넓은 부분으로 수면을 쳐서 물방울만 튀어 오르게 했다.

수자가 보다 못해 말하였다.

"아깐 조금 저을 줄 안다더니 순 거짓말이었구나. 그렇게 젓는 걸 가지고 젓는다고 했어?"

그러자 떡식은 계면쩍은 표정으로 대꾸했다.

"잘은 못 젓는다고 했잖아."

"그게 잘은 못 젓는 거야? 아주 못 젓는 거지."

"이상한데. 그전에 광나루에 가서 한번 저어 본 적이 있는데."

"그전에 언제? 10년 전에?"

"아냐, 몇 년 안 됐어."

"아무튼 못 젓는 건 못 젓는 거지, 뭐야. 그렇게 젓는 데가 어디 있어? 자꾸 물만 튀어 오르잖아."

"미안해. 하지만 배가 전연 안 가는 건 아니잖아?"

"기가 막혀. 노 이리 내 봐. 이쪽에서라도 내가 저어 볼게."

"비 맞고?"

"비 좀 맞으면 어때? 자기도 다 맞았으면서."

그는 노를 젓기 위해 비닐우산은 보트 바닥에 놓아둔 채 있었던 것이다.

"자, 이 우산 받어. 그리고 노 이리 줘 봐."

"아냐. 내가 그냥 저을 테야. 어차피 비 맞을 바에야 물방울 좀 튀어 가도 상관없잖아."

"고집은, 그럼 좀 잘 저어 봐. 까이한테 얕잡아 보이지 않으려거든."

"금방 나아질 거야."

"무턱대고 그렇게 힘만 들인다고 나아질 것 같아? 이렇게 해 봐. 팔로 원 운동을 해 봐."

"원운동?"

"팔을 굽혔다 폈다 하면서 둥글게 원을 그려 보란 말야. 노가 물속에 깊이 들어갔을 때 잡아당기고."

"이렇게?"

"그래, 그런 식으로, 좀 낫잖아."

"그런데, 좀 나은 것 같은데. 배가 좀 빨리 나가는 것 같지."

"그래, 아까보단 훨씬 낫다."

그의 노 젓는 솜씨는 금방 향상되었다. 보트는 한결 힘 있게 수면 위를 미끄러져 나아갔고, 온통 비에 젖은 그의 얼굴은 기쁨으로 빛나기 시작했다.

수자는 순간 그 얼굴이 몹시도 아름답게 느껴졌다. 팔을 뻗어 우산을 그의 머리 위에 받쳐 주었다.

"미안해. 여태 나 혼자만 우산을 받고 있어서."

"괜찮아, 난. 수자나 써. 괜히 수자까지 흠뻑 젖으면 어쩔려고 그래?"

"나도 괜찮아."

"글쎄, 수자나 쓰라니깐."

"글쎄, 괜찮다니깐."

"글쎄, 난 괜찮지만 수잔 옷 다 버리면 이따 바깥에 어떻게 나갈려고 그래?"

"그땐 또 그때지, 뭐."

"형편 나까무라 아가씨로군."

"무슨 아가씨?"

"형편 나까무라 아가씨."

"그게 무슨 뜻이야?"

"나까무라가 뭔진 잘 모르지만 아무튼 형편없다는 뜻이야."

"왜 내가 형편없어?"

"형편없으니깐 형편없지."

"그런 말이 어디 있어?"

"그런 말이 있건 없건 어서 비 맞지 말고 우산이나 가져가."

"싫어."

"그럼 마음대로 해."

그때 빗줄기가 다시 굵어지면서 수면 위에 구멍이 숭숭 뚫리기 시작했다.

이어 비는 다시 세찬 굵기로 연못 전체에 내리기 시작했다. 옷 위를 때리는 빗줄기가 세찬 힘으로 살갗까지 파고들었다. 그러나 수자는 우산을 떡식의 머리 위에 받쳐 준 채 꼼짝 않고 앉아 있었다.

떡식이 노 젓던 손을 멈추고 어이없다는 표정으로 그녀를 바라보았다.

"어쩔려구 그래? 정말 물에 빠진 생쥐가 될려구 그래? 고집 그만 부리구 우산 갖구 가."

"싫어. 나 물에 빠진 생쥐가 되고 싶어."

"뭐? 정말 형편 나까무라 아가씨로군. 좋아. 그럼 난 내 우산 쓸 테니까 수자 우산은 치워. 받든지 말든지 마음대루 하구."

그러면서 그는 노를 끌어올리고 허리를 굽혀 보트 바닥에 놓아둔 제 비닐우산을 집어 들었다.

"어마? 보트는 그럼 누가 젓구?"

"누가 젓긴, 아무도 안 젓는 거지. 보트를 꼭 저어야 맛인가."

"어마 그래, 그거 좋다. 우리 젓지 말고 가만히 앉아 있자."

"그 대신 이 우산은 갖구 가. 난 내 우산 쓸 테니까."

"그래, 그럼 그렇게 하자. 우리 각각 자기 우산 받고 물 위에 가만히 떠 있자. 왜 진작 그 생각을 못 했을까?"

수자는 떡식의 머리 위로부터 우산을 옮겨 와 제 머리 위에 썼다. 요란한 빗방울 소리가 머리 위로 옮겨 왔다. 떡식이도 곧 비닐우산을 펴서 제 머리 위를 가렸다. 그러나 그때 이미 두 사람은 옷을 입었다기보다 짜지 않은 세탁물을 걸치고 있는 형상이 되어 있었다. 그들은 서로 마주 보고 웃었다.

"되구 싶다더니 됐는데?"

"뭐가?"

"물에 빠진 생쥐."

"자기는?"

"나? 나야 비 맞은 시라이꾼이지."

"피이."

"피이?"

"그래 피이."

"그게 물에 빠진 생쥐가 내는 소린가?"

"그렇다, 왜?"

"듣기 좋다."

"보기 좋다."

"뭐가?"

"물에 빠진 생쥐의 애인, 비 맞은 시라이꾼이."

"어? 생쥐가 맞먹으러 들어?"

"왜, 생쥐는 이빨두 없는 줄 알아?"

"생쥐두 이빨이 있던가?"

"보여 줘? 엄연한 송곳니가 있다구."

수자는 이를 드러내어 무는 시늉을 해 보였다.

"어디, 없는데?"

"손가락 이리 갖구 와 봐. 있는지 없는지 확실히 알게 해 줄게."

"그래, 어디."

떡식이 손가락 하나를 펴서 치과의사처럼 수자의 벌린 입속으로 가져갔다. 고소한 담배 냄새 같은 것이 나는 집게손가락이었다. 수자는 그것을 잘근 깨물었다.

"아야!"

"어때? 있지?"

"그래, 그래, 있다 있어."

떡식은 물린 손가락을 빼내어 공중에 대고 터는 시늉을 하며 엄살을 부렸다.

"거봐, 생쥐두 무섭지?"

"무섭다, 무서워."

주위는 온통 빗소리로 가득 찬 듯했고 그들이 떠 있는 수면은 무수한 빗줄기에 얻어맞아 상처투성이가 되고 있었다. 떡식이 손가락을 털어 대던 동작을 멈추고 갑자기 엄숙한 표정이 되어 그녀를 바라보았다. 수자도 순간 그가 무엇을 바라는지 알 수 있었다.

"넌 내 뒤쪽 봐. 난 니 뒤쪽 볼게…… 아무도 없니?"

"……없어."

수자의 시야에도 사람의 그림자는 들어오지 않았다. 수자는 눈을 감고 가만히 얼굴을 내밀었다. 잠시 후 떡식의 입술이 그녀의 입술에 와 닿았다. 비에 젖은 입술이었다. 그가 조심하고 있다는 게 완연했다. 보트는 조금도 흔들리지 않았다. 그가 머뭇머뭇 그녀의 입술을 열었다. 그녀는 저항하지 않고 얌전히 입술을 열어 주었다. 그의 혀가 그녀의 혀에 닿았다. 그의 입속에서는 조금 전에 먹은 불고기의 양념 냄새가 났다.

그녀는 그의 혀를 좀 더 깊이 받아들이고 싶다고 생각했다. 그러나 위태로웠다. 더 이상의 동작은 보트를 뒤집히게 될는지도 모르기 때문이었다. 그의 혀도 좀 더 자유로워지고 싶어 함이 역력했다. 안타까이 그녀의 입속 더 깊은 곳까지 닿으려고 애쓰고 있었다. 그러나 그것은 조바심에 지나지 않았다. 이윽고 그가 혀를 후퇴시키며 말했다.

"……내리자."

"……왜애."

"감질만 나."

"……내려, 그럼."

그는 우산을 접어 보트 바닥에 아무렇게나 던져 두고는 급히 다시 노를 젓기 시작했다. 그의 얼굴은 붉게 상기해 있었다. 자도 자기의 뺨이 뜨겁게 달아 있다는 걸 느낄 수 있었다.

보트에서 내린 그들은 말없이 서로의 허리를 껴안은 채 걷기 시작했다. 그의 힘센 팔에 안긴 허리가 수자는 여태껏 아무 쓸모 없이 자유로웠다는 걸 느낄 수 있었다. 그녀는 더욱 힘껏 껴안아 달라는 신호로서 그의 허리를 이제보다 더 힘주어 끌어당겼다. 그가 더욱 바싹 허리를 죄어 왔다.

그들의 발걸음은 창경원 뒷담 쪽으로 향했다. 잡초가 무성하고, 깨어진 기와 조각들이 아무렇게나 쌓여 있는 곳이었다. 비에 젖은 나무 벤치가 보였다. 그들은 젖은 벤치에 그대로 앉았다. 그리고 서로의 상체를 끌어안았다. 그가 급히 입술을 가져왔고, 그녀는 서둘러 그것을 맞이했다. 그의 혀는 마침내 그녀의 입속 깊숙한 곳까지 와 닿았다. 그녀는 제 혀로 힘껏 그의 혀에 부딪쳤다. 그의 몸에서는 뜨겁고 축축한 열기가 전해 오고 있었다. 젖은 옷 위로 그의 맨몸이 느껴졌다. 그녀는 자기의 상체를 안고 있는 그의 한 손을 잡아 젖은 제 젖가슴 위에 옮겨 놓았다. 그의 손은 한순간 움찔하는 듯했으나 곧 대담하게 그녀의 젖가슴을 움켜쥐었다. 그러나 비록 젖었다고는 하지만 그의 손바닥과 그녀의 젖가슴 사이에는 두터운 천의 브래지어가 있었다. 그가 손을 내려 옷자락 밑으로 더듬어 올라왔다. 축축했지만 따뜻한 손이었다. 브래지어가 위로 밀쳐 올려졌다. 그리고 곧 그녀의 맨 젖가슴에 그의 손바닥이 닿았다. 억세고 넓은 손바닥이었다. 그리고 그녀가 원하는 것이 무엇인지 아는 손바닥이었다. 그녀의 갇히기를 바라는 그 둥근 것은 곧 그의 넓은 손바닥 안에 갇혔다.

그가 그녀를 벤치 위에 눕히려고 하였다. 그때 그녀는 얼굴을 틀어 나직이 외쳤다.

"안 돼, 더 이상은."

그가 주춤했다.

"그냥 앉아서 키스만 해. 누가 올지도 모르잖아."

"오긴 누가 와."

"아무튼 더 이상은 안 돼. 그냥 키스만 해. 이런 데서 그렇게까지 하려는 사람이 어디 있어."

"……"

"자, 나 꼭 안아 줘."

그는 억센 힘으로 다시 그녀를 껴안았다. 그리고 몸을 부르르 떨다시피 했다. 안긴 채로 그녀는 나직이 속삭였다.

"떡식인 날 조금도 아끼고 싶지 않은가 봐. 이런 데서 막 그럴려구 하구."

"미치겠으니까 그렇지."

"날 조금이라도 아끼고 싶으면 그래도 참아야지."

"참지 못하겠어. 나 지금 터지기 직전이야."

"어마, 터지는 게 뭐야? 떡식이가 폭탄이야?"

"모르면 가만히 있어."

"싫어, 나 가만 안 있을래. 떡식이가 정말 폭탄인가 아닌가 볼 테야. 터지기 직전이랬으니까 조금 있으면 금방 터질 거 아냐?"

"정말 볼 테야?"

그러며 그는 그녀를 안았던 팔을 풀고 한 손을 바지 앞섶으로 가져갔다.

"어마 싫어. 나 안 볼 테야."

그러나 그녀는 미처 피할 사이 없이 보고 말았다. 그의 바지 앞섶을 헤치고 솟아 나온, 힘차게 하늘을 향해 우뚝 선 이상한 나무를, 그리고 그 나무가 물총으로 변하는 모습을.

"어마! 난 몰라."

그녀는 눈을 가리고 벤치에서 벌떡 일어났다. 그리고 곧 곤두박질치듯 아래쪽을 향해 달려 내려갔다. 온몸이 홍당무라도 된 듯한 느낌이었다. 숨이 가쁘고 다리가 헛짚였으며 시야가 온통 빨개진 느낌이었다.

4. 외나무다리

수자가 그렇게 곤두박질치듯 달려 내려와 다시 연못이 보이는 지점에 이르렀을 때였다.

그녀는 숨을 멈추고 그 자리에 우뚝 섰다. 그녀로부터 불과 스무 발짝도 안 되는 거리에, 아까 그녀가 헌병들을 속여 붙잡혀 가게 한 그 군인의 모습이 보였던 것이다.

군인은 사방을 두리번거리며 천천히 걸어오고 있었다. 무엇을 찾는 시늉은 아니었고 그냥 하릴없이 두리번거리는 눈길이었으며, 역시 비로부터 전혀 무방비한 차림이었다. 아까보다 더 흠씬 젖어 있었다.

그녀는 얼른 나무 뒤로 몸을 숨기려 했다. 그러나 그때 군인의 눈길이 힐끗 이쪽으로 향했다. 이어 군인의 눈이 크게 떠지는 모습이 보였다. 그녀는 당황했으나 재빨리 몸을 돌이켰다. 그리고 다시 떡식이 있는 쪽을 향해 뛰어 올라가려는 순간이었다.

"여보쇼!"

군인이 부르는 소리가 등덜미를 잡았다. 그러나 그녀는 못 들은 체 뛰어 올라가기 시작했다. 군인은 계속 다급하게 외쳤다.

"여보쇼! 여보쇼! 야!"

그러나 그녀는 뒤도 돌아보잖고 내처 뛰어 올라갔다. 마침내 군인이 뒤쫓아 달려오는 소리가 들렸다.

수자는 다급하게 외쳤다.

"떡식아! 떡식아!"

그때 어슬렁어슬렁 이쪽으로 걸어 내려오고 있는 떡식의 모습이 보였다. 그는 숨이 턱에 차서 뛰어 올라오는 그녀를 발견하자 영문을 알지 못하고 입을 벌렸다.

"왜 그래?"

그녀는 한달음에 달려가 떡식의 팔을 잡았다. 그리고 숨을 헐떡이며 말했다.

"저, 저 군인 좀 봐. 날 어떻게 하려나 봐."

그제야 떡식은 그녀 뒤를 쫓아 올라오고 있는 군인의 모습을 발견하고 긴장한 표정으로 물었다.

"누군데?"

"처음 보는 군인이야."

그때 그녀를 뒤쫓던 군인도 떡식을 발견하고 멈칫 섰다가 다시 천천히 걸어 올라왔다. 떡식이 군인을 향해 좀 거칠게 물었다.

"형씨 뭐요?"

그러자 군인도 비슷한 억양으로 대꾸해 왔다.

"보다시피 군바리요. 형씬 그 아가씨 애인이쇼?"

"애인이건 말건 무슨 상관이쇼? 그리구 왜 점잖지 못하게 구쇼?"

"점잖지 못하게 굴다니, 나보고 하는 소리요?"

"물론 형씨보고 하는 소리요. 앤 내 까이니까 그런 줄 알고 가 보쇼. 점잖게 말할 때. 한 번 봐주리다."

"봐주다니. 내가 뭐 잘못한 게 있단 말요?"

"이 친구가? 야, 인마! 니가 그럼 잘했어?"

"어럽쇼? 야, 인마라니?"

"터지고 싶지 않으면 곱게 가 봐, 좋은 말로 할 때. 알았어?"

"가만, 도대체 내가 뭘 잘못했다는 거요."

"야, 인마, 처음 보는 여잘 여기까지 뒤쫓아 온 게 그럼 잘했단 말야? 너 인마 어떻게 해 볼려고 그런 거 아냐?"

"가만, 무슨 오해가 있는 모양인데, 우리 차근차근 얘기해 보자구. 지금 처음 보는 여자라고 그랬는데 난 저 아가씰 처음 보는 게 아니라구, 우선. 그리고……."

"가만, 뭐라구? 처음 보는 게 아냐?"

그러며 떡식은 반신반의하는 표정으로 수자를 돌아보았다. 수자는 천연스레 울상을 지어 보였다.

"아냐. 저 사람 지금 거짓말하고 있는 거야. 괜히 창피하니까 그러는 거야. 날 보자마자 막 쫓아 올라왔어."

그러자 군인은 어이가 없다는 표정을 지었다.

"아니, 뭐요? 내가 거짓말을 하고 있다구? 아니, 그럼 날 정말 처음 본단 말요?"

"어마? 내가 그럼 댁엘 본 적이 있단 말예요?"

"야, 이건 완전히 헌병들한테 쓰던 수법 그대로군."

"뭐라구요?"

"왜, 벌써 잊었단 말요?

"기가 막혀. 내가 뭘 잊었단 말예요?"

"기통찬 아가씨로군. 불과 몇 시간 전에 자기가 한 일을 딱 잡아떼다니."

"웃기지 말아요. 그런다고 누가 넘어갈 줄 알아요. 몇 시간 전에 내가 뭘 했단 말예요? 댁에 혹시 정신 이상한 사람 아녜요?"

"도리 없군. 좋아요, 좋아. 한 가지만 말하리다. 내가 아가씰 쫓아온 건 결코 보복 따윌 하려고 그런 건 아니라는 것만 알아 두쇼. 어벙한 헌병 새끼들한테 욕보다가 간신히 풀려나서, 빌빌거리다가 창경원이 눈에 띄길래 들어와 본 거구, 재수가 좋은 건지 나쁜 건진 모르지만 아가씰 다시 만나게 됐길래 약속을 이행시키려 한 것뿐요. 나하고 같이 차 마시기로 한 약속 말요."

"댁에 지금 잠꼬대하고 있는 거 아녜요?"

"끝까지 이러기요?"

"끝까지 뭘 어쨌다는 거예요?"

"정말 사람 이렇게 무시하기요?"

"댁에 같은 사람을 내가 언제 봤다고 그럼 예의 바르게 대해요? 더구나 날 해코질 하려고 한 사람한테."

"그렇다면 좋소. 난 끝내 약속을 이행시키고야 말 테요."

"무슨 약속인진 모르지만 마음대로 해 보세요."

그러자 군인은 한 발짝 성큼 수자 쪽으로 다가섰다.

"자 갑시다, 차 마시러."

그러며 손을 뻗어 수자의 팔을 잡으려고 했다.

"어마! 이 미친 사람 좀 봐!"

하고 수자는 기겁을 하는 시늉으로 떡식의 등 쪽으로 피했다. 떡식이 군인의 앞을 가로막았다.

"형씨, 가 보슈."

"아니, 나 저 아가씨하고 차 한잔 마셔야 갈 거요."

"정말이오?"

"정말이오."

"정말 약속을 한 거요?"

"약속한 거요."

"앤 아니라는데?"

"저 아가씬 거짓말을 아주 잘하는 여자요."

수자가 소리쳤다.

"아냐! 떡식아. 저 사람 틀림없는 미친 사람야."

"가만있어. 내가 보기엔 미친 것 같진 않은데."

"떡식이 너, 내 말보다 저 사람 말을 믿니?"

"글쎄, 가만있으라니까. 형씨, 애 잘 아쇼?"

"잘은 모르지만 지금 처음 보는 건 분명 아뇨."

"그럼 어디서 봤수?"

"아까 오전에 버스칸에서 만난 아가씨요."

"버스칸에서?"

"말은 내가 먼저 붙였지만 버스칸에서 만난 건 사실이요. 그럴 수 있는 거 아뇨? 형씨 같은 애인이 있다는 건 몰랐고. 또 형씨를 만나러 오는 길인 줄도 몰랐으니까."

"헌병들 얘기는 뭐요?"

수자는 다시 참지 못하고 소리쳤다.

"그 사람 말 다 거짓말이라니까 그래! 모두 꾸며 낸 소리야. 뭘 자꾸 꼬치꼬치 물어?"

"글쎄, 가만있어, 헌병들 얘기는 뭐요?"

"그건 이렇게 된 거요……."

그리고 군인은 아까 있었던 일의 자초지종을 보태거나 숨기는 대목이 없이 비교적 자세하게 설명했다. 수자는 안달이 나서 죽을 지경이었고 떡식은 이따금 고개만 끄덕이며 묵묵히 군인의 애기를 들었다.

그리고 다 듣고 나자 떡식은 점잖게 말했다.

"형씨가 좀 치사했군그래. 당해서 싼데 뭘 그래, 안 그래?"

군인은 떡식의 위엄있는 태도 앞에 완연히 한풀 꺾인 표정이었다. 한 손을 머리 뒤로 가져가며 좀 계면쩍은 표정으로 떡식을 바라보았다. 그리고 한결 풀이 죽은 목소리로 말했다.

"뭐 내가 잘했다는 건 아뇨. 하지만……."

"하지만, 뭐요?"

떡식이 점잖게 다그쳤다. 그러자 군인은 수자 쪽을 힐끗 바라보았다.

"하지만 저 아가씨도 좀 너무했소. 사람을 그렇게 골탕 먹이는 데가 어디 있소?"

"그야 형씨의 치사한 행동에 대한 복수라구 봐야지. 버스칸에서 뺨 얻어맞구 차 같이 마셔 주겠다구 따라 내릴 땐 그게 다 속셈이 있어서 그런 거라고 봐야지, 그걸 그래 곧이곧대로 들었단 말요? 그리구 당해서 싼 행동을 해서 당했으면 그걸 창피루 알구 쥐구멍이라도 찾아 들어가야지 어딜 여기까지 쫓아오는 거요? 쫓아오길."

"쫓아온 건 아뇨. 우연히 이렇게 또 만나게 된 거지."

"어쨌든 여기까지 쫓아 올라온 건 쫓아 올라온 거 아뇨? 그리구 여기까지 쫓아 올라올 땐 하다못해 시비라두 좀 해 보려구 쫓아 올라온 거 아뇨? 형씨가 한 행동은 잊어 먹구. 자, 가 보슈. 내 까이 따귀 갈긴

건 도저히 봐줄 수 없는 일이지만 한 번 봐주겠소."

그러자 군인은 슬그머니 남자로서의 자존심이 고개를 든 모양이었다. 얼굴이 붉어지며 표정이 굳어졌다.

"잠깐, 형씨 아까부터 자꾸 봐준다 봐준다 하는데, 거 무슨 소릴 그렇게 하쇼? 이거 어디 더러워서 갈래야 갈 수가 있나."

그러자 떡식의 눈썹이 성큼 치켜올려졌다.

"왜, 그럼 좀 얻어터져야만 가겠어?"

"글쎄 아까두 비슷한 소릴 한 것 같은데, 그렇게 쉽게 얻어터져질까?"

순간 떡식의 얼굴엔 무언가 귀찮은 듯한 표정이 잠깐 스쳐 갔다. 그리고 곧 무언가를 자제하는 표정이 되었다.

"……가 보슈. 형씨."

"못 가겠어. 어디 한번 얻어터져 보자구."

"글쎄, 가 보슈."

"이거 왜 이래? 한번 터져 보자니까."

"가 보슈."

"폼 잡지 마. 어떤 놈이 왕년에 폼 안 잡아 본 놈 있나. 내 더러워서, 씨팔. 야! 어서 한번 쳐 보라구."

"정말 못 가겠니?"

"못 가겠다. 니가 뭘 믿고 그러는진 모르지만 이대룬 죽어도 못 가겠다."

순간 수자는 떡식이 어디로 없어진 줄 알았다. 그러나 떡식은 방금

까지 군인이 서 있던 자리에 있었다. 그리고 없어진 건 군인이었다. 아니, 군인도 없어지지는 않았다. 서 있던 자리에 서 있지 않을 뿐이었다. 누워 있었다. 입가에 피를 흘리면서. 눈 깜빡할 사이의 일이었다.

군인은 한동안 죽은 듯이 그렇게 누워 있었다. 그리고 얼마 후에야 조금씩 움직이기 시작하더니 무의식중에 손을 입으로 가져가며 천천히 일어났다.

떡식이 말했다.

"침 뱉어 봐."

그러자 군인은 고분고분 떡식의 말에 순종했다. 피가 섞인 침을 힘없이 땅바닥에 뱉어 놓았다.

"이빨은 이상 없지? 이상 있나 만져 봐."

떡식이 다시 그렇게 말하자 군인은 어둔한 몸짓으로 다시 제 이빨을 만져 보았다.

"이상 있어?"

이상은 없는 모양이었다. 군인은 천천히 고개를 가로저었다. 떡식이 한결 부드러워진 목소리로 말했다.

"가 봐, 그럼."

군인은 머뭇머뭇 뒷걸음질 치기 시작했다. 그리고 곧 돌아서서 이쪽이 마음에 쓰이는 걸음으로 어색하게 걸어 내려가기 시작했다.

떡식이 다시 한번 말했다.

"언제 한번 길에서 만나면 대포나 한잔하자구. 너무 억울하게 생각하지 마."

그때 군인은 빠른 걸음으로 몇 발짝 달려 내려가더니 휙 돌아서며 소리쳤다.

"야, 좆나발 불지 마. 재수 더럽다, 재수 더러워. 이거나 먹어, 이 새끼야."

그리고는 팔뚝을 이상한 모양으로 떡식을 향해 내뻗고는 급히 돌아서서 이제보다 몇 곱절 빠른 걸음으로 달려 내려갔다. 떡식은 그러나 제자리에 선 채 빙긋이 웃고만 있었다.

5. 벤치 위에서

군인의 모습은 곧 보이지 않게 되었다.

수자가 떡식의 옆으로 다가서며 말했다.

"미안해 떡식아. 하지만 너 정말 근사하게 해치우더라. 너 태권도 유단자니? 아님 권투?"

떡식은 짐짓 대수롭지 않다는 듯 대꾸했다.

"아냐. 그저 싸움을 좀 해 봤을 뿐이지, 어렸을 때부터. 그런 걸 배울 겨를이 언제 있어?"

"그러니? 하지만 어쨌든 멋있고 근사했어. 나 너 존경하기로 했다."

"싸움 좀 할 줄 안다구 존경을 해?"

"싸움 잘하는 게 어딘데? 남자가 싸움도 할 줄 모르면 그게 어디 남자니? 병신이지. 적어도 자기 까이 하나 보호할 만한 실력은 있어야 한다구."

"하지만 너두 조심해. 그렇게 까불구 다니다가 당하면 어쩔려구 그래? 지금만 해두 나 없었으면 너 꼼짝없이 당했을 거 아냐?"

"그 어벙한 군인한테 말이지?"

"아무리 어벙해두 너보다 힘이 셀 거 아냐? 치면 맞았지 별수 있어?"

"설마 때리기야 했을라구?"

"알 게 뭐야? 아무두 없는데 치면 맞았지."

"소리 지르지."

"소리 질러? 소리 지르면 누가 와서 말려 준대? 요새 같은 세상에."

"그러니까 떡식이 니가 있지 않니. 그래서 난 널 더욱 존경하구."

"존경은 안 해두 좋으니까 이리 와. 고아원 출신 시라이꾼이 너 같은 여대생 아가씨한테 어떻게 존경을 받니?"

그러며 그는 그녀의 팔을 잡았다. 아까 앉았던 벤치로 데려가려는 몸짓이었다. 팔을 잡힌 채로 그녀는 물었다.

"어마, 너 고아원 출신이니?"

"부모가 없는데 고아원 출신이지 양로원 출신이겠니? 부모 있는 놈이 골이 벴다구 시라이꾼 노릇은 하구."

"그렇구나. 떡식이 너 고아로구나."

"왜, 고아래서 기분 잡쳤니?"

"아니, 정반대야. 난 니가 고아라는 점이 더 마음에 들어. 니가 훨씬 더 좋아졌다."

"그건 어째서?"

"너야말로 독립된 인간이기 때문이야. 어려서부터 부모덕 하나도 안 입고 이렇게 훌륭한 청년으로 성장하구. 그게 얼마나 장한 일이니? 니 나이 또래의 딴 애들은 대부분 아직도 부모 슬하에 있지 않니? 넌 정말 근사해."

"웃기지 마. 독립된 인간이 뭔지, 근사한 게 뭔지, 난 잘 모르지만 부모 슬하에 한번 있어 봤으면 좋겠다. 자, 이리 와."

그리고 그는 수자의 팔을 잡아끌었다. 수자는 그에게 이끌려 걸음을 옮겨 놓으면서 말했다.

"왜 그래? 어딜 또 간다는 거야? 이제 우리도 내려가야지."

"글쎄, 잠자코 따라와."

"왜?"

"글쎄, 잠자코 따라오라니까."

"나 혼내 줄려구 그래?

"……"

"어마, 싫어. 너 나 혼내 줄려고 그러는구나."

"혼은 뭐 때문에 혼을 내? 잠자코 따라오라니까."

"금방 그 군인 때문에 그러지?"

"왜, 뭐 켕기는 거 있어?"

"아냐, 난 그 군인이 귀찮게 치근덕거리길래 헌병들한테 떠넘긴 것뿐야."

"잘했어."

"그런데 왜 그래?"

"왜 그러긴 뭘 왜 그래? 내가 수자 잡아먹는댔어?"

"하지만 그렇게 화낸 얼굴을 하고 있으니까 무섭잖아?"

"내 얼굴이 화난 것 같아?"

"그래, 무섭단 말야."

"나 화난 거 아냐."

"그런데 왜 그래?"

그때 그들은 그들이 아까 앉았던 벤치에 다 와 있었다. 비는 이제 좀 뜨음해 있었으나 벤치는 여전히 젖은 채로였다. 그때 수자는 비로소 아까 그녀가 본 이상한 광경을 생각했다. 그리고 다시금 온몸이 빨갛게 달아오르는 듯한 수치심을 느꼈다. 그러나 이제 와서 그것을 다시 내색할 수는 없는 일이었다.

"응? 왜 그러느냐구. 왜 그렇게 화난 사람 같아?"

그렇게 말하는 것과 거의 동시에 그녀는 문득 어떤 위기감을 느꼈다. 그러나 그때는 이미 그녀의 허리가 떡식의 팔 안에 갇혀 버린 뒤였다.

"수잘 정말 내 까이루 만들어 둬야겠어."

그가 그녀의 허리를 힘껏 껴안은 채 한 소리였다.

"어마 싫어. 난 몰라, 난 몰라."

그녀는 허리가 부자유한 채로 떡식의 가슴을 주먹으로 때리고 앙탈했으나 그는 묵묵히 가슴을 내맡긴 채로 그녀를 벤치 위로 운반했다. 그리고 그녀를 벤치 위에 눕혔다. 그녀가 미처 몸을 움직일 겨를도 없이 스커트 자락이 배 위로 치켜올려졌다. 그리고 그 안의 것이 아래로 벗겨 내려졌다.

수자는 왠지 꼼짝할 수가 없었다. 그가 너무나도 위엄 있게 굴었기 때문인지도 몰랐다. 그의 가슴을 때리던 주먹에도 곧 힘이 빠져 버리고 말았다.

그의 몸이 그녀의 몸 위에 실렸다. 그리고 그의 따뜻하고 꿋꿋한 물체가 그녀의 살에 닿았다. 그녀는 그것이 아까 그녀가 본 그 이상한 나무라는 것을 알 수 있었다. 그러나 여전히 몸은 꼼짝할 수가 없었다. 왠지 이 일은 피할 수 없는 일이라는 생각마저 들었다. 그리고 어차피 피할 수 없는 일이고 보면 한번 겪어 볼 만한 일인지도 모른다는 생각마저 들었다.

그러나 그녀는 그 생각을 곧 후회했다. 실로 참을 수 없는 고통이, 이제껏 그녀가 겪어 본 고통 중 가장 큰 고통이, 몸 전체가 산산조각이 나는 것 같은 고통이, 지구가 일시에 뒤집히는 듯한 고통이 그녀의 몸속을 뚫고 들어왔던 것이다. 일찍이 그녀의 몸속에 그렇게 커다란 이물질(異物質)이 들어와 본 적은 한 번도 없었던 것이다. 그녀는 두 손을 뻗어 그의 목을 힘껏 졸랐다. 그리고 부르짖었다.

"이 나쁜 새끼야."

그러나 그는 말없이 그녀의 손을 자신의 목으로부터 떼어 꼼짝 못하게 붙잡고는 제 입술로 그녀의 입술을 덮었다. 그리고 그녀의 고통을 가중시키는 동작을 계속했다. 고통은 점점 몸속으로 깊이 파고드는 듯했다.

그러나 야릇하게도 한순간 그녀는 나무벤치에서 풍기는 곰팡내 비

숫한 걸 맡을 수 있었다. 그리고 비에 젖은 풀 냄새 같은 것도 맡을 수 있었다. 고통이 잠시 휴식을 취하는 것 같았다고 할까. 아니면 거듭된 고통에 의해서 통각이 다소 둔해진 때문이라고 할까. 그러나 그녀는 곧 이제보다 몇십 배 더 큰 고통에 직면했다. 여태껏의 고통을 고무풍선에 비유한다면 그것은 반쯤밖에 불지 않은 고무풍선에 불과했다. 그러나 이번의 그것은 한껏 불어서 터지기 직전의 고무풍선이었다. 아니 어쩌면 바로 터지는 순간의 고무풍선인지도 몰랐다. 그녀는 하마터면 그의 입술을 깨물 뻔하였다. 아니 실제로 그가 아야! 소리를 지르고 비켜날 만큼 깨물었다. 그러나 그의 몸은 아직 그녀의 몸 위에서 떨어지지 않았다. 그 대신 고통이 조금씩 줄어들었다.

그가 대견한 표정으로 말했다.

"수자 너 처녀로구나."

"몰라. 떡식이 너 나쁜 새끼야."

"어? 겁이 없어?"

"나쁜 새끼지…… 뭐야? 사람을 그렇게 아프게 하는 데가 어딨어?"

"그래 실컷 욕해두 좋아. 애교로 들어 주지. 하지만 너 이제 틀림없는 내 까이야."

"피이, 이런다고 누가 정말 까이가 될 줄 알아? 두고 봐. 너도 아까 그 군인처럼 만들어 놓고 말 테야."

"그래 그래, 아무래도 좋아. 오늘만은 내 무슨 말을 해두 용서해 주지."

한순간 몸 안에 있던 고통의 이물질이 빠져나갔다. 그리고 그가 그녀의 몸 위에서 천천히 일어났다.

주위는 이제 어둑어둑 저물어 오고 있었다. 비는 완전히 그쳐 있었다.

6. 떡식의 생활

수자가 떡식의 합숙소엘 가 본 것은 그다음 우요일이었다.

떡식을 처음 만난 그 우요일로부터 열흘쯤 뒤였고 역시 창경원의 그 호랑이 우리 앞에서 만나 창경원 안을 한 바퀴 돈 다음이었다.

수자는 그 일(먼저 우요일, 벤치 위에서 겪었던)이 있은 후로 그를 더 이상 만나지 말아 버릴까 하는 생각도 해 봤으나 그러려면 우선 자신의 우요일 행사를 포기하지 않으면 안 된다는(왜냐하면 그를 만나지 않기 위해선 창경원에 가는 것을 포기하지 않으면 안 되기 때문에) 억울함이 따랐을 뿐 아니라 그와의 만남을 그만 일로 끝내 버린다는 것은 너무 싱겁다는 생각과 더불어 한편 자존심이 상하는 일이기도 하여, 결국 다시 그 호랑이 우리 앞으로 나갔던 것이다. 또 그 일의 충격이라고 하는 것도(방금 그만 일로라고 말한 바 있지만) 한 열흘쯤 지나자 차츰 그 강도가 엷어짐과 함께 그다지 대수로운 문제로 여겨지지가 않게 되었을뿐더러 오히려 무슨 재미있었던 일 같은 느낌마저 들었던 것이다.

그리고 그는 어김없이 호랑이 우리 앞에 나와 있었다. 역시 거의 망가지다시피 한 비닐우산 하나를 머리 위에 받은 채.

그리고 대충 창경원 안을 한 바퀴 돌아다니고 났을 때 그녀가 말했던 것이다.

"떡식아, 오늘은 너 있는 데 한번 가 보고 싶다. 넌 자기 까이를 저 있는 데 구경도 안 시켜 주니?"

"구경?"

"구경이란 말이 기분 나쁨 방문이란 말로 고쳐도 좋아."

"기분 나쁘다, 확실히, 구경이란 말은. 사람 사는 데가 무슨 구경거린 줄 알아?"

"미안, 미안. 그런 뜻으로 한 얘기 아냐. 그냥 가 보고 싶다는 뜻을 그렇게 말한 것뿐이지. 방문이란 말로 바꿔도 좋다고 했잖아?"

"가 보고 싶다는 게 결국은 구경하고 싶다는 것하고 뭐가 달라? 방문이란 말로 바꾼대도 니 본심은 결국 마찬가지 아냐?"

"너무 그렇게 까다롭게 생각하지 마. 그냥 자기 까이한테 자기 있는 델 한번 보여 준다고 생각함 되잖아? 그게 뭐 꼭 구경거리라서만 보여 주는 거니? 그리고 넌 너 있는 데가 뭐 사람한테 보여 줄 만한 곳이 못 된다고 생각하니? 그렇진 않잖아? 더욱이 난 니 까이고 말야."

그러자 그는 잠시 무언갈 생각하는 눈치더니 그녀를 똑바로 쳐다보며 물었다.

"정말 나 있는 데 한번 보고 싶어?"

그녀 역시 그를 똑바로 마주 보며 대답했다.

"응, 가 보고 싶어."

"좋아, 그럼. 보도록 해 주지. 그 대신 너 애들한테 내 까이라고 소개해도 말 못 한다?"

"좋아, 그건 아무래도. 동료들이 많니?"

"일고여덟 명 돼. 아마 지금쯤 한창 섰다판이 벌어졌을 거야. 나 나올 때 벌써 슬슬 시작하고 있었으니까."

"우리가 가면, 그럼 방해가 되겠구나?"

"괜찮아. 아마 놀랄 거야."

"놀라?"

"너같이 예쁜 애가 그런 돼지우리 같은 델 나타나리라곤 상상도 못 할 거거든. 생각해 봐. 시라이꾼 합숙소에 너같이 예쁜 여대생이 나타난다는 게 어디 있을 법이나 한가."

"피이. 뭐 그럴라구."

"피이가 아냐. 더구나 니가 내 까이라는 걸 알아 봐. 놀라다 못해 아마 기절초풍들을 할 거야."

"어마 재밌어. 빨리 가 보자, 그럼."

"좋아. 어차피 니가 내 까인 이상은 나 살고 있는 꼴도 한번 봐 두는 게 좋을 테니까. 하지만 가 보고 나서 구질구질하다고 내빼지는 마."

"그런 염려 하지도 마. 난 뭐 신발에 흙도 안 묻히고 다닌다든? 내 옷엔 먼지도 안 묻고?"

"어쨌든 그럼 가 보자."

그들이 창경원에서 나와 도중에 버스를 한 번 바꿔 타고 어느 변두리 동네의 시장 근처에 도착한 것은 한 시간쯤 후였다.

그다지 규모가 큰 시장은 아니었고 거기에 비까지 내리고 있어서 시장은 매우 한산해 보였다.

시장 쪽을 향해 등을 돌리고 앉은 몇 채의 판잣집 비슷한 건물 가운데 하나가 떡식의 합숙소였다. 그리고 합숙소 맞은편에는 철삿줄로 빙 둘러 울타리를 친 무슨 쓰레기장 같은 곳이 보였다. 쓰다 버린 플라스틱 용기 따위가 높이 쌓여진 채 비를 맞고 있는 모습이 보였고 빈 병, 못 쓰는 종이, 녹슨 쇠붙이, 더러운 헝겊 따위도 쌓여 있는 모습이 보였다. 그리고 나무줄기로 엮은, 멜빵이 달린 커다란 바구니 몇 개가 보였고 큰 물건들을 달 때 쓰는 바퀴 달린 저울도 보였다. 아마 그들의 수집소(收集所) 내지는 작업장일 것이었다.

합숙소의 판자로 된 미닫이문을 열자 바로 방이었다. 그리고 방 안에는 담배 연기가 자욱했다. 떡식이 또래의, 일고여덟 명의 남자가 둘러앉아 무엇엔가 열중하고 있다가 수자들 쪽으로 고개를 돌렸다.

떡식이 말했다.

"야, 너희들 형수님 모시고 왔다. 인사들 해라."

그러자 그들은 반신반의하는 표정으로 그녀를 쳐다보았다. 수자는 얼굴을 조금 붉힌 채 그들을 향해 고개만 약간 숙여 보였다.

"야, 인마, 뭣들 하는 거야? 인사들 하지 않고. 너희들 형수님이 먼저 인사를 하잖니?"

떡식이 재차, 이번에는 짐짓 핀잔의 억양을 띄워 말했다. 그러자 그들은 여전히 반신반의하는 표정인 채 그녀를 향해 고개만 조금씩 숙여 보였다.

수자가 배시시 웃어 보이며 말했다.

"좀 들어가도 되나요?"

그제야 그들 중 얼굴이 둥글고 턱에 수염이 듬성듬성 자란 한 남자가 대꾸했다.

"들어오쇼."

떡식이 짐짓 눈을 부라렸다.

"야, 인마, 들어오쇼가 뭐야 들어오쇼가? 형수님 들어오십시오, 해야지. 자식이 버르장머린."

그리고 그는 수자를 향해 들어가자는 눈짓을 해 보였다. 수자는 신발을 벗었다. 그리고 우산을 접어 신발 옆에 세워 둔 다음 방 안으로 들어갔다. 그들이 둘러앉은 둘레를 좁혀 그녀가 앉을 자리를 내주었다. 방 안에서는 퀴퀴한 곰팡내 비슷한 냄새에 섞인 담배 냄새, 발 냄새 같은 것이 풍겼고 방 한쪽 구석에 아무렇게나 쌓아 둔, 땟국이 흐르는 침구 등속이 보였다. 그리고 바람벽 여기저기에 옷가지들이 걸려 있는 모습이 보였다.

수자는 얌전히, 그들이 내준 자리에 앉았다. 그리고 아직 하던 일을 계속하지 못하고 있는 그들에게 말했다.

"저 때문에 방해되셨겠지만 어서들 계속하세요. 저 상관 마시구요."

그러나 뒤따라 방 안으로 들어온 떡식이 고개를 내저었다.

"무슨 소리야? 계속하다니. 야, 야, 그만들 둬. 모처럼 형수님이 오셨는데 섰다판을 계속 벌이고 앉았다는 게 말이나 돼? 그만들 두고 형수님한테 인사들이나 올리라구. 오늘 내가 한잔 살 테니까 말야.

자, 경식이 너부터 인사 올려.”

그러자 경식이라고 불린, 조금 전에 그녀를 보고 ‘들어오쇼’ 하던
남자가 떡식을 아니꼽다는 눈길로 힐끗 쳐다본 다음 곧 그녀를 향해
꾸벅 절을 해 보였다.

“경식이라구 함다.”

“수자예요. 안녕하세요?”

그녀도 그를 향해 마주 고개 숙여 보이며 인사했다. 그러자 나머지
사람들도 모두, 저마다 이름들을 대며 그녀를 향해 꾸벅꾸벅 인사해
왔다. 아직 반신반의한 표정들을 채 풀지 못한 채.

“태식이라고 함다.”

“영수라구 함다.”

“민남이라구 함다.”

“기태라구 함다.”

“덕호라구 함다.”

“창길이라구 함다.”

“만식이라구 함다.”

수자는 그때마다

“안녕하세요?”

하고 마주 고개 숙여 인사했다.

인사가 끝나자 떡식이 말했다.

“자, 앞으론 그럼 길에서 혹 형수님을 만나더라도 모른 척하지 말
고 깍듯이 인사들 하라구. 그리고 섰다판은 이제 그만 집어치워. 내

가 한잔 산다. 창길이 너 가서 막걸리 좀 받아 와. 안주 좀 하고."

　그리고 그는 그중 나이가 어려 보이는, 방금 창길이라고 자기 이름을 댄 소년(소년이었다)에게 주머니에서 500원짜리 지폐 두 장을 꺼내 주었다. 그러자 경식이라는 사람이 말했다.

　"야, 겨우 막걸리야? 한잔 살려면 맥주는 고사하고 적어도 쐬주 정도 사야 할 거 아냐?"

　"좋아, 그럼 쐬주로 하자. 창길이 너 그거 갖고 가서 진로 세 병하고 오징어 두 마리만 사 와라."

　"야, 입이 몇 갠데 세 병이냐? 세 병이. 한 댓 병 사 오라구 그래. 오징어두 한 너댓 마리 하구."

　"좋아, 그러지. 야, 창길아, 경식이가 말한 대로 사 와. 모자라는 건 내 앞으로 외상 달아 놓구."

　창길이라는 소년이 떡식이 준 돈을 가지고 밖으로 나갔다.

　수자는 자기가 돈을 좀 내놓을까 하다가 그만두었다. 떡식이 화를 낼는지도 모른다고 생각했기 때문이었다.

　창길이라는 소년은 곧 돌아왔다. 소주 다섯 병과 오징어 몇 마리를 가슴에 안은 채. 그리고 곧 술자리가 벌어졌다.

　잔은 떡식이 방 한구석에서 찾아내어 손가락으로 안을 한 번 쓱 훔쳐 낸 유리컵이 사용되었다. 물컵으로 사용하던 것인 모양이었다.

　경식이라는 사람이 수자에게 먼저 잔을 권했다.

　"자, 한잔하시죠, 제수씨."

　그러자 떡식이 눈을 부라렸다.

"뭐? 제수씨? 야, 인마. 말 똑바로 해. 형수씨 보고 제수씨가 뭐야, 제수씨가? 자식이 간덩이가 뷌나."

"웃기지 마, 인마. 아까부터 자꾸 형수씨, 형수씨 하는데 아니꼬워 못 보겠다. 어째서 형수씨냐? 형수씨가."

"인마, 형님의 까이면 형수씨지 별게 형수씨야?"

"어째서 인마, 니가 내 형님이냐?"

"하루라도 먼저 나왔으면 형님이지 인마, 별게 형님이야?"

"어, 니가 나보다 먼저 나왔다. 이 말이냐? 너 호적초본이나 있어, 인마?"

"없어 인마, 왜?"

"그럼 뭘루 니가 나보다 먼저 나왔다는 걸 증명할래?"

"그야 인마, 관록으로 증명하지 뭘루 증명해?"

그러자 모두들 와 하고 웃었다.

"자, 제수씨. 어쩌다 저런 놈팽이한테 걸려들었는진 모르지만, 이 시아주버니 잔 한 잔 받으쇼."

"어? 완전히 겁이 없어?"

떡식은 기가 막힌다는 표정을 지었다. 그러나 더 이상 실랑이하려는 기색은 없었다.

수자는 경식이 내민 잔을 얌전히 받았다. 그리고 그가 따라 준 술을 용기를 내어 단숨에 마셨다. 목구멍과 가슴이 타는 듯 뜨거워졌다. 모두들 박수라도 칠 듯한 기세였다.

"어이구, 실력이 대단하신데, 그만하면 우리 제수씨 될 자격은 충분하시구만."

경식이 감탄의 표정으로 말했다. 그리고 그녀에게 돌려받은 잔을 떡식에게 권했다.

"자, 동생 놈아 받아라. 한 잔 받고 형님한테 올려."

떡식이 잔을 받으며 말했다.

"잔소리 말고 어서 형님한테 따르기나 해. 이 아래위도 모르는 놈아."

수자가 떡식과 함께 그들의 합숙소를 물러 나온 것은 그로부터 두어 시간 후였다. 비가 그치고, 구름 사이로 엷은 햇빛이 새어 나오고 있었다.

수자의 얼굴은 그 구름 사이로 새어 나오는 엷은 햇빛에 발갛게 물들어 보였다. 소주를 두 잔이나 받아 마신 까닭이었다.

떡식이 그녀의 얼굴을 쳐다보며 말했다.

"아주 예쁜데? 한 잔 걸치고 난 모습이."

"어마, 내 얼굴 지금 빨갛니?"

"왜, 챙피해?"

"약간."

"창피할 건 없어. 술 마시면 누구나 빨개지는 거 아니니? 하지만 나 많이 빨갛니?"

"약간…… 그냥 보기 좋을 정도야, 걱정 마. ……하지만 앞으론 내가 철저히 감시를 해야겠는데……."

"감시?"

"응, 술꾼 될 소질이 농후해. 소주를 두 잔이나 마시고도 꺼떡없고."

"어마, 나 술꾼 됨 안 되니?"

"물론 안 되고말고. 까이가 주정뱅이가 돼서 걸핏하면 술이나 퍼먹고 해롱대면 그걸 어떻게 보니?"

"어마, 떡식이 너 아주 보수적이구나?"

"보수적?"

"그래, 구식이란 말야."

"구식이래두 좋아. 난 까이가 술주정뱅이가 되는 건 용서할 수 없다구."

"그럼 왜 말리지 않았니?"

"처음이니까 그랬지. 또 폼도 약간 잡고 싶었구. 하지만 앞으론 절대 안 돼. 알겠어?"

"그래. 나도 맛있어서 마신 건 아냐, 떡식이 너 체면 세워 주느라고 마신 거지."

"좋았어. 그건 그렇고, 애들 어떻디?"

"다들 좋은 사람 같드라, 아직 잘은 모르겠지만. 그 사람들이 전부니?"

"조말이하고 부조말이 빼놓곤 그게 전부야."

"조말이하고 부조말이?"

"응, 왕초하고 부왕초를 시라이꾼들은 그렇게 불러. 둘이 아마 어디 한잔 빨러 갔을 거야. 까이들한테 갔거나."

"그 사람들은 나이가 많은 사람들이니?"

"조말이가 서른네 살이고 부조말인 서른 살이야. 조말인 말하자면 물주고 부조말인 감독인 셈이지. 조말인 장가도 가서 가정도 갖고 있고 돈도 많아. 우리가 줏어 오는 폐품도 조말이가 사서 업자한테 넘기는 거야. 저울에 달아서. 부조말인 저울질도 하고 애들 감독도 하고, 말하자면 지배인 격이고."

"그 사람들은 그럼 넝마는 안 줍니?"

"부조말인 일도 나가. 본래 시라이꾼 출신이니까. 하지만 조말인 시라이꾼 출신이 아냐. 업자들하고 거래나 하고 경찰서 출입이나 하고 그러지."

"경찰서 출입은 왜?"

"경찰서가 우리 재건대의 감독기관이기 때문이지. 재건대라는 명칭이 붙은 것도 경찰서가 감독기관이 된 후부터야. 말로는 지원기관이라고 하고 있지만 실상은 감독기관이야. 이것저것 잔소리하는 게 많아."

"어마, 그러니?"

"한번은 우리가 데모를 한 적도 있어. 우리하고 같이 있던 애 하나가 간병으로 죽었는데 무호적자(無戶籍者)라고 해서 죽은 지 며칠이 지나도록 매장 허가를 안 해 주잖아? 그때 마침 여름이라서 시체가 푹푹 썩는데 말야. 시체가 든 관을 메고 경찰서 앞으로 가서 데모를 했지. 요란했어. 볼만했구. 결국 가매장 허가를 얻어서 묻긴 했지만, 소위 우리들 지원기관이라는 데서 그렇게 우리 사정을 안 알아준다구. 우리 같은 애들 가운데 무호적자가 반은 될 텐데 말야. 망우리에

갖다 묻고 와서 얼마나 퍼들 마셨는지. 마침 비도 오는 날이라서 옷들은 엉망이 되게 젖어 가지고 말야."

"그런 일도 있었구나."

"바로 작년 여름에 있었던 일이야. 무호적자가 된 것만도 서러운데 땅에 묻히지도 못하게 해서야 말이나 되니? 나도 무호적자지만 말야."

"……."

"왜 기분이 언짢아?"

"아냐, 그냥."

"내가 무호적자라서 걱정돼?"

"무슨 걱정?"

"나중에 나한테 시집오게 되면 혼인신고 못 할까 봐. 애길 낳아도 출생신고도 못하구."

"그런 걱정 안 해."

"어째서?"

"글쎄, 안 해."

"글쎄, 어째서 안 하느냐구?"

"그럼 했음 좋겠어?"

"뭐?"

"했음 좋겠으면 하구."

"뭐 그런 게 있어?"

"그딴 소리 그만하고 이제 그만 들어가 봐. 나 버스 타고 갈 테니까."

"뭐라구?"

"이제 비도 갰잖아? 다음 우요일에 만나. 우린 우요일에만 만나기로 했잖아?"

그러자 그는 한순간 멍청한 표정이 되었다.

"왜 그래?"

"뭐가 왜 그래? 약속했잖아, 우린 우요일에만 만나기로."

"그렇다고, 지금 비가 갰다고 해서 헤어지자 이거야?"

"왜, 헤어지기가 싫으니?"

"말이라고 해? 그리고 니 말대로라면 하루가 이런 요일도 됐다가 저런 요일도 됐다가 하루에도 몇 번씩 바뀔 수가 있게?"

"그럼 그딴 소린 하지 마. 혼인신고라느니, 출생신고라느니 하는 소리."

"그 소리가 기분 나빴어?"

"기분 나쁘다기보다 궁상맞잖아? 구질구질하고."

"그래? 그럼 그 소린 취소하지."

"좋아. 그럼 어디로 갈래?"

"너희 집에 한번 가 보자."

"우리 집?"

"그래."

"그건 안 돼."

"어째서?"

"우리 엄마 아버지 아주 완고한 사람들이란 말야."

"그럼 그냥 너희 집이 어딘가만 알아 두기라도 하자."

"그건 왜?"

"자기 까이 집이 어딘가 정돈 나도 알고 있어야 할 거 아냐?"

"안 돼."

"어째서 안 되니? 넌 까이한테 저 있는 데도 구경시켜 주지 않는다고 졸라 대서 여기까지 따라와 놓구선."

"글쎄, 안 된다면 안 되는 줄 알아."

"글쎄, 어째서 안 되느냐구? 정 안 된다면 안 된다는 이유라도 설명을 해 줘야 할 거 아냐?"

"그렇게 꼭 듣고 싶어?"

"그래, 듣고 싶어."

"좋아, 그럼 얘기해 줄게. 응…… 저 말야, 사실은 우리 집 조금 있으면 이사 갈 거거든. 이사 간 다음에 가르쳐 줄게."

"이거 왜 이래? 누굴 세 살 먹은 어린앤 줄 알아? 그런 얕은 수작에 넘어가게."

"정말이다? 우리 집 이사 가는 거."

"글쎄 이사 갈 땐 가는 거구 지금 얘긴 또 지금 얘기 아냐? 정말 이사 갈 거기 때문에 안 된다고 한 거야?"

"좋아, 그럼 얘기해 줄게. 참 까이의 반대말이 뭐니?"

"까이의 반대말? 그야 놈씨지."

"놈씨? 응 알았어. 말이지, 놈씨한테 자기 집 가르쳐 주는 건 늦으면 늦을수록 좋대. 그래서 그런 거야."

"그것도 어쩐지 정말 같지 않은데?"

"아냐, 이건 정말야."

"아닌데. 무슨 꿍꿍이속이 틀림없이 있는 것 같애."

"꿍꿍이속은 무슨 꿍꿍이속이니? 정말이라니까. 넌 내 말을 그렇게 안 믿니?"

"그래, 그럼 그건 정말이라고 치자. 하지만 그건 놈씨를 처음 사귀었을 때 그러는 거잖아?"

"넌 그럼 오래됐니? 이제 겨우 두 번째 만나는 거면서."

"만난 횟수가 문제야? 친한 정도가 문제지. 너하고 난 이미 더 이상 친해질 수 없을 만큼 친해진 사이잖아?"

"너 지금 저번 그 일 갖고 그러는 거니?"

"아무튼 그렇잖아?"

"떡식이 너 큰 착각하고 있는 것 같다? 그걸 갖고 친해진 거라고 생각한다면 큰 오산이야. 그건 옛날 남자들이나 갖는 사고방식이라구. 그런 걸 갖고 친해졌다고 생각하거나 소유권을 주장하는 따윈 까마득한 옛날식이라구. 사람은 그런 걸 갖고 가까워지는 게 아냐."

"그럼 뭘 갖고 가까워지니?"

"우선 마음이 가까워져야지."

"넌 그럼 나하고 마음이 가까워지려면 아직 멀었다, 이 말야?"

"아무튼 아직 집을 가르쳐 줄 만큼 가까워졌다곤 생각하지 않아."

"너 설마 내가 무호적자래서 그러는 건 아니겠지?"

"천만에, 그럴 바엔 처음부터 내가 널 꼬시지도 않았게?"

"전번 그 일 때문에 그러는 것도 아니구?"

"그건 좀 상관이 있어. 적어도 그 일 때문에 니가 나하고 가까워졌다고 생각하는 만큼은 난 너하고 멀어졌어. 넌 그때 깡패나 다름없었으니까. 하지만 그게 결정적인 건 아냐. 너한텐 아직 내가 가까워지고 싶어 할 만한 좋은 점이 있어. 단지 내가 아직 너한테 집을 가르쳐 줄 만큼 가까워졌다곤 생각하지 않을 뿐이지."

"해골이 복잡해서 뭐가 뭔지 잘 모르겠다. 아무튼 좋아. 집 가르쳐 달래는 건 그럼 다음으로 미루지. 오늘은 그럼 같이 영화 구경이나 가자."

"그건 좋아."

"그런데 나한테 지금 삼류 극장 들어갈 만한 돈밖에 없거든. 삼류 극장도 괜찮니?"

"괜찮아. 그리고 돈은 내가 내도 좋아. 너 아까 술 사느라고 돈 많이 썼잖아?"

"아냐, 삼류 극장도 괜찮기만 하면. 그 정돈 나한테도 아직 있어."

"아무렇게나 해, 그럼."

그들은 곧 버스를 탔다. 그리고 두 정류장 만에 내렸다. 거기 몹시 서투른 간판 그림을 내단 영화관 하나가 있었기 때문이다.

7. 삼류 영화관

간판 그림은 두 개였는데, 한쪽은 윤정희의 얼굴과 신성일의 얼굴이 그려진 것이었고 다른 한쪽은 웃통을 벗어부치고 다리를 높이 쳐든 중국 남자 배우의 모습이 그려진 것이었다. 그리고 전자의 그림 밑에 '상영 중'이라는 글씨가 보였고 후자의 그림 밑에는 '차기 푸로'라는 글씨가 씌어 있었다.

떡식이 매표구 앞으로 다가가 입장권 두 장을 사 가지고 왔다. 그리고 그들은 조그만 탁자 비슷한 것 앞에 앉아서 무료하게 손을 내미는 잠바 차림의 중년남자 앞을 통과해서 영화관 안으로 들어갔다.

영화가 상영 중인 모양으로 객석 안은 지척을 분간하기 어려울 만큼 캄캄했고, 어디선가 비릿한 냄새가 코를 찔렀다. 떡식을 따라 들어서는 수자의 눈에는 얼핏 커다랗게 확대된 윤정희와 신성일의 얼굴이 비쳤다.

떡식이 더듬더듬 빈 좌석을 찾는 모양이었다. 그리고 곧 빈 좌석을 발견한 모양으로 수자의 손을 잡아끌었다. 수자는 하마터면 발을 헛디딜 뻔하면서 떡식의 이끌림에 따랐다.

통로 가까이에 두 개의 빈 좌석이 있었다. 헝겊 밑으로 딱딱한 용수철이 느껴지는 의자였다.

나란히 앉아 화면을 바라보기 시작했을 때 거기에는 이제 윤정희의 얼굴만이 남아 있었다. 그녀는 울고 있는 것 같았다. 그러나 그녀의 뺨 위로 흘러내리는 것이 눈물인지 화면의 흠집인지가 확실치 않았다. 자세히 보니 그것은 세로로 그어진 화면의 흠집이었다. 그리고 그녀는 울고 있는 게 아니라 무언가 생각에 잠긴 표정이었다.

수자는 윤정희를 좋아하지 않았다. 그래서 시선을 돌려 객석 쪽을 둘러보았다. 이젠 어둠에 눈이 익어 거의 모든 윤곽이 또렷이 보였다. 빈 좌석은 여기저기 아주 많았다. 사람이 앉은 좌석보다는 빈 좌석이 더 많은 것 같았다. 그리고 사람들은 용하게도 한군데 몰리지 않고 여기저기 따로 떨어져서 화면을 쳐다보고 있었다. 혼자 앉은 사람도 있었고 남녀 한 쌍씩이 앉아 있는 모습도 보였다. 그리고 그런 쌍들은 아주 가까이 어깨를 맞대고 화면을 바라보고 있었다. 어떤 쌍은 남자가 여자의 어깨에 팔을 두르고 있는 모습도 보였다. 목을 껴안다시피 한 쌍도 보였다.

그리고 빨간 담뱃불이 오르내리고 있는 것으로 보아 담배를 피우면서 구경하고 있는 사람도 적지 않은 것 같았다. 누군가 이따금 껌 씹는 소리도 들려왔다. 물론 그것은 화면이 조용할 때 들리는 소리였지만.

수자는 떡식의 표정을 힐끗 살폈다. 옆얼굴이 단정히 화면을 바라보고 있는 표정이었다. 그녀도 화면을 바라보았다. 이번에는 신성일이 자동차를 운전하고 있는 모습이 보였다. 심각한 표정이었다. 그때 떡식이 낮은 소리로 말했다.

"뭘 그렇게 두리번거려? 영화 재미없어?"

"응 그저 그래."

"재미없나 보군?"

"아냐, 그저 그래."

"나갈까, 그럼?"

"넌 재미있니?"

"응, 난 괜찮은데."

"그럼 그냥 봐, 나도 괜찮아."

그러자 그가 슬며시 손을 뻗어 그녀의 손을 잡았다. 그녀는 가만히 있었다.

그는 다시 화면 쪽으로 시선을 주었다. 그녀도 화면 쪽으로 시선을 주었다.

그의 손이 차츰 축축해 왔다. 그러더니 그녀의 손을 놓고 허리를 안아 왔다. 그의 손바닥의 축축한 열기가 옷 속으로 스며들었다. 그녀는 허리를 약간 비틀었다. 그리고 나직이, 그러나 힘을 넣어 말했다.

"무슨 짓야. 점잖지 못하게."

그는 아무 말도 안 했다.

"딴 사람들 흉내 내는 거야?"

그래도 그는 아무 말도 안 했다. 그리고 그녀의 허리를 안은 팔에 더욱 힘을 줄 따름이었다.

"제발 이 팔 좀 치워. 창피해 죽겠어."

그제야 그는 한마디 했다. 여전히 팔은 풀지 않은 채. 그리고 화면으로부터 시선을 떼지 않은 채.

"창피하긴 뭐가 창피해? 극장에 오는 건 다 겸사겸사 오는 건데."

"뭐라구?"

"극장에 남녀가 같이 올 땐 다 겸사겸사 오는 거라구."

"뭐어?"

"잔말 말고 있어, 글쎄."

"이 팔 치우지 않음 나 뿌리치고 일어선다!"

"눈이 있으면 좀 봐라. 딴 쌍쌍은 모두 다정하게들 앉아서 보고 있지 않나. 얌전히 굴면 누가 욕하니?"

"글쎄, 구질구질하게 이게 뭐야? 제발 좀 치워. 딴 사람들이 안 그러고 있으면 또 몰라."

"그래, 알았다, 알았어. 남들하고 똑같이 노는 건 싫다 이거지?"

"알았으면 어서 치워."

"그래, 그래, 치우마 치워."

그제야 떡식은 그녀의 허리에서 팔을 풀었다. 그리고 공연히 두 팔을 아래쪽으로 뻗어 팔운동을 하듯 하더니 다시 그녀의 손을 덥석 쥐었다. 그리고는 잡아채듯 자기 앞쪽으로 가져갔다.

그녀는 미처 피할 겨를도 없이 손바닥에 어떤 감촉을 느꼈다. 딱딱하고 뜨거운 감촉이었다. 몸 위로 만져진 것이었지만 그녀는 벌레라도 만졌을 때처럼 기겁을 하여 손을 빼냈다. 그러나 벌레를 만지고 난 뒤처럼 그 감촉은 손바닥에 남았다. 손이 온통 새빨개진 느낌이었다.

그가 다시 손을 가져왔다. 그리고 그녀의 손을 잡으려 했다. 피했으나 잡혔다. 버텼으나 다시 끌려갔다. 그리고 다시 거의 위기일발의 순간에 그녀는 안간힘을 다해서 의자에서 일어났다. 의자 밑의 용수철이 요란한 금속성을 내며 삐걱거렸다.

사람들의 시선이 모두 이쪽으로 쏠리는 것 같았다. 일순 당황했으나 그녀는 천천히 통로 쪽으로 빠져나와 아무 일도 아니라는 듯이 출입구 쪽을 향해 걸어 나갔다. 제발 떡식이 부산을 떨며 금방 뒤따라

나오지 않기를 바라면서. 그러나 곧 떡식이 뒤따라 나오는 발짝 소리가 등 뒤에서 났다. 수자는 이때의 떡식에게 대한 것보다 더 밉살스러운 느낌은 가져 본 적이 없었다.

휘장을 들치고 복도로 나오면서 수자는 그를 그만 떼어 버려야겠다고 생각했다. 역시 사람은 신분을 속일 수가 없다는 생각이 들었기 때문이다. 사람이 교육을 받지 못했다는 것이 어떤 것인가를 그녀는 몸소 체험한 느낌이었다. 애초에 그녀가 기대한 것은 이와는 다른 것이 아니었던가. 구체적으로 어떤 식의 연애가 되리라는 걸 예측하진 못했지만 아무튼 이런 식의 졸렬하고 비슷한 연애를 기대한 건 분명 아니잖은가? 우요일과 창경원, 그리고 여학생과 넝마주이, 그런 것들에서 그녀가 연상하고 기대한 건 이런 식과는 분명 다른 어떤 것이었다. 로맨틱하고 환상적인 어떤 것이었다. 적어도 이렇게 비슷하고, 지금 이 극장에서 나고 있는 냄새 같은 구질구질한 것은 아니었다.

떼어 버려야지. 떼어 버리고 말아야지. 공연히 내 전매특허나 다름없는 우요일만 망쳤지 뭐야. 왜냐하면 난 이제 우요일에도 창경원엘 마음 놓고 갈 수가 없게 될 테니까 말야. 저 밉살스럽고 바보 같은 친구가 우요일이면 창경원에 와서 매일 버티고 있을 테니까 말야. 하지만 아무튼 떼어 버리고 말아야지.

수자는 생각을 굳히고 얼른 숨을 곳을 찾았다. 그러나 마땅한 숨을 장소가 눈에 띄지 않았다. 화장실을 가리키는 화살표가 눈에 띄었지만 그곳까지 달려가서 숨는 데는 시간이 너무 많이 걸릴 것 같았다. 떡식이 곧 뒤따라 나올 것이기 때문이었다. 그러나 몸을 숨길 만한 장소는 아무래도 화장실밖에 없을 것 같았다.

수자는 들킬 각오를 하고 재빨리 화살표 방향을 따라 복도를 꼬부라졌다. 그리고 저만큼 보이는 화장실을 향해 소리를 죽여 달려갔다.

재빨리 화장실 안으로 뛰어들며 힐끗 뒤를 돌아보았다. 떡식이 극장 바깥쪽을 기웃기웃 살피며 이쪽으로 몸을 돌이키려는 모습이 보였다. 아직 들키지 않은 것만은 분명했다. 그녀는 재빨리 안으로 몸을 숨겼다. 그리고 10여 개의 화장실 도어들 중 하나를 가만히 노크해 보고 나서 안에 아무도 없음을 확인하고는 문을 열고 들어가 숨었다. 화장실 특유의 향기롭지 못한 냄새가 코를 찔렀다. 그리고 채 씻겨 내려가지 못한 오물이 변기 바닥에 그대로 남아 있는 모습이 눈에 띄었다.

오심(惡心)이 솟아올랐으나 참기로 했다. 그리고 바깥의 동정에 귀를 기울였다. 주위가 조용했으므로 웬만한 소리는 모두 놓치지 않고 들을 수 있었다.

화장실 쪽을 향해 복도를 걸어오는 발짝 소리가 곧 들려왔다. 떡식이 그것이리라 짐작되었다.

수자는 바짝 긴장했다. 그리고 잠그는 장치가 없는 도어 손잡이를 꼭 잡은 채로 온 신경을 귀로 집중시켰다.

마침내 발짝 소리가 여자 화장실 앞에서 멈췄다. 그리고 삐익 하고 출입구 여는 소리가 들렸다. 그리고는 잠시 아무 소리도 들리지 않았다. 출입구를 연 채로 안쪽을 두리번거리는 떡식의 모습이 눈으로 보듯이 환히 알렸다.

수자는 숨을 죽이고 다음 동정을 기다렸다. 순경에게 쫓기는 여자 소매치기처럼. 또는 간통하다 들켜 남편에게 쫓기는 유부녀처럼.

그리고 그녀는 떡식이 안으로 들어와서 화장실 도어마다를 모두 열어 보게 되는 난처한 경우를 걱정했다. 그러나 다행히 출입구가 다시 삐익 하고 닫히는 소리가 들려왔다. 그리고 되돌아 복도 쪽으로 걸어가는 발짝 소리가 들려왔다. 아마도 그녀가 극장 바깥으로 이미 나가 버린 것이라고 판단한 모양이었다.

수자는 안도의 한숨을 내쉬었다. 그러나 아직 성급하게 굴어서는 안 된다. 냄새가 좀 고약하고 오래 서 있기에는 장소가 좀 불편하다고 하더라도 좀 더 기다려야 한다. 인내심을 발휘해서. 만일 지금 성급하게 밖으로 나간다거나 하는 조심성 없는 행동을 취하다간 십중팔구 그에게 다시 붙들릴 위험이 많다.

그녀는 팔목시계를 들여다보았다. 오후 4시가 조금 지나 있었다. 10분만 더 고약한 냄새를 참기로 그녀는 작정했다. 10분 동안이나 그가 극장 안에서 얼쩡거리고 있지는 않을 것이란 생각에 서였다.

그러나 수자는 그 10분을 다 채울 수가 없었다. 그로부터 5분이 채 못 되어 영화가 다 끝났는지 부산스런 사람들의 발짝 소리와 함께 그녀가 숨어 있는 화장실 도어를 두드리는 노크소리가 연달아 울려오기 시작했던 것이다. 처음의 노크소리에 그녀는 넌지시 응답함으로써 안에 선참자가 있음을 알릴 수 있었다. 그러나 간격을 두고 두 번 세 번, 그리고 연이어 들려오는 노크소리(그것은 무슨 볼일을 그렇게 오래 보느냐는 비난도 섞여 있는 것으로 그녀에겐 느껴졌는데)에는 더 이상 버티고 있을 수가 없었다. 수자는 마침내 너무 오래 있어서 미안하다는 표정을 꾸며 보이며 도어를 열고 나섰다. 얼굴에 짙은 화장을 한 여자 하나가 거의 노골적인 비난의 표정으로 그녀를 힐끗 쳐다보고는 방금 그녀가 열고 나온 도어 안으로 급히 들어갔다. 그녀는 도어들마다 여자들이 한두 명씩 늘어서서 기다리고 있는 모습을 볼 수 있었다.

수자는 유리로 된 출입구를 통해 잠시 복도 쪽과 극장의 현관 근처를 살폈다. 담배를 피우면서 동반자를 기다리고 있는 듯한 남자들의 모습이 보였으나 떡식의 모습은 보이지 않았다. 필경 그녀를 붙들겠다는 생각으로 급히 극장 밖으로 나갔음에 틀림없다고 그녀는 생각했다.

그녀는 복도로 나와서 조심조심 현관 쪽으로 걸어갔다. 그리고 몸을 벽 쪽으로 숨긴 채 얼굴의 윗부분만 살짝 내밀어 극장 바깥쪽을 보았다. 저만큼 바라다보이는 버스 정류장 근처에도, 그리고 극장 앞 어느 구석에도 떡식의 모습은 보이지 않았다. 그러나 안심할 수는 없는 일이었다. 그녀의 시야가 미치지 않는 어느 구석에 그가 몸을 숨기고 있는지도 모르는 일이었기 때문이다. 만일 그렇다면 그의 모습이 보이지 않는다고 해서 지금 극장 밖으로 나간다는 것은 현명한 일이 못 된다. 차라리 극장 안에 그대로 좀 더 머물러 있는 편이 나을는지도 모른다. 비록 흥미 없는 영화지만 느긋이 처음부터 다시 보고 나가는 편이 현명할지도 모른다. 이런 생각은 물론 잠깐 동안에, 아주 짧은 시간에 오고 간 생각이었다.

그러나 잠깐이라도 그녀는 그렇게 망설이지 않는 편이 옳았다. 적어도 그러는 것이 그에게 다시 붙들리는 시간을 조금이라도 늦추어 주었을 테니까. 왜냐하면 바로 다음 순간 그녀는 누군가가 자기 팔을 힘차게 붙잡는 바람에 간이 다 떨어지는 듯한 충격을 맛보았던 것이니까.

거의 기겁을 하다시피 고개를 돌렸을 때 그녀는 떡식의 성난 얼굴을 거기서 보았다.

"왜 숨었지?"

그가 다그치듯 물었다. 순간 수자는 재빠른 기지를 발휘했다. 천연스런 표정을 꾸며 떡식을 빤히 쳐다보며 반문했다. 심장이 쿵쿵 뛰는 소리를 들으면서.

"숨긴 누가 숨어?"

"뭐라구? 그럼 숨은 게 아니란 말야?

"나 화장실 갔다 왔어. 나와서 보니까 니가 안 보이길래 혹시 먼저 나갔나 해서 밖엘 내다보던 중야. 숨긴 내가 왜 숨니? 무슨 죄를 졌다고."

"까불지 마. 그런데 왜 그렇게 몰래 내다봐?"

"몰래 내다보긴. 여자애가 그럼 얌전치 못하게 내놓고 두리번거리기라도 하란 말이니?"

"잘도 둘러댄다. 그럼 화장실엔 왜 그렇게 오래 있었어?"

"애는, 별걸 다 물어, 사람들 있는 데서."

그러며 그녀는 짐짓 얼굴을 붉히며 핀잔주는 시늉을 했다. 그리고 나직한 목소리로 덧붙였다.

"화장실은 뭐 소변만 보는 데니?"

그러자 그도 미처 생각지 못했다는 듯 얼굴을 약간 붉혔다. 그리고 목소리를 한결 낮춰 물었다.

"그럼 대변을 봤단 말야?"

"얘는?"

하고 수자는 얼굴을 한층 붉히며 주위를 둘러보는 시늉을 했다.

"그렇게 꼭 집어서 묻는 데가 어딨니? 창피하게. 아이, 속상해."

그러자 그는 자기가 무얼 잘못 생각했다고 여기는 눈치였다. 그랬었나, 하는 표정으로 고개를 갸우뚱했다. 수자는 그 기회를 놓치지 않고 이번에는 자기 차례라는 듯 물었다.

"그런데 넌 어디 있었니? 뒤따라 나오길래 복도에서 기다리는 줄 알았는데."

"나? 난 극장 바깥에까지 나갔다가 다시 들어왔어. 금방 뒤따라 나왔는데 니가 없잖아? 여자 화장실엘 가 봐도 없고. 바깥으로 나간 줄 알았어. 그런데 바깥에 나가 봐도 없잖아? 그렇게 금방 어디로 도망칠 겨를은 분명 없었는데. 극장 안에 어디 분명 숨어 있는 게 틀림없을 것 같아서 다시 들어왔지. 들어와서 저 휘장 뒤에 숨어 있었어. 지가 밖으로 나갈려면 이리로 밖엔 나갈 구멍이 없겠지 하고……."

"그럼 너 극장값 또 한 번 냈겠구나?"

"두말하면 잔소리지."

"돈 많다, 애. 사람을 공연히 의심하면 그런 법이라구."

"김샜다. 아무튼 나가자."

"그래. 내 죄는 아니지만 너 들락날락하느라고 수고 많았으니까 내가 차도 사고 저녁도 살게. 휘장 뒤에 숨어서 나 감시하느라고도 수고 많았고…….."

"아무튼 오늘 김 팍 샜는데."

"사람 공연히 의심한 탓이지 뭐. 아님 나쁜 짓 해 놓고 양심이 찔린 탓이거나."

떡식은 머리를 긁적였다. 그리고 그들은 곧 극장 밖으로 나왔다.

그때 다시 비가 조금씩 내리기 시작했다. 수자는 집었던 우산을 펴 들었다. 우산 위에 떨어지는 빗소리를 듣자 그녀의 귀는 조금씩 다시 즐거워지기 시작했고, 몸도 마음도 서서히 원상으로 회복되어 갔다. 극장 안에서의 사건은 저 빗소리 밖의, 우요일 밖의 일로 생각되었다. 그녀는 떡식에게 우산을 내밀었다. 떡식은 비닐우산을 합숙소에 놔두고 왔기 때문에 수자의 우산 밑으로 들어섰다. 수자가 우산의 손잡이를 그에게 맡겼다. 그리고 말했다.

"이런 극장 앞으로 우리 다시 오지 마. 분위기 너무너무 싫드라."

"그래. 알았어."

떡식은 이렇게 다시 수자와 우산을 함께 받게 된 것만도 큰 다행으로 여기는 눈치였다. 그러나 수자는 그와 달랐다. 수자는 마음속으로 이미 그와 헤어진 뒤였다. 빗소리를 즐겁게 들을 수 있었던 것도 그녀의 마음이 굳게 그를 그녀의 영역 밖으로 밀어 내린 뒤였기 때문이었을지도 몰랐다. 요컨대 그는 자신의 연애 상대로는 너무나 격이 떨어진다는 생각을 하고 있었다. 그녀가 바란 것은 이런 식의 연애는 아니었던 것이다.

수자는 다방에 들러 커피 한 잔씩을 마시고, 다시 음식점 한 군데를 찾아 저녁식사까지 한 다음 곧 떡식과 헤어졌다. 몹시 아쉬워하는 떡식에게 다음 우요일에 만나자는 거짓 약속을 남긴 채. 그리고 그녀는 친구들이 잘 나가는 다방엘 잠시 들렀다가(그곳엔 오늘따라 아는 애들이 하나도 나와 있지 않았다) 곧장 집으로 돌아왔다.

여기서 좀 늦은 감은 있지만 수자네 집에 대한 간단한 소개를 해 둘 필요를 느낀다. 왜냐하면 독자들이 수자에 관해서 약간의 오해를 품고 있을는지도 모르겠기 때문이다. 수자가 언젠가 떡식에게 자기 아버지가 사장이라고 한 거짓말을 곧이곧대로 믿고서.

수자의 아버지는 사장이 아니다. 어느 무역회사의 월급쟁이 이사일 따름이다. 수자가 떡식에게 거짓말을 한 것은 그때의 분위기에 따라 그랬을 뿐이다. 그렇다고 물론 가난뱅이는 아니다. 다만 재벌이 아니라는 얘기다. 이런 이야기에서 사장 딸이라고 하면 대뜸 재벌의 딸쯤으로 상상할 염려가 있는 독자들을 위해 노파심에서 해 두는 얘기다. 그러니까 그녀는 사장 딸이 아니라 월급쟁이 이사의 딸이다. 좀 고액의 월급을 받긴 하지만 어쨌든 월급쟁이의 딸이다.

그리고 그녀의 집은 2층 양옥이긴 하지만 그다지 훌륭한 저택은 아니다. 그저 그렇고 그런 2층 양옥일 뿐이다. 정원도 그다지 넓지 못하고 건물 설계가 그다지 훌륭하지도 못한. 그저 그런 집이나 2층에 있는 그녀의 방만은 그녀의 취미에 따라 제법 고상하게 꾸며져 있다.

침대가 있고 전화기가 따로 있으며 영국제 전축이 있고 책들이 꽂혀 있는 책꽂이가 있다. 그녀가 좋아하는 샤갈의 복사판이 액자에 넣어져 벽에 걸려 있고 밖으로 향한 창에는 수국(水菊) 무늬의 커튼이 드리워져 있다. 그리고 그 수국 무늬의 커튼은 요일이면 더욱 함초롬히 피어난다.

어머니는 그녀가 다니는 여자 대학의 교수이며 오빠나 언니는 없고 아래로 고등학교에 다니는 남동생이 하나 있을 뿐이다. 그러니까 그녀는 맏딸인 셈이다. 동생이 태어나기 전까지는 무남독녀 외딸이었고.

남동생은 고등학교의 야구 선수인데 한 번도 이름이 신문 같은 데 커다랗게 나 본 적은 없다. 이름이 커다랗게 소개될 만큼 대단한 활약을 한 적이 한 번도 없었기 때문일 것이다. 남동생이 다니는 학교가 본래 그렇게 야구를 잘하기로 이름난 학교도 아니지만, 그 학교의 야구선수 가운데서도 남동생은 그리 뛰어난 선수는 못 되는 모양이다. 사실 남동생이 이름난 선수거나 아니거나는 수자에게 그다지 관심이 없다. 그녀는 야구를 별로 좋아하지 않는 편이다. 그래서 남동생이 출전하는 시합을 구경 가 본 적이 없다. 그러니까 남동생과 그녀는 별로 다정한 오누이 사이가 아니라고 할 수 있다. 그렇다고 특별히 서로 미워하는 사이도 아니다. 그저 오누이 사이라는 걸 서로 부인하지 않을 정도일 뿐이다.

그리고 그것은 그녀와 그녀 부모 사이도 비슷하다. 그녀와 그녀 부모 사이 역시 서로 부모 자식 사이라는 걸 부인하지 않을 정도의 부모 자식 사이일 뿐이다. 그녀는 필요한 것들을 청구하는 대상 정도로 부모를 접어 두고 있으며 그녀의 부모 역시(각각 바쁘기 때문이겠지만) 그녀의 요구만 들어주면 되는 아이 정도로 생각하고 있다. 그리고 그것은 아마 동생에게도 마찬가지일 것이다.

수자는 그런 가족관계를 홀가분하다고 생각하고 있다. 각각 개인에 충실할 수 있는 가족관계니까. 조금도 삭막하다거나 허전하게 느껴 본 적은 없다.

그렇게 네 식구 말고도 수자네 집에는 또 한 사람이, 그야말로 없어서는 안 될 사람이 있다. 수자가 어렸을 때부터 함께 살아온 가정부다. 마흔이 넘은 아줌만데 수자가 열 살쯤 되었을 때부터 함께 살아왔다. 충실한 아줌마다. 이 아줌마가 없다면 수자네 집은 하루아침에 기둥을 잃는 격이 될 것이다. 아마 하숙집이나 여관집처럼 바뀌어져 버릴는지도 모른다. 네 식구가 이 아줌마 때문에 각각 자기 개인에 충실할 수가 있다고 해도 지나친 말이 아니다. 모든 귀찮은 일은 이 아줌마가 도맡아 처리해 주다시피 하고 있으니까.

집으로 돌아온 수자는 대문을 열어 준 그 아줌마에게 말했다.

"아줌마, 나 저녁 먹었어. 상 차릴 필요 없어."

그리고 그녀는 곧장 2층 자기 방으로 올라갔다.

옷을 갈아입고, 목욕을 할까 하다가 그냥 침대 위에 누웠다. 따뜻한 물속에 몸을 담그는 상쾌함을 모르는 건 아니지만 왠지 피곤한 생각이 들어서였다. 극장에서 화장실 속에 숨어 있을 때의 긴장이 피곤을 가져왔는지도 몰랐다. 그러나 자기가 더러운 화장실 속에 한동안 숨어 있었다는 사실에 생각이 미치자 아무래도 그대로 누워 있을 수는 없다는 생각이 들었다. 몸 어디에 오물이라도 묻은 듯한 꺼림칙한 느낌이 들었기 때문이다.

수자는 침대에서 다시 몸을 일으켰다. 그리고 아래층 목욕탕으로 내려갔다. 욕조에 더운물을 받았다. 물이 욕조에 반나마 찼을 때 그녀는 욕조 안으로 들어갔다. 물이 불어나면서 그녀의 가슴께까지를 감싸 주었다. 따뜻한 물의 온도가 피부 속속들이에 스며드는 상쾌함이 왔다.

그녀는 몸을 좀 더 편안히 뉘었다. 그러자 물은 이제 그녀의 어깨까지를 감싸 주었다. 따뜻하고 미끄러운 물의 살결이 그녀의 살결에 닿아 기분 좋은 촉감을 전해 주었다.

누운 채로 그녀는 잠시 떡쇠의 생각을 했다. 헤어지자고 말했을 때, 그리고 다음 우요일에 만나자고 말했을 때 그가 무언지 미진한 듯 아쉬워하던 표정을 생각했다. 그러나 다음을 기대하고 자신을 억제하듯 묵묵히 돌아서던 그의 뒷모습을 생각했다.

욕조 속에서 그녀는 배시시 웃었다. 다음 우요일에 그가 찢어진 비닐우산을 받은 채 하루 종일 오지 않는 그녀를 기다리기 위해서 창경원 호랑이 우리 앞에서 멍청이 서 있을 모습을 눈앞에 그리며……

8. 선녀와 나무꾼

그다음 우요일은 그런데 좀처럼 돌아오지 않았다. 한 달이 넘도록 쾌청한 날씨만 계속되었다.

수자는 처음 며칠 동안은, 우요일이 오기만 초조히 기다릴 떡식의 모습을 상상하기도 하고, 어서 우요일이 와서 그를 본때 있게 바람맞히는 고소함을 맛보고 싶어 안달이 나기도 했으며, 자기와 그 사이가 어쩌면 현대판 '선녀와 나무꾼 이야기'가 되는지도 모르겠다는(두 명의 아이와 창경원 벤치에서의 저 사건만이 서로 다를 뿐, 나무꾼과 떡식이 그것들에 각각 부여한 의미는 유사하다) 희떠운 생각도 해보곤 했으나 의연히 쾌청한 날씨가 계속되고 좀처럼 우요일이 돌아올 낌새마저 보이지 않게 되자, 떡식에 관한 생각은 차츰 그녀의 의식 밖으로 멀리 밀려나 버리고 말았다.

그녀는 학교생활과 그녀가 좋아하는 미술전람회장이나 화랑을 둘러보기에 주로 시간을 썼고 주말을 이용해서 남학생들도 낀 클럽에 가담하여 설악산에도 한 번 다녀왔다. 그리고 그렇게 한 달쯤 지나는 사이 떡식에 관한 기억은 이제 그녀의 의식 속에서 오래전에 찍은 기념사진처럼 희미하게 퇴색해 갔다. 그녀 스스로가 생각하기에도 너무나 신속히, 그리고 당연한 사실처럼. 아마도 무엇에든 오래 집착하지 않는(우요일에 관해서만은 예외지만) 그녀의 살가운 성격 탓이리라.

그런데 그렇게 한 달이 조금 지난 어느 날 오후, 수자는 버스를 타고 학교에서 돌아오는 도중 떡식의 모습을 잠간 볼 수 있었다. 창가 쪽 좌석에 앉아 무심히 창밖을 스쳐 지나가는 풍경에 눈을 팔고 있을 무렵이었다. 버스가 달려가고 있는 차도 옆 보도(步道) 저 앞쪽에 무언가 커다란 짐 같은 것을 어깨에 걸쳐 메고 한 손에는 집게 같은 것을 든, 어딘가 걸음걸이가 낯익어 보이는 사람 하나가 시야에 들어왔다. 어깨에 걸쳐 짐의 무게 때문인지 상체를 좀 구부정하게 하고 이쪽으로 걸어오고 있었는데, 다음 순간 수자는 그가 떡식임을 알아볼 수 있었다. 어깨에 걸쳐 멘 것은 넝마주이들이 메고 다니는 그 나무줄기 같은 것으로 엮어 만든 커다란 바구니였고, 손에 든 것은 일반 가정의 부엌에서 쓰이는 것과 똑같은 쇠로 만든 집게였다. 수자와 만날 때보다 한층 더럽고 남루한 옷차림이었고 시선은 자기 발치께를 향해 있었다. 그리고 어깨에 걸쳐 멘 그 커다란 바구니에는 여러 가지 잡동사니들이 오후의 햇빛을 받은 채 가득 담겨 있었다.

수자는 순간 봐서는 안 될 것을 본 듯한 야릇한 부끄러움을 맛보았다. 그리고 자신도 모르는 사이에 얼른 시선을 안쪽으로 돌이키려 할 즈음이었다. 떡식이 문득 고개를 쳐들었다. 그리고 그녀가 타고 있는 버스 쪽을 힐끗 바라보았다. 그러나 그것은 버스 전체를 무심히 바라보는 시선이었을 뿐 그녀의 존재를 알아차린 듯한 시선은 아니었다. 그리고 그 시선은 곧 무심히 다시 거두어졌다.

버스가 빠른 속도로 달렸으므로 그의 모습은 더 이상 볼 수 없었다. 그러나 수자의 마음속에 그의 모습은 쉽사리 지워지지 않고 남았다. 더럽고 남루한 옷을 걸친 채 어깨에 잡동사니가 가득 담긴 바구니를 걸쳐 메고 한 손에는 집게를 쥔 모습. 어깨에 걸쳐 멘 바구니의 무게를 견디기 위함인 듯 상체를 구부정하게 하고 걷던 모습. 어딘지 모르게 피곤한 듯해 보이던 모습······

그 모습은 그녀가 그를 알고 난 뒤 여태껏 한 번도 상상해 본 적이 없는 모습이었다. 그가 넝마주이라는 사실을 알고 있었으면서도, 그리고 그의 합숙소에까지 가 보았으면서도 그녀는 아직 그에게서 그러한 구체적인 넝마주이의 모습은 한 번도 상상해 본 적이 없었던 것이다. 또 상상해 보려고도 하지 않았던 것이다.

따라서 그와의 이 뜻하지 않은 해후는 그녀에게 일종의 충격 비슷한 감정을 안겨다 주었다. 그것은 바로 자기가 사귄 남자가 누구였나 하는 새삼스런 각성에 따른 충격이었다. 마치 그가 넝마주이라는 사실을 처음 발견하기라도 한 듯한 마치 그가 자신이 넝마주이라는 사실을 여태껏 숨겨 오기라도 한 듯한. 그리고 그것을 뒤미처 발견한 듯한.

그녀는 자신도 모르게 한순간 몸서리를 쳤다. 마치 길을 잘못 건너다 자동차에 치일 뻔한 뒤처럼. 그리고 가만히 안도의 한숨을 내쉬었다. 그와 눈이 마주치지 않는 요행에 대해. 그리고 결심했다. 당분간 창경원에 가는 것을 삼가야지. 우요일이 돌아와도 꾹 참아야지.

그런데 그다음 날 비가 왔다. 아침에 수자는 빗소리에 잠을 깼다. 언제부터 오기 시작했는지 비는 제법 유리창을 노크하며 소리 내어 내리고 있었다.

수자는 침대 속에서 생각했다. 기다리던 비다. 기다리던 우요일이다. 떡식을 바람맞히기 위해서 기다리던 우요일이다. 그런데 왜 이럴까. 왜 이렇게 두려울까. 어제 오후에 떡식을 본 탓일까. 떡식이도 지금쯤 빗소리를 듣고 있을는지 모른다. 아니, 빗소리를 듣고만 있는 게 아니라 창경원으로 가기 위해 벌써부터 서둘고 있을는지도 모른다. 그런데 왜 이렇게 두려울까. 왜 이렇게 나는 겁이 날까. 꼭 무슨 커다란 죄라도 진 것같이. 아니, 이제부터 죄를 지으려는 것같이. 그를 바람맞히는 고소함을 맛보기 위해 기다리던 우요일인데, 왜 같은 일을 가지고 나는 지금 고소함 대신에 죄를 짓는 것 같은 두려움이 앞설까. 몰라. 난 몰라. 나한테 무슨 죄가 있어. 손해를 본 건 나뿐인데 뭐. 게다가 내 우요일마저 빼앗긴 셈이구.

그러나 좀처럼 그 자기가 무슨 죄를 짓는 것 같은 두려운 마음은 가라앉아 주지 않았다. 확실히 어제 오후에 떡식을 본 탓인 것 같았다. 떡식의 넝마주이 차림을 본 탓인 것 같았다. 왜냐하면 떡식은 그러한 모습을 보기 전까지는 그를 바람맞힌다는 게 배신이라는 생각까지는 들지 않았으니까.

우요일을 맞이한다는 게 이렇게 두려워 보기는 생전 처음이었다. 그리고 그 두려움의 정체를 알게 되자 그녀는 더욱 두려워졌다. 배신에는 보복이 뒤따른다는 관념에 익숙한 탓일까. 그의 분노한 모습이 떠오르고. 그가 언젠가 그녀를 뒤쫓아 온 군인을 눈 깜짝할 사이에 때려눕히던 일도 상기되었다. 하려고만 든다면 그는 무슨 짓이든지 할 수 있을지 모른다. 그녀의 집을 알아내어 매일 집 앞에 와서 기다릴는지도 모르며 학교 앞에서 기다리다가 그녀의 팔을 불쑥 낚아챌는지도 모른다. 아니 어쩌면 그보다 더한 짓을 할지도 모른다. 이쪽에서 상상도 못 할 행패를 부려 올는지도 모른다. 그렇다고 해서 창경원으로 그를 만나러 나가기는 더더욱 두렵다. 이쪽의 마음을 감추고 그를 만나기는 더더욱 두려운 일이다. 끝끝내 이쪽의 마음을 감춘 다는 것은 도저히 불가능한 일일 테니까.

그러나 그녀는 마침내 용기를 냈다. 두려움은 그것의 대상을 똑바로 바라봄으로써 극복하라는 어떤 격언이 떠올랐기 때문이다. 그래, 가서 똑바로 보자. 먼발치에 숨어서 보면 된다. 그가 어떤 모습으로 자기를 기다리는지를. 그리고 바람맞은 자의 표정이 어떤 것인지를. 뜻밖에도 그가 전혀 두려워할 상대가 아니라는 걸 발견하게 되는지도 모른다.

수자는 침대에서 일어났다. 그리고 창 앞으로 다가가 커튼을 젖히고 비 오는 바깥 풍경을 잠시 내다보았다. 나뭇잎 새에 앉은 빗방울들을 새로운 빗방울들이 쫓아내고 대신 올라앉곤 하는 모습을 잠시 바라본 뒤 그녀는 제 방에서 나왔다. 세수를 마치고 식구들과 함께 아침식사를 했다.

그리고 그녀가 집을 나선 것은 오전 10시쯤이었다. 일부러 좀 늦장을 부렸기 때문이다. 용기를 냈다고는 하지만, 그리고 그를 먼발치에 숨어서 엿보기로 했다곤 하지만 어쩐지 자꾸 두려움이 앞섰기 때문이다. 그리고 그 두려움은 그녀가 박쥐우산을 펴 들고 비 오는 거리로 나선 뒤에도, 그리고 버스에 편승하여 창경원 어귀에 도착한 뒤에도 그녀의 마음속에서 사라지지 않았다.

그러나 그녀는 결국 입장권을 사 가지고 창경원 안으로 들어섰다. 내친김이라는 생각 때문이기도 했지만 두려움 속에 살그머니 고개를 쳐드는 호기심 탓이기도 했다. 어쨌든 그가 어떤 모습으로 자기를 기다리는가를, 그리고 바람맞았다는 사실을 깨달은 뒤에 어떤 표정을 짓는가를 보아 두고 싶었던 것이다.

수자는 동물사(動物舍) 쪽으로 가는 길을 택하지 않고 식물원 쪽으로 방향을 잡았다. 그리고 주의 깊게 사방을 살피며 식물원 쪽을 향해 걸었다. 우회하여 그에게 들키지 않고 그를 바라볼 수 있는 장소까지 접근할 계산이었다. 연못 앞에서 방향을 꺾어 조심조심, 비원 쪽으로 이어지는 돌담 근처까지 올라갔다. 그리고 그곳에서부터 다시 조심조심 호랑이 우리가 보이는 곳으로 접근해 내려갔다. 마침내 호랑이 우리가 저만큼 내려다보이는 지점에 그녀는 이르렀다. 그녀는 얼른 젖은 나무 뒤에 몸을 숨겼다. 불과 50미터 안팎일까, 떡식이 호랑이 우리 앞에 서서 입구 쪽을 바라보고 있는 모습이 얼핏 시야에 들어온 것이다. 역시 찢어진 비닐우산 하나를 머리 위에 받은 채.

심장의 고동이 커다란 소리를 내며 뛰기 시작했다. 그러나 그녀가 몸을 숨긴 나무는 그녀의 몸 전체를 가리고도 남을 만큼 충분히 커다랬다. 그녀는 얼굴의 윗부분만 조심조심 내밀어 다시 한번 호랑이 우리 쪽을 내려다보았다. 마치 숨바꼭질하는 아이가 술래를 몰래 훔쳐보듯.

떡식은 여전히 입구 쪽을 바라보는 자세 그대로였다. 필경 수자 그녀가 그쪽에서 나타날 것으로 믿고 있는 까닭일 터이었다. 떡식은 한참 만에야 자세를 바꾸었다. 그리고 호랑이 우리 쪽으로 돌아서서 우리 안의 호랑이를 바라보기 시작했다. 초조감과 무료함을 달래기 위함인 듯. 그러다가 그는 역시 초조감을 이기지 못한 듯 다시 돌아서서 입구 쪽을 힐끗 쳐다보고는 시선을 들어 무심한 표정으로 사방을 한 차례 둘러보았다. 하마터면 그때 수자는(재빨리 얼굴을 도로 감추지 못했던들) 꼼짝없이 발각당할 뻔하였다. 수자는 움츠렸던 고개를 다시 조심조심 내밀었다. 떡식은 이제 몸마저 완전히 입구 쪽으로 돌려세운 자세였다. 이쪽에서는 이제 그의 뒷모습밖에 보이지 않았다. 그러나 수자는 안심할 수가 없었다. 그가 언제 또 이쪽을 돌아보게 될는지 알 수 없는 일이었기 때문이다.

그때 우리 속의 호랑이가 커다랗게 한번 포효(咆哮)했다. 그녀가 딛고 있는 땅바닥이 커다랗게 흔들리는 듯한 착각이 들 정도의 우렁찬 포효였다. 전에도 호랑이의 포효를 듣지 못한 건 아니지만 그렇게 큰 소리는 처음 듣는 것 같았다. 놀란 나머지 그녀는 하마터면 우산을 떨어뜨릴 뻔하였다. 떡식도 놀랐는지 고개를 돌려 우리 속을 들여다보았다. 그리고는 다시 천천히 고개를 돌려 입구 쪽을 바라보는 자세로 돌아갔다.

그때였다. 떡식이 바라보고 있는 저쪽에 한 낯익은 군인의 모습이 나타난 것은. 언젠가 수자가 버스 안에서 만났던 그 군인이었다. 그리고 떡식에게 창피를 당하고 쫓겨 간 적이 있는. 그런데 오늘은 혼자가 아니었다. 수자 또래의 웬 여자애 하나와 동행이었다.

그들은 우산을 함께 쓴 채 떡식이 서 있는 호랑이 우리 쪽으로 걸어오고 있었다. 떡식의 존재는 전혀 알아차리지 못한 눈치였다. 그것은 떡식의 쪽에서도 마찬가지인 것 같았다. 그들이 자기가 기다리는 사람이 아니라는 사실만으로 그냥 대수롭잖게 보아 넘기고 있는 것 같았다.

　그러나 거리가 차츰 가까워지자 군인의 표정에 한순간 어떤 동요의 빛이 떠올랐다. 떡식을 알아본 표정임에 틀림없었다. 거의 동시에 떡식의 자세에도 약간의 동요가 일어났다. 그도 군인을 알아본 모양이었다. 수자는 최대한 몸을 숨긴 채 조마조마하게 그들의 다음 태도를 기다렸다.

　"아, 형씨, 오랜만이오."

　등을 이쪽으로 향한 떡식의 대꾸소리도 또렷이 들려왔다.

　"아, 오랜만이오."

　군인은 자기가 전에 당한 창피는 말끔히 잊은 태도였다. 또는 짐짓 잊어버린 체하는 태도였다고나 할까.

　"헌데 이 우중에, 이 우리 앞에 혼자서 어인 일이요? 누굴 기다리쇼?"

　"아, 그냥……."

　"오라 전번에 그 아가씰 기다리시는 모양이로군."

　그러며 군인은 무언가 깨달았다는 표정이 되더니 이어 짐짓 딱하다는 표정을 지었다.

　"아, 그렇다면 헛수고하시는데."

　"……."

　"내 눈이 틀림없다면 그 아가씬 조금 전에 요 앞에서 어떤 놈팽이하고 같이 택시를 탑디다."

　"……."

"내 눈엔 그 아가씨가 틀림없었소."

그러며 군인은 슬쩍 자기 옆의 여자애를 쳐다보았다. 여자애는 그러나 두 사람의 수작에는 아무런 관심도 없다는 듯 무료한 표정으로 호랑이 우리 쪽을 쳐다보고 있었다. 군인은 계속해서 말했다.

"형씨는 어떻게 받아들일지 모르지만 내 눈은 아직 실수해 본 적이 없으니까 그 아가씨가 틀림없을 거요. 분명 나는 그 아가씨가 어떤 놈팽이하고 요 앞에서 택시를 타는 걸 봤어요."

"정말이오?"

"내가 뭣 때문에 형씨한테 거짓말을 하겠소? 하지만 너무 실망하진 마쇼. 그 아가씬 본래 그런 아가씨니까."

수자는 하마터면 군인의 말이 모두 거짓말임을 증명하기 위해 숨은 곳에서 뛰쳐나갈 뻔하였다. 그러나 자제력을 발휘하여 꾹 참았다. 그리고 군인의 다음 수작을 기다렸다. 일종의 흥미로운 느낌마저 동반한 채.

군인은 계속해서 말하고 있었다.

"형씨도 아마 나처럼 또 골탕을 먹은 모양이로군. 난 그저 놈팽일 또 바꾼 모양이로구나 하고 무심히 지나쳤더니 형씨를 여기 이렇게 기다리게 해 놓고 또 딴 놈팽이하고 내뺐구만. 거참!"

그는 잘도 둘러대고 있었다. 전에 당한 창피를 그런 식으로 보복하려 하고 있음에 분명했다.

그러나 떡식은 반신반의하는 것 같았다. "정말 형씨 눈으로 똑똑히 봤소?" 하고 다짐하듯 묻는 소리가 들려왔다. 그러자 군인은 별 의심

많은 사람 다 보겠다는 표정으로 냉담하게 말했다.

"정 못 믿겠으면 하루 종일이라도 기다려 보슈. 자 나도 모처럼 비 오는 날 이리 데이트를 좀 하러 왔으니까 그만 가 보겠소."

그리고 그는 곁에 서 있던 여자애와 함께 연못 쪽으로 걸음을 옮겨 놓기 시작했다.

떡식은 혼란에 빠진 표정으로 잠시 그들의 뒷모습을 멍하니 돌아 보았다. 그리고는 다시 입구 쪽을 향해 서서 한동안 입구께를 바라보는 눈치더니 다시 고개를 돌려 연못 쪽으로 걸어가고 있는 그들의 뒷 모습을 바라보았다. 태도를 정하지 못해 조바심을 치고 있는 눈치가 역력했다.

그러나 그는 마침내 태도를 정한 모양이었다. 호랑이 우리 앞의 철 책에 등을 기대고 느긋하게 기다리려는 자세를 취했다. 군인의 말을 믿지 않기로 한 모양이었다.

수자는 그때 야릇한 이율배반의 감정을 맛보았다. 그가 군인의 말에 속지 않기를 마음 한구석에선 바라면서, 또 한구석으론 그가 군인의 말을 곧이듣고 기다리는 일을 포기해 주었으면 하는 심정 또한 적지 않았으니까. 다시 말해 그녀는 군인의 간계가 맥을 추지 못하게 되길 바라면서도(그 바람 때문에 그녀는 숨은 곳에서 뛰쳐나갈 뻔하기까지 했으니까) 떡식이 그만 물러가 준다면 그 공을 군인에게 돌려 그에게 상장이라도 주고 싶은 심정이었던 것이다. 그런데 결과는, 전자 쪽의 바람은 어느 정도 이루어진 듯했으나 후자 쪽의 기대는 여지없이 무너져 버리고 말았던 것이다. 따라서 그녀는 한편으론 고소한 듯한 느낌과 함께 한편으론 아쉬운 느낌을 금할 수가 없었다.

그러나 떡식은 자기하고 불과 50미터 안팎의 거리에 그녀가 숨어 그런 생각을 하고 있다는 건 꿈에도 모르고 철책에 등을 기댄 채 계속해서 입구 쪽만 바라보고 있었다. 마치 온종일이라도 거기 그렇게 서 있으려는 듯한 자세로. 떡식의 그러한 모습을 젖은 나뭇잎 새로 바라보면서 수자는 순간 그의 이름을 부르면서 그를 향해 달려 나가고 싶은 충동을 누를 길이 없었다. 한 번만 저 가여운 넝마주이를 만나 주자. 그리고 그의 가슴을 쓰다듬어 주자. 그의 손을 잡아 주고 그의 뜨거운 입술을 한 번만 더 받아 주자. 다만 한 번만 더이다. 그녀는 나뭇잎 새를 젖히고 앞으로 나아가려고 했다. 그러나 그것은 마음뿐 그녀의 손이나 발은 한 치도 앞으로 나아가지지 않았다. 꼼짝 않고 나뭇잎 새에 그대로 있었다.

수자는 다시 생각했다. 아무래도 여기 더 이상 이렇게 숨어 있는 것은 떳떳지 못한 일이라고. 어차피 그를 떼어 버리기로 한 바에야 빨리 떼 버리는 것이 상책이라고. 그렇다면 떡식이 그곳을 떠날 때까지 반드시 지켜볼 필요가 없을뿐더러, 더 이상 발각당할 위험을 안은 채 여기 우물쭈물할 필요가 없는 것이라고……. 일단 그렇게 생각하자 그녀는 한시바삐 그곳에서 도망쳐야겠다는 생각이 들었다. 새삼 가슴이 다시 두근거려 오기 시작했다. 그녀는 마음을 단단히 먹고 발소리를 죽여 살금살금 그곳에서 빠져나왔다.

연못가로 빠져나왔을 때 그녀는 아까의 그 군인과 여자애가 저만큼 앞에 가고 있는 모습을 발견했다. 그들은 언젠가 수자가 떡식에게

혼이 난 적이 있는 그 벤치가 있는 쪽으로 올라가고 있었다. 그 벤치라는 장소가 그녀에게 부끄럼과 흥미를 동시에 자극시켰으나 더 이상 수자는 개의치 않고 걸음을 빨리해서 곧장 창경원을 빠져나왔다.

이제 버스든 택시든 집어타기만 하면 모든 일은 끝나는 것이었다.

저만큼에서 마침 빈 택시 한 대가 달려왔다. 수자는 택시를 세웠다. 그리고 택시에 오르고 나서 생각했다. 이제 당분간 자기한텐 우요일은 없어진 거나 마찬가지라고. 그리고 그녀에겐 그 사실만이 못내 서운했다.

어느새 비가 걷혔는지 차창으로 반짝 햇빛이 스며들고 있었다.

1970년대의 반연애(反戀愛) 편력기

차성연(문학평론가)

왕십리 인근 도서관에서 작품 「왕십리」를 읽었다. 주인공 '민준태'의 신산스러운 발걸음을 따라 1970년대의 왕십리가 고스란히 되살아났다. 지리적 환경이나 민준태의 행동반경에 대한 묘사가 매우 세밀했기 때문에 민준태가 걷던 왕십리가 대충 어느 지점인지 충분히 가늠할 수 있었고, 작품을 읽자마자 민준태의 산책로를 그대로 따라 걸어볼 수 있었다. 당연한 얘기지만 작품으로부터 반세기가 흐른 시점의 왕십리는 완전히 다른 모습으로 변신해 있었다. 작품을 이해하고 공감할 수 있는 시대적 감각은 그보다 더 격변해 있다. 지금과 같은 젠더 감수성으로 바라보면 받아들이기 힘든 성적 묘사나 여성 인물들에 대한 시선이 「왕십리」를 비롯한 다수의 작품들에 포진해 있다. 그럼에도 불구하고 1970년대 작품의 문장을 따라 오늘의 거리를 걸어갈 수 있었듯, 조해일의 작품을 따라 오늘의 우리를 '아프게' 들여다볼 수 있었다. 이것이 지금 조해일의 작품을 돌이켜 읽는 이유일 것이다.

1.

「왕십리」의 민준태 또한 1970년대의 왕십리에서 14년 전의 왕십리를 더듬고 있는 인물이다. "유명하던 먼짓길이 말쑥하게 포장되어" 있고 기동차도 없어졌으며, "미나리밭이나 논들이 있었던 흔적은 아무 데서도 찾아볼 수 없"게 되었다. 이러한 공간에서 민준태는 이방인이나 다름없다. 14년 전 왕십리를 떠나기 전까지 그곳에서 살았던 그에게 왕십리는 고향과도 같은 장소이지만, 변해 버린 풍광과 그보다 더 변해 버린 자기 자신으로 인해 민준태는 이방인과 같은 심정으로 왕십리 '천지회관'에 임시 거처를 마련한다. 이방인이 한 장소에 처(處)할 수 있으려면 그가 그곳에 있음을 확인해 주는 누군가를 필요로 한다. 그런 역할을 하는 인물이 윤애이다. 민준태는 여정을 풀자마자 이른바 '갈보'라 불리는 윤애와 성관계를 가짐으로써 14년 전의 왕십리가 아니라 현재의 왕십리에 몸을 두게 된다.

외부인으로서 어떤 장소에 스며들기 위해 여성과 관계를 갖는 이러한 설정은 조해일의 소설에서 자주 활용된다. 조해일의 남성 인물들은 심리적으로 불안정한 상태이며 그러한 실존적 불안을 여성을 도구로 하여 해소하고자 하기 때문이다. 이는 또한 일상적 폭력이 만연해 있던 1970년대의 시대 감각을 그대로 내면화하고 분출한 것으로 볼 수도 있다. 폭압적 현실은 '강한 남성'[1]을 강요했는데 '강한 남성'이란 폭력을 행사해서라도 돈과 권력을 획득하는 남성을 의미한다. 이러한 구조 속에서 여성은 남성이 획득해야 하는 것들의 목록 중 하나였고 어쩌면 그중 가장 '손쉽게' 획득할 수 있는 대상이었다. 자신이 획득한 것의 가치가 클수록 자신의 유능함이 증명되는 것이므로, 1970년대 소설의 여성은 창녀이자 성녀로서 남성에게 정신적·육체적으로 따뜻한 안식처를 제공하는 '현자'로 그려진다.[2]

　언뜻 조해일 소설의 남성은 이른바 '강한 남성'일 수 없는 것처럼 보인다. 시대적 폭압과는 일정한 거리를 둔 지식인 남성이기 때문이다. 그러나 비판적 지식인이라고 해서 여성을 대상화하는 시대적 무의식으로부터 거리를 둘 수는 없었다. 그들은 강하고자 하지는 않았지만 묘한 열패감에 늘 사로잡혀 있었고 그렇기에 여성으로부터 위안을 얻고자 했다. 그러나 조해일 소설의 지식인 남성이 여타의 대중 소설 주인공과 다른 점은 위안에 머무르지 않고 스스로를 성찰하여 성장하고자 했다는 점이다. 「아메리카」의 화자가 대표적인데, 그는 기지촌 여성들을 성적인 대상으로 바라보던 시선에서 점차 동지

---

1) 여기서의 '강한 남성'이란 1970년대의 현실에서 새롭게 요구된 남성상을 말한다. 신체적으로도 젊고 강한 남성이 선호되기도 했는데, 근대화의 선봉에서 자본주의적 성취를 이뤄 내야 했던 것과 일상적 폭력의 만연이 그 배경이라 할 수 있다.

2) 『겨울여자』의 '이화'가 대표적이다. 물론 '이화'는 유흥업소 여성이 아니라 명문대 재학 중인 여대생이라는 점이 다르다. 그리고 바로 이러한 점이 일련의 1970년대 '호스티스 소설' 계열에서 『겨울여자』를 구분 짓게 되는 점이며 『겨울여자』가 대중적 성공을 거둔 요인일 수 있다는 분석이 있다.

애를 느끼는 공감의 시선으로 변화하는 '윤리적 각성'을 보인다.[3] 물론 이러한 변화는 인물이 직접 세계와 대면하여 체화한 각성이 아니라 대상에 대한 사변적 관찰로 얻어 낸 관념적 각성이라는 점에서 한계는 분명하지만, 동시대 소설과 다른 차별점 또한 분명하다고 할 수 있다.

이와 달리 「왕십리」의 민준태는 제법 '강한 남성'의 면모를 보인다. 왕십리를 떠나 있었던 14년 동안의 그의 행적은 몇 장면의 삽화만이 삽입되어 있기 때문에 전모를 알 수 없으나 모종의 작전에 투입된다거나 월남전으로 추측되는 전투에 참전하는 등 그가 물리적 폭력의 행사에 직접 가담하였고 그로 인해 상당한 돈도 얻게 된 것으로 보인다. 이제 남은 것은 '여성'에 대한 욕망 충족이고, 바로 이를 위해 왕십리로 돌아온 것이라고 말할 수 있다.

하지만 주목할 점은 민준태가 자신의 '강함'에 대해 양가감정을 가짐으로써 여성에 대한 욕망 충족을 지연시킨다는 것이다. 이는 14년 전 '정희'와 헤어지고 왕십리를 떠나게 된 이유이기도 하다. 허물어져 가는 판잣집에 살며 동생을 돌봐야 했던, 그래서 준태를 만나러 나올 때도 늘 등에 동생을 업고 나와야 했던 빈한한 형편의 정희는, 준태로 하여금 자신의 위치에 자족할 수 없게 만드는 '맨 얼굴의 타자'이다. 빈곤 계층 및 노동자 계급에 대한 부채감으로 자신의 위치에 대

---

3) 「아메리카」를 논하는 대부분의 평자들은 '윤리적 각성'을 작품의 핵심으로 언급한다. (김병익, 「수혜국 지식인의 자기인식: 조해일의 '아메리카'를 중심으로」, 『문학과지성』, 일조각, 1972 가을호; 오생근, 「개인의식의 극복」, 『문학과지성』, 일조각, 1974 등)

해 죄의식을 느끼게 만드는 타자의 얼굴인 것이다. 부유한 가정에서 자란 대학생 민준태는 아버지에게 정희를 며느리로 인정하고 정희의 형편에 도움을 주자고 요청하지만 그의 요구는 받아들여지지 않고 급기야 정희는 이별을 통보하기에 이른다. 아버지의 자본과 대학생이라는 신분 등 자신이 가진 것이 얼마나 무기력한 것인지를 깨닫게 된 민준태는 집에 불을 지르고 왕십리를 떠난다. 이후 폭력에 가담하며 강함을 추구한 그의 행적은 강함에 강함으로 맞서고자 했던 반항적 행위인 동시에 자본과 힘을 획득하려는 시도라는 이중적 의미를 지닌다. 그리고 자본과 힘을 획득함으로써 이제 정희를 만날 준비가 된 셈이지만, 준태의 '정신'은 14년 전 그대로 머물러 있기에 그는 '아직' 정희를 만날 수 없다. 민준태에게 14년이라는 시간은 철저하게 정신과 분리된 상태로 흘러갔던 것이다.

왕십리로 돌아온 민준태는 이제 정희를 만남으로써 14년 전에 머물러 있는 '정신'을 현재로 불러와 육체와 정신을 같은 시간대에 놓고자 한다. 육체와 정신의 이러한 이분법적 분리는 조해일 소설의 기본 구조에 해당한다. 인물들의 연애는 언제나 육체적 성관계가 먼저이고 이후 정신적 교류가 뒤따르는 방식으로 진행되고(아니면 아예 불필요한 것으로 인식되고), 인물의 윤리적 각성은 체화되지 못한 '정신'만의 각성으로 나타난다.

「왕십리」에서 민준태의 연애관계는 아예 육체적 관계로서의 윤애와 정신적 관계로서의 정희로 대상 자체가 분리되어 나타난다. 준태의 육체는 성장하였기에 왕십리에 도착하자마자 윤애와 성관계를 맺지만, 정희에 대해서는 정희를 찾을 수 있는 구체적 방도도 모색하지 않은 채 만남을 지연시킨다.[4] 정희와의 만남은 정신의 성장, 그로 인해 가능한 육체와 정신의 합일이 아니라, 부채 의식의 재확인이 될 가능성이 크기 때문이다. 자신이 가진 강함은 구조적 모순을 넘을 수 없는 지극히 개인적이고 사소한 것임을, 또한 이제는 정희에게 부질없는 것일 수밖에 없음을, 따라서 정희와의 만남은 비극적 결말이 될 수밖에 없음을 그는 이미 예감하고 있기 때문이다.

　나한테는 찾아야 할 여자가 하나 있다. 14년 전에 헤어졌는데 지금 어디서 무엇을 하고 있는지 알 수 없다. 내가 좋아하던 계집애다. 헤어질 때 열아홉 살이었으니까 지금은 서른세 살 먹은 성숙한 여인이 됐을 거다. 누구한테 시집을 가서 잘 살고 있기를 바라지만 꼭 그렇달 보장은 없다. 그동안 죽었을지도 모른다. 또 살아 있더라도 무슨 짓을 하고 있는지 모른다. 왠지 자꾸 나쁘게 됐을 것만 같은 느낌이 든다. 그 애는 충분히 나쁘게 될 수 있는 애다. 그 애의 본성이 그렇다는 게 아니라 그 애의 조건이 그렇다. 아무튼 난 그 애를 꼭 만나 봐야 한다. 우선 만나 봐야 한다. 물론 그 애와 만난다고 해서 14년 전의 관계를 우리가 다시 회복할 수 있으리라고는 생각하지 않는다. 또 반드시 회복해야겠다고도 생각하지 않는다. 하지만 아무튼 그 애와 만나는 일을 치른 뒤에야 무슨 일이든 그다음 일을 할 수가 있

---

4) 당구장의 왕 씨가 신문에 구인 광고를 내면 어떻겠냐는 제안을 하기 전까지 민준태가 정희를 찾기 위해 한 일이란 왕십리 일대를 걸어 다니며 우연히 마주치기를 기대한 것뿐이다.

을 것 같은 기분이다. (「왕십리」, 밑줄은 필자)

이러한 정희의 형상은 「아메리카」의 기지촌 여성과 같은 맥락으로 볼 수 있다. 또한 윤애는 『겨울여자』에 그려진 '이화'의 형상을 앞서 보여 주는 인물이다. 윤애는 준태의 모든 허물과 기억을 받아들이고 온전히 위로하는 역할을 담당한다. 준태는 윤애를 육체로써 처음 맞이하지만 이내 윤애에게서 성숙한 모성을 발견하고 그에게 의지한다. 윤애가 준태를 씻겨 주는 장면이 거듭 반복되는 것은 일종의 자궁과도 같은 공간에서 준태가 아픔을 잊고 다시 태어나기를 염원하는 제의로서의 의미를 지닌다.

이미 다른 남자와 결혼한 정희를 만난 후, 준태와 윤애는 결혼사진을 찍고 사실상 부부관계임을 선언하지만 바로 그날 밤 준태는 조직폭력배에게 의문의 죽임을 당한다. 조직에 가담하기를 거부하자 죽임을 당한 것으로 추측할 수 있는데, 클리셰를 활용한 비극적 결말일뿐 정희와 준태, 혹은 윤애와 준태의 관계가 가 닿을 수 있는 필연적 전개에서는 벗어나 있다는 점에서 아쉬움을 남긴다. 다만 이후 남겨진 윤애는 어떤 삶을 살 것인가를 상상하면서 『겨울여자』의 '이화'를 떠올려 볼 수 있다는 점에서 작가의 창작 경로를 따라가 볼 수 있다.

이처럼 「왕십리」는 여러모로 『겨울여자』의 탄생을 예비하고 있는 작품이자 조해일 소설의 주요 모티프를 담고 있는 작품으로 볼 수 있다.

2.

『겨울여자』를 비롯한 조해일 소설이 당대에 그토록 큰 반향을 일으킬 수 있었던 데에는 소설이 전하는 순결 이데올로기에 대한 전복, 그것이 대중 특히 남성에게 주는 쾌감이 큰 부분을 차지했을 것이다. 순결 이데올로기에 대한 거부는 가부장제 및 기존의 보수적 성 관념에 대한 저항으로서의 의미를 지니지만, 실제로는 여성의 성적 해방에 기여하기보다 남성의 성적 방종을 합리화하는 논리로 작용했다. 여성 스스로 개방된 성 관념을 보여 준다면, 남성은 여성의 순결을 '지켜 주어야 한다'는 식의 보수적 도덕관념으로부터 해방된 채 자유로운 성행위를 즐길 수 있게 된다. 그로 인해 여성은 더욱 남성의 '성적 도구'로 전락할 수밖에 없었다. 여성이 주체적으로 자신의 육체를 운용하면서 성적 해방을 누릴 수 있는 사회적 기반은 전혀 없었던 것이다. 연애관계 또한 인간관계의 일종으로서 삶 전체가 교감해야 가능한 일이라는 교과서적인 언급을 차치하고라도, 순결 이데올로기에 대한 전복이 당대 여성의 현실을 해방시킬 수 있는 가능성은 거의 없었다는 점을 반드시 짚고 넘어갈 필요가 있다.

이러한 맥락에서 「반(反)연애론」과 「우요일(雨曜日)」은 문제적인 작품이다. 적나라한 통속의 형식으로 '통속'을 풍자하고 비판하고자 하는 의도가 담겨 있기 때문이다. 「반연애론」은 여성을 육체적 쾌락의 도구로만 여기는 남성에 대해, 「우요일」은 '허영심'과 '감상성'만으로 남성에게 접근하는 여성에 대해 풍자하고 있는 작품이다. 즉 남녀관계에 있어 남성은 육체적 쾌락을 우선시하고 여성은 허영심의 충족을 우선시한다는 통속적 관념 그대로를 철저하게 통속적으로 펼쳐 보여 줌으로써 소설을 읽는 독자로 하여금 그러한 통속적 관념에 대해 거리를 두고 냉소하게 만드는 작품인 것이다. 그러나 앞서 언급한 순결 이데올로기에 대한 전복이 그러하듯이, 의도와는 다른 담론적 효과를 낳을 수 있다는 점이 문제적이다.

「반연애론」은 군 복무 중의 휴가기간 동안 순전히 육체적 쾌락을 누리기 위해 '은수'라는 여성과 관계하게 된 '중길'의 이야기이다. 단순히 조부모를 만나러 Q시에 온 여대생인 줄 알았던 은수는 의부에게 성 학대를 당하고 절에서 3년간 수행하다 속세로 돌아온 사연을 지니고 있었다. 이러한 은수의 사연은 중길에게 어떠한 영향도 미치지 못한다. "그녀가 여승이었다는 사실은 오히려 나의 연애를 더욱 로맨틱한 것으로 만드는 데 기여"한다고 생각할 뿐이다. 휴가가 끝나 군으로 복귀할 때에도 "여자를 떼어 버리려고 할 때 사내들이 왕왕 빠지곤 하는 함정은 자기에 대한 좋은 느낌을 여자로 하여금 계속해서 갖고 있게 하려는 어리석은 노력"이라며 매몰찬 모습을 보이고, 후에 은수가 임신했음을 알려 왔을 때에도 전혀 동요하지 않고 소식을 끊는다.

이처럼 주인공 남성을 철저하게 부도덕한 인물로 그림으로써 남성의 연애관계는 '반연애(反戀愛)' 행위가 된다. 이것이 작가가 의도한 풍자의 효과일 것이다. 하지만 그 과정에서 여성의 비극은 통속의 소재로 소비될 뿐이고, '군림', '학대', '명령', '침략'과 같은 용어를 통해[5] 적나라하게 묘사되는 그들의 성관계 행위 또한 작가의 의도에서 벗어난 말초적 쾌락의 독서 효과를 보일 수 있다는 점이 문제적이다. 또한 은수가 절에서의 수행을 그만두게 된 이유가 종교적 수행이란 결국 "감정이나 관능을 억누르거나 속이는" 것임을 깨달은 데서 연유한 것이라 서술됨으로써 육체적 쾌락을 앞세운 중길의 행동이 합리화될 수 있을 뿐만 아니라, 이 소설을 읽는 많은 남성 독자가 중길을 비판하기보다는 중길에게 공감할 수 있다는 점이 앞에서 언급한 '의도와는 다른 담론적 효과'인 것이다.

「우요일」은 「반연애론」과 짝패로 읽을 수 있는 소설이다. 「반연애론」이 남성의 통속적 관념을 풍자했다면, 「우요일」은 여성의 통속적 관념을 풍자하고 있기 때문이다. 비 오는 날을 '우요일'이라 이름 짓고 우요일마다 창경원을 찾는 '수자'는 어느 날 자신보다 먼저 창경원에 와서 호랑이를 보고 있는 넝마주이 '덕식'과 사귀게 된다. 여대생인 수자는 덕길이 넝마주이임을 알게 되자 "그녀의 허영심에 알맞은 그럴싸한 연애를 몽상하기" 시작한다. 비 오는 날을 자신만의 명명법인 우요일이라 칭한다든지, 비 오는 날의 감상을 최대한 누리기 위해 혼자 창경원을 찾아 외로운 호랑이를 바라보는 일을 마치 일요일에 교회에 가는 종교적 행위처럼 여긴다든지 하는 점에서 알 수 있듯, 수자는 허영심과 감상벽에 가득 찬 인물로 설정되어 있기 때

---

5) 여성을 소유하고 정복해야 할 대상으로 바라보는 것은 가부장제 체제의 기본적 시선이지만, 조해일 소설을 비롯한 1970년대 작품에서 이러한 표현이 자주 눈에 띄는 것은 군부 독재의 폭력이 내면화된 결과로 볼 수 있다. 또 군인이 자주 등장하고 그들이 헌병에 대해 갖는 두려움이 소재로 활용되는 것도 같은 맥락이라 할 수 있다.

문이다. 그녀는 "여대생과 넝마주이와의 연애란 얼마나 멋지고 그럴 듯한 일인가, 얼마나 신선하고 누가 감히 흉내조차 낼 수 없는 일인가, 세상 속물들 같으면 감히 엄두조차 못할 일이리라"라고 생각하며 덕식과의 연애를 결심한다.

그러나 그들의 연애는 그녀의 '몽상'대로 흘러가지 않는다. 수자가 자신이 덕식의 애인임을 선언하자마자 덕식은 거의 강압적으로 수자와 성관계를 갖고, 다음 만남에서도 영화관에서 수자가 원하지 않는 성적 행동을 감행한다. 수자는 이로 인해 타격을 받지는 않지만 "그는 자신의 연애 상대로는 너무나 격이 떨어진다는 생각"을 하게 되고, 다음 우요일에 그를 바람맞힘으로써 그와의 관계를 '간단히' 정리한다. 「반연애론」의 중길이 자신의 육체적 쾌락을 위해 한 여성을 만나고 그 목적이 끝나자 매몰차게 그녀와 결별했던 것처럼, 「우요일」의 수자는 자신의 허영심을 위해 한 남성을 만나고 그 목적에 어긋나자 간단하게 그와의 관계를 끝내는 것이다. 이처럼 「우요일」을 「반연애론」과 나란히 놓고 읽으면 남성이 가진 문제를 여성 또한 다른 측면에서 똑같이 가지고 있다는 논리가 만들어지고 그럼으로써 그 누구도 비난할 수 없게 된다. 그러나 실상 이 구도는 그리 간단하게 대칭적으로 봉합되지만은 않는다.

여자를 아주 쉽게 얻는 경우에 남자들은 흔히 그 여자에 대한 우월감에 빠지는 수가 있다. 그리고 그때가 아마도 남자에게는 가장 불행한 한때가 아닌가 한다. 적어도 연애에 있어서는 그런 것 같다. 왜

냐하면 그때 그 남자의 마음속에는 사랑의 뿌리가 미처 자리를 잡기
도 전에 욕망의 몹쓸 잎사귀들만이 무성하게 자라서 그의 영혼을 아
주 황폐하게 만들어 버릴 공산이 크기 때문이다. 적어도 나의 경험에
의하면 그렇다. 한데 그럼에도 불구하고 남자들은 대개 여자를 매우
손쉽게 구하고자 하는 희망을 포기하려고 하지 않는바, 그것은 아마
도 인류 역사 이래 한 번도 변해 본 적 없는 사실일 것이다. 그리고
그 점에 있어서는 나 또한 결코 예외일 수는 없다. (「반연애론」)

　　그냥 비 오는 날이라고 불러도 무방할 것을 굳이 우요일이라고 명
명한 데서 우리는 그녀의 허영심의 일단을 엿볼 수 있지만, 남들 같
으면 계획을 세웠다가도 포기할 마련인 비 오는 날을 굳이 택해 창경
원에 간다는 사실에서 우리는 또 그러한 허영심의 연장이라고 할 수
있는 그녀의 감상벽을 짐작할 수가 있다. 본래 허영심과 감상벽이라
고 하는 것은 서로 가까우면 친형제, 멀어 봤자 사촌간은 되는 지극
히 친한 사이라고 할 수 있는 것이긴 하지만. (「우요일」, 밑줄은 필자)

　위에서 인용한 도입부에서 알 수 있듯이, 주인공 남성을 1인칭 화
자로 설정한 「반연애론」과 달리, 「우요일」은 3인칭 화자를 내세워 화
자와 독자가 함께 '우리'로서(위 인용문의 밑줄) 주인공 여성인 '수
자'를 관찰하고 풍자하는 형식이다. 이를 통해 수자가 단지 자신의
허영심을 충족하기 위해 빈곤 계층 남성을 연애의 대상으로 선택하
는 것을 비판하고자 한다. 하지만 수자가 받아들이기 힘든 부분은 계

급적 차이라기보다는 남성의 강압적 성행위이다.

  그런데 수자가 풍자의 대상으로 설정됨으로써 남성의 강압적 성행위는 비판의 대상에서 제외된다. 「반연애론」에서는 남성 1인칭 화자를 설정함으로써 남성의 입장이 좀 더 직접적으로 내세워지고 그에 대한 비판은 온전히 독자의 몫이었던 반면, 「우요일」에서는 3인칭 화자가 존재함으로써 수자에 대해 거리를 두고 비판적인 진술이 이뤄지기도 한다. 수자가 버스에서 우연히 넝마를 짊어진 덕식의 모습을 발견하고 "봐서는 안 될 것을 본 듯한 야릇한 부끄러움", "죄를 짓는 것 같은 두려움"을 느끼는 장면은 분명 「반연애론」의 중길이 아무런 죄의식을 느끼지 못하는 것과는 차이가 있다. 그러나 수자가 느끼는 죄의식에서 그녀를 지켜보는 '우리'는 제외됨으로써 '우리'에 대한 반성의 기능, 그 담론적 효과는 기대할 수 없게 된다.

  수자처럼 자신의 의지에 따라 남성을 선택하고 그의 강압적 행위에 대해서도 '순결을 잃었다'는 피해의식 없이 가볍게 넘기며 관계를 끊을 수 있는 연애를 여성이 실제로 행할 수 있는 사회적 환경이 아니었다는 점이 중요하다. 남성 독자가 「반연애론」의 중길에게 공감했듯(부정적인 의미의 공감이라 할지라도) 여성 독자가 「우요일」의 수자에게 공감할 수는 없었던 것이다. 연애관계에 있어서 남성이 우위에 있었던 시대에 여성이 우위에 있는 관계를 설정하여 보여 주었다는 점에서 작품 「우요일」이 지닌 기획의 신선함을 엿볼 수 있지만, 시대적 한계 속에서 '다른' 파장이 만들어질 수밖에 없었음에 주목할 필요가 있다.

담론적 효과란 시공에 따라 달라질 수 있다. 텍스트를 둘러싼 시공에 따라 담론의 내용과 파장은 달라지기 마련이다. 1970년대로부터 반세기가 흐른 지금의 담론적 효과는 어떠한가. 젠더 감수성 지수가 높아지고 일상의 영역에서도 의미 있는 문제 제기가 잇따르고 있지만 그것이 우리의 무의식적 시선에까지 미치지는 못하고 있는 것 같다. 「왕십리」를 비롯한 조해일의 중편들이 1970년대의 한국 사회라는 시공에서 갖는 한계가 있었다면, 그것을 지금 돌이켜 읽음으로써 2020년대 한국 사회라는 시공이 갖는 한계를 되짚어 볼 수 있을 것이다. 현재를 살아가는 '우리'가 어떠한 내용을 구성하고 파장을 만들어 내는가에 따라 작품의 담론적 효과는 달라질 수 있다.

조해일 연보

1941 중국 하얼빈시 근처에서 아버지 조성칠과 어머니 김순희 사이에서 장남으로 출생. 본명 조해룡.

1945 가족들을 따라 귀국. 이후 서울에서 성장.

1950 6·25를 서울에서 겪음.

1951 1·4후퇴 시 부산으로 피난. 이때 바다를 처음 봄.

1954 서울로 돌아옴.

1961 보성고등학교 졸업. 경희대학교 국문과 입학.

1966 경희대학교 국문과 졸업. 육군 입대.

1969 육군 제대.

1970 단편 「매일 죽는 사람」이 『중앙일보』 신춘문예에 당선되어 등단. 단편 「멘드롱 따또」(『월간중앙』), 「야만사초」(『월간문학』), 「이상한 도시의 명명이」(『현대문학』) 발표.

1971 단편 「통일절 소묘」(『월간중앙』), 「방」(『월간문학』) 발표.

1972 단편 「대낮」(『현대문학』), 「뿔」(『문학과지성』), 「전문가」(『문학사상』), 「항공 우편」(『월간중앙』), 중편 「아메리카」(『세대』) 발표.

1973 경희대학교 대학원 졸업. 단편 「심리학자들」(『신동아』), 「임꺽정 1」 (『현대문학』), 「내 친구 해적」(『월간중앙』), 「무쇠탈 1」(『문학과지성』), 「1998년」(『세대』) 발표. 숭의여전 강사로 출강.

1974 첫 소설집 『아메리카』(민음사) 출간. 단편 「애란」(『서울평론』), 「할머니의 사진」(『여성중앙』), 「임꺽정 2」(『한국문학』) 발표. 중편 「어느 하느님의 어린 시절」(『세대』) 발표. 중편 「왕십리」(『문학사상』) 연재.

1975 단편 「임꺽정3」(『문학과지성』), 「나의 사랑하는 생활」(『문학사상』) 발표. 중편 「연애론」(『서울신문』, '반연애론'으로 개제), 「우요일」(『소설문예』) 발표. '겨울여자'를 『중앙일보』에 연재. 소설집 『왕십리』(삼중당) 출간.

1976	단편 「순결한 전쟁」(『문학사상』) 발표. 장편 『겨울여자』(문학과지성사) 출간. '지붕 위의 남자'를 『서울신문』에 연재.
1977	단편 「무쇠탈 2」(『문학과지성』), 「임꺽정 4」(『문예중앙』) 발표. 단편집 『매일 죽는 사람』(서음출판사), 중편소설집 『우요일』(지식산업사), 장편 『지붕 위의 남자』(열화당) 출간.
1978	콩트·에세이 집 『키 작은 사람들』(삼조사) 간행, '갈 수 없는 나라'를 『중앙일보』에 연재.
1979	「자동차와 사람이 싸우면 누가 이기나」(『창작과비평』) 발표. 장편 『갈 수 없는 나라』(삼조사) 출간.
1980	단편 「도락」, 「비」, 「낮꿈」(『문학사상』), 「임꺽정 5」(『문예중앙』) 발표.
1981	'X'를 『동아일보』에 연재. 단편 「임꺽정 6」(『한국문학』) 발표. 경희대학교 국어국문학과 교수로 재직.
1982	『엑스』(현암사) 출간.
1986	「임꺽정 7」(『현대문학』) 발표. 『아메리카』(고려원), 『임꺽정에 관한 일곱 개의 이야기』(책세상) 출간.
1990	단편집 『무쇠탈』(솔), 중편집 『반연애론』(솔) 출간.
1991	장편 『겨울여자』(솔) 개정판 출간.
2006	경희대학교 국어국문학과 교수 퇴임. 경희대학교 명예교수 위촉.
2017	「통일절 소묘 2」 발표(손바닥 소설집 『이해없이 당분간』, 김금희 외 21명, 걷는 사람).
2020	6월 19일 경희의료원에서 지병 치료를 받던 중 이날 새벽 별세.

출전(저본) 정보

왕십리 　『왕십리』(솔, 1993)
반연애론 『왕십리』(솔, 1993)
우요일 　『왕십리』(솔, 1993)

조해일문학전집 3권

왕십리

1판 1쇄 인쇄 2024년 6월 7일
1판 1쇄 발행 2024년 6월 14일

—

지은이 | 조해일

기획 | 조해일문학전집 간행위원회
책임편집 | 강동준
발행처 | 죽심
발행인 | 고찬규

신고번호 | 제2024-000120호
신고일자 | 2024년 5월 23일

주소 | (04029) 서울특별시 마포구 양화로 7길 84 영화빌딩 4층
전화 | 02-325-5676　팩스 | 02-333-5980

값은 표지에 있습니다.

ISBN 979-11-985861-5-5 (04810)
ISBN 979-11-985861-2-4 (세트)